古華（京夫子）文集

卷五

古都春潮

前言

清末民初大政治家梁啟超先生有言：欲新一國之民，不可不先新一國之小說。更有其著名論斷：六經不能教，當以小說教之；正史不能入，當以小說入之；語錄不能渝，當以小說渝之；律例不能治，當以小說治之。

一百多年過去了。我們今天應客觀理解先賢此種對新時代新小說的倚重與寄望，而非將小說視爲「治國平天下」的丹方。畢竟中國不是因小說而能再造的。但中國小說如三國、水滸、紅樓、三言二拍等經典名著，卻又的確記述了時代變遷、家國興衰、史詩歌吟，為後人留下了活生生的人文景觀、眾生萬象、歷史圖卷。小說的此種功能是任何其他文字著述或藝術形式所不能替代的，是怎麼評價都不過分的。中、長篇小說更是衍生其他藝術門類如戲曲、歌劇、話劇、舞劇、電影、電視、美術作品的母本，所謂先有名著，後有名劇是也。

當代小說名家古華正是這樣一位描繪時代風雲變幻、記錄人世悲歡沉浮的能手。縱覽他將近六十年來的寫作生涯，大致可概括為三個階段：從發表第一篇小說的一九六二年至文化大革命結束後的一九七七年，是他習作小說的幼稚蒙昧期；從一九七八年至一九八八年，是他以《爬滿青藤的木屋》、《芙蓉鎮》、《浮屠嶺》、《貞女》等小說為代表的破繭、收穫期；一九八八年客居加拿大至今，創作了被譽爲「京夫子現代傑出歷史小說系列」，如《西苑風月》、《夏都誌異》、《血色京畿》、《重陽兵變》，以及《儒林園》、《古都春潮》、《北京遺事》、《亞熱帶森林》、《瀟水謠》等長篇說部，則是他真正的翰墨耕耘豐穫期了。

古華的生平可謂篳路藍縷、風雨兼程，甚至有些傳奇。他童年失怙，求食求學，求知求生。出身「剝削階級家庭」的他，誠惶誠恐度過了新中國所有的政治運動：土改、鎮反、合作化、反右派、大躍進、反右傾、大饑荒、四清運動、十年文革浩劫，直到改革開放搞活經濟，……他的身分也隨著這些運動發生各種變化。在長達二、三十年的歲月裡歷經劫難、孜孜不倦，跋涉於寫小說以改變命運的艱辛旅程。從小乞丐、小炭夫、小牧童、小黑鬼、「政治賤民」、農場工人，到地區歌舞劇團編劇、省文聯專業作家、全國作協理事，到掛名第七屆全國政協委員，再到美國愛荷華國際寫作計畫，到加拿大卡爾加里第十五屆冬季奧運會藝術節作家週，之後定居溫哥華至今。此種從鄉村到城市、從省城到京城、從中國到外國的人生經歷，對一位小說家彌足珍貴。

迄今爲止，古華發表、出版以小說爲主的各類著作逾一千一百萬字，主要作品已有英、法、德、義、俄、日、韓、荷蘭、匈牙利、西班牙等十餘種譯本，並被拍攝成電影、電視劇上映，還曾被改編成歌劇、評劇、越劇、漢劇、楚劇、祁劇、莆田戲等劇目上演。

海內外文學批評家對古華的作品有過諸多評論：

中國著名評論家雷達說：歷史的不幸產生出文學的奇葩。

另一位著名評論家馮牧說：一般的小說多寫了大時代下面小兒女的恩怨；古華的小說則是經由小兒女的恩怨寫了大的時代。

北京大學老教授、詩人謝冕說：每年編選當代文學教材，重印《中國當代文學作品精選》一書，《爬滿青藤的木屋》長達兩萬多字，我們一直保留著。

英籍漢學家、《芙蓉鎮》英文版譯者戴乃迭女士說：古華豐富的作品給人以深刻的印象。但古華並不像有些中國作家那樣直接描寫真實生活中的真實人物，他對中國現代各階層人物都作了大量的觀察後，才塑造出那些令人難忘的人物形象。

古華一九八八年定居溫哥華後，潛心耕耘的「京夫子現代歷史小說系列」，在臺北《中央日報‧副刊》連載十六年之久，一直為讀者逐日追蹤閱讀，廣受好評。誠如前《中央日報》副刊主編、淡江大學中文系教授林黛嫚所說：京夫子的系列著作叫好叫座，包括《北京宰相》、《西苑風月》、《夏都誌異》、《血色京畿》、《重陽兵變》等，人物形象飽滿，語言對白蘊含智慧，歷史大關節的敘述氣勢磅礴，微觀小場景的描繪細緻入微，許多讀者追著讀，認為中共的當代史總算有了一部如《三國演義》、《隋唐演義》般令人拍案叫絕的新演義（見林黛嫚著《推浪的人》一書，頁二〇六）。

本文集共十六卷，長篇說部《重陽兵變》原擬作第十七、十八卷，因係三民書局版，未及收入。

古都春潮

京韻鼓詞：

長河日落何處？大江徹夜東流，五湖不問古今愁。故國神遊事堪憂，華髮枉多情，天地共沉浮。

遙想當年大潮，呼山海直下神州！萬姓千門說自由，血薦長安失曹劉。父老京韻鼓，猶自唱春秋。

1

一九八九春夏之交。泛美通訊社記者卓瑪離開紐約住所前夕，和遠在印度達蘭薩拉的阿媽通了電話，告訴阿媽她被公司派駐中國首都北京。聽得出來，阿媽登時又驚又喜，都要哭出來了：卓瑪，卓瑪，去找你阿爸！他是個畫家，是個畫家……

阿媽的這種嘮叨，就像藏人轉經似的，卓瑪從兒時起，聽了二十多年了。阿媽頭髮都花白了，就是忘不了北京那個漢人畫家。反倒是卓瑪和弟弟小嘎扎，對賦予了姊弟倆生命的那漢人沒有多少思念。就算有一點模糊的印象吧，也是從小聽阿媽一路說來的：在中國西部青海柴達木盆地邊緣的一處游牧地，祖父、祖母與尚是花季少女的阿媽，救起了一名從大漠勞改營跑出來的青年漢子。那漢子都快渴死、餓死了，是祖母和阿媽一口羊奶一口酥油茶，把人救了回來。那漢子瘦瘦高高，俊模俊樣，不懂藏語。祖母和阿媽不懂漢話，咋辦？漢子就在沙地上畫畫，帳篷呀，氂牛呀，藏獒呀，羊群呀，雪山呀，飛鷹呀，青稞呀，畫啥像啥，比那些唐卡大師還神！漢子是個既聰明又勤快的人，白天陪阿媽去放牧、唱歌，晚上替祖父、祖母值夜，守羊圈。還有就是讓祖母和阿媽從百十里外的牧區大集上買回紙筆，畫了很多很多的畫。過了一年，阿媽就生下了卓瑪。又過了一年，阿媽生下了弟弟小嘎扎。但在卓瑪五歲那年，漢子就帶著兩大捆畫稿，離開了他們，說是要回北京料理一些事情，半年之內一定返回。之後，他將永遠和妻兒，還有祖父、祖母在一起。……可是，那個他們應當叫做阿爸的人卻沒有回來，是死是活，再無消息。世界很大，中國也很大。聽說青海大漠離國都北京有上萬里路程呢，那漢子孤身一人，走得出瀚海沙丘嗎？會不會遇上了野狼，或是劫匪，不在人世了？不會的，不會的，不會的！阿媽天天轉動手中的小法輪，念經求佛祖，保佑那漢人，保佑她終身守候的漢人丈夫！卓瑪和弟弟嘎扎甚至從小不敢在阿媽面前說一個「死」字。

就是他還活著，也不想見他，不認他做阿爸！卓瑪有時恨恨地想。聽說很多漢人重利輕義，是些不敬佛祖、不拜菩薩的無神論者；不像藏人講信義、重親情、愛家庭，尊奉達賴喇嘛。既為人父，哪有丟妻棄子一個人跑掉的？且二十多年來，阿媽要卓瑪和弟弟寫了那麼多信，都是英文信，信封上都寫了他的姓名，寄去中國北京的中央美術學院。他大名「白石蕭」，這是阿媽告訴姊弟倆的。那時卓瑪不會寫中文，想方設法查字典，才揣摩寫成「White Rock Xiao」。可那些信永遠得不到回覆，有兩次被退回，信封上蓋著一個紫色圖章：查無此人。難道不是個騙子嗎？當年祖父祖母和阿媽救下的那個漢人，和阿媽生下她和弟弟的那個漢人，恐怕連名字都是假的！但姊弟倆的這個揣測一直不敢告訴阿媽。阿媽日夜思念的那個漢人，成了阿媽活著的信念，是不能去戳破的。

五年前，卓瑪從普林斯頓大學新聞學院拿到碩士學位，進泛美通訊社做亞洲區記者。公司有意派她長駐北京。此前，卓瑪已經閱讀過大量的中國現代史書籍。公司還特意安排她去曼哈頓唐人街的中文學校進修了一年多的漢語，而且要求她習慣穿唐裝，不是特殊場合不穿藏服。卓瑪天資聰慧，加上勤學苦練，已經能講流利的臺灣口音的國語，也知道了毛澤東、江青、劉少奇、林彪、鄧小平、胡耀邦、趙紫陽這些名字，以及文化大革命和改革開放等等事情。通訊社的同事都誇她是半個「中國通」了。這些老美，誇起人來，總是那麼慷慨，損起人來也毫不吝嗇。當然，卓瑪也牢記了「蕭白石」這三個漢字。她和弟弟曾經想當然地寫成英文「White Rock Xiao」，多麼可笑。那所堂堂的「中央美術學院」也真是的，連「White Rock」都看不懂。

不知不覺地，卓瑪自讀了些中國現代史著作，學了漢語，就有些兒嚮往中國，嚮往北京這個古老而神祕又動盪不安的城市。其實，她和弟弟嘎扎一樣，既怨恨又掛念著那個應當稱作阿爸的漢人，如果他還活著的話。佛祖保佑。

卓瑪入住的是北京國際飯店。美駐華使館新聞處的司機把她從機場直接送來這裡。這是一座專供西方國家新聞機構人員住宿的飯店，管理自然是外鬆內緊。飯店面對建國門外大街。北京的街道也真是奇怪，明明是一條大街，卻一段一個名字。譬如這條以天安門城樓為中心、貫通整個北京東西兩端的寬闊街道，就從西到東一段一名，分別叫做：石景山路，翠薇路，萬壽路，木樨地大街，復興門外大街，復興門內大街，西長安大街，東長安大街，建國門內大街，建國門外大街，京通快速路！一條大街，十多個名號，對初到北京的外國人來說，簡直就是擺迷魂陣。

還有北京城裡星羅棋布的那些小街小巷，他們叫做「胡同」，據說古漢語寫成「衚衕」，幾百上千條「衚衕」被安上了幾百上千個名字，什麼口袋胡同，豆芽菜胡同，狗尾巴胡同，打磨廠胡同，烟袋胡同，米糧庫胡同，挖耳勺胡同，短褲衩胡同，大將軍胡同，歪把兒胡同……千奇百怪，應有盡有。單是這些胡同的名稱，就使外來者如入迷宮，大約就是住上半輩子，也甭想弄得明白。

或許，這也象徵著北京這座千年古都的神祕莫測，複雜詭異。卓瑪初來乍到，猶如面對一部大百科全書，得一頁一頁讀起。況且蘇共總書記戈巴契夫即將訪問北京，中蘇關係或將解凍，美中關係「蜜月期」或將結束，誰知道呢？通訊社這時刻派她來駐北京，可說是任重道遠。她怎麼也想不到的，相信也是所有的人都想不到的，就在這條著名的「北京第一大街」，亦被視為「中國第一大道」上，即將上演亙古未有、雄渾絢麗、腥風血雨的史詩大劇。

2

由於東西兩半球時差的原因，卓瑪抵京第一晚遲遲不能入睡。此時紐約正是車水馬龍的大白天呢。都怪她在航班上熟睡了十來個小時。卓瑪乾脆裹著睡袍起來，沖上一杯自帶的雀巢速溶咖啡，坐到寫字檯前，打開筆記型電腦，溫習她的「北京功課」。這是她當新聞記者的職業習慣，每去一個新地方採訪，都要先對該地的政治要聞、經濟狀況、文化習俗做一個大致上的了解。她稱之為「功課」。對了，臺灣叫做「排查」，中國大陸叫做「摸底」，還叫「排隊」。什麼階級摸底啦，政治排隊啦，路線站邊啦，人說共產黨有完整的「黨文化」話語體系，發明出一系列術語、名詞。我卓瑪不也對這個中國及其首都北京做了次「階級摸底」、「政治排隊」？那是來北京之前，花了些時間，從世界各大通訊社（包括臺北的中央社、北京的新華社）的海量新聞信息中綜合、篩選出來的，輸進了電腦磁碟裡。電腦磁碟真是加州矽谷年輕科學家們的一項天才發明，薄薄的香菸盒大小一片，插入電腦，就能讀出其中的數十萬字的資料。平時可隨身攜帶，即便是電腦被竊，重要資料也不會丟失。電腦正在改變人類的生活。看看，看看，我的「北京功課」都做了些什麼？一筆筆流水帳似的：

一九七六年九月九日，新中國的開創者毛澤東逝世。這個萬歲萬萬歲的紅色帝王只活了八十三歲。他統治中國二十八年，據說有八千萬中國人非正常死亡。駭人聽聞的數字，接近英、法兩國人口的總和了啊。難怪毛的老師史達林有句名言：死一個人是悲劇，死一百萬人只是一個統計數字。

一九七六年十月六日，毛去世後第二十六天，中南海即發生宮變，毛的接班人華國鋒聯手元帥葉劍英、中南海警衛部隊司令汪東興，一舉擒獲了毛的親信包括毛夫人江青、黨中央副主席王洪文、黨中央常委張春橋、黨中央宣傳總管姚文元在內的數千人，叫做「大快人心事，粉碎四人幫」。毋庸置疑，軍事政變常是專制國家改朝換代的手段。

一九七七年七月，中共召開十屆三中全會，文革中先後兩次被打倒的鄧小平復出，重新登上黨中央副主席、解放軍總參謀長的高位。另一名政治新星胡耀邦出任中共中央黨校副校長兼中央組織部部長，著手進行全國冤假錯案的平反昭雪以及右派改正工作。相信胡耀邦得到了華國鋒、葉劍英等領導人的支持。這是不是中共非毛化運動的開始？就像一九五五年蘇共赫魯雪夫否定史達林那樣？

一九七八年春，在胡耀邦的籌策下，中國報刊展開「真理標準大討論」，對毛澤東思想有所質疑、反思。同年十一月上旬至十二月下旬，中共召開十一屆三中全會，作出「改革開放」的決議，廢止毛氏階級鬥爭和路線鬥爭，為彭德懷等老一輩革命家平反，給全國右派改正，地、富摘帽，今後不再以階級出身劃分政治等級。會後胡耀邦成為中央祕書長和宣傳部長，加上原擔任的組織部長，開始主持中央日常工作。看來，中國已經「變天」，或者說正在「變天」。誰是中國的赫魯雪夫？

一九七九年一月一日，美中兩國建立外交關係。「聯中制俄」成為美國與中國共同的重要外交方略。

同年一月二十八日至二月四日，鄧小平受邀訪問美國，受到熱烈歡迎。訪美期間，鄧小平竟向美方承諾：今後，中國政府願意納入美國為首的西方國際體系運作。美國及其西方世界喜出望外。也有輿論認為，鄧小平是行「韜晦之計」，美國及其盟友不要太過天真，應當聽其言，觀其行。

同年二月十七日，也就是鄧小平訪美回國十來天之後，中國軍隊從廣西、雲南兩個方向對越南進行「邊境自衛反擊戰」，中國大軍迅即占領了越南北方大片領土，把越軍打了個措手不及。此舉無異於替美國幾年前在越南戰場的失敗報仇雪恨。美國大表歡迎。

一九七九年一月至四月，中共召開「理論務虛會」。會上對毛澤東及毛澤東思想的歷史功過進行熱烈討論，出席者大多認為毛澤東「開國有功，治國有罪」。今後是「去毛」還是「留毛」？兩派意見爭論激烈。三月，鄧小平出席會議並講話，祭出「四項基本原則」，斥責「資產階級思想自由化」，給當時方興未艾的思想解放運動念了緊箍咒。鄧小平露餡了吧？他亦是以此向國內外表明，他不是「中國的赫魯雪夫」。

同年九月，中共召開十一屆四中全會，趙紫陽成為國務院副總理。中國新諺語：「要吃米，找萬里；要吃糧，找紫陽。」趙紫陽在四川，萬里在安徽，允許農民分田單幹，兩省糧食連年大豐收，成為全國關注的焦點。人民公社將被解散，這是中共「非毛化」的又一重大舉措。自一九七八年起，北京出現「西單民主牆」。一批關心中國命運前途的年輕人，以民間辦報方式，貼出大字報，發表政見，呼籲民主改革。初時，得到鄧小平等人的贊許，藉以挑戰華國鋒派系的權力。一九七九年，復員軍人、青年工人魏京生連續發表文章，尖銳指出要警惕鄧小平獨裁，中國需要「五個現代化」，即在原來的「四化」加上「政治民主化」。魏京生的觀點引起強烈反響。鄧小平大為光火，下令取締「西單民主牆」。魏京生隨即被捕，令國際輿論大譁。鄧小平指示「抓了就不放」。胡耀邦持不同看法，提出不要輕率抓人，要允許發表不同意見。此為胡耀邦與鄧小平的分歧初露端倪。

一九八〇年二月，中共召開第十一屆五中全會，選舉胡耀邦為中央書記處總書記，華國鋒的權力向胡耀邦轉移。全會決定為文革中被迫害致死的原國家主席劉少奇平反昭雪，恢復名譽。全會的另一項決定是撤銷農村人民公社，恢復鄉鎮體制。此舉被認作是「鄧氏去毛化」的典型方式，即所謂抽象肯定，具體否定，保留名義，去掉實質。至此，毛澤東的階級、階級鬥爭、路線鬥爭、人民公社、三面紅旗等等，在中國大地上消失。鄧小平不願背負「中國赫魯雪夫」之名，卻做了赫魯雪夫當年「全民國家、全民黨」之事。鄧小平未肯公開、徹底「去毛」，給中共及中國人民留下長期揮之不去的毛氏幽靈。

同年三月，中共中央召開西藏工作座談會，提出今後西藏工作八項方針，決定為一九五〇年以來遭受毛澤東極左路線（官方文件稱之為「林彪、四人幫干擾破壞」）迫害的藏人平反昭雪，向藏人賠禮道歉，並歡迎流亡印度的達賴喇嘛回祖國觀光，承諾保證他來去自由，直至恢復他一九五九年三月之前所擔任的全國人大副委員長兼西藏自治區主席職務。會後不久的五月下旬，胡耀邦、萬里率領中央代表團到西藏視察，親自向藏人賠禮道歉，承認過失。此舉，深受藏人歡迎。

一九八一年六月，中共召開十一屆六中全會。全會選舉胡耀邦為中共中央主席，增選趙紫陽為副主席兼國務院總理，增選習仲勛、萬里為中央書記處書記。有港、臺的媒體透露，在罷黜華國鋒的黨中央主席、軍委主席、國務院總理三項最高職務一事上，葉劍英與鄧小平產生嚴重分歧。葉劍英主張保留華國鋒的中央副主席，鄧小平則力主一個職務也不能留給華。鄧代表中共元老的多數。

至此，一九七六年十月六日發動宮變，從毛派親信手中奪得黨政軍最高權力的三位主要人物華國鋒、葉劍英、汪東興均退出權力舞臺。至此，軍委主席鄧小平成為中共的太上皇。鄧本人也多次在接見外賓時，公然聲稱黨中央主席胡耀邦、國務院總理趙紫陽為他的「左膀右臂」。中共政治完成了從「毛天下」到「鄧天下」的權力蛻變，真正的「槍指揮黨」了。毛澤東可以不當國家主席，但一定要當軍委主席。鄧小平可以不當黨主席、國務院總理，但一定要當軍委主席。中共實為軍國體制，可惜西方國家的政客、傳媒大都看不清這一點。……卓瑪，你一名流亡藏人的女兒，能有此等目光？扎西德勒！

一九八二年九月，中共召開第十二次黨代大會，胡耀邦任黨中央總書記，趙紫陽任國務院總理，鄧小平任中央軍委主席。中國「三駕馬車」，鄧小平是駕馭者。

同年，中共為培養接班人而設立所謂的「第三梯隊」，數千名有大專學歷的青年幹部（大多為高幹子弟）下放基層掛職、鍛鍊，以備日後提拔重用。哈囉，鄧小平、陳雲老一輩為第一梯隊，胡耀邦、趙紫陽為第二梯隊，豈不成了第一梯隊領導第二梯隊並培養第三梯隊？

一九八三年九月，鄧小平與胡耀邦的政見分歧日漸顯露。鄧小平後面還有個更為保守的陳雲。鄧、胡的矛盾聚焦於如何看待「資產階級自由化」這一提法上。其時，中國權力形成「三明治」局面。所謂「權力三明治」是西方政評人士的用語，即頂層為鄧小平的軍事統御權力，中間為胡耀邦、趙紫陽的黨政工作班子，底層為陳雲的右傾保守勢力。處於夾層中間的胡耀邦、趙紫陽黨政工作班子兩頭受壓，港、臺輿論稱為「兩宮親政」。在改革開放、搞活經濟方面，鄧小平支持胡、趙抵制陳雲的守舊勢力；而在「反對資產階級自由化」方面，鄧小平與陳雲沆瀣一氣，共同箝制胡、趙。

這就是「中國特色的社會主義」？

一九八三年十月，中共召開十二屆二中全會。會上鄧小平、陳雲嚴厲斥責黨內的「資產階級自由化思潮」，指示「全國範圍內清除精神汙染」，點名開除「資產階級自由化分子」劉賓雁、方勵之、王若望等人的黨籍。主持會議的總書記胡耀邦無言以對。會後，由鄧小平親信幹將、中央黨校校長王震出面，號令「全國清汙」。一時間，全國大亂，城市出現哄搶私營商鋪、搗毀剛復建的佛教廟宇、道教宮觀，農村則出現「吃大戶」、搶掠私人果園、菜園、作坊等等，大有「文革又起」之勢。黨中央、國務院一線領導班子為穩定局面、制止動亂，總理趙紫陽指示全國農村不搞「清汙」，國務院系統不搞「清汙」；副總理萬里和中央書記處常務書記習仲勛聯手，下發通知：全國城鎮不搞清汙。與此同時，解放軍總政治部也下達命令，軍隊不搞清汙。接下來是教育部下通知，全國大中小學校只搞正面教育，不搞清汙運動；經貿部下通知，全國財經系統不搞清汙；衛生部、國家體委下通知，衛生系統、體育系統不搞清汙；之後連文化部也斗膽下達通知：文化部門不搞清汙，……最後祇剩下個文藝界清汙，也是雷聲大，雨點小，草草收場。鄧、陳的「清汙運動」只進行了二十一天，走了過場。中國知識分子拍額相慶。鄧小平忍得下這口惡氣，豈能善罷甘休？

路透社、美聯社、法新社等國際大通迅社都即時報導，透析了中共這次「清汙運動」，認作是中共黨內以胡、趙為首的改革派，與以鄧、陳為首的「保守監國勢力」的一次大角力，胡、趙贏得了全面勝利，中國前途一片光明。西方輿論沒有看到的是：胡耀邦和鄧小平之間的矛盾更深了一層。鄧小平豈肯罷手？會否與陳雲等元老聯手，共同對付胡耀邦？中共高層，倒胡勢力已暗潮洶湧。

一九八四年九月，第四次中國作家代表大會在北京召開。大會傳達了胡耀邦、萬里、習仲勛、胡啟立等中央領導人的指示：今後不再沿用「反資產階級自由化」這一提法，而提「反對一切錯誤思潮」、「消除封建主義思想餘毒」。習仲勛更指出：反對資產階級自由化，難道封建主義就可以自由化？提法不科學嘛。胡耀邦率領中央書記處書記、部分在京政治局委員出席該次全國作家代表大會開幕式，作家們歡欣鼓舞。被鄧小平下令開除黨籍的著名記者、作家劉賓雁當選為中國作家協會副主席，主席是巴金。

此次大會被鄧小平、陳雲元老集團視為「資產階級自由化大會」，胡耀邦被視作幕後支持者、庇護者。胡、鄧之爭，幾成水火。

一九八六年，西方輿論普遍認為，中國政權出現「八老監國」局面。胡耀邦、趙紫陽等一線領導人的權力受到進一步掣肘。所謂「八老」即鄧小平、陳雲、李先念、彭真、薄一波、王震、楊尚昆、鄧穎超。也有說「十老監國」，加上胡喬木、鄧立群。

一九八七年一月，中共召開了一次名不正、言不順的中央政治局組織生活（擴大）會議，把黨總書記胡耀邦趕下臺，罪名是反對資產階級自由化不力。隨後，召開中共第十三次全國代表大會，趙紫陽成為黨的總書記，思想保守的李鵬任國務院總理。

上星期，一九八九年四月十五日，胡耀邦含冤去世……

卓瑪盯著電腦屏幕，看著，看著，時差反應畢竟抵擋不住瞌睡蟲襲來。她趴在寫字臺上睡著了。不一會，電腦屏幕黑了，自動關機。

3

第二天上午十時左右，住在十六樓的卓瑪似睡非睡還沒有醒來，就隱然聽到飯店外如千軍萬馬似地人聲鼎沸。憑著新聞記者的敏感，她翻身下床，赤著雙足，掀開厚重的落地窗簾往下一看，哇！建國門外大街上人潮滾滾，飄揚著各色旗幟，呼喊著一些聽不清的口號，像一條斑駁陸離的滔滔大河朝天安門方向湧去，湧去。卓瑪登時清醒雀躍起來，作為一名記者，抵達北京的第二天就遇上了如此熱烈壯觀的場景，何其幸運。此情此景絕非新年除夕之夜紐約時代廣場百萬人聚集、聆聽元旦鐘聲的歡樂場面所能比擬，它預示著這個國家正在發生大事件、大變故。

卓瑪草草整理了一下被褥，進浴室盡快沖了個「沙窩兒」，邊吹風邊甩弄乾頭髮，習慣地朝鏡子裡的俏人兒做了個鬼臉，換了身乾淨利落的牛仔服，挎包一揹就出了門。卓瑪像個女大學生，身手矯健便捷。她的挎包裡裝著微型攝像機和微型錄音機，索尼公司出品的頂級設備。進了電梯，開電梯的中年女人默默地注視了她兩眼。到了大廳，電梯門外有男士禮貌地朝她笑笑，道了聲「古得貓寧」。卓瑪不管這些。通訊社的同行提醒過她，到了某些國家的首都，她一定會被人跟蹤、盯梢。不足為怪。卓瑪出了飯店大門，右側就是一家友誼糕點鋪，裡面包子、饅頭、餛飩、湯麵、熱狗、三明治、冷熱飲料一應俱全。卓瑪在臨街窗口買了兩個全麥饅頭加一瓶礦泉水，邊走邊啃，去追趕遊行隊伍。她講一口臺灣口音國語，人家還以為她是一名臺灣年輕女訪客，來看熱鬧的。

卓瑪閃身進了「北京外語學院」的遊行隊伍，沒有受到阻攔。不過，隊伍後面馬上有廣播喇叭響起：注意有陌生人插隊！注意有陌生人插隊！卓瑪正擔心會被請出隊伍，一位教師模樣、十分面善的中年女士卻拉了拉她：別理會，沒事兒。卓瑪趕忙謝謝這位老師。對方問：您是臺灣來的吧？也在上大學？卓瑪搖搖頭，很快又點點頭。女教師友好地說：不要緊，小妹妹，咱都是中國人。海峽兩岸都不民主，都專制，我們一起來爭取……這時，口號響起：要民主！要人權！要自由！反官倒！反腐敗！反專制！懷念胡耀邦！不要老人幫！……喊著喊著，卓瑪彷彿忘記了自己是一名外來者，也像隊伍裡的師生們一樣情緒激動。雖然有些口號的內涵她並不十分清楚，但她覺得那是發自人們的內心，是人們靈魂的呼喚、吶喊。而放眼望去，遊行隊伍打著各種旗幟、橫幅，填街塞巷，浩浩蕩蕩，前不見頭，後不見尾，彷彿全北京的人都湧到大街上來了。中年女教師還在呼喊口號的間隙，不忘向卓瑪介紹沿途有名的建築物：看，北面右側這棟大樓是中國社會科學院，裡面有二十幾所研究所，都說它是黨中央的智庫；對了，看，左手邊，街對面是北京火車站，古香古色，金碧輝煌不是？它是一九五九年國慶十周年前夕建成的。那時，為迎接國慶十周年，咱北京蓋了十大建築，大都集中在東、西長安街兩側。……

一路旗幟，一路口號。卓瑪走在隊伍裡，悄悄把挎包裡的錄音機打開了。她要錄下這些激動人心的聲音。她還發現許多旗幟其實都是校幟：第二外國語學院、中央廣播學院、中央財經學院、中國政法學院、北京航空學院、北方工業大學、華北石油大學、國家行政學院、外交學院，……卓瑪忽地眼前一亮，發現遠遠的飄著一面校幟，上面寫的竟是中央美術學院！天啊，她終於發現這所學院的名字也在旗幟上，也匯流進這遊行示威大軍裡來了。中年女教師仍在向她介紹大街兩旁的建築物和機關單位：看，咱右手邊，王府井大街西口，就是北京飯店，專門接待國際友人的，夠氣派吧？說是原計畫蓋三十八層，在樓頂花園可以俯瞰整個北京城，但被周恩來總理否決了，只准蓋二十層。周總理說：蓋那麼高，不把中南海看得一清二楚了？安全第一嘛。再說，三十八層就是一百二三十米高了，萬一發生火警，消防隊的雲梯夠不上，怎麼辦？周總理看得遠，想得周到，心細著呢。

卓瑪心裡暗自笑了。在紐約學中文時，臺灣老師曾說過，北京人嘴貧，好說事兒。身邊這位熱心腸的女教師就是。聽，女老師又說開了，當然這次不光是對卓瑪，也是對周邊的學生們說的：同學們看到了吧，街對面，那一長溜灰色圍牆，大門口有穿制服的人站崗的，就是公安部大院了！占了整半條街吶！可同學們知道嗎？那大院原來是清王朝的翰林院，大清國的最高學府，地位比咱們今天的中國社會科學院還高！那時的翰林，有望升為宰相、一品當朝的。隊伍裡，有學生問：老師，為什麼要把翰林院變成公安部呢？女教師看了卓瑪一眼，回答：哪、哪就要去問躺在紀念堂裡的毛主席了！學生們笑了起來。隨之又有位學生尖銳地問：這就是所謂的無產階級專政？對知識分子、科學文化實行專政？頃刻，另有同學高聲制止：少發表這類犯忌諱的高論！別自作聰明。又有人反駁道：不是說思想無禁區，言論有自由嗎？誰說思想無禁區？馬列主義、毛澤東思想就是最大的思想禁區。不信你闖闖看，對面就是公安部！

學生們的思想相當活躍。正爭論著，氣勢磅礴的口號聲又起：懷念胡耀邦！不要老人幫！國家要民主！政治要改革！

卓瑪隨遊行隊伍進入天安門廣場。名不虛傳，果真是世界第一大廣場。現正有千百支隊伍從四面八方朝這裡聚集。此時的卓瑪莫名地心跳、激動，不像個看熱鬧的外國人，彷彿她就是其中的一分子。或許，卓瑪本人都沒有意識到，她心靈上流淌著的正是這塊土地上的乳汁，她身上的血脈和這裡的一切都緊密相連。「People mountain, people sea」，卓瑪已投身這人山人海。不知不覺間，她被一波一波的人潮擠出了她跟隨而來的隊伍。卓瑪的腳步沒有停下，她要記錄下這沸騰的場面，她還要去追尋「中央美術學院」那面紅底金字的校幟。她為什麼要去追尋這面校幟？人潮湧湧，一切都顯得激昂而衝動……可是「中央美術學院」那面校幟，彷彿在這人海中和卓瑪捉迷藏，時隱時現，時遠時近，她怎麼也追不上去。她身不由己，隨波逐流，也祇是到了廣場的東沿，進不了人如潮、旗如海的廣場。在一長溜不很高的松樹之間，她卻見到了一條詩詞長廊。一首首詩歌，一句句題詞，寫在各種顏色的紙張上，以繩索串掛在一棵棵松樹的低矮枝椏上，像萬國旗一般飄揚。不少人正在邊抄寫、邊念誦、邊評論。那些詩詞，有的署有作者姓名，大多為無名氏之作。卓瑪也掏出個小筆記本來，邊聽四周人的評論，邊抄寫：

天下奇冤一掃清，神州莫再有冤魂。
此情此景張家界，活在人心便永生。

——耀邦安息　李　銳

卓瑪知道這是一首中國古體詩，七言絕句。

旁邊有年輕人問：李銳是誰？像個老夫子寫的。

有人答道：李銳是位老革命，當過水利部副部長和毛澤東的工業祕書，反對興建長江三峽大壩，一九五九年在廬山會議上被打成彭德懷右傾反黨集團骨幹成員，下放勞改二十年。一九七八年經胡耀邦過問，獲平反昭雪，恢復名譽。後任中央委員、中顧委委員、中央組織部常務副部長。現已退休，寫有一本史書《廬山會議實錄》，成為毛澤東研究專家。他說毛澤東是個痞子。

剛才問話的年輕人哈哈大笑：毛像還掛在天安門城樓上，敢說毛是個痞子，李銳是條漢子！

隨後，卓瑪抄下一副對聯，是胡耀邦家鄉人寫的：

心在人民，原無論大事小事；
利歸天下，何必爭多得少得！

卓瑪覺得好。這時有人叫道：這一首更精采，有深意！讓念念？

詠「臭老九」　梁漱溟

九儒十丐古已有，而今又名臭老九。
古之老九猶如人，今之老九不如狗！
專政全憑知識無，反動皆因文化有。
假若馬恩生今世，也要揪出滿街走！

圍觀者齊聲讚好，替知識分子出一口惡氣。梁漱溟已經過世，不知是誰把這首嬉笑怒罵之作抄來了。又有年輕人問：梁漱溟是誰呀？該不也是位老革命？

又有人回答：年輕人，梁漱溟先生是誰都不知道？可見咱們的宣傳教育部門奉上級指示，讓年青一代淡忘歷史，好像我們的領導者一貫偉大光榮正確，什麼錯誤、災難都不曾發生過！就拿這位梁漱溟先生來說，他是毛澤東的同齡人，都是一八九三年生人。一九一八年二十五歲的毛澤東到北京大學當旁聽生，窮得和二十幾人共一個大炕睡覺，常去他的老師楊昌濟教授家裡蹭飯吃，有時就借住在楊家的四合院裡。這時的梁漱溟已是北大年輕的哲學教授。梁教授不時到楊家做客，給他開院門的常是一個湖南鄉下青年，以為是楊家的門房，也就沒有放在眼裡。幾年後這個湖南青年在家鄉發動秋收起義，上井岡山落草，建立根據地，成為了革命領袖；梁漱溟先生則奉行教育救國，文化科學改造中國的理念，理論付諸社會實踐，於三〇年代在山東、江蘇農村推行「鄉村改造運動」，健全農村宗族制度，提倡鄉村自治，推廣科學種田，引進優良品種，發展生產，勞動致富。因為中國最大的問題在農村、農業，穩定了農村、發展了農業，也就穩定了國家政局。這當然和毛澤東的打天下、坐江山是背道而馳的。可惜梁先生的「鄉村改造運動」被抗日戰爭和國共內戰所中斷。一九四九年新中國成立，毛澤東成為黨和國家偉大領袖，梁漱溟教授也是一代名人。也因為梁先生一向反蔣，反國民黨腐敗，是個講氣節的「硬骨頭」。毛澤東並未計較他當年對自己的傲慢，稱他為「老朋友」，讓他當了全國政協委員、中央人民政府委員，准予參政議政。一九五三年九月的一次最高國務會議上，梁先生當著毛澤東的面，為農民請命，說現在城市工人在九天，鄉下農民在九地，生活有天壤之別。毛澤東命他住嘴，說他沒有資格代表農民。梁先生則要求毛主席要有雅量，聽聽不同意見，允許他把話講完。毛澤東見他公然頂撞，舊恨新怨，引發雷霆之怒，而破口大罵梁漱溟不要臉，從來反共產黨，是國民黨的走狗，美帝國主義的走狗，卻厚著臉皮向共產黨討官做……毛澤東這一罵，使梁先生受迫害二、三十年，文革中差點被紅衛兵打死。聽說是周總理保了他。他活到了文革結束，平了反，恢復名譽，寫了這首「詠臭老九」，是幾代中國知識分子命運的寫照。

卓瑪和四周的人認真聽著這段講解，大受教益。人群中忽然有人大聲評議：「好了歌和注」，你同志今天給我們來了段新式「好了歌和注」！

卓瑪讀過《紅樓夢》，知道「好了歌和注」這典故出自《紅樓夢》開篇第一回。有意思，真有意思，她彷彿已經聽不到廣場上那海濤般的聲浪，繼續沿著詩廊讀下去，摘抄下去：

高貴是高貴者的墓誌銘，卑賤是卑賤者的通行證！——北島

好！有哲理。日後一定要設法採訪到這位北京詩人。還有一首：

黑夜給了我黑色的眼睛，我卻用他尋找光明……——顧城

妙！更妙。北京這座古都真是文氣鼎盛，人才輩出。卓瑪接下來抄錄的，則大多為大學生們的即興之作，如：

要民主，不要民王！要自由，不要鎖鏈！
我們苦悶，我們吶喊！我們抗爭，我們拒絕遺忘！
為正義發聲，為民主呼喚，為自由奮鬥，為人權哭泣！
北京向何處去？中國向何處去！
不自由，毋寧死！不民主，不苟活！
人民日報無人民！光明日報不光明！北京日報最左傾！

摘抄著這些充滿激憤之情的標語口號，卓瑪忽又被兩首未有署名的自由體詩歌吸引住。一首是：

同學，不要問我叫什麼名字，
把你的手伸出來，
把我的手伸出來，
把我們的手伸出來，
讓我們的手挽在一起，
就像森林裡的藤蔓，
把陽光雨露挽在一起，
把生命和真理挽在一起，
在四月的廣場上，

我們用我們年輕的身軀，
挽成一個無與倫比的自由花環！

另一首，卓瑪更是邊抄錄，邊感動不已：

媽媽，我們沒有錯！
我們抗爭、罷課，
是為了有尊嚴地學習、生活，
是為了明天美好的祖國！
媽媽，我們沒有錯，
我們沒有吃喝玩樂，
我們在廣場上請願、靜坐，
是為了有尊嚴地學習、生活，
是為了明天美好的祖國！
媽媽，我們沒有錯……

4

北京大學學生自治會負責人路琳與呼爾亥西，騎著自行車來拜望他們稱為「自由派畫家」的蕭白石。在朝陽區左家莊歪把兒胡同口，被佩有「街道治安員」紅袖標的小腳老太太攔下，問：二位找誰？哪個單位的？路琳、呼爾亥西下了車，忙說：大媽，我們是北大學生，找畫家蕭老師。小腳老太太身邊忽又閃出另兩位小腳老太太，也都佩著「街道治安員」紅袖標，顯然是一支巡邏小組了。三位老太太倒是態度和藹：是有位蕭畫家住我們胡同裡，二位可有學生證？給看看。呼爾亥西是維吾爾族小伙子，自尊心頗強，想發作，被路琳制止。她掏出學生證來，說：三位大媽看清楚了，我這北大研究生院的學生證可不是假的！三位小腳老太太輪番著把路琳的學生證給看了，連說：假不了，假不了！又問：這一位也是研究生？呼爾亥西終歸是按捺不住，說：我怎麼嗅出來大漢族主義的氣味兒？還講不講黨和政府的民族政策啊？請問三位姓甚名誰？我可要去中央民委討個說法，問問你們有不有權利盤查我的身分證件！一位小腳老太太見高鼻梁、藍眼睛的小伙子不是盞省油的燈，也回敬了一句：年輕人，火氣不要太盛，中央民委不也歸黨領導？我們是街道派出所安排的治安巡邏小組，問您一句也沒有什麼。得了，得了，進去，進去吧！知不知道蕭畫家的門牌號兒？

路琳、呼爾亥西蹬上自行車，可氣又可笑。有位小腳老太太還不忘衝他們的背後喊上一句：蕭畫家是我們胡同裡的名人，二位可不要拉上他去攪事、鬧事啊！

真是來得早不如來得巧。在一條胡同只有一部公用電話的城區裡，要見人只好騎了自行車去「碰」，「碰」著了是運氣，「碰」不著往大門縫隙裡塞個便條，告知某某人來過了。此時，蕭白石正好在家，見了路琳、呼爾亥西兩位忘年交，頗高興，誇兩位小朋友越長越俊氣了。路琳則說：蕭老師憂國憂民，頭髮又花白了不少。呼爾亥西補上一句：多情應笑我，早生華髮！蕭白石忙給二位上茶：亥西學問長進，蘇東坡的句子張口就來。二位大老遠的找來，有何見教啊？

路琳不忙入正題，先講了方才被三位小腳老太太攔下問話的事兒。蕭白石哈哈一笑：中國特色嘛！過去叫無產階級專政，現在叫回人民民主專政。文化大革命期間還有個「街道民兵小分隊」，現在改回叫「街道居民治安巡邏小組」。都是幹一個活兒：聽壁角、盤查陌生人、監視居民。完全是他姥姥的文革遺風，毛皇爺陰魂不散！對了，聽說你們的學生自治聯合會已正式成立了，到民政局去註冊沒有？不過，前些時候有報紙花邊新聞，說咱們敬愛的黨從未向民政部門登記註冊！

呼爾亥西笑了：哈哈，黨不成了非法組織？掌嘴！掌嘴。我們一所大學的學生自治聯合會，犯得著去民政局註冊？現在，清華、人大、師大、交大等幾十所首都高等院校都成立了學生自治聯合會，對抗他們官辦的學生會、團委會。郊區的工廠還成立有「北京工人自治聯合會」。形勢不是小好，也不是中好，而是大好，大大的好！

蕭白石說：亥西同學，你一個維族大學生，也染上咱北京爺們的貧嘴習性了。

呼爾亥西：蕭老師，我怎麼又嗅到一股大漢族主義的氣味兒來了？我是高鼻梁，藍眼睛，歷史上被你們漢人稱為胡人、外夷！可你們的祖先唐太宗，就有我們胡人的血統。有杜甫詩為證：高帝子孫盡隆準！所謂「隆準」就是高鼻梁不是？中國幾千年的歷史，就是你們漢族統治我們少數民族的歷史。

蕭白石說：亥西同學，你的話只對了一半。五胡亂華，不是胡人統治河南、河北中原地區的漢人？蒙古騎兵掃蕩北方，滅了南宋，建立大元帝國，不是胡人統治漢人？滿清入關，滅了大明王朝，建立大清帝國，不是胡人統治漢人？一部中國歷史，風水輪流轉，皇帝輪流做，時而漢人統治胡人，時而胡人統治漢人。胡人漢人，兩三千年以來，經過一代代和親、通婚、雜交，早就血脈相通，都是雜交品種了！我本人就有這方面的經歷。

呼爾亥西搶白一句：蕭老師，胡人這稱號，就是大漢族主義的產物，帶有某種輕蔑、歧視成分。路琳見一老一少倆爺們貧個沒完，插言道：好了，好了，咱都是雜交品種，有雜交優勢，如何？大半個中國，特別是北方地區，很少有漢人祖上沒有胡人血脈的了。亥西，咱下面該說正事了。

蕭白石撫掌：無事不登三寶殿。二位有何正事？

呼爾亥西四面看看，忽而問：今兒怎麼沒見奶奶，還有圓善師母？

蕭白石說：我快要做父親了。娘兒倆一早就上醫院做檢查去了。昨兒老太太還在問，路琳和亥西兩個，多久沒見了，該不會也上街鬧事了吧？我寬慰了老太太，說兩位小青年乖著呢！他們的父母送他們來北京上學，不容易呢。……我若告訴老人家，二位現在是北大學生自治會的頭兒，學生領袖，沒準會讓老人家嚇暈過去。

路琳說：有那麼嚴重？好像學生運動是洪水猛獸似的！請告訴奶奶，中國民主了，老一輩就可以安度晚年了。好了，下面我們不跑題了。亥西，你就先說說吧。

呼爾亥西點頭：是這樣，蕭老師，我們不是正在鬧罷課嗎？除了上街遊行、請願，我們學生自治會也要舉辦系列講座，請校內外名家自由談。不出題目，不設範圍。當然，希望名家們談談國計民生，民主憲政。老師，您有不有興趣？我們現在就可以訂下來，這個月底，您來開第一炮，怎麼樣？

蕭白石斂起笑容，蹙了蹙眉：我替你們去開第一炮？講什麼？我可從來對政治很不感冒。是誰說過，無論東方、西方，政治都有其骯髒的一面，世上沒有最好的政治，只有最不壞的政治。

路琳拍掌：好！蕭老師您就講這個！一定精采，掌聲不斷。

蕭白石拉長了臉：不講。我不給你們學自聯當槍使，做出頭椽子！

呼爾亥西見狀，忙說：那就換個題目。您給講講您當年當右派，流落青海藏區的那段奇遇，講講反右運動是怎麼迫害知識分子的。肯定叫好叫座，能吸引人。

蕭白石仍是搖頭：我不上二位小朋友的當。當年流落青海藏區七年，是我的寶貴人生經歷，至今保守祕密，都沒向組織交代清楚，知道嗎？

路琳撇撇嘴：您是著名的自由派、個體戶畫家，又不是黨員，還有什麼組織管著您？

蕭白石苦笑：我作為社會主義社會主人翁，能沒組織管著？歪把兒胡同居民委員會不是組織？左家莊街道辦事處不是組織？公安派出所不是組織？朝陽區區委會不是組織？二位剛進來時不是被三名佩紅袖標的小腳老太太盤查了，那不是組織？組織嘛，無處不在，有時候真覺得天羅地網。我作為一名畫家，只能追求一些兒靈魂的自由！毛澤東時代曾經把每個人的靈魂都套上了思想緊箍咒，管得死死的。文革結束，搞改革開放，人的靈魂緊箍咒有所放鬆；咒還是念，只是猢猻們不再痛得滿地打滾了。不少人，特別是你們年輕朋友，常常靈魂出竅了。

呼爾亥西腦子轉得快：好，有題目了！老師您就講「藝術創作與靈魂自由」，怎樣？

路琳連聲呼應：這個題目好。老師您可以自由發揮。

蕭白石想了想，說：容我考慮考慮吧。

呼爾亥西翻出個記事本，緊追不放：那就定下來，四月二十七日上午，北大圖書館小禮堂，就是上次北師大劉海濤博士演講「五四文化學」的地方。

蕭白石說：趕鴨子上架，這麼急呀？我還沒有應承呢。

路琳丫頭也步步緊逼：行，行，就這麼定了。老師您不要推三推四的了。……下面還有個更重要的事兒，得和老師您通報通報。

蕭白石一時又警覺起來：二位有個完、沒個完？還有什麼幺蛾子？

呼爾亥西那小子故弄玄虛：老師您可要有思想準備，免得我說出來，讓您大吃一驚。

蕭白石冷笑一聲：你們十幾萬大學生上街，引來全城百萬人上街，弄出這麼大的動靜來了，還有更新更大的行動？

路琳朝呼爾亥西看了一眼，說：我們學自聯準備組織一批同學到天安門廣場靜坐，逼黨和政府和我們談判，繼承胡耀邦總書記遺願，進行政治改革。不然我們就不撤離。

蕭白石果然心裡一震：靜坐？胡耀邦的追悼會都開過了，你們還要到天安門廣場去靜坐？我沒有聽錯吧？這是要製造國際新聞。

呼爾亥西答道：也可以說，我們要去占領廣場，和平請願。希望老師和老師的朋友們予以支持。

蕭白石好像陌生人似地看了兩位小青年一眼：天天上街遊行還不夠？誰給你們出的主意？你們考慮過後果？你們學自聯背後，肯定有長鬍子的人！

路琳笑了：長鬍子的人？老師您就是長了鬍子的，不是？

蕭白石晃手：別，別，千萬不要把我扯進去，……誰給你們出的餿主意？你們背後的高人，是否就是你們的老校友、當過右派的方勵之教授？一位物理學家，又是中國科技大學校長，如今也熱衷街頭運動了。

路琳說：廣場靜坐這一招，倒不是方教授的主意。嗯，也不用瞞您了，我們北大不是有個作家班嗎？好些學長都在文革初期當過紅衛兵，後來又上山下鄉當知青，積累了生活素材，文革結束後寫小說出了名，成了作家，卻沒有學歷，有關部門就建議大學開設作家班，替他們補個文憑。……其中一位，我就不說他的大名了，幹部子弟，一九六六年的第一批紅衛兵，揪走資派，幹過打砸搶抄的。據他和我們說，他們當時都是中學生，扯旗造反，破四舊、立四新，發表紅衛兵宣言，效忠毛主席是他們的紅司令！黨內走資派想鎮壓他們，他們就搞廣場靜坐，絕食，抗爭到底，不達目的，絕不罷休！後來，黨內走資派一個個倒臺，成為黑幫分子。……所以，老紅衛兵這一招，會很奏效。如果我們有幾千名、上萬名大學生到天安門廣場上去靜坐抗爭，形成聲勢，造成影響，一定會得到北京廣大市民、全國人民乃至世界各國的關注與支持。這也是喚起民眾，群眾運動，運動群眾。

呼爾亥西說：占領廣場，就是我們的革命行動。

蕭白石聽罷，連連搖頭：這就是你們這一代人所了解的文革？才過去了十幾二十年，在你們眼裡已經走了樣兒！文革真如毛澤東所說是反修防修，永葆紅色江山不變色嗎？非也！十年文革，從頭到尾，都是一場赤裸裸的黨內權力之爭，他們說是路線鬥爭。這我可以簡要的說幾句，你們耐心聽一聽。那場鬥爭是怎麼來的？事出一九五八年的大躍進。那時你倆都還沒出生。毛澤東提出要三、五年內在國民經濟的主要指標如糧食、鋼鐵等超過英國，趕上美國！於是有了總路線、大躍進、人民公社三面紅旗，有了大辦糧食、大辦鋼鐵、大辦公共食堂，大放各種不可思議的高產衛星，如北方的地瓜、土豆畝產五十萬斤、一百萬斤；南方的水稻畝產十萬斤，最高的是廣西環江縣的水稻畝產十三萬斤！你們不相信？天方夜譚？可以去查查史料，這些都是當年上了黨中央機關報《人民日報》頭版頭條的，向全世界吹噓了出去的！結果怎樣？只過了一年，一九五九年開始出現饑荒。一九五九年夏天開了個廬山會議，原本是國家主席劉少奇等人要調整政策，糾正左的傾向的，只因彭德懷元帥給毛澤東寫了封信，為民請命，說了真話，毛澤東被戳了痛處，變了臉，利用他的領袖威望，把糾左變為反右，把彭德懷等人打成了「彭、黃、張、周右傾機會主義反黨集團」！而且他還號令一九六〇年繼續大躍進，躍進再躍進，高產再高產！結果，很快就演變成一九五九年到一九六二年的全國大饑荒，也是中國歷史上最大最廣的一次全國性饑荒，且是人為造成的大饑荒，活活餓死人口四千多萬，也有說五千萬。後來有個內部統計，光是河南、安徽兩省，就各餓死了六百萬人；天府之國的四川省，從一九五七年到一九六二年在短短五年中，竟然人口減少了一千二百萬！真正的餓殍載道，屍骨盈野，通通叫做「人口非正常死亡」。河南等省區出現了無人村、無人鄉。面對這場史無前例的全國性大饑荒，毛澤東在起初拒絕承認，認定農村餓死人是地主富農的代理人混進了基層幹部隊伍，迫害貧下中農致死，仍是階級和階級鬥爭問題。劉少奇、鄧小平、周恩來、朱德等領導人主張放寬政策，發動農民生產自救，但毛澤東遲遲不肯點頭。直到一九六一年春天，毛澤東很信任、重用的中南局第一書記陶鑄親率工作組，赴河南重災區信陽地區實地調查，一個個生產隊、一個個公社列出餓死者的姓名、年齡等等，向黨中央寫出報告：農村餓死人是黨的政策重大失誤所致，不是階級和階級鬥爭問題！毛澤東這才承認自己一九五八年的大躍進闖了禍，犯了錯，於是同意劉少奇、周恩來、鄧小平等領導人開展救災，調整政策，放鬆管制，允許農民種自留地，有的地方還實行包產到戶。毛澤東面對黨內黨外的壓力，還暫停了自己的黨中央主席職務，由劉少奇代理，不過毛澤東仍是中央軍委主席，統領槍桿子。應當說，劉少奇、鄧小平等人是實幹家，暫時拋開了一些口號和主義，竭盡全力，救民於水火。到了一九六二年，全國饑荒災情有了緩解。這年的二月，在北京召開了有全國縣委書記參加的中央工作會議，叫做「七千人大會」。會上由劉少奇作政治報告，總結大饑荒的沉痛經驗教訓。期間，有人喊出了「劉主席萬歲」的口號。劉少奇在黨內的威望空前高漲。這是毛澤東最為忌諱的。只有林彪元帥昧著良心，在最後一天的大會上竟然說：這幾年，我們黨和國家的革命事業、社會主義建設，受到如此嚴重的挫折，就是因為我們沒有執行毛主席的英明指示所造的。林彪是顛倒黑白，討毛澤東歡心了。當時全場愕然，無人鼓掌。這時刻，毛澤東在主席臺上起立，帶頭鼓掌。大家不得不跟著鼓掌。到了一九六二年四月，北方正在春耕，南方正在插秧。中央常委的絕對多數劉、周、朱、陳、鄧（中央常委共七人）一致主張農村繼續放寬政策，允許部分地區的農民包產到戶，度過饑荒（當時農村許多地方已經偷偷分田單幹）。但是，事情卡在毛澤東手上，中央下不了政策文件。主持中央日常工作的劉少奇很著急。一天，他闖到中南海游泳池找毛澤東。毛澤東正在裸泳。幾名陪泳的女子見劉主席來了，紛紛掩著身子走避。劉少奇覺得很不堪，也顧不得什麼「修養」不「修養」了，當即甩下一句重話：

鄉下人相食，是要上書的！意思是今後要寫進歷史典籍的……唉，好了，好了，我說了這麼多，二位現在該明白，為什麼一九六六年春毛澤東要勾結林彪，調兵遣將，派軍隊占領首都的各個要害部門，悍然發動文化大革命，號召紅衛兵革命造反，打砸搶抄抓，不惜癱瘓各級黨委來打倒劉少奇、鄧小平了。……不管他們製造了多少「理論」、口號，文化大革命都是毛澤東對劉少奇的秋後算帳，赤裸裸的權力之爭！哪裡是什麼紅衛兵戰士揪出了走資派？不過是些搖旗吶喊的嘍囉而已！

路琳、呼爾亥西都聽呆了。這些，是大學書本裡讀不到的歷史知識啊。他倆連聲說：聽老師一席話，震聾發聵。殷鑒不遠，在夏后之世。好吧，到廣場靜坐，進而占領廣場的事，我們回校和同學們商量商量，慎重從事。……不過本月二十七日上午十時，您可要去我們北大圖書館講座。咱們一言為定！

5

蕭白石不知在哪兒聽到風聲，一早起來就找《人民日報》，說昨兒有篇社論特別重要。原先娘只訂了份《北京晚報》，自他從大將軍胡同二號搬回家來，特為訂了這份黨報，讓關心國家大事呢。平日裡，他最討嫌的就是這社論、那社論，全是姥姥的喉舌說官話，不說人話。也是十年文革「兩報一刊」社論發號施令、喊打喊殺、橫掃一切，倒了全國讀者的胃口。啥叫「兩報一刊」？即是《人民日報》、《解放軍報》加《紅旗》雜誌的簡稱，專事頒發毛皇聖旨「最高指示」的。當年有人把「兩報一刊」社論當廁紙，擦了人身上齷齪的東西，被人告發，給扣上「反黨反社會主義反毛澤東思想」罪名，判了重刑呢。

娘還沒起床。蕭白石隔著門簾問娘：這幾天的報紙放到哪兒了？娘說在老地方，都在牆旮旯那紅漆馬桶蓋上摞著呢。蕭白石正要去找，圓善已經起來了，說昨兒中午來了搖鈴收破爛的，收走了。你啥時候進步了，要學中央精神了？蕭白石一臉不高興：得了得了，昨兒的報紙，昨兒就當廢紙賣。圓善說：你不是說外面流行順口溜，「人民日報無人民，光明日報不光明，北京日報左得很」什麼什麼的？

蕭白石又惱又愛，一把摟過圓善親一口：你呀，近朱者赤，也學得貧了。對了，改天我們去照個相吧，也該留個合影了。圓善在他懷裡撒嬌：好好的，照什麼相？你倒是想個法子，把俺的名分那事兒給辦妥了。不然，俺出門被人指指點點，都沒法見人了。蕭白石又親她一口：知道，知道，不正在想法子、託門子嗎？蕭白石心中已有個計畫，但他沒把還未落實的事兒說出來，想到時候給圓善一個驚喜就是了。圓善推開他：輕些兒！讓娘瞧見，你不羞俺還羞哪。好吧，好吧，我去蒸饅頭，你去聽聽廣播，不都有了？

還是圓善提醒得對。蕭白石坐到小客廳一角的小餐桌旁，擰開收音機，調到中央人民廣播電臺的波段。他身後的牆上掛著父親大人蕭繼學的遺像。果然，電臺的女播音員又在以文革腔重播「四．二六」社論……必須旗幟鮮明地反對動亂！……蕭白石倒吸一口涼氣。的確是鄧大人簡明決斷的口氣，隱含殺機。經歷了整四十年的新中國統治，人們對這種社論文字相當敏感。統治者每有重大舉措，必先由喉舌發社論，下戰表，剎那間天空就彤雲密布，人們就膽戰心驚。但如今畢竟有些不同了，經歷過十年文革災難，又走過了十年改革開放，百姓不再是愚民、奴僕。這次是北京大學生、北京市民們聞風而動，群起上街遊行，發出自己的聲音。蕭白石聽完社論聽新聞聯播，頭條便是《上海世界經濟導報》被上海市委下令關停的消息。

蕭白石心裡沉沉的，正關掉收音機，圓善就把一籠屜熱騰騰的白麵饃饃擺上了餐桌：請大畫家用早餐！蕭白石還在想心事，忽而問：今天是幾號？正好娘進來了，隨口答道：月底了，二十七號，收水電費的日子。圓善又端來一鍋小米粥：吃吧，吃吧，別一大早就發呆了。你又不是總理、總書記，鹹吃蘿蔔淡操心，幹麼？

蕭白石腦門一拍，四月二十七號不是？差點兒忘事了！今上午十點，我在北大圖書館有一堂講座。

娘給他的碟子裡夾上兩個蒸包：不是娘說你，現在學生娃娃們鬧得那麼厲害，你還是少往那些是非之地去。

圓善也說：娘勸你哪！快做父親的人了，還三腳貓似的四處亂竄。阿彌陀佛。

蕭白石說：娘，今兒個還是要向您和圓善「告假」，早應承了人家的，不好臨時爽約。他們北大不是罷課了嗎？學生們的自治聯合會組織了幾堂講座，約我去談美術創作，不談政治的。您老放寬心吧，「假條」孩兒就不寫了吧？當然，也要請我太太放行不是？路遠，擔心我騎車不安全，那今兒就乘公共汽車，如何？

娘和圓善拿他沒辦法，當了名人，還貧，可氣又可疼。

早餐後，蕭白石拎個挎包出門，穿過幾條胡同口，上了一輛沿北土城路西行的公共汽車，一路還算順暢。在知春路口，他換乘另一路公車繼續西行，到中關村大街與海淀路交匯口，公車就趴了下來，動彈不得了。但見北大、清華校幟飛揚，橫幅高舉，學生遊行隊伍熙熙攘攘，萬頭攢動，填街塞巷。橫幅上寫著「血諫政府！」「為了中國的前途，九死不悔！」「還我民主！還我人權！」等等，群情激憤，氣氛悲壯。

這時已是上午九時半，四面八方全是學生隊伍。蕭白石已沒法前往北大，只得隨大夥下車看熱鬧。這些日子，公車被堵是常態，人都被鬧騰得沒了脾氣，而且默認學生們鬧得有理，還有不少人願意參乎到隊伍裡去吼它幾吼呢，姥姥的！不一會，蕭白石就被三擠兩擠給擠到了一桿北大校幟下面。喧譁中，他大聲問掌旗的男生：同學，請問看到你們學自聯的路琳、呼爾亥西沒有？他們約我去你們北大圖書館辦講座，怎麼都跑到街上來了？掌旗者見他花白頭髮，像位師長，不像個「雷子」，便告知：情況有變，路琳、呼爾亥西上南口找警察交涉去了，警察封了路，阻止我們去天安門廣場！來吧，來吧，我們可以稱您為老師吧？歡迎您參加我們遊行。隨即有女學生遞給蕭白石一面小紙旗，上書「不平則鳴，請願有理」八個字。

原來，此時這條南北走向的中關村大街，南口和西口各有數百名青衣警察手挽手，組成人牆。警察皆為徒手，沒有佩帶武器。有警官頭兒舉著半導體喇叭喊話、勸說，並宣講北京市政府〈關於未經批准不得舉辦遊行示威的決定〉。然而，警官的宣傳喊話被淹沒在學生們的抗議聲浪中。學生們和圍觀的民眾一聲聲、一波波呼喊：「人民警察愛人民！人民警察愛人民！」蕭白石情不自禁地揮動小旗，隨之吶喊。隊伍開始蠕動，人流向前湧，衝擠著警察的人牆。警方設置的第一道防線很快被突破，學生們和沿途加入的民眾融為一體，一路呼喊口號，向南行進。

上午十時，位於中關村南大街東西兩側的中國人民大學、中央民族大學、北京理工大學、北京醫科大學、北方交通大學、中央氣象學院、北京外國語大學的隊伍紛紛匯入遊行大軍，聲勢更浩大，場面更壯闊。蕭白石走在隊伍裡，心情前所未有的激動。呼喊的口號有了新的內容：「堅決擁護黨中央的正確領導！」「反對老人干政！」「歷史作證，人民必勝！」「和平請願，絕非動亂！」「旗幟鮮明地反腐敗、反特權！」「堅決支持上海《世界經濟導報》！」喊著、喊著，蕭白石像年輕人一樣心潮澎湃，眼角濕潤，難以自已，慶幸自己這名「老右」也有今天，也能投身為國家的命運前途抗爭的隊伍。

遊行隊伍滾雪球般越滾越大。在中國人民大學校門前，隊伍衝決了由警察人牆組成的第二道防線。洪流般的隊伍南行至白石橋路口，又有北京師範大學、北京計算機學院、北京商學院、中央民族大學等學生隊伍匯入。此時，遊行人數已達二十幾萬，很快突破了警察的第三道人牆防線。當人潮湧至復興門大街口時，警察的阻攔已完全失敗。從清華、北大出發，抵達西長安大街，沿途二十多公里，道路兩旁擠滿了圍觀民眾，有的年輕人甚至攀至屋頂、樹上，尋找最佳視角來觀望。每當一所大學的隊伍出現，人群就鼓掌、歡呼，打出表示勝利的「V」字手勢，學生們便回應：「人民萬歲！」「理解萬歲！」

此情此景，蕭白石不禁想起友人「瀟湘詞客」的一首新詩和一篇散文，詩題〈直立行走〉，記得有那麼兩句：五千年了！我們匍伏在地，爬行得太久，做了權力的附庸，皇家的芻狗；散文則是回憶文革期間的遵命大遊行人人舉著毛像，喊著萬歲，像一群又一群被放牧的羔羊，更像一隊又一隊被豢養的犬類，四肢落地，蠕蠕爬行……不！不！不！今天是直立行走！蕭白石大聲喊了出來：直立行走！

旁邊的學生不知道他喊些什麼。接下來，更激動人心的是，隊伍東行至西長安大街西單路口時，中國政法大學的隊伍已在那兒等候和迎接兄弟院校的大軍了。政法大學學生們打出的橫幅是：「為民請願，無悔無怨！」「為民抗爭，雖死猶榮！」「憲法憲法，國之大法，不能撕毀，不容踐踏！」

此時最引人注目的是政法大學學生們豎起的三塊標語牌，每塊足有十平方米面積。第一塊是摘抄自《鄧小平文選》和《列寧全集》的語錄。鄧語錄為：「我們要創造民主的條件，要重申三不主義，不抓辮子、不扣帽子、不打棍子。」「一個革命黨，就怕聽不到人民的聲音，最可怕的是鴉雀無聲。」上述兩段語錄用紅線標出，注明選自「鄧文選」第一百三十四頁和一百三十五頁。列寧語錄則摘自

《列寧全集》第十卷第三百五十二頁有關「保障人民言論自由」的一段論述。

好！好！活學活用，政法大學的同學們有學問，以子之矛攻子之盾。蕭白石見到標語牌，忍不住叫好。第二塊牌是一份「起訴書」，簡單明瞭，原告為北京高校學生，被告是《人民日報》社，控告事實與理由是：四月十五日以來，首都高校學生為沉痛悼念胡耀邦同志，促進民主建設而舉行的正當合法活動，被《人民日報》「四．二六社論」栽誣成「一場有計畫的陰謀，是一次動亂」。根據《刑法》第一百四十五條，向最高人民法院起訴《人民日報》犯有侮辱、誹謗罪。

蕭白石和大街兩旁圍觀的民眾一齊鼓掌，稱讚政法大學的學子有膽有識，有理有據。他掉頭見到第三塊大標語牌上，摘抄的是《中華人民共和國憲法》第三十五條、第三十七條、第四十一條，有關中華人民共和國公民有言論、出版、結社、遊行示威的自由，以及公民的人身自由不可侵犯的憲法條文。白紙黑字，擲地有聲。

數十萬人匯流而成的遊行示威大軍，繼續向東湧去，向天安門廣場湧去。沿途都有市民送餅乾、送麵包、送汽水、茶水，類似古代「簞食壺漿，以迎王師」。直到下午兩點，遊行隊伍抵近天安門廣場。

哥，哥！您怎麼也遊行來了？路邊忽然有人呼喊。

蕭白石停下腳步一看，竟是他的三弟，在東郊開著一家小餐館的三弟。蕭白石步出隊伍，上了人行道，收起手中的小旗，見三弟的電驢子後座安放了一隻大簍子，甚是訝異：老三，你這是幹什麼來了？賣饅頭、包子？還是看熱鬧？

老三面帶得色，拍拍空簍子：別小瞧人了！我們個體戶也要為民主出點力，做點貢獻不是？

咱東郊那邊兒十幾家小飯館、小麵鋪，每天都會輪流著來送些饅頭、汽水什麼的，慰勞大學生們。這不，幾百個白麵饃饃，誰餓了誰拿，一會兒功夫就都出去了。……我們小本生意，意思意思吧。咱國家民主了，百姓的日子才安生啦。

蕭白石連連點頭贊許。他原先誤會三弟了，以為生意人鑽錢眼兒、俗氣。沒想到三弟他們也有具體行動來支持民主。可見當下這場運動，很有民意基礎，廣獲民眾的關注和支持。蕭白石眉頭一挑，忽又問道：老二近來怎樣？我已經一、兩個月沒見著他了。

三弟說：我昨兒還碰到他，仍在開他的出租車，當「的哥」。二哥也問大哥近來怎樣哪。他知道大哥搬回左家莊老宅子來了，說等著吃大哥的喜酒呢。哥，您有時間找二哥聊聊吧。他個「的哥」，拉天南地北的客人，消息靈通，知道的事兒，海了去了。況且，許多的事，他有自己的看法。二哥有時來我飯館裡打尖兒，想拉住我侃侃。我忙生意，哪有那閒工夫？

蕭白石答應：行，行啊，下次見到老二，好好聽他個的哥吹牛。

三弟跨上電驢子：哥，還有哪，您要不要上我那小飯館看看？我請的兩位山東大廚、德州師傅，對眼下大學生娃娃們鬧事兒，弄出個這麼大的動靜，很有一套看法呢。他們聽說咱大哥是位名畫家，都想認識您，向您討教。

蕭白石說：改天吧，改天吧。山東出好漢，我也很樂意和他們聊聊，也是討教討教。今兒個，我還要追北大的隊伍，尋人去。

說罷，他揚了揚手中的小旗，又加入遊行隊伍去了。

6

「四・二七」大遊行後的第二天，杜胖子約蕭白石到他家去喝兩盅，說他休一天假，孩子和孩子他媽上姥姥家去了，清靜，哥倆好好聊聊。蕭白石正好有要緊的事找杜胖子幫忙，於是向母親和圓善「告假」，說杜胖子請客，中飯有好去處了。圓善說了聲「得瑟」。

杜胖子擔著文化部藝術局名下演出公司總經理一職，屬正處級，住著四室兩廳的單元樓，家裡全套紅木家具，真皮沙發，義大利鋼琴，日立彩電，松下音響一應俱全，比有的副部級高幹還闊綽，顯見演出公司總經理是個肥缺，「外快」撈的不少。杜胖子歷史上也打過右派，人很隨和，一天到晚樂樂呵呵，學得廣結善緣，上下融和；且他最肯幫朋友辦事，人稱「京城神通」。如果不是公事，他絕不坐公司的小車，而騎一輛日產摩托，大街小巷，招搖過市。他的口頭禪是：逢廟就進香，見佛就磕頭，小鬼也給上燈油。

蕭白石如約來到杜家。杜胖子像尊笑面佛，早把酒菜備下了。小碟小碗，三葷兩素一冷盤，外加一海碗魚肚酸辣湯。蕭白石向來嘴饞，登時眉開眼笑：今兒個爺們運氣不錯，逮了頓吃喝！杜胖子邊斟酒邊說：兄弟不會讓您白吃喝的！蕭白石抿一口酒，芬芳滿口，這才注意到是白瓷寶葫蘆的白沙液，上國宴的名酒，遂說：看來哥們還是要做官，您這名品特供的吧？杜胖子笑道：特供？我離那一級還天遠地遠！那是副國級以上的待遇。什麼是副國級？政治局委員、國務院副總理、全國人大副委員長、全國政協副主席、大軍區司令員、政委，知道吧？這白沙液哪來的？咱那岳父大人不是位副國級嗎？退下來了，仍享受特供待遇。蕭白石舉杯：朝中有人好做官哪！難怪您右派平反改正後，一路官運亨通，步步高升，算不算個太子黨啊？杜胖子也舉了舉杯：哥您還和我說這話？沒見我不過一跑腿辦事的角色？從一九七八到如今，整十二年，從科員到副科長、科長、副處，好不容易熬到年初才轉為正處，我這算哪門子太子黨？邊兒都挨不上，別寒磣人了！蕭白石一臉壞笑：邊兒還是沾上了吧？要當心囉，如今幾十所大學學生正在鬧事，趁著悼念胡耀邦，天天上街遊行，反官倒，反特權，反高幹子弟經商。兄弟您可是個高幹女婿啊！杜胖子喝酒上臉，但有酒量：鬧吧！鬧吧！剛有了口飯吃，就忘了大饑荒餓死幾千萬人的日子！也是人心不古，人心難足哪。說罷，杜胖子忽然省悟到什麼似的，筷子頭指向蕭白石：哈囉！哥們！您還有嘴說我是高幹女婿？您自個兒正經八兒是副國級高幹楚振華上將的乾女婿。雖說是個「乾」字號，您住過大將軍胡同二號院，相當於大清朝的貝勒府，這是鐵的事實吧？首都人民眼睛雪亮著哪，哈哈，哈哈……

哥倆左一口、右一口地喝著，天一句、地一句地胡侃著。喝到半酣，蕭白石才問：兄弟您一開席就說，這頓酒不是白蹭的，啥意思？這些年，您在我家裡蹭的酒飯還少了？連我老娘每次包了餃子、蒸了包子就會問：小杜那孩子好些天不見了，我就喜歡看他貪饞的樣子！杜胖子聽這一說，眼睛都紅了：患難逢知己嘍！我每次見到蕭媽媽，就想叫聲娘！您知道的，我父母都是老家的「分子」，一九六〇年吃觀音土，活活給撐死，……這檔子事，我至今不敢在孩子和孩子他媽面前提起，更不敢在岳父、岳母大人面前提起。

蕭白石見杜胖子要哭了，忙勸住：俱往矣！俱往矣！咱這一朝，家家一本難念的經。我家的那本經，我父親餓死在青海勞改農場，我本人流落青海藏區七年多的那些事，到如今，連想都不願想，一想就晚上做惡夢，大喊大叫，把圓善都嚇醒。……俱往矣！他娘的毛澤東俱往矣！能活下來就是咱平頭百姓的勝利！哥們還是朝前看，朝錢看吧！您到底有啥重要事，置下這頓二人席，來和我商量？杜胖子又舉了舉杯：您不是也說有要緊的事和我商量嗎？還是您先說。蕭白石與他碰了碰杯：先說就先說。是這樣的，您不是叫圓善做嫂子嗎？哥和您坦白，您嫂子已懷上三個多月了，哥得給她一個名分呀！您看看這事……杜胖子哈哈笑了：大好事！哥您有添丁之喜！這事有啥作難的？嫂子不是已經還俗了嗎？趕快去辦個證呀，未婚先孕，如今見多不怪，不算個事兒了。要是放在文革那陣子，哥您又罪加一等。辦證，辦證！若等到肚子凸顯出來，更被動。蕭白石說：我老娘也天天這麼著催我。可我們去辦證，要單位開證明呀！我沒問題，可圓善的戶口還在西山定慧寺那尼庵裡；她又死要面子，不肯回去開介紹信。再說哪有要尼庵開這種公函的理兒？圓善一說起這事就哭鼻子。……杜胖子一聽，仰頭翻了翻白眼，彷彿計上心來，胸口一拍說：這事不難，先把圓善嫂子的戶口遷進城來再說。她不是已在你們歪把兒胡同辦起了推拿小醫館嗎？嗨，這就是個理由。蕭白石仍是嘆氣、搖頭：替她把戶口遷進城來，我也曾經想過。但是，我這種胡同居民，又是自由派畫家，能出面辦成？以什麼名義？未婚夫？你想想，咱老百姓要遷個戶口，從居委會到街道辦事處，到派出所、到公安分局，層層關卡，我怕只會受到層層白眼。說著，蕭白石眼也紅了。杜胖子眨巴眨巴小眼睛，說：您呀！作畫是名家，辦這些俗事像傻瓜。怎麼有現成的關係不利用？去求求楚老將軍呀！讓楚辦給市公安局一個電話，市局不就乖乖兒把事情給辦了？蕭白石苦著眉眼，搖頭：我娘也這麼說來著。但這事我再不能向老將軍開口。況且自他春節前去了海南避寒，回來兩個多月，一直住在西山要塞，連影兒都見不著了，您也知道楚辦的紀律，沒有首長的指示，誰肯給辦？誰又敢辦？杜胖子搔搔腦袋，嗞了一聲說：您不是還有個馬四姐、馬處長嗎？您和她可是患難之交啊！蕭白石嘆氣：官小了！我求過她，她也建議我找楚老。杜胖子這才鬆了口：看樣子，老哥是要把這事攤在小弟我身上了。好，您拿三幅真跡來。記住，不能是贗品！我去給您行「雅賄」，打通關節。還有，您和圓善拍幾張雙人照，彩色的，連同畫作一併交給我。半個月之內，我準保把「中華人民共和國居民結婚證」交到您和圓善手上。蕭白石聽他這麼一說，神色由陰轉晴：我自己的畫，哪來的贗品？我琢磨來，琢磨去，這事也只有託您兄弟大能人了。可圓善是剃度了的，怎麼去拍結婚證照？

杜胖子沒有即時作答，起身去到書房，取來一頂製作精良的女子髮套：法國名牌，歌舞劇院一位名角讓我託人剛從巴黎買回來的。這麼著吧，先讓嫂子用一次，不要弄髒了。哥倆再次碰杯，乾了。蕭白石收好髮套，忽又半信半疑地問：圓善的事，真能在半個月內搞定？可不能讓您犯錯誤啊！杜胖子把酒杯往桌上一頓：城裡城外住著，遷個戶口，走走門子，不影響國計民生，能錯到哪兒去？況且咱又不像那些真正的太子哥、太子姐們，一車皮一車皮的煤炭、一車皮一車皮的糧食，甚至成噸成噸的黃金，還有進口日產轎車、出口物資的政府批文，都能倒騰。公安、海關都奈何他們不得。也難怪大學生們要鬧事，老百姓也一呼百應囉。

蕭白石深深嘆口氣，這才記起杜胖子也有事要託他。

杜胖子卻不先說自己的事，而繞了個彎兒問：聯合國國際開發署寄您的邀請函，去紐約開個展，收到沒有？是那幅〈我們的森林〉？昨天在三里屯使館區碰到他們駐京辦事處的瑪利亞小姐，還說起這事兒。

兩人邊喝邊聊，氣氛重又輕鬆起來。蕭白石說：人家從美國紐約來的信，又是給中國一名所謂自由派畫家的，還能不層層審查？杜胖子說：肯定沒問題，咱還是安理會五常之一，中國畫家受邀去作個展，又是環保主題，替國家掙臉面的事，沒有去不成的理兒。蕭白石問：我的紐約之行若是能成，兄弟您是不是有事相託啊？杜胖子這才說：大哥您心有靈犀。說來也不是啥大事。我倆兒子。老大進了美院雕塑系，玩泥巴去了。老二那小子今年十四歲，從小練琴，人稱神童，在音樂學院附中就讀，已考過鋼琴十一級。他的班主任說，孩子天分高，是棵值得栽培的苗子，最好能送去紐約著名的茱莉亞音樂學院深造，接受國際大師教導、指點，出來就是鋼琴演奏家；還說以他的資質，有望在國際大賽中拿個金獎。可憐天下父母心啊，望子成龍成鳳啊！大哥您這次能去紐約，就替我那小子去曼哈頓的茱莉亞音樂學院看看，了解一下情況。畢竟孩子還小，送出去當小留學生，值當不值當啊？

蕭白石一聽是這事兒，當即胸膛一拍：行啊！這事就包在大哥我身上了！到時候去把茱莉亞音樂學院的情況摸摸清楚，包括報名條件，入學手續，學費、住宿費用等等。

說罷，兩人放下杯箸，擊掌為定，再又互敬互讓，乾上一杯。

這時，杜胖子話題一轉：下面再說說大哥您自個兒的事，是正兒八經的事。……您大約也猜不出我要說的是啥事兒。

蕭白石瞪了瞪醉眼：咱還有啥事兒？自春節過後搬出大將軍胡同二號院，回到歪把兒胡同家中，一直老老實實，規規矩矩，恭恭敬敬，除了侍奉老母，陪伴圓善，就是安心作畫。我還能有啥事兒？莫非又被人告了陰狀，傳到兄弟您的千里耳中來了？

杜胖子這回單刀直入：大哥您，是不是和北大的兩名學生領袖，叫什麼路琳、呼爾亥西的，往來密切？他們可是這次鬧學潮的主兒！引得咱京城百萬市民上街示威。您是不是他們背後的那些個「長鬍子的人物」之一？這可是攸關大哥您後半生政治生命的大事，一朝失足千古恨呢。作為老右，我不能不替大哥捏把汗，提個醒兒。

蕭白石聽到這番話，哈哈大笑：謝謝抬舉！謝謝嘉獎！我竟有幸成為當今學運背後的「長鬍子的人物之一」了。我倒是想呢！可惜未能望其項背，沒能掙上這光榮頭銜。兄弟您是消息靈通人士，是誰把黨內機密透露給您了？讓您來吹風，警告我來了？哦，先問兄弟一句，您是贊同、響應「四．二六社論」號召，認為應該鎮壓這場學運了？

杜胖子紅了臉，也分不清是酒醉，或是氣憤使然：話不要說得這麼難聽！我倒是要問大哥，您是旗幟鮮明地支持這場動亂了？

蕭白石聽到「動亂」二字，不由得將桌子一拍，桌面上的杯盤被震得一跳：收起你的陳詞濫調，不，是黨腔黨調！學生上街，群眾遊行，要求政治改革，反貪官，反腐敗，和平請願，就成了政治動亂，反黨反社會主義？連趙紫陽總書記都說了，學生是愛國主義，要求黨改善領導，提高執政水平。

杜胖子晃手，先自放低了聲調：哥們，輕些兒，輕些兒，我家窗戶都開著呢，滿樓的人都以為我杜某人在和誰幹仗哪！來來，酒逢知己千杯少，再乾上一盅。喝湯，喝湯，專為大哥燒的醒酒解油膩的酸辣三鮮湯。……我現在最擔心的就是趙紫陽總書記。……

蕭白石也將聲調調低八度：此話怎講？你們懷疑趙紫陽縱容甚至支持這次學運？

杜胖子立馬糾正他：不要「你們」、「你們」的好不好？我就是我，純粹是個人觀察，跟誰都扯不上關係。

蕭白石陰笑：露餡兒了？大哥我又沒有把您看成老人黨的附庸，或者說是老人黨的社會基礎。……別生氣，別生氣，我收回這話，算放了個屁，不臭。說說，老弟怎麼擔心起趙紫陽總書記來了？

杜胖子終是沒有發作，說：不忙，大哥您先給兄弟一句痛快話。您是執意要參與這次的學運，當個弄潮兒了？

蕭白石答：心正不怕影子斜。我支持這次的學運，也參加過示威遊行。反腐敗、反貪官、反特權，怎麼錯了？黨的紅頭文件都說得，學生和群眾上上街，提個要求，就犯了天條了？

杜胖子摸摸下巴：事情恐怕沒有您說的這麼簡單。《人民日報》四月二十六日發表社論，四月二十七日就有百萬人上街，並且在天安門廣場舉行集會，要求撤銷「四．二六」社論。僅短短一天時間，誰有這麼大的動員力量？連我這種基層幹部都認為，這背後有一隻看不見的手在操弄。

蕭白石咬了咬嘴唇，反駁說：慣於玩弄陰謀的人，總是懷疑別人也在玩陰謀。真說起來，是那「社論」太蠻橫，亂下結論，不得民心嘛，這才激起廣大學生、市民普遍反感，大家才不約而同，自發站出來發出不同聲音。您說，有哪隻看不見的巨手，能在一個晚上動員百萬人上街？這種事只有貴黨的組織系統才做得到。別的人，想都甭想！下面，我倒是要洗耳恭聽兄弟您反感、反對當前學運是何緣故，有何講法，包括您擔憂趙紫陽總書記前程的事兒。

杜胖子沉吟片刻，舒了口氣，才說：我看現在的大學生是他娘的身在福中不知福！不知道他們父輩的日子是怎麼熬活的。在他們這個年紀，你、我上大學，都被打成右派大學生不是？被勞動改造一、二十年不是？摘了帽還叫「摘帽右派」不是？他們倒好，遇上了改革開放，搞活經濟的新時期，取消階級和階級鬥爭，取消人民公社，重視教育，尊重科學，尊重文化。提倡幹部隊伍知識化、專業化、年輕化、革命化，國家上了正道。這些年有的人端起碗吃肉，放下碗罵娘。對對，咱國家還有兩、三億農村人口吃不飽，生活在貧困線以下，等著政府扶貧，但也不致再鬧饑荒餓死人了吧？就拿在北京上學的這一二十萬大學生來說，屬時代的驕子啦，黨和人民把他們當寶貝疙瘩呢！他們的父母辛辛苦苦，省衣節食，省下每一個子兒供他們上學，容易嗎？他們可好，不知天有多高，地有多厚，不好好念書，學本領，畢業後參加工作，奉養父母家人，而是鬧罷課、鬧學潮！反這反那，反鄧小平！鄧小平是那麼好反的嗎？鄧小平總比毛澤東強百倍吧？鄧小平擯棄了毛式集體貧窮社會主義，當然，還有胡耀邦、趙紫陽一批人，恢復農村個體生產，分田單幹，土地承包，號召老百姓發家致富，允許一部分人先富起來。都是改天換地的功德呢！要是毛澤東還活著，長命百歲，咱中國人民的苦日子才沒有頭，仍是真正的水深火熱呢！

蕭白石幾次欲插言，杜胖子都手一揮擋住了，繼續演講似地滔滔不絕：你聽我說完！不是有這麼句話嗎，「我堅決反對你的觀點，但我誓死捍衛你講話的權利」？那就請你尊重我講話的權利。你我都很尊重胡耀邦前總書記，你我都認為他是中國共產黨幾十年來最有人性、人情味，最重視科學文化、愛護知識分子，最有民主風範的一位領袖人物不是？可胡耀邦是被誰整下臺的？你說，你說嘛！

蕭白石看老友一眼，回答：黨內元老集團嘛。前年一月份，開幾天不倫不類的政治局生活會，逼他辭職的嘛！

杜胖子擺手：錯！如果不是一九八六年底，北京、上海、天津、南京、西安、成都、哈爾濱、瀋陽、鄭州、武漢、長沙、廣州等大城市同時爆發大規模學潮，要求加速政治改革步伐，要求革命元老們退位，要求新聞自由，要求開放報禁黨禁，鬧得有些城市交通癱瘓，工人不能按時上班，中小學生不能準時上課，甚至商店不能開門營業，……而胡耀邦又主張克制、寬容，以和平理性方式解決問題，因而應對乏力，於是有黨內一批大佬看不過去；其中不少人本來就對胡耀邦當年一風吹式右派改正、地富摘帽、平反全國冤假錯案不滿，所以利用這次學潮，指責胡耀邦反對資產階級自由化不力，從而逼他下臺的！離奇的是，胡耀邦一下臺，學潮倒是風平浪靜了，你說怪也不怪？我們可以有另一種設想，如果沒有一九八六年冬天的那場全國性學潮，黨內元老，也叫做黨內保守勢力，就找不著機會和藉口趕胡耀邦下臺！一九八七年就召開黨的十三大，胡耀邦不當總書記，而接替鄧小平任中顧委主任，甚至兼任軍委主席，中央的權力交接不就實現平穩過渡了？政治改革不就可以按步驟有序進行了？大哥您說說，是不是這個理兒？

蕭白石點頭又搖頭：書生議政，似是而非。胡耀邦被迫辭職的事，哪有您說的那麼簡單？就算沒有八六年冬天的那學運，黨內元老集團、保守勢力也會找別的藉口逼他下臺。核心的問題還是政治路線之爭。鄧小平一九七九年就提出「四個堅持」，反對資產階級自由化。胡耀邦作為總書記，一直想否定「資產階級自由化」這個提法，如果照這個提法發展下去，又加以擴大化，必然導致一場新的反右運動、左傾復辟。因此，保守派元老們擔心的是，他們一旦退位，失去了權力，胡耀邦就會率領萬里、習仲勛、胡啟立等一班改革派大將走自己的路。這才是元老們逼胡耀邦下臺的真正原因。

杜胖子想了想，點了點頭：我承認，大哥您這認識比我深了一層。我最擔心的是，趙紫陽總書記會不會也步他前任胡耀邦的後塵？所以，大學生娃娃們不知輕重，像當年的紅衛兵小將鬧騰，到頭來，把個改革開放的好形勢鬧沒了。

蕭白石沉默片刻，搖搖頭說：趙紫陽有可能步胡耀邦的後塵？您這是烏鴉嘴，杞人無事憂天傾。鄧小平已經廢掉過華國鋒、胡耀邦兩屆領導人，再又廢掉趙紫陽？事不過三，一生英名，毀於一旦，他會這麼幹嗎？您相信，反正我不信。另外，您對大學生們的這次運動誤會太深，不客觀，也不公平。

杜胖子不知為什麼突然來了氣：我看大哥您是油鹽不進。支持學生鬧事，會有好果子吃？

蕭白石登時也來了氣：哼，您反對學運，拿幾十萬大專學生怎麼辦？

杜胖子的眼球都鼓突出來了：我要是鄧小平，就先禮後兵，勸說他們回校園讀書去！不聽勸的話，派軍隊清場，把他們押送回學校去，關門整風，揪出他們背後那幾個「長鬍子的人」。

蕭白石聞言，漲紅了臉，氣沖沖地說：主張武力解決？鎮壓學生絕沒有好下場！我算白交了你這個「右派朋友」了。你個既得利益者，比左派還左。說罷，他起身就走，心想：幸虧沒有把路琳、呼爾亥西他們準備到廣場上靜坐請願的事告訴這小子。

杜胖子見狀怔了，旋即趕到門口攔下：回來，大哥！我是怕學生娃娃們這麼鬧下去，收不了場，招致左傾復辟。我們能過上今天這日子，容易嗎？您說容易嗎？

蕭白石冷笑：是不容易，您個既得利益者。

杜胖子倒是緩過神來，沒有計較他這態度，從皮夾裡掏出兩張門券來：下星期是五一節。給！五一勞動節頤和園的遊園券，您帶嫂子去散散心，有多場文藝演出呢。怎樣？氣該消了吧。對了，還有這髮套。

蕭白石接下遊園券和髮套，虎了虎臉，說：就您？大哥我還懶得滋氣呢！先替您嫂子謝過了。下回還請吃，別落下我。走嘍！

7

說來奇怪，卓瑪才來北京幾天，卻已經愛上這座紅色都城。雖說眼下天天街上遊行不斷，示威不止，但沒像別的國家那樣一旦發生大規模抗議，往往釀成砸汽車、燒輪胎、哄搶商鋪的惡性事件，於是軍警上場，催淚瓦斯、高壓水槍混戰一場。北京卻是亂中有序，遊行隊伍過後，街上紙片、垃圾都少見，更遑論打砸搶燒之類的惡行了。北京的大學生和市民們就是要以自己的行動表明，和平請願，爭民主、爭人權，反貪官、反特權，絕不是什麼社會動亂。

當前這百萬人上街抗議，好像是由《人民日報》一篇社論引起。卓瑪還沒有讀過這篇社論。抱著試試看的心態，下到飯店大廳，學著北京人的口吻，向服務檯的值班小姐說：同志，勞駕，請問有《人民日報》嗎？值班小姐抬起頭來，看她一眼，笑了笑：您好！普通話說得不賴嘛。請問您是要找哪天的《人民日報》？卓瑪說：我想借閱四月二十六日的，讀讀那篇社論。值班小姐頓時面露不屑，低下頭、側過身去櫃檯下翻了翻，嘴裡說：看哪個幹什麼？引得滿大街遊行示威哪。她找到報紙，遞過來：是這個吧？幸好還沒當廢紙處理掉。卓瑪雙手接過，連聲道謝：太好了，就是這份。我看過就還回來。值班小姐看看左右：還什麼還？您就留著好好學習吧。

聽得出來，連這座專事接待外賓的國際飯店服務人員，都對《人民日報》這篇社論不以為然。

卓瑪回到十六樓零三號房間，插上房門，坐在寫字檯前，展開報紙，習慣地先把社論拍照留存，然後認真細讀：〈必須旗幟鮮明地反對動亂〉。

在悼念胡耀邦同志逝世的活動中，廣大共產黨員、工人、農民、知識分子、幹部、解放軍和青年學生，以各種形式表達自己的哀思，並表示要化悲痛為力量，為實現四化、振興中華貢獻力量。

在悼念活動期間，也出現了一些不正常情況。極少數人藉機製造謠言，指名攻擊黨和國家領導人；蠱惑群眾襲擊黨中央、國務院所在地中南海新華門；甚至還有人喊出了「打倒共產黨」等反動口號；在西安、長沙還發生了一些不法分子打、砸、搶、燒的嚴重事件。

考慮到廣大群眾的悲痛心情，對於青年學生感情激動時某些不妥當的言行，黨和政府採取了容忍和克制的態度。在二十二日胡耀邦同志追悼大會召開前，對於先期到達天安門廣場的一些學生並沒有按照慣例清場，而是要求他們遵守紀律，共同追悼胡耀邦同志。由於大家的共同努力，保證了追悼大會在莊嚴肅穆的氣氛中順利進行。

但是，在追悼大會後，極少數別有用心的人繼續利用青年學生悼念胡耀邦同志的心情，製造種種謠言，蠱惑人心，利用大小字報汙蔑、謾罵、攻擊黨和國家領導人；公然違反憲法，鼓動反對共產黨的領導和社會主義制度；在一部分高等學校中成立非法組織，向學生會奪權，有的甚至搶占學校廣播室；在有的高等學校中鼓動學生罷課、教師罷教，甚至強行阻止同學上課；盜用工人組織的名義，散發反動傳單，並且四處串連，企圖製造更大的事端。

這些事實證明，極少數人不是在進行悼念胡耀邦同志的活動，不是為了在中國推進社會主義民主制度的進程，也不是有些不滿發發牢騷。他們打著民主的旗號破壞民主法制，其目的是搞散人心，搞亂全國，破壞安定團結的政治局面。這是一場有計畫的陰謀，是一次動亂，其實質是要從根本上否定中國共產黨的領導，否定社會主義制度。這是擺在全黨和全國各族人民面前一場嚴重的政治斗爭。

如果對這場動亂姑息縱容，聽之任之，將會出現嚴重的混亂局面，全國人民，包括廣大青年學生所希望的改革開放、治理整頓、建設發展、控制物價、改善生活、反對腐敗現象、建設民主與法治，都將成為泡影；甚至十年改革取得的巨大成果都可能喪失殆盡，全民族振興中華的宏偉願望也難以實現。一個很有希望很有前途的中國，將變為一個動亂不安的、沒有前途的中國。

全黨和全國人民都要充分認識這場鬥爭的嚴重性，團結起來，旗幟鮮明地反對動亂，堅決維護得來不易的安定團結的政治局面，維護憲法，維護社會主義民主和法制。絕不允許成立任何非法組織；對以任何藉口侵犯合法學生組織權益的行為要堅決制止；對蓄意造謠進行誣陷者，要依法追究刑事責任；禁止非法遊行示威，禁止到工廠、農村、學校進行串聯；對於搞打、砸、搶、燒的人要依法制裁；要保護學生上課學習的正當權利。廣大同學真誠地希望消除腐敗、推進民主，這也是黨和政府的要求，這些要求只能在黨的領導下，加強治理整頓，積極推進改革，健全社會主義民主和法制來實現。

全黨同志、全國人民必須清醒地認識到，不堅決地制止這場動亂，將國無寧日。這場鬥爭事關改革開放和四化建設的成敗，事關國家民族的前途。中國共產黨各級組織、廣大黨員、共青團員、各民主黨派、愛國人士和全國人民要明辨是非，積極行動起來，為堅決、迅速地制止這場動亂而鬥爭！

卓瑪一口氣讀完這篇官文，不，人家叫「社論」，是直接傳達黨中央的聲音，直至最高領導人的某項指令。還大言不慚地自稱為「黨的喉舌」。要是在美國，某家大報以「社論」方式傳達總統的某項政令，那會被笑掉大牙，臭不可聞，被讀者唾棄，非關門倒閉不可。在美國，報紙、電視及其他新聞媒體，沒有不罵總統、不罵政府的；媒體不監督當權者，不揭露政治弊端，就沒有人買，沒有人看。根據美國憲法，新聞獨立是絕對的，所以對新聞傳媒來說，很少聽過「誹謗罪」一說。

卓瑪把這份《人民日報》攤在寫字臺上。她尋思飯店服務員趁她外出時來打掃衛生、整理房間，會發現這位住客在認真學習報紙社論呢。

北京人熱情、友善。卓瑪每次出門問路，無論姑娘、小伙子，見她的衣著神態像個海外歸僑，便會帶她走上一段，直到某個人來車往的十字路口，指明東西南北，告知乘哪路公共汽車可去哪兒，才掉頭而別。這天下午，卓瑪還在天安門東側的觀禮臺下看了一場搖滾樂演出。這觀禮臺上上下下都坐滿了人，最高處豎著胡耀邦的遺像，四周擺著花圈，白底黑字的橫幅上寫著：「沉痛悼念胡耀邦總書記」。一位歌手在胡耀邦遺像下又跳又唱。歌手二十幾歲，頭上纏著白布條，長髮飄飄，手持半導體話筒，踏著他腳下一臺擴音機播出的樂曲節拍吼唱著。起初，卓瑪不明白歌手唱的內容，只聽一位中年人在向身旁的年輕人解釋：這歌名叫〈尋找德先生、尋找賽先生〉，由北大學生作詞作曲。什麼是德先生、賽先生？是七十年前北京大學學生們發起「五四運動」時的說法，從英文演繹而來，德先生是民主，賽先生是科學。那時提倡「民主、科學救中國」。歌中所指的「北大人」是北京大學的教授、學者、學生們，他們都稱自己為「北大人」。你聽，你聽：

我是北大人，尋找德先生，
五四露過臉，七十年無蹤影。
民主何處去？專制壓公民。
仍是封建制，刀槍密如林！

我是北大人，尋找賽先生，
五四露過臉，七十年無音訊。
科學何處去？憲政滯晚清。
仍是家天下，一言勝九鼎！

我是北大人，不甘做愚民；
一黨專政下，貪腐大流行；
何不行憲政，自由暢乾坤……

卓瑪聽清楚了歌詞內容，與大家一同鼓掌讚好。接下來，那位年輕歌手又唱起了一首外國搖滾歌曲。卓瑪聽著，覺得這樂曲耳熟。哦，記得是在曼哈頓時代廣場聽一名日本歌手唱過。那日本歌手頭上也纏著白布條，也長髮飄飄，聲音嘶啞，但很有魅力。對了，那日語歌曲名叫〈在蒼天和大地之間〉，後被譯成英文傳唱，在美國樂壇紅了好一陣。大約因為卓瑪熟悉這樂曲的緣故，她很快從鼓樂聲中聽出來，北京這位歌手所唱是全新的中文填詞，歌名叫〈好大一棵樹〉，大約是以樹喻人，藉以讚頌不久前去世的胡耀邦吧，所以歌手才唱得那麼投入、動情，四周那些大學生們才聽得那麼入神。還有不少人隨之哼唱，甚至跟著吼：

好大一棵樹！
頭頂一個天，腳踏一方土，
風雨中你昂起頭，冰雪壓不服；
好大一棵樹！
任你狂風呼，綠葉中留下多少故事，
有樂也有苦！歡樂你不笑，
痛苦你不哭，撒給大地多少綠蔭，
那是愛的音符！
風是你的歌，雲是你的腳步，
無論白天和黑夜，都為人類造福！
好大一棵樹，綠色的祝福。
你的胸懷在藍天，深情藏沃土！

唱著，唱著，歌手忽然嘶啞失聲，哽咽不止。大學生聽眾們受到感染，隨之抹淚，哭泣。卓瑪也深受感動。這時，一名學生三步兩步跳上臺，從歌手手中取過半導體話筒，高聲喊道：耀邦同志一九七七年、一九七八年、一九七九年主持全國冤假錯案的平反改正工作，他衝破重重阻力，以大無畏精神，給全中國幾千萬在毛澤東時代蒙受打擊、迫害的幹部、群眾平冤獄、恢復名譽、恢復工作。他是中國人民的大功臣、歷史的大功臣！可是，他在兩年前的一月，被一批頑固保守的老人趕下臺，中央卻一直不給他平反昭雪！現在，胡耀邦同志已經去世，我們北京的大學生、北京的市民天天上街遊行，靜坐請願，就是以實際行動來替耀邦同志平反！中央不替他平反，人民替他平反！

觀禮臺上下，爆發出熱烈的掌聲、叫好聲。

這時，歌手讓演講的學生把半導體話筒放回擴音機上。然後，他長髮一甩，揮動手臂打著節拍，引領大家合唱〈團結就是力量〉。卓瑪是第一次聽到這支革命進行曲，歌詞卻是通俗好懂的：

團結就是力量，團結就是力量！
這力量是鐵，這力量是鋼，
比鐵還硬，比鋼還強！
向著法西斯蒂開火，
把一切不民主的制度滅亡！
向著太陽，向著自由，
向著新中國發出萬丈光芒！

在氣勢雄渾的大合唱中，卓瑪彷彿被一股熾熱的激流所衝擊。「把一切不民主的制度滅亡」！太好了，太有力量了，簡直可以和法國的〈馬賽曲〉媲美！她彷彿忘記了自己的泛美通訊社記者身分。平日很少掉淚的她，到了這地方，聽了這歌聲，也落了淚。

這時，有人遞給她一張面巾紙，以濃重的北京口音勸道：姑娘，哭有啥用？民主、自由、人權，靠我們自己去爭取不是？

討厭，竟有人來教訓她。不過她還是禮貌地接過面巾紙，道謝。她看了那人一眼，是位瘦高個子，約莫五十來歲的大叔，滿臉褶子，但還算面善、和藹。他或許是位大學老師吧。這時，大叔又說話了：看姑娘這衣著，是從臺灣來的，還是香港來的？關心北京發生的大事啊，好樣的。

大叔身後站著好些個女學生，話沒說完，就被簇擁著走了。有個女生還回頭看了卓瑪一眼，故意說：老師！您就見不得漂亮的人兒！要不要叫上她，一起去看詩詞楹聯？

卓瑪自然不便跟隨陌生的人群去看什麼詩詞楹聯。但她腦子裡忽地一閃：那大叔的眼睛、神態，竟有些兒熟悉，好像在哪兒見過？對了，很像弟弟嘎扎的眼神！真的，很像嘎扎的眼神……不不，怎麼可能呢？別胡思亂想了。出來這半天，還沒有正經做採訪哪。

就在卓瑪遲疑不定的時候，四周人群湧動起來。有人散發傳單，她也要了一份。

8

卓瑪的時差還沒有倒過來。凌晨一點，她仍醒著，頭腦清晰，毫無睡意。乾脆起床，進浴室沖了個涼。之後穿著浴袍，靠在床頭，想開了電視看看國際新聞。入住這家飯店幾天了，還沒有開過房間裡的電視機。是國產熊貓牌，聽說顯像管是日本的。使館新聞處給過一份「安全提示」，裡面提到，在某些國家涉外旅館的某些房間，電視屏幕常常兼具攝像頭功能，能把住客在房間裡的一舉一動都拍攝下來，並傳輸到某個特殊的部門去。卓瑪因此沒有開過這隻「熊貓」。她多了個心眼，做了次小試驗：一天出門前，把「熊貓」背後的電源插頭拔下了。傍晚回來，卻發現插頭已經插回去了，並留有一張字條，告誡房客不要隨意拔下電源插頭，若損壞電器，須賠償經濟損失，云云。此後，她每次外出回來，即把「熊貓」的電源截掉；每次出門前，再恢復原狀。真是對不住中國的「熊貓寶寶」了。

她靠肥皂盒大小的袖珍索尼收音機收聽各國英語廣播，中、長波頻率高，聲音清晰，抗干擾性能強，戴上耳機效果更好。這深夜了，不看電視，不聽廣播，就看書罷。她帶有兩本喬治．歐威爾的小說《一九八四》、《動物農莊》，寫得妙極了。特別是《動物農莊》，總是讓她發笑，開心。什麼「全世界四條腿的動物們聯合起來」，「所有的動物都平等，但四條腿的動物比兩條腿的動物更平等」！歐威爾真是個了不得的幽默大師，把史達林時期蘇聯社會主義社會的種種荒誕現象描摹得維妙維肖，令人噴飯。

只是這晚上，她卻連書也不想看，心裡空落落的，有一種說不出來的寂寞，孤單。在偌大一座北京，連個可以說話的人都沒有。她想念遠在印度達蘭薩拉的阿媽，想念大洋彼岸芝加哥的弟弟小嘎扎，想念紐約的男友扎西多吉。其實扎西多吉還算不上她真正的「男友」。在紐約曼哈頓，有不少從印度、尼泊爾等地輾轉來到美國留學的藏裔青年，大都學業有成，入了美國籍，有的當教師、會計，有的當醫生、護士，有的還成了小業主，辦起了小商店、小旅店。扎西多吉是位律師，大卓瑪六歲。聽說扎西多吉的父親當年曾是西藏噶廈政府統領藏軍的指揮官，一九五九年拉薩藏人抗暴時，在保衛羅布林卡、也是保衛達賴喇嘛出走的戰役中捐軀了。年僅三歲的扎西多吉是被人輪流揹著，隨達賴喇嘛尊者的隊伍越過喜馬拉雅山到了印度的，後來成為美國政府接收的第一批藏人小留學生。

卓瑪是在紐約藏青會的一次聚會上認識扎西多吉律師的。一米八的個頭，堂堂一表，談吐詼諧，為人謙和。最初吸引她的是扎西多吉不抽菸，不沾酒，不打牌，卻藏舞強勁，歌喉也宏亮，人稱「雪山雄鷹」。藏青會每月都有聚餐，唱歌，跳舞。也開研討會，討論西藏前途。時有激烈論爭。有人追求西藏獨立，理據是西藏自古就是獨立的國家，吐蕃王國，有自己獨特的種族、語言、文字，宗教信仰，歷史文化，更重要的是有青藏高原那塊廣袤的疆域；有人則贊同達賴喇嘛尊者的理性務實主張，不追求西藏獨立，只要求在中國統一的框架下實現青、藏、川藏區藏人自治；還有第三種觀點，比較悲觀消極，認為只要中國大陸不實現民主政治，完成憲政變革，西藏就很難找到自己的出路。為什麼？因為西藏地理上屬內陸雪域高原，北面、東面是中國，南面、西面是印度，夾在兩個龐然大國之間，都對我虎視眈眈，不依附中國，就要依附印度……三種觀點，三派人馬。獨立派人數眾多，自治派人數次之，消極派人數較少。彼此間經常爭個臉紅眼赤，唾沫橫飛，誰也說不服誰。但一到唱歌、跳舞，就又手拉著手，親如兄弟姊妹，不分彼此了。藏人就有這個好處，無論到了哪裡，觀點或有不同，但很少有鬧分裂，反目為仇的。

卓瑪當時還是見習記者，虛心聽取各種意見，不時做點筆記，很少表示自己的看法。西藏今後向何處去？這個題目太大了。一次，扎西多吉律師當著大家的面，讓卓瑪開口。她紅了紅臉，說自己傾向第二種觀點，西藏既不能依俯南邊的印度，也不宜依靠北面的中國，而寄望於中國大陸社會制度轉型，步向民主憲政的坦途，之後誠如達賴喇嘛尊者宣示的，在青、藏、川藏區實行真正的自治，藏人治藏。沒想到竟有人指她中了大漢族主義的流毒，可能和她身上的漢人血緣有關！幸而扎西多吉律師及時制止了那人的指責，強調藏青會內，每個人都有說出自己觀點的權利，不搞言論一律，也是漢語裡說的，要群言堂，不要一言堂。又有人高聲問：扎西多吉閣下，您作為藏青會北美分會的頭人，對西藏向何處去，為什麼很少發表自己的主見？你猜扎西多吉怎麼回答？他說：我們的趙括太多啦！我嗎，不想當藏人的趙括。他回答很機智。很多人不知道趙括是何方神聖，扎西多吉律師就笑笑，指指卓瑪：我們的學問家在這哪！請她替大家釋疑吧。卓瑪又惱又高興，覺著扎西多吉大哥護著她，提攜她，便得意地把中國春秋戰國時候，趙國的那位祇會紙上談兵、到了戰場上一敗塗地、斷送了國家的書生大將軍的故事，有聲有色的評說了一遍。

此後卓瑪和扎西多吉律師的交往多了起來，並日漸密切。她叫多吉做大哥，扎西多吉叫她做小妹。多吉大哥總是對她彬彬有禮，謙謙君子，很有男士風範。每次去餐館，或是上酒吧，上劇院、影院，都不讓卓瑪付費，而由他「經濟包幹」，說是他做大哥的「專利」。常常惹得卓瑪生氣，怨他「大男子主義」。卓瑪知道多吉律師拿著十幾萬美金的年薪，卻租房子住，坐地鐵上下班，不買車買房，把每月的薪水留下房租和日常開銷後，統統捐去了印度達蘭薩拉西藏流亡政府名下的慈善基金，用以資助那些年年月月從青、藏、川藏區千難萬險越過喜瑪拉雅雪山，逃亡到印度來的婦女和兒童。每月寄款時，多吉律師都會附上一句話：孩子要讀書，西藏有未來。

交往越久，卓瑪對多吉大哥越敬重，逐漸有了「心痛」的感覺。一想到就會「心痛」。

再就是也聽說了，多吉大哥有過一次失戀，對象是位香港小姐，美貌嬌小，在哥倫比亞大學讀新聞，畢業後留在曼哈頓唐人街一家左派華文報社做編輯兼記者。多吉律師帶她去參加過藏青會的活動。但兩人對西藏前途的看法對立。香港小姐是個「大中華主義者」，認為西藏自古以來就是中國的一部分，無論中國大陸是何種社會制度，獨裁不獨裁，專制不專制，西藏都不應、也不可能從中國的版圖上分離出去。滿清王朝沒有這樣做，中華民國沒有這樣做，共產中國更不會這樣做！香港小姐甚至說：珠穆朗瑪峰作證，西藏不屬於印度，也不可能獨立，它屬於中國！多吉大哥則和她談西藏歷史，談西藏的種族、宗教、語言、文字、文化傳統，西藏兩千多年前就是個獨立的國家，直到近代，也就是元代，才成為蒙古帝國的藩屬國，但還是有自己的王爺、國旗、法律、軍隊、疆土……。兩人各說各話，相互對牛彈琴。只要不談西藏，其他都好。香港小姐還帶他去見過一次父母，香港移民，住在長島富人區，說是離中華民國先總統蔣公的夫人宋美齡女士的住處不遠，也是一棟花園別墅建築，大客廳裡掛著青天白日滿地紅中華民國國旗，還有一張鄧小平接見的彩色放大照片。兩位老人很有學養的樣子，喜怒不形於色，客氣中帶著拒人千里的冷漠，顯然不接受女兒未來的先生是個藏人，尤其是流亡藏人，大都有藏獨傾向。香港小姐言談開放，舉止卻很傳統拘謹，兩人交往近兩年，從未有過非份之舉。金錢上則是嚴格的「ＡＡ制」，每一塊錢的花費都分割得清清楚楚。兩年前的一個星期六，兩人又到紐約中央公園步行。香港小姐忽然告訴扎西多吉，她已經辭掉唐人街華文報社那份工作，要到香港的一家大報去當記者，薪水比這裡高出兩倍，況且她父母在香港半山留有一套豪華公寓。扎西多吉問她是香港哪家大報，得知是一家有中國大陸背景的著名左報後，心都涼了，知道分手的時候到了。他只能心裡苦笑，或許這就是兩人「ＡＡ制」的結局，誰也不欠誰的。後來有人私下告訴卓瑪，自和香港小姐分手，多吉大哥就對年輕女孩目不側視了，人都變得冷峻，也很少見他像過去那樣談笑風生，哈哈大笑了。想必受到的心靈傷痛很深，是個感情專一的人，直到遇見了你卓瑪，他臉龐上才又有了雪域高原上那樣晴朗的笑容。

難怪有一次，卓瑪和多吉大哥乘遊輪作海上一天遊時，提出船費和船上消費要「ＡＡ制」時，一向和藹可親的大哥竟瞪圓了眼睛、漲紅了臉膛，恨恨地說：我最惱男女「ＡＡ制」，沒人性，寧可不交往！他那樣子嚇得卓瑪花容失色，差點要哭了。好在多吉大哥也立即覺得自己態度不好，連忙道歉：小妹，小妹，別生氣，方才大哥不對，向小妹陪個不是……你呀，你呀，就是不懂得大哥的心事……到時候，到時候，大哥連人都不是自己的，還有什麼不是小妹的？一番突如其來的表白，卓瑪登時身子都軟了，心都化了。要不是旁邊還有別的遊客，她就投進大哥寬厚的懷抱裡去了。

難怪兩個月前，卓瑪告訴多吉大哥，通訊社要派自己去北京，時間至少兩年時，他半天都沒有說話。事情又在重演？但這次不一樣。其實，自卓瑪去曼哈頓唐人街的中文學校補習中文，多吉就有了預感。人的命運就是這樣，該來的會來，該去的會去，你是躲不開，推不掉的。卓瑪呢，也是想聽聽多吉的意見，畢竟這一去，兩人就要分離兩、三年之久，總該口頭上挽留挽留啊。可多吉就是沒有，像雪山一樣沉默著。卓瑪忍不住問：你想不想我去呀？我問你話哪！多吉只是用雅魯藏布江水那樣清澈的目光望住她，半天半天，才沒頭沒尾地說：我看中了皇后區一套不錯的公寓，等一個人回來……卓瑪沒有聽懂似地，又有些害怕，問：你等誰回來？等誰？扎西多吉陰沉著臉塊，目光從她身上移開去，才答話：還問，還問？你個小傻妹呀，我還能等誰呀！卓瑪登時火燒火燎，焦渴著，急迫著，再也管束不住自己，撲了上去，狠狠地抱住，熱吻……這是他們的第一次擁抱，熱吻。過後，她嬌嗔著，帶點命令的口氣說：多吉，我不再叫你大哥了，你也不再叫我小妹，我已經不喜歡當您的小妹了。多吉傻乎乎地、或許也是故意地問：哪該叫什麼呀？卓瑪地佯裝生氣：你大我六歲，該叫什麼，還要我教你？

卓瑪離開紐約飛北京的前一天，多吉在一家法式餐廳的情侶包間為她送行。卓瑪問：明天你送我去甘迺迪機場嗎？多吉竟說：本人只管接，不管送。第二天，多吉阿哥果然沒有送她去機場，只在電話裡說了句：等你回來！

……卓瑪就這樣靠在床頭，痴痴地想著多吉阿哥，一時酸楚，一時甜蜜，一時又有些兒辛辣。來北京這些天了，白天忙忙碌碌，晚上孤獨無眠。打過兩次越洋電話，多吉上班的那家律師樓的女祕書都告訴她：扎西多吉律師到外州辦案去了，要幾個星期才回來。也打過多吉的行動電話，但國際信號不好，通不上話。一個東半球，一個西半球，一個東亞，一個北美，真正的天各一方了。

眼皮沉沉的，瞌睡蟲終於爬上來了。可就在這時，門鈴響了一下。這深夜響門鈴？還沒有等卓瑪反應過來，門鎖已從外面被旋動，頃即開了，進來一名身著飯店制服、面目英俊的男青年，以有些結巴的英語說：對不起，卓瑪小姐，打擾一下……卓瑪緊裹睡袍下了床，哆嗦著身子十分生氣：

我抗議！你深夜非法打開我的房門，我找你們飯店經理！

不用找了！找我好了，隨即進來一位中年女人說。她身後跟了位穿警服的年輕女警官，隨手把房門帶上。女警官以一口好聽的北京腔介紹說：這是我們的馬處長，有事找您談談。中年女人個子不高，微胖，態度倒是和氣：卓瑪小姐，還穿著睡衣哪？去換了衣服，麻煩您和我走一趟。說著朝那男服務員示眼色，讓他退出去。

卓瑪胸口怦怦亂跳，竭力抗議：出示你們的法庭文件！否則就是綁架！我要給我們大使館電話！中年女人笑了笑，聲音不高：別嚷嚷了，沒有人要帶走您，要什麼法庭文件？何況這裡是中國首都北京，不是華盛頓。我們只是找您談談，換個房間談談，就在這樓裡。可以嗎？

年輕女警官出示了她的國安證件。卓瑪堅持要先給美使館電話，報告自己被帶走，可能失蹤。中年女人一閃身擋在了電話機前，輕言細語說：請您合作，不信您可以試試，看電話打不打得出去。我已經說過，不會帶您離開飯店的。我們祇是談談，談完了，您再回房間休息。我們也不會限制您白天的活動。去，去換了衣服吧，不要影響別的房客休息。

卓瑪還能怎麼辦？只好進浴室換上白天穿的牛仔服，拎上挎包。年輕女警官提醒地說：包就別拎了吧？談完了您就回來。中年女人寬和地說：拎上就拎上，沒關係的。

卓瑪總算鬆了口氣。看來人家並不打算對她搜身，搜挎包。聽美國同行說過，只要不認定你是間諜，中國警官不會對西方記者搜身檢查。

9

「談話」在同一樓層一間小會議室似的房間裡進行。只有那個叫「馬處長」的中年女人和卓瑪兩人。年輕女警官大約留在門外執勤。

馬處長神色嚴峻，目光如錐，盯住卓瑪：今天咱倆的談話不作筆錄，也沒有錄音，隨便談談，希望您能合作。您叫什麼名字？什麼職業？為那家公司工作？

卓瑪沒敢啟動挎包裡的微型錄音機：您不是知道我叫卓瑪了嗎？職業新聞記者，由泛美通訊社派駐北京，前些天抵達的。

馬處長要笑不笑：很好。請問您的出生年月，出生地點。美國哪所大學畢業？

卓瑪想了想，說：我的出生年月已在申請簽證時填報過。普林斯頓大學新聞專業。其餘的，是我的隱私，無可奉告。

雙方對視，沉默片刻。

馬處長意味深長地笑笑，目光似乎柔和了一些：好，您自己不說，那我就替您說說，看是否有誤。您一九六二年出生於我國青海省柴達木盆地西沿某綠洲一戶游牧藏人家庭。具體講，是一戶抗拒藏區民主改革的土司貴族。您祖父、祖母姓名不詳。您母親叫央金，您生父姓名不詳。卓瑪小姐，依據我們的法律，您應當是中華人民共和國公民。

卓瑪語氣堅定：不，我是美國公民。

馬處長垂下眼瞼想了想，說：好吧。那就退一步講，您至少是一名華裔美國人。

卓瑪糾正：不，我是藏裔美國人。

馬處長沒有惱怒，語氣轉而友好了，真叫人提摸不定：行，咱們不爭論這個了。我繼續代您簡述經歷，因為您自己不肯說嘛。……您十二歲那年，也就是一九七四年左右吧，您和您的弟弟，跟隨母親和祖父母，在藏獨分子的帶領下，與十幾名受蒙蔽的藏民，躲過我西藏駐軍、公安警察的耳目，長途跋涉，渡過雅魯藏布江，翻越喜馬拉雅山，前去印度的達蘭薩拉，投奔達賴喇嘛的西藏流亡政府。其實，我們邊防部隊數次發現你們的行蹤，沒有予以阻止。很不幸，您的祖父母年高體弱，沒能從海拔五千多米的喜馬拉雅雪山口下到印度河平原，……是不是這樣？

卓瑪登時像胸口被戳了一刀，臉色蒼白，身子都顫抖。但她絕不能在這名警官面前流淚，咬住嘴唇憋了好一會，終於憋不住，痛苦低語：佛祖啊，可憐的藏人！他們開槍了！為什麼要這樣對待我們藏人？為什麼啊？我們藏人那樣善良……

馬處長彷彿動了惻隱之心。她沉得住氣，彷彿在等著卓瑪哭泣。但卓瑪就是不哭，嘴唇都快咬出血珠子來了，就是不哭。馬處長給遞上一杯冒著熱氣的茶水，她沒有計較卓瑪的頑強態度，以同情、憐憫的口吻和風細雨，循循善誘：卓瑪，有些事情，我也不好過。可是你知道嗎？那都是文化大革命的過錯，是林彪、四人幫犯下的罪行。我可以告訴你一個歷史事實：一九五九年春天，你們的噶廈政府、達賴喇嘛率領八萬藏民和藏軍逃亡印度時，北京的毛主席就下了命令，不堵不抓不開槍，放他們走。八萬藏人抵達印度。這總是事實吧？文化大革命一來，一切亂了套。連我們自己的國家主席劉少奇，共和國元帥彭德懷、賀龍都被活活整死。十年文革，有說整死了兩千萬，有說七百多萬，是一筆糊塗帳。但我還要告訴你一件事，一九七一年九月十三日，我們毛主席的接班人林彪，因搞政變圖謀刺殺毛主席未成功，帶了老婆、兒子坐飛機逃跑。我們周總理趕去見毛主席，請示要不要把飛機打下來。你猜毛主席怎麼講的？天要下雨，娘要嫁人，隨他去吧！結果解放軍沒有打導彈。林彪一家坐的三叉戟飛機掉在外蒙古草原，爆炸起火。……所以說，十年文化大革命，藏族同胞吃了很多苦，我們漢族同胞們吃了更多的苦。我們的國家主席、開國元帥都死了，你們的班禪喇嘛雖說兩次進過秦城，但至今還活得好好的，還是全國人大副委員長嘛。再說，我們黨和國家總結了經驗教訓，否定了文化大革命運動，公審了林彪、四人幫兩個反革命集團，制定了三中全會改革開放路線，團結一致向前看。……從一九八〇年起，我們上一任黨總書記胡耀邦同志，以七十歲的高齡，先後兩次赴藏區視察，訪貧問苦，指示要完全、徹底地平反昭雪藏區的冤假錯案，給藏區受過迫害的貴族土司、活佛、僧侶們賠禮道歉，恢復名譽，並給予經濟補償；更多次傳話，歡迎達賴喇嘛回國看看，保證他來去自由。……達賴喇嘛的代表，包括他大哥，也曾來北京並到藏區訪問過。我們的黨和政府，現在更歡迎達賴喇嘛本人回來看看。西藏自古以來就是中國的一部分，孫中山說過五族共和，漢滿蒙回藏，一家人嘛。

馬處長講得聲情並茂，把自已都感動了，眼眶裡竟泛起淚花。

卓瑪聽了這番話，不覺對馬處長有了些好感，覺得這個共產黨的國安幹部面目並不可憎。但她仍然問：你們的文化大革命運動、你們的邊防軍在喜馬拉雅山脊射殺逃亡印度的藏民，還不都是執行你們的黨和政府的命令？

馬處長並不迴避問題，而坦然回答：您問得不錯。一些國際友人，甚至咱們中國人自己，也都這麼問過。要知道，這些事情的發生是因為咱們黨裡混進了壞人，這些人在黨內互相勾結，結成幫派，組成祕密團夥，竊取了很大的權力，蒙蔽、欺騙了我們的毛主席，幹下許多傷天害理的壞事。說白了，這就是林彪、四人幫兩個反革命陰謀集團！林彪還一度是我們軍隊的副統帥、國防部長、毛主席的接班人；四人幫裡的江青是毛主席的婆姨，王洪文是黨的副主席兼軍委副主席，張春橋是中央政治局常委、解放軍總政治部主任，姚文元是政治局委員，主管輿論宣傳。他們趁毛主席晚年多病，看不住他們，就興風作浪，為非作歹，反黨反人民。

卓瑪聽了這套說詞，不禁冷笑，差點就說，馬處長，您應該去當你們黨的喉舌部長，西方稱作真理部長。

馬處長留意到她臉蛋表情的變化：卓瑪，笑什麼？咱可是在談嚴肅的事情，向您介紹我們國內的情況。

卓瑪說：你們的毛主席，連接班人都要殺他；還整死了國家主席、國家元帥。

馬處長眉頭一蹙，糾正：你這樣講就不對了。我說過，帳要算在林彪、四人幫兩個暗藏在黨內的反革命集團身上。我們尊敬毛主席，就像你們尊敬佛祖。

卓瑪的思緒活躍起來，問：你們不是無神論者，說宗教是迷信嗎？

馬處長嘴角一彎，也笑了笑：你這個卓瑪！好了，還是說回你的經歷來。你是不是在印度達蘭薩拉藏族學校上的小學、初中？我們知道，你從小就學習藏文、英文、印地文，也學了中文，受過很好的語言訓練。十六歲那年，你被西藏流亡政府送去美國，讀高中、大學，……你是普林斯頓大學新聞碩士，名牌大學的高才生，所以一畢業就被泛美通訊社這樣的大通訊社錄用，當了亞洲區的記者，直至派駐北京。你大體上的經歷是不是這樣？

卓瑪心中一緊，抽了口冷氣，不作聲了。她想，我前些天才抵達北京，中方對我的情況就了解得這樣清楚，……包括我一九六二年在青海大漠出生，我祖父母是西藏昌都地區的逃亡貴族，我們一九七四年穿越喜馬拉雅山口去印度，以及我在達蘭薩拉讀完小學、初中，然後去美國上高中，大學。……你們神通廣大……

馬處長收斂笑容：怎麼不說話了，達娃卓瑪，我仍要叫您一聲「吉祥月亮」。泛美通訊社要派記者常駐北京，我們當然要了解您的背景。美方對我們新華社派去美國的記者同樣也要做背景調查的嘛。放心，我們也知道，您和中央情報局沒有工作上的關係。

卓瑪心裡輕鬆了些：您叫我達娃卓瑪。您懂藏語？

馬處長略抬了抬額，說：我的童年、少年、青年，嗯，這麼說吧，我四十歲以前在甘肅、青海一帶生活過。沒關係，我沒有什麼隱私，都可以告訴您。其實，三個月前，泛美通訊社把您的名字報給我們外事部門，我就開始注意您了。我對您的經歷有點兒興趣，是因為我的一位畫家朋友，他於一九六〇年代從北京流落到青海，我救助過他。他後來回到北京，又幫助過我。

卓瑪目光一閃，露出一絲驚喜。天啊，這麼重要的信息，忽地出現了。她隔著桌子，主動伸出手去。馬處長望著卓瑪紅潤的掌心，毫不遲疑地也伸過手來，與之相握。

馬處長說：達娃卓瑪！我們做個朋友好不好？看得出來，您很善良、純樸，還俊模俊樣，身高一米七幾吧？比我高出十來公分。是不是想聽聽我的故事？我也是在青海出生，我們算小同鄉不是？

卓瑪綻露笑容，像朵雪蓮花那樣淨潔無瑕，說：想聽，想聽，您怎麼也在青海那種地方出生？

馬處長微微一笑，越說越近了不是？作為國安人員，幾乎在見面的剎那間就從卓瑪身上察覺某種熟悉的氣質，於是好奇心或說探究心油然而生。當然只能從套近乎入手。馬處長說：我們這兩、三代中國人呀，漢滿蒙回藏，包括維吾爾族等等，家家有本難念的經，人人都是一部傳奇。您是一位大通訊社的記者，學過中國現代史吧？您知道我們解放軍的前身是八路軍、新四軍，八路軍、新四軍的前身是中國工農紅軍。在一九三〇年代搞武裝鬥爭那年月，工農紅軍不是有過紅一、紅二、紅四三支方面軍嗎？毛澤東、朱德是紅一方面軍，賀龍是第二方面軍，張國燾、徐向前是紅四方面軍。我是紅四方面軍西路軍的後代。……馬處長忽然省悟到什麼似地住了嘴，停頓一下，才又說，紅四方面軍西路軍的歷史有點複雜，咱說了您也不一定聽得明白。就簡單地說一句吧！我的父母都犧牲了，姓甚名誰都不知道。我是一個棄嬰，被甘肅蘭州一位拾破爛的老頭拾得、收養。……後來，那老人死了，我十來歲開始流浪、乞討，在西安、蘭州、西寧一帶謀生，練得身手不凡。人家叫我「四姑娘」、「馬四姐」。……

馬處長正說到有趣之處，卓瑪正聽得入神，房門卻噠噠連響兩下，青年女警官進來報告：馬處，局裡來電話，請您立馬到二十一號參加會議。

馬處長朝女警揮揮手：知道了！我立馬就來。

卓瑪站起身來，對已經頗有好感的馬處長說：很想聽完您的故事。我們還會見面嗎？對了，您提到的那位畫家，……

這回是馬處長主動伸過手來，和卓瑪相握：達娃卓瑪，我們會再見面的。……恕我直言，我們打交道，剛開了個頭。……我知道，我的身分有些敏感。不過您放心，我會注意您在北京的安全。現在可以回您的房間休息，好好睡一覺，把時差倒過來。若去廣場那種人多的地方，注意您的挎包。

卓瑪問：我還可以和您聯繫嗎？怎麼聯繫？

馬處長答：還是由我和您聯繫吧，會方便些。對了，您好像對我提到的那位畫家感興趣？那可是個年近半百的漢子，好人哪。

告別馬處長，卓瑪沿著寂靜無人的長廊往回走，彷彿還沒有從剛才的「談話」中緩過神來。這姓馬的中年婦女究竟是個什麼人物？她為什麼要對自己這名藏裔泛美通訊社記者這麼客氣？好像要和她拉關係交朋友似的。……對了，她是不是放長線，釣魚啊？還有，她刻意提到的那位畫家，難道真的就是阿媽千叮囑、萬叮囑要找的那個人？那姓馬的和那位畫家又是什麼關係？一串一串的疑問，在卓瑪心裡攪和成一鍋青粿糊糊。遠在印度德蘭薩拉的阿媽，要是知道女兒這麼快就有了她日思夜念的漢人丈夫的信息，會恨不能馬上飛來北京呢。

10

時間是一匹飛馬，倏忽二十八年過去了。馬四姐就是右派大學生蕭白石一九六一年赴青海探望父親，在西安至西寧的火車上遇到的那位神偷、丐幫頭目。文化大革命爆發後的第二年，蕭白石從青海西陲小綠洲返回北京途中，又在蘭州找到了馬四姐。此時的馬四姐已經成為「紅四方面軍西路軍遺孤造反兵團司令」。蕭白石隨她的「兵團戰士」爬火車抵達文革運動如火如荼的紅色首都，隨即入獄，後又在京郊勞改農場的瓜田裡奇蹟般救過楚振華將軍一命。不久林彪一家外逃喪命，楚將軍重回權力舞臺，蕭白石也時來運轉……

馬四姐卻做了整十二年的「上訪冤民」。她一次次遭抓捕、關押、遣送，又一次次在被遣送途中逃脫，戴了手銬也能從公安幹警的眼皮底下脫身，且在北京至青海西寧的三千公里鐵路線上，來回流竄、行竊。說是河北、河南、陝西、甘肅、青海五省都有她的丐幫耳目；說是中央公安部的領導一度十分震怒，下過指令：今後抓捕到手，她若再逃，可就地正法。但漸漸地，追捕馬四姐的公安人員了解到，她經年累月、不屈不撓地上訪，是為紅四方面軍西路軍遺孤爭取權益時，也就生出同情之心，一次次放過她了。唉，人家又不是真的反黨反社會主義反毛澤東思想，還是工農紅軍的革命後代，逃了抓，抓了逃，又哪樣？她頂多在流浪少年中有些威信而已，說她呼風喚雨，耳目遍布，擾亂五省社會治安，有些兒小題大做了吧？再追捕下去，沒勁。

直到一九七七年冬天某個傍晚，戒備森嚴的北京西城大將軍胡同楚府後院有一道黑影逾牆而入，敲開了蕭白石畫室的房門。蕭白石一見，嚇一大跳：馬四姐！這麼晚了，您怎麼進來的？快請，快請，坐下說話。馬四姐說：俺這模樣，很賊吧？蕭白石說：您本來就賊啦！先喝杯水。還沒吃東西吧？馬四姐說不餓，俺那個事，不得不再來麻煩您。蕭白石說：春天那次，不是帶您去見過了徐向前元帥的大祕了嗎？人家大祕不是答應會立即把您帶去的「西路軍遺孤請願書」交給徐帥親自過目，相信徐帥很快就會有指示，讓您回蘭州去等候中央給落實政策的消息嗎？馬四姐說：屁！俺和俺的夥伴們盼星星、盼月亮盼了十個來月，每次去省公安廳問消息，接待的人起初還算客氣，後來就越來越不耐煩，還威嚇我們，說再來公安廳門口聚眾鬧事，就以擾亂社會治安罪抓捕！氣人不氣人？蕭白石一聽也很光火：你們甘肅那個地方，林彪、四人幫的餘毒很深啊？……這麼著吧，您這次來得巧，楚振華將軍剛下部隊回來，我領您去見見他。對了，忘了告訴您，楚將軍當年正是你們西路軍的重要將領之一，紅三師師長，這我也是前不久才聽他本人說的。一九三七年夏天，西路軍兵敗祁連山，死的死，俘的俘，逃的逃，那個慘啊。楚將軍是跟著徐帥，破衣爛衫，穿過草原、沙漠，一路討飯，回到延安。……

當晚，在蕭白石引領下，馬四姐見到了楚振華將軍。楚將軍靜靜看完了馬四姐呈上的請願書，落了淚。一老一少，像久別重逢的親人。西路軍的遺孤啊，可憐啊，能熬活到今天不容易啊！馬四姐當即下跪，認了楚將軍做乾爹。幾天後，蘭州軍區接到據說是鄧大人簽署的一道命令：尋找原紅四方面軍西路軍的遺孤，無論人數多少，夠條件的，招進部隊當兵；病殘者，轉由民政部門按月發放撫卹金。馬四姐本人，則留在蘭州市，由國安部門安排適當工作。她不是丐幫頭領，神偷嗎？

經過幾個月的培訓，讓她當了一名女偵察員。好傢伙！馬四姐當了蘭州國安局偵察員，全市小偷膽戰心驚。馬四姐也身手不凡，學春秋戰國時的孟嘗君，門客三千，盡是雞鳴狗盜之徒。幾年下來，偵破大小竊案無數，她的職務也從偵察員一路晉升為偵察組長，偵察科科長、偵察處處長。革命後代，根正苗紅，能不重用？三年前，仍是由蕭白石說動了楚振華將軍，馬四姐調來首都北京國安局，仍任處長職務。

圓善師姑的「定慧寺小醫館」已於四月中旬開張營業，歪把子胡同多了一家店面，比先前熱鬧了許多。小醫館安了電話，連同營業執照等等，都是白石的好哥們杜胖子幫忙辦下的。西郊定慧寺妙音法師派了個小師妹來做圓善的助手，備了張鋼絲床，白天摺疊，夜裡放下，供小師妹歇息。

一早，小師妹就來敲房門，喊蕭老師接電話，說是馬處長的。蕭白石披了襲睡袍，趿著拖鞋，囑咐圓善：再睡睡，咱小寶寶還沒醒過來呢。圓善說：你快去吧，不定廣場那邊有什麼事呢。一些可憐的孩子。……蕭白石忙不迭進到醫館，拿起話筒：馬大處長啊，天剛亮，就要傳達啥最新指示？電話那頭，馬四姐的甘肅口音挺重：都九點過了耶！你和圓善還睏懶覺？說正經事，泛美通訊社來了個女記者，人家想採訪您。蕭白石嘴皮一撇：是個洋妞兒？國安國安，管得真寬，不去盯梢，倒來拉縴！漂亮不漂亮？馬四姐說：你呀，就沒個正形，圓善調教了幾個月，還是這副德行。蕭白石說：好好好，馬領導，那記者想採訪我什麼？馬四姐說：人家出了兩個題目，一是請您談您的油畫創作，從生活到藝術，從藝術到生活什麼的；二是想聽聽您對當前北京學運形勢的看法。蕭白石不由得吸一口涼氣：馬領導，對不起，我不幹，不往你們設的局子裡鑽。馬四姐倒是沉得住氣：

為什麼？你還沒聽我把話說完呢。蕭白石皺眉：黃鼠狼給雞拜年，又是國家的大局啦，形象啦，老百姓真正的聲音啦！你們國安想通過我的嘴，對外放話。你們知道我對眼下的這場學生運動有看法，它把黨中央、國務院逼到沒有退路，……是不是這些？馬四姐倒是不慍不火：對呀，對呀，您就和人家談談這些，反映北京的真實情況，說說普通市民的真實想法，不很好嗎？蕭白石自顧自搖手：不好，把哥們當槍使，當業餘喉舌，哥們不幹。馬四姐故意慢吞吞地說：這麼說，泛美通訊社女記者採訪的事兒，您拒絕了？蕭白石說：對，拒絕，免得日後中國民主了，人家說我當過黨國的走卒、應聲蟲。若是由敬愛的黨繼續萬歲下去哪，又會說我妄議國事，泄露機密，兩頭不落好，左右不是人。馬四姐說：提醒你一句，拒絕接受此次採訪，您會後悔的。蕭白石回答：君子一言，駟馬難追。沒有什麼後悔不後悔。馬四姐話鋒一轉：要是人家泛美通訊社那女記者不是個洋妞，而是位藏族姑娘，芳齡二十七，一九六二年於青海牧區出生，……蕭白石愣了愣，立馬渾身打了個激靈，差點要跳起來，捧著話筒叫道：四姑娘！四姑娘！你再說一遍，再說一遍！馬四姐在電話那頭冷笑：恕不重複。蕭白石猴急了：那、那藏族姑娘叫啥名字？是不是叫央金，叫小央金？馬四姐說了聲對不起，我們處裡等著我開會吶，你個大老爺們急個啥呀？說罷咔嚓一聲，掛了電話。

11

自接過馬四姐的電話，蕭白石就坐立不安。他撥電話回去，想再說說泛美通訊社女記者採訪的事，但沒有答覆。馬四姐這娘們也真是的！自從落實政策，提了幹部，又調進北京，身子發福，就有了一張誰也記不住的臉盤兒。她要找你，白日黑夜，隨時可以找到；你要找她，影兒都沒有！她的大哥大總是千篇一律的四字錄音：請您留話。這就是他娘的國安們的職業德行吧。他們大多中等個頭，不胖不瘦，長相一般，聲音普通，混進芸芸眾生裡，絕無特點，難以分辨。他們一人一手大哥大，嗅覺靈敏，目光犀厲，獵鷹似地大街小巷滿世界去保衛黨和國家。

然而，龜有龜路，蛇有蛇路。蕭白石立即行動，去找了老友杜胖子，順便把三幅畫作也帶去，好讓杜胖子去「代行雅賄」，儘早把圓善的戶口遷入城裡來。在演出公司辦公室裡，杜總經理眼觀六路，耳聽八方，腦子像倒影片膠帶似地轉得飛快：西方通訊社的記者都住在哪兒？建國門外大街國際飯店呀！飯店西鄰是友誼商店，友誼商店西鄰是友誼包點鋪，洋記者們常在那兒用早餐。老兄，錢還沒賺夠，還想倒騰你的畫作？當心人家抓你個現行，特別是這當口兒，學潮鬧得正歡。

蕭白石沒對杜胖子提及泛美通訊社記者卓瑪要找他做採訪的事。此事雖攪得他心急火燎，但也不能太過衝動、冒失，須慎之又慎。和外國記者打交道，有關部門不知有多少雙眼睛盯著你。姥姥的，好像咱中國人都懷揣多少勞什子國家機密，可以換成美鈔、英鎊什麼的！為了岔開話題，蕭白石忽又說起廣場上靜坐請願的學生們：兔崽子，不知進退，以為黨中央、國務院是吃素的！

杜胖子對他這陰陽怪氣不以為然，駁他：你先前不是很支持他們嗎？不是還和我吹鬍子瞪眼睛嗎？學生領袖路琳、呼爾亥西不是常往你那兒跑，是你的忘年交嗎？蕭白石說：我是贊同過他們的集會，上街遊行，要求政治改革，爭取憲政民主什麼的。但他們昨天宣布進廣場無限期靜坐，既不給自己退路，也不給政府退路！杜胖子說：你沒有做他們背後的「長鬍子的人物」就好。對了，你和圓善去照了相沒有？雙人照，辦證用的。不要成天關心國家大事，忘了自個兒的正事。

蕭白石從杜胖子處打聽到國際飯店這地址，看看錶，剛過了九點半，當即就趕去建國門外大街那家友誼包點鋪吃早點，守株待兔。且他已經想好了，即便見著人了，也不能唐突，不能貿然相認，而應悄悄兒觀察觀察再說。兩人見面的時機仍以接受採訪為宜。他進了包點鋪，但見有金髮碧眼的男男女女前來吃中式快餐。男的大多穿釣魚裝背心，肩上挎個相機什麼的；女的大都是襯衫牛仔褲，行頭利落簡便。蕭白石選了個靠牆角的座位，眼睜睜等到十一點半，也沒見著藏族模樣的女記者出現。倒是有白衣白帽的男服務員過來詢問他：先生，您還要用點兒什麼？我們這裡只收外匯券。……蕭白石沒好氣：是不是還要收哥們的坐堂費啊？收不收美元、英鎊？那男服務員見他不好惹，以為是某個部門來守候某個目標的，說了句：您坐，您坐，就退下了。中午十二點，蕭白石才離了友誼包點鋪，承認今天沒戲了。

第二天，蕭白石照舊早上九點趕到包點鋪，又守候了一個上午，也沒見著藏族模樣的美國女記者的形影。他再次找了杜胖子，核實泛美通訊社記者是否真住在建國門外大街國際飯店。第三天，蕭白石起了個早，八點鐘就趕到那鋪裡吃油條，喝豆漿。他心想：今天再見不著，就只能靜候馬四姐的安排了。也是皇天不負有心人，大約八點一刻左右，但見一位藏族模樣的女子進來了，腦後束著馬尾髮，一身牛仔服，身條高挑，俏模俏樣。那女子會講國語，只買了兩個饅頭，一杯熱茶，坐在窗口那兒靜靜地吃著、喝著，戴著耳機聽音樂或是新聞，沒有同伴。天爺！蕭白石眼睛都花了，心都要蹦出胸膛了，央金！這不是青海大漠綠洲裡的那個央金嗎？活脫脫就是那個和他廝守整整七年光陰的央金啊！他差點就要喊出聲來，只是兩眼被又鹹又酸的淚水模糊了，什麼都看不清楚了。……不，不，他告誡自己不能唐突、魯莽。如果現在就去相認，會把人家女孩兒嚇壞、嚇跑的。……還是按原先想好的，先觀察、觀察，再行下一步。人已經到了北京，常駐記者，至少駐個兩、三年的。

蕭白石掏紙巾擦了擦眼睛，見那女記者已起身往外走。他隨即起身，不禁暗自心疼：怎麼吃這麼簡單？這麼高的個子，營養不夠呢。……

建國門外大街上，又是滿街的遊行隊伍，舉著各色校幟，打著各種橫幅，熙熙攘攘地朝天安門廣場方向而去。這已是天天見得著的街景。北京的東郊雲集著北京廣播學院、北京石油學院、北京第二外國語學院、華北水利學院、中央美術學院、中國政法大學等十幾所大專院校。現在學校停課，學生上街要民主、要人權，去天安門廣場支持靜坐請願的同學。據說，許多學生還是從全國各地趕來的，至少有四、五萬人，日夜停留在廣場上，不達目的，絕不返校了。

緊追慢趕的，蕭白石跟定了那女記者。但見女記者進入了中央美術學院的遊行隊伍。美院的同學沒有拒絕她，其中兩位女同學還挽起了女記者的手臂。可見她和同學們已經熟識了。蕭白石的心又怦怦跳起來：她為什麼偏偏找到美院的隊伍？美院可是他蕭白石的母校呀！難道她也在打聽他蕭白石的下落？啊，這絕不是巧合，絕不是巧合。

遊行隊伍進入天安門廣場。廣場上又是校幟翻飛，橫幅起落，人山人海。紀念碑臺階上有學生領袖手持半導體話筒在演講，贏得一陣陣掌聲。一轉眼，蕭白石已找不到美院師生的隊伍了，他們好像是往廣場西邊去了。蕭白石左閃右擠地，也朝西邊鑽去，弄出一身汗。娘的還沒進五月，天氣就這麼熱。美院的隊伍，連同他要追尋的那個靚麗身影，已消失在茫茫人海。在廣場西側，也就是人民大會堂東門外，一輛北京市政府的宣傳車正緩緩行走，以極高的分貝播放著〈北京市人民政府關於要求學生停止靜坐，回校復課的通知〉。一遍又一遍，那宣傳車上的高音喇叭不厭其煩地播放〈通知〉。在廣場上的洶湧人潮面前，它的高分貝仍然顯得單薄、渺小，誰也不把它當回事兒。

忽然，蕭白石眼前一亮，見有人高高舉著一塊白底黑字的「尋人啟事」：「姓鄧，名××，八十五周歲，五短身材，平頭，著中山裝，操四川口音，自四月二十二日胡耀邦同志追悼會後走失，不見蹤影。……家人憂心如焚。如有發現此老人行蹤者，請立即報告中南海派出所，可獲酬金一萬元人民幣。」許多人跟著這「尋人啟事」說說笑笑，挺不嚴肅。蕭白石覺得有趣，舉起隨身帶著的「海鷗」牌照相機，拍攝下來，留作紀念罷。今天跟蹤泛美通訊社女記者跟丟了，好不沮喪，這「尋人啟事」就算個小小的補償吧，娘的。

12

蕭白石在廣場的遊行隊伍裡沒跟上泛美通訊社「女記者」，回到家裡，渾身都不自在，坐也不是，躺也不是。圓善見狀，問他怎麼了，哪兒不舒服了？他也懶得答理。不一會，他二弟扛著袋大米進來了。二弟見大哥在家，放下米袋，竟像久別似地和他握手，嘴裡說著幸會、幸會。二弟開出租車，當的哥，學了些酸不拉嘰、半中半洋的禮節，一副見多識廣的樣兒。蕭白石這才打起精神，不知怎地，覺得二弟在寒磣自己。

兄弟倆見過，二弟隨即往外走，說還有三包東西在車裡。蕭白石相跟著來到院門外，幫忙卸下兩袋白麵、一袋食鹽。娘和圓善也出來幫手，二弟趕忙擋住：娘，嫂子，可不要閃了腰。這麼著，媽和嫂子做頓中飯就得。娘疼老二，老二從小就顧家，問：三袋米麵，一袋鹽，都幾十斤一袋，防饑荒哪？二弟看看大哥，說：可不是？天天百萬人上街，再這麼鬧騰下去，不定哪天就店鋪關門，斷糧斷電，咱不能不防著些兒，不少人都往家儲糧儲鹽哪。蕭白石說：杞人憂天，哪有你說的那樣可怕？

東西收拾好，娘和圓善進廚房忙活去了。兄弟倆在小客廳坐下，喝茶：今兒個怎麼有空回來？二弟說：今天我輪休，借了公司的車，往家裡拉糧食來了。

蕭白石問：你們當的哥的，都是消息靈通人士。形勢會有你說的那麼嚴重？你自個兒家裡也儲糧儲鹽了？哼，斷糧斷電，忒誇張了吧？

二弟說：未雨……什麼來著？對對，未雨綢繆，未雨綢繆。俗話說，家有存糧，遇事不慌。

蕭白石說：前兒個，在街上遇著老三。他說你想和我侃侃大山？還說你知道的事情海了去了，夠格當個馬路消息社社長了。

二弟聽了呵呵一笑，挺受用。他問：大哥想知道些什麼？幹我們這一行，小道消息、大道消息不少，不過大多爛在肚裡了。

蕭白石點頭：那我就先問，上海《世界經濟導報》是咋回事兒？我只知道那是一份周刊。前兒見街上遊行隊伍裡打出橫幅，說堅決支持上海《世界經濟導報》。人多，鬧哄哄地，我也沒方便打聽。

二弟拍胸：大哥算問對了。這事兒，我知道點兒來龍去脈。就在昨晚，上海一出差幹部坐我的車從機場進城。他大約在飛機上憋了幾個鐘頭，和我說了一路。……怎麼說？胡耀邦四月十五日去世不是？四月十九日，《世界經濟導報》和《新觀察》雜誌在北京聯合召開了一次悼念胡耀邦的座談會。說是有上百位退休高官、教授、學者名流出席，大夥兒紛紛回憶胡耀邦生前勤政愛民的事跡。其中以社科院政治研究所所長嚴家祺、《光明日報》名記者戴晴的發言最大膽，最吸引人。

蕭白石眉頭一挑，問：他們兩位有何高論？

二弟摸摸下頷：說是嚴家祺主要把晚清兩宮干政，尤其是慈禧垂簾聽政與今天黨中央的「兩宮干政」，也就是鄧小平、陳雲兩位元老干政，作了對比。當然，他講得比較含蓄，可觀點還是尖銳無比呀！戴晴呢，她歷數了自咱黨成立近七十年來，所有的總書記，包括擔任過總書記職責的，一概都是「非程序權力更迭」，且都沒好下場！大哥您知道的，我們這些文革時期的中學生沒讀多少書，可每學期考試前都要背誦黨的歷次路線鬥爭，所有那些總書記的大名倒是記得倍兒清。

蕭白石聽得入神，說：你從小記性好。

二弟聽到誇獎，更來勁兒了：戴晴說，第一任總書記陳獨秀被說成是托派、叛徒；接下來的瞿秋白死後也被打成叛徒，被掘了墳；李立三是著名的左傾主義頭子，文革初期慘死；那個史達林任命的總書記向忠發倒是個真正的叛徒，被紅槍隊給幹掉了；再往下負總責的博古，延安整風整個死去活來，一九四六年死於空難；王明一九五六年去蘇聯並死在那裡；張聞天文革慘死；還有兩度代理過黨主席的劉少奇也在文革慘死，……直到一九八七年一月胡耀邦總書記被迫下臺，前不久含冤去世。戴晴說，這些中共總書記或代理總書記，應當說都是經過了黨內程序上臺的，而他們的下臺乃至慘死，卻是非程序、非法的！很多人都說戴晴的發言說出了別人不敢說的真相，振聾發聵！

這次座談會的「紀要」發回到上海《世界經濟導報》編輯部，當晚，總編輯欽本立決定將相關內容在新一期周刊上發表。第二天，欽本立把這事上報給上海市委宣傳部。宣傳部長陳至立上報給市委書記江澤民。四月二十一日，江澤民派市委副書記曾慶紅和宣傳部長陳至立到《世界經濟導報》編輯部，找欽本立談話，要求這一期的清樣送審。二十二日，清樣送至曾慶紅手中，曾指示欽本立刪去嚴家其和戴晴的言論五百字。欽本立不肯，說出了事由他負責任。曾慶紅沒法兒說服欽本立，就去向江澤民匯報。於是，江澤民親自出面嚴責欽本立改清樣，……不料發現這期周刊已經印出了十五萬份，有的已批發給了個體報攤，有的直接發往北京了。江澤民大怒，下令停刊整頓，已發出的刊物統統收回，可最後只收回了兩萬份，影響已經出去了。四月二十二日下午，江澤民到北京參加胡耀邦同志追悼大會。趙紫陽總書記便中還指示江澤民要冷靜處理《導報》的事。四月二十六日，您也知道的，《人民日報》發表社論〈必須旗幟鮮明地反對動亂〉。四月二十七日，江澤民派市委工作組進駐《導報》，正式宣布停刊整頓，從而引起北京和各地的抗議。

蕭白石聽二弟說罷，慨嘆道：你這小道消息，我相信很準確。這個江澤民，連總書記的話都不聽，他就不怕犯錯？

沒想到二弟鼻子裡哼了一聲，說：犯錯？我看人家江澤民這回是立功了，而且是立了大功。我要是江澤民，不定也這麼幹。

二弟當的哥這麼些年，果然不同凡響了。蕭白石問：此話怎講？

二弟說：搞政治嘛，就和押寶、下注差不多。押對、下對了，一本萬利，名利雙收；押失了，下錯了，蝕去老本，一敗塗地，說不定小命都賠上。恕我妄言，大哥，江澤民不定就是下一任接班人，黨和國家的領袖、一把手。

蕭白石好不吃驚：你的觀點太超前，越說越玄乎了。你們的哥都是這麼個看法？

二弟說：我是有幾個無話不談的哥兒弟，白洋淀上的麻雀，當過紅衛兵又當過知青。那歌兒怎麼唱的？「聽慣了艄公的號子，看慣了河上的白帆！」哥們歇下車來，就愛一起侃侃些社會上的大事小事，奇事怪事。照你們高知的說法，位卑不敢忘憂國。千百年來，咱京城小民也算是見識過些朝代更迭，見他大官小官走馬燈似地上了下了，來了去了。

圓善送來一碟五香花生米，讓兄弟倆喝茶，當零嘴。二弟忙欠身謝謝嫂子。圓善略紅了紅臉，退下。二弟望一眼嫂子的背影，忽然說：大哥您好福氣。我一直不敢問，嫂子這麼個天仙兒似的人物，大哥是怎麼拿下的？一定有故事！

蕭白石佯裝不悅，壓低聲氣：你少貧！你自個兒白天黑夜的出車在外，沒少拈花惹草吧？上個月你媳婦紅著眼睛來找娘告狀，說在你車裡檢出一包避孕套，不定在外面偷雞摸狗呢！你小子敢胡來，惹下髒病，小心我抽你！

二弟涎皮賴臉：哥，您還說我呢！如今咱北京也真是開放了，未婚同居，未婚先孕，街道上、居委會也是見怪不怪了。真個是不管褲帶以下的事兒了。要是放在十年前，那還了得！

蕭白石揚起巴掌：再瞎說，再瞎說！

二弟假躲閃：不瞎說，不瞎說了。哥您年近半百，弟我也四十而不惑，別讓娘和嫂子看了笑話不是？

蕭白石忍俊不禁，笑了笑，又繃住臉：說正事！你和你的哥兒們，對眼下城裡的大規模學運都有些啥看法？

二弟想了想，說：看法不一，分為好幾派，有熱烈支持的，也有堅決反對的，還有冷眼觀潮派。哥問我屬那一派？屬第二派，反對派。不過，也算不得真正的反對派，更多的還是屬觀潮一派吧。

蕭白石聽了，頗感意外：你反對這次學運？為什麼？

二弟揀了顆花生米吃了，說：哥，我知道您是鐵桿支持派，也知道北大的兩名學生領袖是您的朋友，你們叫做忘年之交。可我不隱瞞自己的觀點，即使拿到廣場那英雄紀念碑的臺階上去廣播都可以：學生娃娃們別瞎鬧騰了！咱國家像個久病初癒的病人，這才調息了十來年，縱是有人參鹿茸，冬蟲夏草，那也禁不起大滋補。……胡耀邦是個大好人，受了些冤屈。他離世後，追悼大會也開了，鄧大人親自出席，趙總書記致悼詞，都上了電視嘛！學生、市民，也都送了花圈、花籃，表示了悼念嘛。可就有那麼些長了鬍子的人，在背後煽風，鼓動屁事兒不懂的大學生們藉悼念胡耀邦鬧事，見天兒上街遊行示威，鬧了十多天不肯停息，還要大鬧下去。這麼著，國家能好？形勢能好？直要鬧到軍隊出來鎮壓，才肯收手？

蕭白石真沒想到二弟會說出這番話來。雖說他自己對學運也有這樣或那樣的想法，但他對學生們卻懷著「護犢」之情，不禁動了氣：老二！我看你是中了「四·二六」社論的毒了，中毒很深。你大約把你哥我也看成學生背後那「長鬍子的人」了。

二弟略低下頭，嗤笑一聲：我並沒有說哥您就是「長鬍子的人」，您自己要認，我也沒轍兒。您最多也就是個「之一」吧。

蕭白石朝廚房看一眼，壓低聲啐道：胡扯！你哥我是認識幾個北大學生，可我並沒有幕後指揮過他們。說實話，我倒是勸過他們。嗐，你以為現在的大學生，你想指揮，就能指揮得動？二弟，往下說，說！把你的真實想法，統統說出來。我今兒想聽聽。哥也提醒你，不要傻到去紀念碑前去發表你的高見。你不但會被趕走，說不定還會挨上一頓臭揍，啐你一身唾沫子，罵你是走狗。

二弟臉上露出一絲譏諷：好傢伙！這就是你們的民主，你們的自由？好，那我就直截了當地問你們一句：你們敢公開反對共產黨？用你們文化人的話來說，這叫做「猶抱琵琶半遮面」。有種的，把旗幟公開亮出來嘛，那我就認了。半遮半掩的，算什麼好漢。

蕭白石也惱了，拉下臉來：請不要「你們」、「你們」的。我並沒有和誰拉幫結夥。再說，誰反對共產黨了？呼籲政治改革，民主自由，就成了反對共產黨？

二弟嗤之以鼻：反黨不反黨，看由誰來定。好了，不說「你們」了，那豈是下面定得了的？從來當朝說了算。人家「四．二六」社論說得明明白白，這是一場有計畫的陰謀，是一次動亂，其實質是要從根本上否定中國共產黨的領導，否定社會主義制度。哥，是不是這麼說來著？這還不是反黨反社會主義？

蕭白石端著老大的架勢，說：欲加之罪，何患無辭。老二，你一個的哥，一個「老右派」的後代，倒是把「四．二六」社論背得夠熟的。你真是和黨內老人幫、頑固派一個鼻孔出氣？不能吧？老爹的遺像還在這牆上掛著呢，正看著你呢。

二弟眉尖一聳，忍不住提高了聲氣：你們哪，不知死活，不知天高地厚！說話間，他的手一擺，差點把茶杯掃下桌去。

蕭白石沒忘自己是大哥，見二弟認真生氣了，又看看廚房那邊，低聲說：想幹架呢！看你這副氣呼呼的嘴臉，讓娘瞧見又該擔心了。你不是最孝順咱娘嗎？回家來可不要惹娘生氣。

二弟也覺著自己剛才過激了。唉，兄弟見面不易，談心的機會更不多。他找來抹布，揩乾桌面的水漬，嘴裡咕噥：我說這些，都是為了哥好。哥，您如今是大畫家，名聲在外，不要暈頭暈腦，被人拉下黑海，還以為自己是英雄。

蕭白石伸手抹了把臉：此話怎講？

二弟問：胡耀邦逝世半個月了，學運、民運卻越鬧越大，見天百萬人上街，都是誰在組織？誰在鼓動？有不有領袖人物？為什麼他們不公開站出來叱吒風雲，而總是躲在後面出謀劃策？說每次的百萬人大遊行、大示威，都是學生和市民們自發的，鬼都不相信！總得有人發通知、傳口信吧？

蕭白石無言以對。他的確不知道這百萬人上街的盛況是如何出現的。說真的，他也沒認真往這方面想。

二弟看看大哥，又往下說：鬧出這麼大的動靜來，可既沒有劉邦，也沒有項羽，連陳勝、吳廣都沒有！說白了，就是沒有領頭人。共產黨是那麼好反對，好對付的？錯！

正說著，就見娘和圓善各端一大盤熱騰騰的水餃過來了。圓善放下盤子，又拿來碗碟箸勺擺上，說：開飯了，開飯了！娘則揮揮手，招呼兩個兒子：去淨淨手，兄弟倆一、兩月不見一次面兒，見面就幹架。都是做爹的人了，沒個做爹的樣兒。

二弟說：娘，都是您向著老大。他總是欺負我、訓斥我。他如今是咱家的大畫家，陽春白雪；我開出租，下里巴人，工人階級。還有，嫂子您要公道點兒，不要偏袒我大哥。

蕭白石嘿嘿兩聲，說：娘，別聽老二瞎說。咱是在討論天下大事，有意見分歧不假，但不是鬧彆扭。老二嗓門大，起高腔，不是？

圓善給兄弟倆各遞上一塊濕毛巾揩手：你們哥倆呀，就一個貧字，一個模子出來的。

娘說：白石，你該讓著些老二，不然他又說娘偏心。偏什麼心哪？都是我養的，手心手背都是肉。吃吧，吃吧，吃飽喝足，再議你們那些天下大事。

13

蕭白石應約來到西城大將軍胡同二號值班室。自搬回朝陽區左家莊歪把兒胡同老宅，已經兩個月沒來這兒打過照面了。原說是老將軍要找他談話，接待他的卻是老將軍的機要祕書。李祕書說：首長又到西山開會去了，說是戰備值班，一時半刻回不來。首長很關心您呢，昨兒一回來就問，怎麼不見小蕭，搬走了？和誰搞上對象了？圓善，都懷上了？好個陳妙常，思凡了，哈哈哈……小蕭這小子還封鎖消息，老子白認了這個乾女婿了。

李祕書學著首長的口吻說笑。蕭白石登時驚訝，好幾個月沒有見到楚老了，自己的一舉一動，楚老頭清清楚楚。……蕭白石有些尷尬，說：楚老身體好吧？我瞎忙，有日子沒給請安了。李祕書說：首長可沒忘記您，特別關照，後院那套房仍給留著，您隨時可以回來住，作畫。當然，他也很關心您對近來局勢的看法，對這次學生鬧事的看法。他還知道您和北大的幾個學生頭頭有往來。……所以首長委託我問您幾個問題，要記錄下來，向他匯報。對了，首長特別交代，您怎麼想就怎麼說，但一定要說真話。算是一次社會調查。不要有什麼顧慮。

蕭白石眨巴眨巴眼睛，權衡利弊，自嘲自諷地回答：我能有啥顧慮？難不成再劃一次右派，又去青海不成？現在叫資產階級自由化分子，政治異見分子。可惜我都不是。最近一段和北大那兩位學生領袖已無往來。我勸過他們：你們大學生不讀書、不上課，不去圖書館、實驗室，動不動就拉隊伍上街遊行，你們不當家不知油鹽柴米貴！到天安門廣場遊行集會還不夠，還搞靜坐請願，不知天高地厚，不顧國計民生！而且給了黨內某些勢力以口實，你們鬧一次學運，黨內的改革派就蒙受一次損失。八六年北京、上海二十幾座大中城市的學運不就幫了倒忙，起了反作用、反效果？黨總書記胡耀邦同志被迫下臺！耀邦同志本月十五日因病去世，你們又鬧學潮，並且越鬧越大，天天十萬八萬聚集天安門廣場，讓黨中央、國務院沒有迴旋餘地！你們是不是又要讓趙紫陽同志也下不來臺？

李祕書平日謙恭溫順，喜怒不形於色，此時竟興奮地邊做著筆錄，邊說：太好了！太好了！您和首長想到一起啦。……您的這個認識，這個立場，首長一定會高興，會表揚。好！我現在就試試，看看能不能聯繫上首長，請首長親自和您說上幾句。

說著，李祕書撥了書案上的一部紅機子。蕭白石知道，那是與中央首長直接通話的專用線路。通了！李祕書恭敬地請示：報告首長，蕭白石同志來了辦公室，談了他對學運的看法。他是反對學生鬧事的！首長要不要親自聽聽他的匯報……好！好！白石同志，首長要和您講話。首長只有十來分鐘，馬上要出席會議。您長話短說。

蕭白石接過話筒，不知為什麼心裡有些兒激動：楚老，我是白石呀！好久沒見到您老了……對對，搬回左家莊老屋去了。謝謝楚老十幾年來的關懷、照顧。……是，是，談對象了，是圓善，就是那位替您做過推拿治療的圓善。她還俗了……對不起，這事一直沒有機會向您匯報。圓善也一直念著您，感謝您對她和她鄉下家人的關懷。……您老問我對學生鬧事的態度、立場？方才已經對李祕書談過了。我是不贊同他們這麼鬧的。他們越鬧，黨中央、國務院一線領導班子越困難，趙紫陽同志壓力更大。我甚至罵過他們，我說：你們八六年冬天鬧學潮，把胡耀邦同志鬧下來，還鬧得不夠？罷課，在廣場上靜坐請願，更是文革紅衛兵運動的搞法，可惜今天已經沒有毛主席當你們的紅司令、大後臺了。我這話說得不準確？但我確是這麼認為的！您老問有我這種看法的人多不多？我周圍的朋友大都持這種看法。……可不可以從中做些工作？我上個月和北大幾個同學吵了一架呢。可以，可以，我再找找他們，去廣場他們的指揮部談談，勸他們停止罷課、靜坐，返回學校……但我人微言輕呀！只怕他們會把我給轟出來呀。……對對，我誰都不代表，誰也沒交代任務，只代表自己，以及和我持同樣看法的中年知識分子。不過，楚老，我可以斗膽問您一個問題嗎？可以問，我就問：如果廣場上的學潮繼續下去，中央不會動用軍隊吧？譬如三十八軍進城，當然是鄧大人下令。……不，不，不，您老別生氣，別生氣！我不該問，不該問。……好好好，您老別生氣。

楚將軍掛了電話。李祕書也臉色不大好看，怪蕭白石問了不該問的事兒。但祕書馬上緩和下來了，說：白石同志，我們首長很念舊，很看重您和他的特殊關係。……平日閒談中，不止一次提到您當年在清河勞改農場，救他於危難的事。首長易上火，也易消火。放心吧，首長不會因您一句不值當的問話，就改變對您的看法。您放心大膽地照首長的指示去做，勸學生娃娃們返回學校，恢復上課。有意見、有建言，可以依程序上報嘛！可以派代表和中央領導談嘛！上次國務院發言人袁木、國家教委副主任何東興等人，不是和學生代表們談過一次了嗎？中央內部有傳聞，如果和學生代表談得有效果，國務院總理李鵬同志可以接見學生代表，聽取意見、建言。您可以把相關信息透給廣場上的幾個學生頭頭。這也是黨總書記趙紫陽同志的意願。希望學生們珍惜。彼此都要找個臺階下，而不是鑽進死胡同出不來。

蕭白石腦子裡嗡嗡響。他曾經答應過圓善，自己一定不要摻和進這勞什子學潮。黨國大事愛怎麼著就怎麼著！可是你看看，狐狸尾巴還是藏不住，原只是向楚老表明態度，半真半假應付幾句，好讓老爺子放心。可三繞兩繞，還是給繞進來了，竟答應去做說客，去廣場找學生頭頭們談利弊，要他們見好就收！娘的，如今的大學生個個自視天之驕子，飛天蜈蚣，會聽你一個右派分子出身的畫家說三道四？滾滾長江東逝水，浪花淘盡英雄。姥姥的。

離開大將軍府胡同二號時，傳達室交給蕭白石一摞雜誌和信件。他的郵址已去郵局更改過，可郵件仍寄到了這裡。在中國，任何一件事要改變一下，都這麼難。北京太古老，中國太古老。

蕭白石踩著自行車，循西安門大街、文津街、景山前街、五四大街、朝陽門內大街、東直門北街一路回到左家莊歪把兒胡同家中。他本想繞到天安門廣場去看看熱鬧，但一想到那亂糟糟的場面，就堵心。甭去。記住嘍，答應去廣場做說客這事，不能讓圓善知道。自懷上孩子，原本一位安安靜靜的小尼子，變得嘮嘮叨叨，婆婆媽媽的煩人了。

回到院子裡放好車子，蕭白石轉身進了「定慧醫館」。圓善和小助手剛送走一對前來做頸椎推拿的中年夫婦。圓善讓小助手給白石送上一杯涼白開，問：去大將軍胡同，見著楚老沒有？楚老知道俺倆的事兒了？沒有批評？好，沒有批評就好。對了！馬處長來電話了，說剛從外地出差回來，一直沒有回你電話。……她說，已經聯繫好了泛美通訊社記者，安排五月三號上午來做採訪。……你要接受美國記者採訪，怎麼事先不言語一聲？接待外賓，咱家得做做衛生，布置布置啊。馬處長說，市局已經和街道居委會打過招呼。難怪，街道辦事處一大早就通知五一節之前各家各戶大掃除，不要在門口晾曬衣服、被單，像掛了一街彩旗似的，咱小區有外賓到訪！醫館要不要停業一天？

俺見不見外賓？穿件什麼衣服？

一時，蕭白石頭又大了。泛美通訊社記者卓瑪這事，他真不知道該如何對圓善說起。況且一切都還在推測、了解之中，尚不能確定，這卓瑪就真是二十多年前自己在青海大漠綠洲所遺下的那個女兒小央金？

14

五月一日，國際勞動節。

上午九時，二弟來車接蕭白石和圓善去西郊頤和園遊園，看文藝演出。這是娘昨兒派下的活兒。

二弟心細，要哥坐副駕駛位，安排圓善在後座，寬敞些。他說嫂子需要重點保護，老蕭家又要添丁嘍。

蕭白石上車一落座就說：沾光、沾光。哥還是頭回坐咱二弟的車，還白坐，不坐白不坐。

圓善自後座拍拍蕭白石的肩背：你呀！別不知二叔的好。媽陪我上醫院做檢查，哪次不都是二叔接送？媽常說，二叔心細，體貼、會疼人。

二弟邊倒車邊說：嫂子這話我愛聽！寶寶還在肚裡，我就當上二叔了，爽氣。

蕭白石回轉頭來笑圓善：你後悔了？

圓善不懂這沒由來的話：俺後悔個啥？

蕭白石壞笑：後悔沒早遇上二叔，偏遇上我這個不心細、不體貼、不會疼人又不會開車的大叔呀。

圓善氣得拿拳頭捶他：你壞！你個蔫兒壞，俺不理你了。

二叔也壞笑：昨兒中午吃餃子，哥把剩下的山西陳醋都帶到車上來了。酸不酸牙呀？

車子很快上了北三環，向西馳行。

蕭白石不笑了：二弟，說點正經事兒。你們的哥弟兄那兒又有什麼民間新華社消息？

二弟回說：先得糾正一個詞兒，咱不是什麼「民間新華社」，而是「北京的哥路透社」。現在，向二位乘客單獨播報兩條重要消息：一、中共中央總書記趙紫陽同志率領中國黨政代表團，結束對朝鮮人民民主共和國的友好訪問，昨天下午乘專列回到北京。此次訪問獲得圓滿成功，鞏固了中朝兩國、兩黨以生命和鮮血凝成的兄弟友誼。中華人民共和國政府向朝鮮人民民主共和國政府重申莊嚴承諾，中方將一如既往地向朝方無償輸油、輸氣，無償提供糧食及工業產品援助。……

蕭白石插嘴：二弟，你個「的哥路透社」倒是把咱黨的喉舌新華社那套說辭背得滾瓜爛熟，只添了後面兩句，當心人家新華社告你們「的歌路透社」竄改原文哦。也真是的，朝鮮停戰都快四十年了，咱中國還在大包大攬供養著金氏父子政權，當冤大頭。

二弟盯著一輛快速超車的日產豐田說：超吧，超吧，趕去投胎吧。……哥，您這話缺乏戰略眼光。按咱「的歌路透社」特約評論員的觀點，整個北朝鮮都是咱中華人民共和國的戰略緩衝區，把西方世界的民主、自由、人權那套資本主義價值觀擋在了朝鮮半島三八線以南。沒有這麼個戰略緩衝區，什麼民主呀、人權呀、憲政呀、三權分立呀，不都湧到咱鴨綠江、圖們江對面來了？不就直接威脅咱東北三省、華北平原、大江南北的安定團結了？眼下呀，咱北京的大學生、市民們，各省、市、自治區的人民，不都盼著那民主、自由、憲政、人權？

蕭白石說：士別三日當刮目相看。天下大勢，沒想到你還懂得不少，只是有些個左腔左調。罷了，罷了，別扯遠了。你們「的哥路透社」的第二條重要消息是啥玩藝兒？

七、八分鐘後，車子離了北三環西路，右拐上了中關村大街，北行。車速慢下來，有些塞車了。二弟乘這當口兒說話了：二位親愛的乘客聽好了，下面播報本通訊社剛剛收到的消息：中共中央總書記趙紫陽同志昨下午回到北京，不顧旅途勞頓，隨即召開了中央政治局常委碰頭會。出席會議的常委有李鵬、喬石、胡啟立、姚依林，列席常委會議的有楊尚昆、薄一波，以及國家教委主任李鐵映、副主任何東昌，北京市委、市政府領導人李錫銘、陳希同。趙紫陽總書記聽取有關北京和外地的大規模學潮情況後，作了重要講話，指示各級黨政部門，要冷靜客觀地對待此次學潮，堅持以對話方式和平、理性解決問題，避免簡單粗暴；要肯定廣大學生向黨和政府提意見是愛國主義，是批評我們工作中的種種不足，促使我們要依法解決貪汙腐化、以權謀私、官商勾結等社會問題，而不是什麼政治動亂，政府方面更不會秋後算帳。……

蕭白石插話：且慢！趙紫陽這番話是真是假，或是摻了水分？如果不假，趙總書記這不是公然否定了「四．二六社論」精神，要和鄧大人頂槓了？

二弟說：本通訊社消息基本準確。總書記的講話已經傳到大專院校師生們之中去了，廣獲好評。幾十所大專院校已決定五一節過後復課，走回正軌。但北大、清華、師大、人大四大名校的學生自治會拒絕復課，堅持鬥爭，直到中央公開聲明收回「四．二六」社論，並接受他們提出的政治改革要求。

嗨，塞車了。北去頤和園的雙車道上，密密麻麻的自行車、小轎車、麵包車、公共汽車像僵住了似的，一動不能動了。二弟只好臨時關停馬達，免得耗油。他繼續發布消息：四大名校提出的政改要求，以人民大學「研究生院宣言」最厲害、最尖銳。據說共有八條，我只記得以下幾條，說給二位聽聽：強烈要求七十五歲以上的黨政軍領導人全部辭職；反對暴力、保護人權，軍隊不應參加和干預國家事務；中國共產黨的活動經費不得由國庫支出；解除報禁，新聞自由，允許民辦報刊、電臺和電視臺。

蕭白石聞言，不覺擊掌：好，好！這個宣言好！應當成為這次學運的基本綱領，條條擊中要害。

二弟從後視鏡上白了大哥一眼：哥，您問問嫂子，她先生是不是太衝動了？李鵬總理說，這是向共產黨宣戰。這些博士生不知道自己是吃幾碗乾飯，都沒長腦子似的，好像他們能要了黨的命，讓黨乖乖放下權力，等著他們去接班哩。

蕭白石低頭想想，說：是有些莽撞，青年人逞口舌之快。但不是為了搶班奪權。

二弟說：推翻了黨領導，中國就會進入民主自由的天堂？年輕人好做夢，做中國夢。我還是贊同鄧大人的提法，穩定壓倒一切。沒有穩定，什麼事都幹不成。

蕭白石覺著刺耳，反駁：可青年學生們說，他那個穩定，就是一黨專政，萬年執政。

後座的圓善這時插言：別貧了。看看車外邊，像是募款的來了。……

蕭白石朝窗外一看，路邊果然豎著「請熱情支持我們的愛國運動」的橫幅，一個個佩著「中國人民大學」校徽的男生、女生，捧著紙盒，在前邊的一輛輛車旁募捐。司機們也都搖下車窗，一元、五元、十元的投入那些紙盒裡。還有人從車窗探出半個身子，晃著一張百元毛頭大鈔，叫道：好樣的！北京有希望，中國有希望！哥支持你們！

二弟則將車窗緊閉，眼睛直直地瞪著前方，熟視無睹。已經有女生來敲他的窗玻璃，他充耳不聞。倒是蕭白石搖下窗，招呼著：這邊，來這邊。說著，他向紙盒投了五十元，圓善投了二十元。

不一會募款的學生們回到了人行道上，車流開始緩緩向北移動。二弟這才開了口：兩位大慈善家，你們皮夾裡的毛大頭可得悠著些撒，前面還有北大、清華的學生募款站，說不定北師大、農大、工院、天院、地院、體院的學生都會來這沿途設募款站，呼籲去頤和園遊園的人支持學運，慷慨解囊。大嫂，請您搖上車窗，路擠氣悶，我開點兒冷氣。

圓善好奇：他二叔，啥叫天院、地院？

蕭白石搶著回答：孩子他媽，又孤陋寡聞了不是？天院就是北京航空學院，地院就是北京地質學院，都是文革期間出紅衛兵領袖的地方。

圓善紅了臉，嗔道：美的你！就想著做孩子他爹。

蕭白石接著說：我不妨再給你補點兒文革歷史課。當年呀，毛澤東欽定的北京五大學生領袖，天院出了個韓愛晶小白臉兒，地院出了個王大濱小魔頭。一九六七年十二月，兩個小魔頭率領紅衛兵戰友，組成「敢死隊」，去四川成都抓回「右傾反黨頭子」彭德懷元帥，打斷了彭元帥三根肋骨，……文革結束後，兩人都被判了刑。

二弟操著方向盤，說：還有，北師大出了個譚厚蘭小娘們，造反特凶狠。一九六六年十二月，她率領北師大紅衛兵，大老遠跑到山東曲阜孔夫子老家，抄了孔府，燒了孔林，掘了孔墓。事後有估計，那次砸毀、燒掉的歷代傳下的珍貴文物字畫七千六百多件。你說作孽不作孽？兩千多年前的孔聖人，怎麼也料不到遭此浩劫。……譚厚蘭那娘們是湘潭人，有高幹背景，文革後也被判了刑，現在保外就醫，說是患了什麼子宮瘤，晚期了。人說「詩人得詩病」。

蕭白石笑著糾正：不要褻瀆詩人，是「斯其人患斯其病」。

圓善說：還是二叔知道的事兒多，詳細。

二弟來了興致，邊緩緩開車邊說：還有哪，文革五大學生領袖，第一位是北大的聶元梓，也是一員女將，端的了得。她一九六六年五月底寫出了北京大學第一張大字報，矛頭指向校黨委及北京市委，立即被毛主席稱為「全國第一張馬列主義大字報」，打響了文化大革命的第一炮。到了那年八月五號，毛主席自個兒也寫了張大字報，叫做「炮打司令部——我的一張大字報」，第一句就是：全國第一張馬列主義的大字報和人民日報評論員的評論寫得何等的好啊！……我那時是一名中學生，記得中央人民廣播電臺天天教唱大合唱歌曲：「全國第一張馬列主義大字報何等的好，何等的好啊！毛澤東思想旗幟舉得高，舉得高！」那雄壯氣勢，好似又一支〈國際歌〉呢。聶元梓後來被判了十六年徒刑。她在林彪事件不久就被關起來了，現已刑滿釋放。

車流仍在緩緩前移。大約今天去頤和園遊園的人有好幾萬，擠在一條道上了。二弟發牢騷：蹭吧，蹭吧，哥們！咱中國人民啥都缺，就是時間富裕。

蕭白石說：那我這會子就來貧一貧清華大學的蒯大富吧。在文革五大學生領袖中，排行老二。他的主要「功績」是啥？就是一九六七年五月，施巧計把國家主席劉少奇夫人王光美騙出中南海，在清華園大操場開五十萬人的批鬥大會。王光美被迫穿上旗袍，胸前挂上一大串乒乓球做成的項鏈，在臺上接受批鬥。在臺前跪著陪鬥的有彭德懷、張聞天、黃克誠、彭真、羅瑞卿、陸定一、楊尚昆、萬里等幾十名大人物、「大黑幫分子」。其中的羅瑞卿大將當過解放軍總參謀長兼中央軍委祕書長，狀況最慘，因為他自殺未遂，摔斷了腿，不能行走，竟然是用一隻籮筐抬來了。羅瑞卿外號「羅長子」，身高近一米九零，硬生生被塞進籮筐裡，下邊還淌著血。

圓善嘆道：作孽喲，阿彌陀佛。

蕭白石繼續說：這次清華五十萬人的批鬥大會，是公開打倒國家主席劉少奇的前奏。如果沒有毛夫人江青娘娘的幕後操持，沒有毛本人的許可，憑蒯大富一名清華物理系普通學生，行嗎？蒯司令因此舉聲名大振，風頭一時無倆。毛澤東每次接見五大學生領袖，都稱他為「蒯司令」，把他牛的！可是，到了一九七一年林彪事件之後，蒯大富和其他的「學生領袖」一樣，都以反革命罪入獄。他們以「革命手段」殘酷批鬥、折磨過多少教授、學者、老幹部、文化名人？難以勝數啊！可到了文革後期，他們自個兒也鋃鐺入獄。毛澤東夫婦利用完他們，就把他們當抹布一樣扔掉。據說，蒯大富如今也刑滿釋放了，在深圳開了家公司做生意。他原本想回北京的，但大難不死的王光美等人向中央寫信，永遠禁止他進入北京。

二弟聽大哥說得這麼詳盡，問：哥，文革初期您不是還在青海沙漠裡流浪？怎麼知道這些的？

蕭白石說：我不是六七年秋回北京的嗎？還不能聽人說蒯司令的這些「英雄事跡」？況且文革後出了那麼多回憶文革的書刊，還少得了寫蒯司令的？有老幹部早就放了話：他姓蒯的小子敢回北京，老子命警衛員廢了他的狗腿！

車流、人流北行到海淀路東口，又被堵住了。從這兒往北是清華大學，往西是北京大學。果然，大街兩旁人行道上，都有清華、師大、地院、天院等幾所大學的學生募款站，有佩戴校徽的學生捧著紙盒，穿行在車與車之間，輕敲車窗募款。人們又紛紛搖下車窗，一元、兩元、五元、十元地捐款。又有人身子探出車窗外，晃著百元毛頭大鈔，叫道：好樣的！哥支持你們！

一名男生捧著紙盒來敲二弟的車窗，二弟仍是目不斜視，只當沒聽見、沒看見。蕭白石和圓善再次搖下車窗，各捐了二十元。旋即，二弟摁下電動門鎖，把門窗都鎖死了。蕭白石無奈地笑笑：二弟，你自己當鐵公雞，一毛不拔，還不讓我和圓善表示一下？圓善也說：都是些孩子哪。他們是為啥呀！

二弟說：二位尊貴的乘客聽好了，我是行大善，不施小惠，不支持他們瞎鬧。學生不上課，不讀書，就啥都不是。他們鬥得過共產黨，玩得過鄧大人？連門兒都沒有！屎克螂爬門坎，找挨摔！

蕭白石說：二弟，我不同意你對學運的這個看法。他們是有些幼稚、狂熱，有各種缺點，但他們的主流是要求進步，追求光明。你先前播報的「的哥路透社」重要新聞，不是說黨中央總書記趙紫陽都肯定了這次學運是愛國主義的？

圓善擔心這哥倆又爭吵，忙岔開：哥倆好，哥倆好！今天五一勞動節，能不能說點兒別的呀？

二弟說：我知道，我的這種觀點，在我們的哥這一行業，也屬於少數派，多數是支持學運的。前些天，我們兩群的哥在歇車休息時，越吵越激烈，臉紅脖子粗的，差點兒動了手。……不過，話說回來，我還是要建議二位看緊自個兒的錢夾吧。這麼一路撒下去，撒到頤和園，只怕連瓶汽水都喝不上了。

因車窗被鎖，蕭白石和圓善也只好學二弟，目視前方，不好意思面對募捐學生了。二弟這人，真是個倔脾氣。

車流又向前行，左拐西行，上了海淀路。北大南校門外，也設有學生的募捐站，支持者頗眾。車流這會兒順暢了。十來分鐘後，他們終於抵達頤和園東宮門。停車場已滿是車輛。車輛放下遊園人士，必須立即駛離，不得停留。

二弟在蕭白石下車前，遞過一張百元大鈔：慈善家！錢帶夠沒？先拿上，回頭還我。

圓善見狀說：娘說得對，還是二叔心細。

蕭白石接過鈔票，說：工人階級的援助，不要白不要，要了也白要。

二弟見蕭白石給圓善開了後側門，扶她下了車。便招招手，示意大哥過來，咬著大哥的耳朵說：老大，我釣大魚。我和你弟妹看中了一單元樓，三居室。要付頭款，您能不能幫一把，挪個一萬、兩萬應急？

蕭白石低聲回答：我就知道你不懷好意。不過沒問題。回頭我讓老三也給你湊點兒。他開館子，手頭比我還寬裕。說完，他朝二弟揮揮手，去挽起圓善的手臂。

二弟開車要走，忽又探出頭來大聲說：嫂子，遊園注意安全。下午五時，我會來這裡接您二位。不見不散！

15

蕭白石挽著圓善，在東宮門外排長隊入園。有佩戴黃袖標的工作人員舉著半導體喇叭不停地喊：注意了！注意了！排雙行，排雙行，別擠，別夾塞兒！講文明，講禮貌，講秩序！園內的文藝演出，剛開始。……小朋友，要跟上自己的父母，別走失了。……看好各自的包包，小心扒手，小心扒手！……

圓善朝蕭白石笑笑：真是的，節日遊園、看演出，也要小心扒手。

入園後，但見四處彩旗飄飄，大白天的也華燈灼灼，喜氣洋洋。真個是芝蘭玉樹，柳媚花嬌，水送山迎了。蕭白石不由得想起三個月前那次帶圓善來玩兒。當時園子裡可是冷颼颼、空蕩蕩的，湖面還結著冰凌。他摟著圓善說：記得嗎？上次咱來這兒，你紅著臉告訴我，已經懷上了，不讓動粗哩。圓善推開他：你能不能正經些？當著這麼多眼睛，一大老爺們摟個姑子，成啥樣兒！蕭白石瞇著眼一樂，又很紳士地挽著她，嘴裡仍在胡謅：老戲文上咋說的？玉真重溯武陵源，春心無處不飛懸，隨步名園是偶然，……

圓善知道他是在說笑《牡丹亭》。她瞅見左邊知春亭那兒人頭湧動，大群人正圍著圈看雜耍，便對白石說：咱往右邊走，諧趣園大戲臺裡好像響著鑼鼓點兒，看戲去。蕭白石憑著畫家對顏色的敏感，望眼周遭奼紫嫣紅，金圍玉蓋，豔溢香融，不禁心生感嘆：園子外邊十萬大學生罷課，沿街募款，鬧得不可開交；園子裡邊卻是皇家閬苑，良辰美景，歌舞昇平，……真真兩個世界，不知天上宮闕，今夕是何年了。

再說這諧趣園原是慈禧太后在園內小憩起居的宮院，大戲臺是她觀賞伶人表演所在。慈禧愛看京戲，清末京劇名家都曾來這兒演出並領取豐厚的賞賜。蕭白石和圓善好不容易擠進院子裡，早已座無虛席，連過道、迴廊上都站滿了人。臺上一女子正在清唱革命樣板戲《紅燈記》選段：我家的表叔數不清，沒有大事、不登門，雖說是親眷又不相認，可他比親眷還要親！爹爹和奶奶，齊聲喚親人……

他倆聽了一會兒，就跟著廊道上的觀眾退了出來，以便讓外面等候的人進去。人們議論紛紛：文革前，文革後，聽了二、三十年，耳朵都聽出繭子來了；您還別說，江青娘娘領導京劇革命，還是整出來幾齣京劇現代戲的；《紅燈記》、《智取威虎山》、《沙家浜》、《杜鵑山》，內容是左些，但曲調還是耐聽呢；八億人口，八個樣板戲，也只有她娘娘做得到；什麼呀！那個《海港》、《龍江頌》、《沂蒙頌》，現在提都沒人提了；還有芭蕾舞《白毛女》、《紅色娘子軍》，算洋為中用，就是一個個女演員腰束得太細，前胸聳得太高，讓人想入非非，哈哈哈！咱在北大荒當知青那會兒，軍墾農場有支文藝宣傳隊，也演《紅色娘子軍》，一個女孩子身條太瘦，雞胸，戴了副假乳房，結果呢，又蹦又跳又踢腿的，那假玩意兒都蹦到背上去了！

蕭白石聽了，忍不住跟著大夥兒笑起來。北京爺們貧得沒治了。他一路挽著圓善來到長廊。這長廊又稱畫廊，位於萬壽山南麓，沿昆明湖北岸東起邀月門，西止石丈亭，長達七百多米，中間穿排雲門，雲門兩側對稱築有四座重簷八角攢尖的亭子，依山面水，隨地勢而起伏，循湖岸而蜿蜒。

長廊的天棚及枋梁上均有精美彩繪，或為西湖風景，或為山水人物、草木花鳥。整條長廊像一條彩帶，將萬壽山南麓金碧輝煌的宮殿建築群連成一體，正是龍章鳳藻，俊彩星馳，山色與湖光共舞，鷗鳥逐白雲齊飛了。

此時，長廊裡遊人如鯽。廊柱上不時出現「嚴禁烟火」標示。沿途均有佩黃袖標的工作人員巡視。蕭白石和圓善隨人流走走停停。白石欣賞一幅幅彩繪，自是他的畫家習性。圓善愛看昆明湖裡那千頃芙蕖，田田如蓋，葉葉含煙嫩，枝枝帶雨肥。唉，觀音坐蓮，也曾是她的弟子佛緣。

兩人來到一處名為「魚藻軒」的湖畔景點，見許多人在聽蘇州評彈。太好了！這頤和園原本就是大清乾隆皇帝七下江南，因留戀蘇杭風物而敕建的。在昆明湖畔演唱評彈，此情此景，不是江南，勝似江南。但見一位身著唐裝的中年男子撥響三弦，為一位淡妝素服的江南秀女伴奏。那女子懷抱琵琶，端坐在石墩上，吳儂軟語，邊彈邊唱一曲〈鷓鴣天．夫子自道〉：

夫子瀟湘著作郎，生來塵世笑炎涼。離經叛道尋常事，
臧否古今時放狂。披鶴髮，仰童顏，幾曾低眉向豪強？
屈平賈生今何去，且醉芙蓉臥帝鄉！且醉芙蓉、臥帝鄉……

美人美景美曲，蕭白石一時聽得入神。圓善見他著迷的模樣，笑著掐了掐他的胳膊，輕聲說：還沒到江南哪，你就見著西子了？白石伸臂摟了摟她，微微一笑。評彈女子欠身向觀眾施禮，一曲終了。他倆跟著眾人一同鼓掌、讚好。持三弦的男子起立，報出下一曲目，曲牌也是「鷓鴣天」，

曲目卻是「題寄侵華日軍南京大屠殺遺址紀念碑」。顯然，這是要弘揚愛國主義、民族精神了。隨之而來的是一陣疾風驟雨般的琵琶、三弦合奏過門，女子旋即以高遏行雲的吳音唱起：

鏖戰金陵國脈懸，鍾山峰壑鑄龍泉。雨花臺下尸橫陣，
燕子磯頭兵塞川。三十萬，婦嬰眠，神州雪恥慟蒼天！
南京審判降魔日，民國雄師唱凱旋，唱凱旋！……

有觀眾暗自抹淚。蕭白石和圓善也喉嚨發緊。感人！太感人了！從未聽過如此剛健、激昂的評彈。眾人再次熱烈鼓掌。有觀眾高聲提議：二位同志，你們應該到天安門廣場上去演出，唱給那些鬧事的學生聽聽，要他們想想鬧學潮是愛國主義，還是禍國主義！有人立即反駁：大叔，這是哪對哪呀？反貪腐，反特權，爭民主，爭自由，怎麼也不能說是禍國主義吧？有人出言調和：哥們，哥們，咱今天是遊園找樂子，要爭論，出了園子爭去！很多觀眾附和：對對，大家夥兒要看節目呢。

彈三弦的男子站起來，朝觀眾鞠一躬，報下個曲目：〈浣溪沙．致南京友人〉。女子輕攏琵琶，柔聲中帶著哀怨起唱：

五十年來痛國殤，秦淮歌舞寓興亡。國人猶憶血屠場？
識記館鐘鳴警訊，紫金天象演滄桑。勿忘倭寇取丹陽！
勿忘倭寇取丹陽！……

蕭白石太喜歡這蘇州評彈聲情並茂，悅耳動聽了，似乎內容還在其次。他身旁有兩位學者模樣的長者在輕聲議論，一位說：第一曲，聽來像是宋詞。可我研究過《宋六十名家詞》，沒有這一首呀！聽了後兩首，才悟到是今人所作。另一位說：啊，我曾聽人談起，是一位名為「瀟湘詞客」的作家的新作。「勿忘倭寇取丹陽」一句中的「丹陽」是指南京？對了，南朝東晉年間，南京叫丹陽。如今南京市下面，還有個丹陽區嚒。……

蕭白石和圓善見兩位評彈藝人的表演告一段落，休息一小時後再繼續演出，便隨著人流回到長廊。白石想起什麼，問圓善：對不起，都忘了你懷著孩子。是不是太累了？我們找個地方歇歇，吃點兒、喝點兒什麼。

圓善撫撫腹部，笑道：你忘了？俺小名鐵疙瘩，沒你說的那樣嬌氣。……何況去醫院檢查，大夫都有提醒，每天要適量運動，生產時省些力氣。快三十歲了，生第一胎，算是次高齡產婦。走走路，對胎兒也有好處。

蕭白石笑道：高齡，還有次高齡？博士，博士後啊。

兩人一路交頭接耳，說說笑笑，不覺到了長廊盡頭的石丈亭。

亭北是有名的聽鸝館餐廳。白石建議前去吃一碗御製魚湯麵。圓善說太貴了，如今只要加上「御製」二字，就貴得嚇人，不值。她的當務之急是要上厠所。白石只得領著她去鄰近的公厠排長隊。男女各列一隊，前面有幾十號人。這兒竟然也有佩黃袖標的女工作人員舉著喇叭維持秩序：各位注意！各位注意！不要夾塞兒！不要夾塞兒！你急人也急！講文明，講禮貌，講衛生！

蕭白石擔心圓善內急，忙去找到另一位佩黃袖標的女工作人員：大姐，勞駕！我愛人是孕婦，能不能照顧一下？對對，就是排在最末那位，……女工作人員看了他一眼，問了聲：不是超生吧？之後去到隊尾，示意圓善跟她走。女工作人員邊走邊嚷嚷：各位讓讓！孕婦優先！孕婦優先！就這麼著，領著圓善到了女廁前，還不忘問一聲：您自己帶了手紙吧？這邊廂，蕭白石看著圓善進了女廁才放下心來，排到男隊末尾。

待圓善從氣味熏人的女廁出來，等了一會兒，蕭白石也出來了。白石咧嘴笑道：今兒你可享受了一回「五講四美三熱愛」，「文明禮讓」，難得，難得！圓善說：可我沒洗手，裡邊的龍頭擰不出水，你也沒洗手吧？蕭白石說：姥姥的，男廁的龍頭也不出水。難怪有人說精神文明離開了物質基礎，就是娘的一句屁話。來來，我包裡還有大半瓶礦泉水，咱倆將就將就，衛生一下吧。

兩人淨了手，這才看到聽鸝館西側一塊平地上，聚集著大群人。蕭白石問圓善：你不累？那咱倆去聽聽京韻大鼓。圓善說：難得出來看次演出，先前見你迷江南評彈，那副饞樣，哪像個年近半百的爺們？唱京韻大鼓的，可多半是些大嫂輩的女演員。

果不其然，這兒也是二人班。這京韻大鼓屬北京地方特有的說唱藝術，男演員彈弦子兼幫腔。女演員左手持一副長短不一的銅板，類似說書人的快板，合著演唱的節奏，拍出脆生生的金屬聲，右手則持一根細長的硬木圓棒，敲擊一面架子鼓。演唱者的純正京腔韻味十足，時而行雲悠悠，時而溪流湍急。各種曲目，唱詞多為長短句。眼下這位大嫂輩的女演員正在演唱一曲〈戰風沙〉：

重重宮樹下，

紅牆帝王家。
春風沉醉月牙兒，
城鼓寺鐘迎早霞。
　偏逢著愁雲遮日，霧鎖瓊瓦，
剎那間天地混沌，
塞外瀚海來狂沙！
猶聞漁陽鼙鼓，
似見軍陣無涯，
旌幟奔突，梟雄叱吒，
虎賁洶湧，貔貅廝殺，
滿城盡帶黃金甲！
休怨嗟，
白雲蒼狗，社火神鴉，
玉宇沉碧了，又見朝霞。
玉泉山奼紫嫣紅，
昆明湖煙柳難畫。
依舊是天壇地壇，
西苑南苑，瓊樓廣廈，

千旗擁高牙，
冠蓋滿京華！

一曲終了，大夥兒拍著巴掌叫好。圓善對蕭白石說：這鼓詞和先前那評彈，另是一番風采呢。

蕭白石點頭：北詞雄渾，南詞溫婉。你聽，又是一曲起腔了。

這回仍是男演員彈著三弦伴奏，女演員邊敲鼓邊打板兒，唱起新近流傳的〈送君行〉：

風一程，雨一程，京城百姓送君行。
冤假錯案您平反，撥亂反正您力行。
人民疾苦您落淚，中南海裡出明君。

山一程，水一程，國計民生您操心。
走遍一千七百縣，萬水千山留身影。
兩赴西藏親藏民，稱您活佛不過分。

風有韻，月無痕，開明新政千古名。
一身清正拒妖氛，披肝瀝膽護黎民。
君今遠行西天去，天涯處處祭忠魂！

好！這曲新作好！觀眾的喜愛溢於言表，掌聲熱烈。有人建議，改曲名為〈送耀邦〉更好！也有人說，還是〈送君行〉吧，要不可能就不許唱了。這話立即有人附和，是呀，是呀，廣場上鬧出天大的事兒，不就因為耀邦去世而起，現在是敏感時期。……

蕭白石想乘興貧幾句什麼，被圓善拉著衣袖勸住，只得閉上嘴。圓善撒嬌：這會兒真有些餓了，我們從西邊這條石板路繞到後山蘇州街去，那裡的湯麵清淡可口。

蕭白石看看手錶：喲，快三點了。五點鐘二弟會到東宮門外接咱們。走，就依你，到後山蘇州街解決饑荒問題。對了，剛才那首〈送君行〉，你記下沒？回頭我筆錄下來，送給杜胖子看看，說不定他手下的那些個劇團也用得著。紀念耀邦，是老百姓的自發行動。

蘇州街也是乾隆皇帝遊江南，鍾情蘇州園林，回京命工匠興建的，成為萬壽山北麓一處江南水鄉風景。小橋流水，青石街巷，芭蕉庭院。真箇是：姑蘇庭榭妙無窮，山水乾坤鬼斧功，玉署仙居傳下界，樓臺煙雨畫圖中。在清代，這兒由太監們開設店鋪，專供後宮嬪妃們遊樂的。民國時期，蘇州街一度衰落。新中國重修街道和水榭，開設茶館、餐廳、服裝店、文物店和水果攤點等等，以服務遊人。

蕭白石挽著圓善，進入一家名叫「知味觀」的餐廳。已經過了飯點，餐廳內客人不多，很快有服務員上來讓二位點了餐：一碗素餡餛飩，一碗肉末炸醬麵。他們的鄰座是十幾位大爺大媽圍坐一張大圓桌旁，看樣子已經用過餐了，一人面前一杯香片，談天說地，聊得正歡。可能年紀大了，耳朵背了，嗓門也就高了，以為別人和自己一樣聽不真切。蕭白石發現他們原來都是連褒帶貶，興沖沖地侃著各自的大學生孫兒孫女呢。反正退休人士，湊在一塊兒扯閒篇，正在興頭上。

一位大爺捋著花白鬍子說，我孫兒是北大文科生，每次見他寫「民主」二字，必得少了「主」字頭上那一點，寫成了「民王」。我問他為啥，他說咱們國家沒有民主，只有民王。我覺著不順耳，問他：我們不是也有人民代表嗎？代表們不是每年春上都到大會堂參加代表大會嗎？嗨，不成想，他倒反問我了：爺爺您說得出咱西城區人民代表的姓名嗎？這個嘛，我還真被問住了，愣是說不出來。我孫兒又說：爺爺您說不出來不奇怪，連我一個家住中南海的同學，也說不出他們選區人民代表的名字！升斗小民就更不知道是誰代表他們年年出席人民代表大會了。臨了，我只好說：反正鄧小平、趙紫陽、李鵬都是人民代表就是了。……

另一位大爺摸摸光亮的光頭，笑呵呵接了茬：正是呢。我家上清華的小孫女，有一次和我談論民主問題。我說你們年輕人不要著迷西方那一套，那都是假民主，騙騙選票。您猜我孫女兒怎麼說？爺爺，咱國家可是連假民主也沒有呀！您老是司局級離休老革命，不要說我從小到大沒見過選票，您老忙了一輩子，也沒見過選人民代表的選票呀！一句話，堵得我沒法開口。唉，西化，如今的年輕人思想西化，都是方勵之那廝教育出來的。

一位大媽開腔了，她頭髮略顯稀疏，可每根都收拾得齊整：報紙、廣播上不是批判資產階級自由化嗎？您們猜猜，我那上北師大的外孫女兒咋說的，姥姥，咱國家只有封建主義自由化，沒有資產階級自由化！我問她，什麼叫封建主義自由化？她個大三學生竟說，從毛主席到鄧大人，都是家長制，一言堂，一個人說了算；朕即國家，皇天后土，難道不是典型的封建主義自由化？她若是讀中學時說這話，我真會餓她兩頓飯。可她都大三了，我管不住了，沒氣力了。只好批評她思想西化，中毒了。

圓桌另一邊坐著一位面容清癯的大爺。他說：提起這「西化」二字，我那在人大讀黨史專業的孫子說得更離譜。有個星期天，他回家來「改善生活」。我燒了隻大蹄膀給他解饞。我勸他一位將來從事黨史工作的知識分子，要注意政治立場，不要被「西化」了。他竟然問：爺爺，馬克思、恩格斯是哪國人？我說那還用問，德國人唄。他問德國在哪兒？我說在西歐。他又問爺爺您入黨時唱什麼歌？我說：廢話，當然是〈國際歌〉。他還問：〈國際歌〉是哪國人寫的？我說詞曲都是法國人寫的。他繼續問：馬克思主義是東方學說還是西方學說？我說當然屬於西方學說。他接著問：蘇維埃這個俄文名詞原意是什麼？看來這小子是想考考他爺爺呢！如果遇上別人，還可能真懵了，不一定答得上來。可在我面前，他小子還嫩了點兒。我隨口就答：蘇維埃的俄文原意是工農兵代表大會！這下子，他小子豎拇指表揚我：爺爺，您真沒白上中央黨校培訓班。再往下，他小子忘乎所以，問：爺爺，共產黨這名詞是東方的，還是西方的。我說當然是西方來的。他小子這會子憋不住了，哈哈大笑：爺爺，您還和孫子裝傻呀？說了這半天兒，您們黨的主義、理論、思想，連同黨歌黨名，都是不折不扣「西化」來的，是舶來品呀！難道只准您們老一輩搞「共產西化」，就不准我們年輕一代追求「民主西化」？嗐，本想三娘教子，卻被子教三娘，氣得我半晌說不出話來。之後，他小子就更離經叛道，瞎說八道了，我真想用拐杖狠狠教訓他。您說他還說了什麼？他竟然說：一九三一年，中共在江西蘇區瑞金成立「中華蘇維埃共和國」就是搞「兩個中國」，「國中之國」；他還說當時中國的合法政府是南京的「中華民國政府」！我拿他沒轍了，只好喝令他小子閉嘴，黨史要這麼學下去，哪天非進班房不可！我朝他揮手：去去，快去改了專業，學點別的混飯去！

蕭白石和圓善聽著他們的滔滔闊論，覺著挺有味兒。蕭白石幾次想湊上去，都被圓善拉住了。一會兒，兩份麵食上來了。他倆埋頭享用美食，耳朵也沒閒著。

國家的前途在年輕一代。中國還是有希望的。

16

五月三日早上八點，小鬧鐘準時響起，是圓善昨晚臨睡時擰上的。蕭白石匆匆起床，稍事洗漱，轉到院牆外胡同拐角的公厠解決了內急。往回走時，發現路面清掃得真乾淨，胡同東頭還擺了個平日從未見過的地攤，而西口則多了個修自行車的生人。姥姥的！廣場上天天鬧騰天大的事管不了，要來個外國記者倒是緊盯上了。

圓善穿了身淨潔衣裳，頭上戴了頂學生帽，邊張羅早餐邊對蕭白石說：你剛走，馬四姐來電話，說客人九點半鐘左右到，坐出租車來。她有事，不出面了。還說如果上午談不完，可以招待客人吃一頓中飯，下午接著談。哪些該談，哪些不該談，你自己拿捏分寸。蕭白石苦笑笑：領導考慮得真周到，連允許招待客人一頓中飯都有了。那我們招待客人吃什麼呢？圓善說：有素餃子、素包子，俺定慧寺的特產，再煮一鍋小米粥，怎樣？蕭白石又問：要是來的是個大老爺們呢？圓善說：那就打電話到飯莊訂隻烤鴨送來，加一碟五香花生米，配你的二鍋頭。你留點神兒，喝醉了少瞎說八道。蕭白石說：酒後吐真言，那敢情好。圓善深看他一眼：來的可是美國記者，美帝國主義，……阿彌陀佛。

一切準備停當。母親大人已經把小客廳收拾得一塵不染。一幅斗大的剪紙，鑲著一百零八個小「福」字兒，鮮紅閃亮地掛在牆上。那是母親的手工藝品。蕭白石一直在院門口候著。九點半過去了，九點三刻過去了，都沒見出租車的影兒。不是說美國佬最講究準時準點嗎？到了咱中國也拖拖拉拉了？就這麼一直等到十點一刻，才見一輛黃色出租車徐徐馳來。司機先下車，跟蕭白石握手：蕭畫家吧？久等了。建國門大街一帶堵得厲害，一波一波都是遊行隊伍，您知道的，如今這形勢……大好，大好。說罷，司機才轉身去開了車門，請出客人。客人身著白襯衫、牛仔褲，腦後紮了個馬尾巴，肩上揹了隻黑色挎包；一米七幾的修長身段，膚色白裡透紅，靈眉俊眼，顧盼生輝。蕭白石眼前一亮，差點出聲喚道：「央金！央金！我的央金！」除了服飾有異，活脫脫就是二十八年前在青海大漠救他性命的藏女央金。……客人倒是比主人沉穩，雙手遞上名片：蕭畫家，蕭老師，我叫卓瑪，泛美通訊社駐北京記者，謝謝您同意接受我的採訪。蕭白石的雙眼模糊了，腦子也混沌了。出租車司機在旁說道：蕭畫家，客人就交給您了。這是我的電話，談完了，請隨時呼我。說罷，駕車駛離了。蕭白石心裡明白，人家是國安局的「出租車專業戶」。

此時，蕭母出來招呼：請進，貴客請進。卓瑪落落大方，拉住蕭母的手，一老一少互致問候。卓瑪說：您好！是蕭奶奶吧？我來麻煩您和蕭畫家了！蕭母說：好好好，都好都好。從美國來，也會普通話啊？卓瑪伶俐地擺擺頭：不是普通話，是臺灣國語，在紐約的中文學校向臺灣老師學的。蕭母說：好，好，是中國話就好，是中國話就好。

進到客廳，蕭母泡好了一壺香片，擺好了一大盤葡萄、沙果、杏子等時鮮水果。卓瑪看到牆上那幅「百福圖」，面露欣喜，彷彿那是她從未見過的藝術傑作。「百福圖」旁是一幀鶴髮男士的黑白遺照，顯見是畫家的先人了。蕭母給客人上過茶就退下了，知道白石要和美國客人談正事兒。圓善還沒有露面。她有點兒膽怯，正悄悄在門後觀望。乖，沒想到今兒來的竟像是一位圖畫裡走下來的女孩兒！定慧寺的師姊師妹中雖也不乏美人兒，但不曾見識過這等倩麗大方的職業風采。看來，今兒這頓午飯得和娘費些心思準備了。嗯，最好是葷素搭配，清淡可口，又顯些兒北京風味。

雖是初次見面，可卓瑪似乎比蕭白石還老練、利索，擺好筆記本，錄音機，即問：蕭老師，我們開始吧？蕭白石看到那精巧的採訪設備，這才從恍惚中省悟過來，說：卓瑪小姐，接受採訪前，本人有個要求，請不要啟用您的錄音機，我很不習慣。您若不用機器，我可以和您無話不談。……卓瑪笑著點點頭，善解人意：行，行。錄音本就應該徵得您的同意。為了讓您暢所欲言，我可以筆記都不做，只用腦子記，怎樣？蕭白石感受到卓瑪的善良真誠，這正是藏人的品性啊，他還有什麼可顧慮的？當然，另有些話，還是要說在前頭：卓瑪小姐，本人覺得，對於這次採訪，你我還應有一項共識，即您不要急於報導談話內容。今日中國的新聞焦點、北京的新聞焦點，都在天安門廣場，而不是在我這裡。我只給您提供一些背景信息，講解些舊聞，或許可以幫助您了解北京，了解眼下發生在廣場上的事情。

卓瑪神情很陽光。她收了錄音機，連筆記本都放回她的黑背包裡。她說：我能在北京遇到蕭老師，太好了，很幸運！中文叫做「三生有幸」，是不是？她面帶微笑，氣度專業，卻又顯得輕鬆柔順。其實，她此時也在不動聲色地審視眼前這位畫家，暗自尋思這是不是阿媽囑咐要找的那個「北京漢子」。來北京這些天，卓瑪混在遊行隊伍裡，趁便做了幾次遊行隨機採訪，學生們也沒拒絕她。這種經歷讓她遇事更沉穩了，對人對事有了些更深入的觀察和思考。

蕭白石可不一樣，他彷彿聽得到自己的心口怦怦跳，好不容易才控制住酸甜苦辣一起翻湧的心緒。他多麼想問卓瑪是在哪兒出生的啊！但他明白，得先和人好好交流，彼此理解，切忌莽撞，不然容易壞事的。蕭白石喝了口茶，潤潤乾澀的喉嚨，才放低了聲音說：卓瑪小姐，您請提問吧。卓瑪說：謝謝。我想請蕭老師先談談胡耀邦，為什麼胡耀邦一去世，貴國首都就鬧起了這次大學潮？

蕭白石說：好，我就給您說說胡耀邦這位我尊敬的領導人。他是湖南瀏陽北山人，一九一五年出生在一戶中農家庭。兒時讀過幾年私塾，參加革命前就有了相當於中學的文化水平。一九二九年，他十四歲時，跟隨紅軍隊伍上了井岡山，是紅小鬼。十七歲當了中央蘇區（江西）共青團中央祕書長。一九三四年參加二萬五千里長征，任中央紅軍共青團總支部書記。抵達陝北延安後，二十歲的胡耀邦就當了抗日軍政大學政治部副主任、中央軍委總政治部組織部部長。在延安的青年幹部中，表現相當出色。他個子不高，辦事幹練，好讀書，擅長演講，引起毛澤東注意，劉少奇、周恩來也很賞識他。解放戰爭時期，他先後擔任晉察冀軍區政治部主任，第四縱隊、第三縱隊政委，第十八兵團政治部主任。一九四九年新中國成立，他三十五歲，任團中央第一書記。卓瑪小姐，我和你講這些，不太好懂吧？

卓瑪說：不要緊，我知道胡耀邦是位資格很老的中共領導人。您接著講，我愛聽。

蕭白石受到鼓勵，更來了興頭：您可能不知道，共青團從來就是共產黨的預備隊，也就是接班人。在二十世紀五〇年代，胡耀邦這位共青團領導人的確給北京政壇帶來一股青春氣息，成了一名出色的演說家。他經常到一些青年人集中的大專院校演講。他的演講引經據典，生動活潑，充滿激情，不斷引發笑聲、掌聲。當然，那是向青年人宣揚共產主義理想。說有一次，胡耀邦和大會主持人「打賭」，說：如果全場的掌聲、笑聲少於四十九次，中午我請你吃飯；如果超過四十九次，午飯就歸你請客。……結果，他熱情澎湃地演講兩個半小時，下場後問主持人：怎麼樣？數了沒有？

中飯是你請還是我請？主持人告訴他：耀邦同志，你的演講讓全場大笑三十次，鼓掌二十五次！你贏了，我請客。

卓瑪聆聽著，眼神像雪山上流淌下來的泉水般清澈：有意思，太有意思了，西方傳媒從未報導過胡耀邦是一位出色的演說家，鼓動家。

蕭白石笑了，眼角聚起皺紋：關於中國的事，你們不知道的太多了。好好，說回胡耀邦。您問他和毛澤東的關係？毛澤東把他看作晚輩，讓他負責青年工作而已，當時排不上黨和國家領導人序列。胡耀邦對毛澤東也只有敬仰、愛戴的份兒。但從一九五七年反右運動之後，特別是經歷了大躍進、反右傾，胡耀邦對毛和毛思想開始有所疑慮：團中央那麼多優秀青年幹部被打成右派分子，他卻不能袒護；大躍進放那麼多牛皮衛星，他只能跟著起鬨；反右傾把那麼多他的老上級、老戰友打成右傾機會主義分子，他暗自替他們叫屈；四年大饑荒，餓死那麼多人，他痛心疾首。……一九六二年，他主動要求下地方工作，毛澤東派他去自己的老家湖南湘潭任地委書記。這等於降級使用，他無怨言。一九六三年，調任中共中央西北局第三書記兼陝西省委第一書記。他在陝西大力排除「左」的干擾，因地制宜發展經濟，並著手平反大躍進以來發生在陝西的冤假錯案，受到基層幹部群眾的歡迎。可是一年之後，西北局卻指胡耀邦「右傾反黨」，對他進行批判鬥爭，無情打擊，致使他重病住院。一九六五年，他以治病為由返回到北京，仍任團中央第一書記。一九六六年文革初期，胡耀邦在團中央機關被打成「走資派」、「彭德懷黑幹將」、「劉鄧反動路線黑爪牙」，遭受「群眾專政」。因為胡耀邦實在是歷史清白，一直在蘇區根據地及部隊工作，跟當時流行的罪名「叛徒」、「特務」、「內奸」、「工賊」沾不上邊兒，只好把他下放農場勞動。一九七四年，鄧小平恢復工作，調胡耀邦到中國科學院搞整頓。他排除重重阻力，大力批「左」反「左」，讓大批科學家回到科研崗位，從事研究工作，使得中國科學院呈現新的生機。可是一九七六年春，隨著鄧小平又一次下臺，胡耀邦又遭受批判鬥爭。好在同年九月九日毛澤東病逝；十月六日，毛的親信團夥被華國鋒指揮中南海警衛部隊一網打盡，稱為「一舉粉碎四人幫」。華國鋒成為黨、政、軍最高領導人。華過去在湖南工作時，對胡耀邦的印象不錯，一九七六年底即把他調去中共中央黨校任副校長（華國鋒兼任校長），主持工作。胡耀邦這才真正英雄有了用武之地。從一九七七年年初起，他在中央主席華國鋒、副主席葉劍英的支持、至少是默許下，開始著手「右派改正」工作。一九七八年，胡耀邦被華國鋒任命為中共中央組織部部長，更以大無畏的勇氣開展平反全國冤假錯案，並發起「真理標準」大討論，實為石破天驚之舉。胡耀邦以「兩個不管」對抗華國鋒的另一助手汪東興提出的「兩個凡是」。「兩個不管」是「不管什麼時候，誰過問、定下的錯案、假案、冤案，一律平反；不管什麼時候，誰發出的指示、作出的決定，不符合實際、脫離客觀社會條件的，一律停止執行」。而「兩個凡是」則是「凡是毛主席的指示、決策，都要堅決執行；凡是毛主席定的案子都不能改動」。正是由於胡耀邦在華國鋒、葉劍英等老一輩革命家的支持下開展的右派改正及平反全國冤假錯案，並以「真理標準大討論」來檢驗毛澤東思想，使得一九七八年十一月至十二月召開的中共第十一屆三中全會，作出了撤消階級、階級鬥爭和路線鬥爭的決議，今後不再搞政治運動，而集中精力搞經濟建設。三中全會後，胡耀邦出任中共中央祕書長兼中共中央宣傳部長，並繼續擔任中央組織部長，開始主持中央日常工作。直到一九八一年在中共十一屆六中全會上，胡耀邦取代華國鋒，成為中共中央主席。又在一九八二年的中共第十二次全國代表大會上，當選為中共中央總書記，是名義上的最高領導人。

一直靜靜聆聽的卓瑪插言：那鄧小平呢？他不是被稱作「中國改革開放的總設計師」嗎？這期間他又做了些什麼？

正說著，蕭母輕輕來到客廳，先對卓瑪笑著道歉：對不起，打擾一下。哦，白石，外面有你的電話，是馬四姐來的。

蕭白石正說到興頭上，也只好暫時打住，嘴裡忍不住發牢騷：家裡已經裝了電話，她仍要我去接公用電話？卓瑪小姐，您稍候，喝茶，吃果子，我去去就來。

正要離去，蕭白石見母親大人已回廚房忙活去了，拍拍腦門，想起什麼，從上衣口袋掏出原已備好的三頁兩面都寫得滿滿的「資料」，交給卓瑪：想了解鄧大人，先看看他這個內部講話。就是這個講話，逼胡耀邦辭職下臺。……這是我一九八七年春上，氣不過，抄下來的。噢，您回頭一定要還給我，不能帶走。好了，我去去就回。

蕭白石出了小客廳，還不忘叮囑：娘，讓客人在廳裡休息一會兒，不要打擾。他快步邁出院門。好傢伙，馬大處長已在上海牌小轎車內等著他了，她的司機蹲在街邊抽菸。馬四姐招呼蕭白石上到車裡，劈面就問：見著女兒了？大喜呀！蕭白石卻神情複雜，悲喜交織，但口氣刻意平淡：我是想認，可不知人家認不認我這號老爹，不敢唐突，害怕反倒弄擰了。……哦，處座大人親自光臨，盯得緊呀！我還真以為公用電話傳呼吶。有啥指示，耳提面命，我領旨。

馬四姐瞪他一眼：就不能改改你這貧嘴習性？我是對你負責，鹹吃蘿蔔淡操心，替你安排了這次來家採訪的機會。不過我得再次提醒你，卓瑪畢竟是泛美通訊社記者，談話要內外有別，注意分寸，尤其不能亂談眼下的學運，特別是廣場上正在發生的那些事情。現在全世界都睜大了眼睛看著我們。

蕭白石不以為然：就為這？勞處座大人親自跑一趟？

馬四姐搖頭：你呀！你呀！我還不知道你那貧起來就信馬由韁、沒心沒肺的習性？真是的！我怎麼就在二十八年前認識了你這流浪漢？前世該著你似的。我可要把醜話說在前頭，你要敢胡說八道，影響了國家形象，這次你非但認不了這個女兒，還可能把自己送回局子裡面去！

蕭白石感激馬四姐的好意，忍不住摟了摟她的肩頭：恩人！恩人！您是我的恩人！我一生一世報答不了的恩人！

馬四姐一把將他的手推開：自重些！司機在牆根下蹲著呢。下車吧，你的貴賓女兒在等著哪。我還要趕回廣場去，我的同事都在那兒拍攝、取證。噢，我還有句話……萬一、萬一以後咱國家真的民主了，自由了，你可要仗義，替姐說句公道話。記住了？

瞧，馬四姐當了官兒，還有江湖習氣。

17

小客廳裡。卓瑪被蕭畫家交給她的三頁手抄件深深吸引，既興奮，又緊張，手都有些兒發抖。第一頁天頭有段附注，看樣子不久前加上的：

一九八六年十二月三十日下午，鄧小平在家裡找胡耀邦、趙紫陽、萬里、胡啟立、李鵬、何東昌等人談話，主要是談當時各大城市的學潮，批評中央一線領導班子太縱容，不作為，沒有認真對付黨內外的資產階級自由化問題。正是這次談話，決定了胡耀邦辭職下臺的命運。此為鄧小平談話原文，看後處理掉。

今天請各位來，是非正式碰頭，由我來講講當前形勢問題。好些老同志，早就要求我出面講講話了。今天是八六年最後一天，講完了好過元旦。

學生鬧事，大事出不了，天也不會塌。但看問題的性質是一件很重大的事。耀邦到處視察，講話很多，只對如何處理學生鬧事，講得很少，興趣也不是很大吧。學生鬧事，究竟是什麼性質的問題？短短十多天時間，全國十幾個省市的大學生一起上街，此呼彼應，背後無人策劃？打出一些什麼標語？喊了一些什麼口號？是要幫助糾正黨風，促進改革？我看問題絕對沒有那樣簡單。現在是學生年年鬧，越鬧規模越大，是動亂性質。中央書記處，首先是耀邦，表現出了軟弱渙散，這是事實。我們總算公布了十條規定（註：指中共北京市委、市政府於一九八六年十二月二十五日公布的「禁止在市區遊行示威的規定」），就是法律性質，必須堅決執行，不能在這個問題上讓步。

前一段，你們強調對鬧事學生進行疏導。疏導當然是必要的。但疏導應當是積極的，有力的，不是去討好，去哀求，去改善伙食，舉辦舞會之類。現在時興對話，實際上是談判。談什麼判？跟誰談判？完全沒有原則，那樣能解決問題？光有胡蘿蔔沒有棒子不行，光有棒子沒有胡蘿蔔也不行。兩種手段，相輔相成。學生上街鬧事，中斷城市交通，工人不能按時上工，幹部不能按時上班，商店不能按時營業，還沒觸犯法律？必須堅決處理。你們力行的疏導方針要包括法律處理。否則越疏導亂子越多，頂個屁。

鬧得起來的地方，都是那裡的領導班子軟弱渙散，態度不堅決，旗幟不鮮明。有的人要當好好先生，以維護自己的開明形象。這不是一個兩個地方的問題，也不是一年兩年的問題，是幾年來反資產階級自由化不堅決的結果。這不能怪下面，根子在上面，在中央。有的領導人在反對資產階級自由化的問題上態度模糊。有時長篇大論中提到一兩句，也是輕描淡寫，蜻蜓點水，甚至言不由衷。

我看了方勵之的講話，根本不像一個共產黨員的講話，連一點氣味都沒有。讓這類人物去領導學校，能不誤人子弟，能不上街鬧事？這樣的人留在黨內幹什麼，他不是勸退的問題，而是開除。開除不夠，可以起訴，依法處理。郭羅基（註：原北大教授，胡耀邦器重的馬列理論家，一九七九年即提出中共政治體制問題，被鄧下令開除黨籍，調離北京，到南京大學任教）在中央黨校時是害群之馬，這次表示不參加學生遊行，就很好嘛。王若望（注：王若望為上海著名小說家）猖狂得很，我早就說過要開除出黨，為什麼還沒有辦？是誰在打圓場？問一問上海市委。一九三七年到延安的人多的很，有什麼了不起？王實味就是個壞人嘛。後來康生那樣處理了他，當然不好。我們可以養一批人，作對立面，清醒頭腦。問題是我們自己，是否也懷疑四項堅持不靈了，馬克思列寧過時了。四項堅持必須講，馬列主義必須講，要理直氣壯。人民民主專政也必須講，絕不能讓顛倒黑白、混淆是非、造謠惑眾的人暢通無阻。我們不是把魏京生抓起來了嗎？中國的名譽就壞了嗎？抓了就不放。這話我也早就對耀邦講過。事實證明，並沒有影響中國的形象，我們的名譽還一天天好起來。

現在搞改革開放，派出去，請進來。先進的科技進來了，蒼蠅蚊子也進來。少數知識分子如方勵之等人公然主張「全盤西化」，什麼多黨制，議會民主，又是外國的月亮比中國圓。特別是迷信美國。我們不能照搬資本主義民主，不能搞三權鼎立那一套。美國朋友來見我，我常批評他們有三個政府，互相拆臺、扯皮。美國的法制就那麼健全？國會沒立法，政府沒宣戰，總統就派了幾十萬人到越南去打仗，至今都有遺留問題。我們引進外資，實際上是利用外資。外資只是一個補充。我們利用海外資產階級，海外資產階級也利用我們。我們不依靠外資，不離開社會主義道路，要防止兩極分化。連臺灣都在喊什麼均富嘛。

中國沒有共產黨的領導，不搞社會主義是沒有前途的，這個已經得到證明，將來也要證明。如果我們達到人均四千美元，而且是共同富裕，就能顯示社會主義制度優於資本主義制度，就為人類四分之三的人口指出奮鬥方向，證明馬列主義的正確性。

這次學生鬧事，民主黨派表現是好的，是站穩了立場，跟共產黨走的，周谷城、費孝通、錢偉長是好的。不好的倒是我們黨內，什麼方勵之、劉賓雁、王若望。統統開除，不是共產黨容不得他們，而是他們容不得共產黨，妄圖按照他們那一套來改變共產黨。

當前，學生鬧事有向工廠滲透的跡象，不能掉以輕心。中國出了團結工會，就要亡黨亡國。軍隊分裂，國家分裂，爆發內戰，天下大亂。我的話先講到這裡。波蘭領導人當時頭腦清醒，態度堅決，面對團結工會與教會勢力勾結，並得到西方世界支持的形勢，他們用軍事手段控制了局面，證明沒有專政手段不行。專政手段不僅要講，必要時還得使用，但要慎重。抓人要慎重，要少，要避免流血。如果他們製造流血，有什麼辦法？第一是不怕，第二是鎮壓。我們的辦法最好是先揭露他們的陰謀。一個不死最好，寧可我們的人被打傷，也要把為首的壞人抓起來。要下決心。學生再鬧下去，就實行軍管，直至全國軍管。不要害怕軍管。波蘭的軍管就成功了。我們如後退，以後麻煩會更多。

反對資產階級自由化，要態度堅決，旗幟鮮明。耀邦不能再模稜兩可下去。至少要搞二十年。社會主義必須有領導，有秩序地進行。我們特別強調有理想有紀律，搞自由化就是來一次折騰，脫離黨的領導，十億人民缺乏凝聚力，那樣的黨連群眾團體都不如。

五七年反右派有過火的地方，應平反，但我們沒有全盤否定。因為確有右派分子向黨進攻，伸手要權，氣焰囂張。方勵之、劉賓雁、王若望這些人就是右派，當年沒有抓錯。

反對資產階級自由化，不可缺少。不要怕外國人說這說那，擔心損害自己的名譽。中國主要走自己的路，建設有特色的社會主義，讓外國人看到中國穩定，中國才有希望。如果搞得亂七八糟，一盤散沙，還有什麼希望？

處理學生鬧事是一件大事，領導人要旗幟鮮明，人民才能擦亮眼睛，團結工會之類才不會在我們這裡出現。《人民日報》三篇文章寫得不錯，《北京日報》的〈大字報不受法律保護〉寫得也不錯。李瑞環在天津的講話不錯。態度鮮明了，就能給中間力量鼓氣。我同意揭露鬧事者的陰謀。
今天是明確方針，具體事情你們去辦。

附：北京胡同順口溜

咱黨中央怪事多，老人結夥動干戈。
小平同志一喝斥，耀邦紫陽打哆嗦。
鄧家來開常委會，誰上誰下一手握。
培養你們為啥子？搶班奪權活埋我？
資產階級自由化，耀邦身上就很多！
學生再要鬧下去，全國軍管怕什麼！
大的原則我定了，你們執行不准拖。
過了虎年是兔年，換不換人另外說！

卓瑪一口氣讀完，激動得臉蛋緋紅，眼睛都花了：真是好運氣！好文章，太難得！鄧小平講話有個性，夠傳神，高水準；胡同順口溜夠精采，真生動。這是她駐京採訪以來最大的收穫。北京人說的「天上掉餡餅」！卓瑪想都沒想，以新聞記者的特有敏感和職業習慣，從包裡取出小型高清像機，咔嚓咔嚓把三頁手抄件拍攝下來，這才長長吁了口氣。之後，她將手抄件弄弄整齊，規規矩矩擺在茶几上。

這邊廂，蕭白石送走馬處長，返回院內，見圓善正悄悄在小客廳門口，朝裡探望。蕭白石輕步走到圓善身旁，打個手勢，兩人悄然進了臥室。蕭白石這才問：看稀奇啦？為什麼不大大方方進去和客人聊聊天？圓善甩開白石的爪子，譏諷地說：人家美國洋記者，天仙般的模樣兒，我怕把人嚇跑了。蕭白石笑了笑：你要真心待客，就去和娘整一頓北京特色的午飯，給人留個好印象。說罷，他心疼地撫撫圓善的肩，返身回到小客廳。

卓瑪見他回來，微微一笑，問：接過電話了？沒有要緊的事兒吧？要不我們改天繼續談？

蕭白石擺手：不是什麼要緊的事兒。咱們今天就談個痛快。呃，這三頁看過了？鄧大人兩年前的講話，今天看來仍然夠狠辣，乾脆利落，擲地有聲，有現實意義，預示著今日中國的命運。說著，蕭白石從口袋裡掏出打火機，啪地一聲，把茶几上的手抄件點燃了，扔到地上，看著三頁紙瞬間化為灰燼。卓瑪想阻止都來不及。哎呀，虧得她已將其悄悄拍攝下來了，否則，這珍貴資料就白白丟失了。

面對卓瑪訝異的神色，蕭白石笑笑說：您不是說您記性好嗎？看過了，就記住了。留著它，早晚是個麻煩。他拍拍額頭，又說：對呀，您先前不是問改革開放之初鄧大人都幹了些什麼？問得好。應該說，鄧小平在一九七七年初又恢復工作後，對推行改革開放，整肅「四人幫」思想流毒方面起了相當大的作用。但他不同意胡耀邦在華國鋒支持下，給全國的右派分子一風吹，全部、徹底平反改正。因為一九五七年反右運動時，毛澤東派鄧小平擔任「中央反右鬥爭領導小組」組長，鄧是實際的執行者。鄧小平堅持認為，一九五七年的反右運動總的大方向沒有錯，只是嚴重擴大化了。胡耀邦沒有和鄧小平較真，而是雷厲風行地讓中央組織部、中央宣傳部、團中央、公安部、新華社、人民日報社幾大單位帶頭，給一九五七年劃下的右派分子全部改正，恢復名譽，恢復職務，為全國各級機關作出表率。胡耀邦還把當年在團中央系統打的右派作家，如劉紹棠、劉賓雁、叢維熙、王蒙等人分別請到家中談話，對當年未能保護他們表示道歉，鼓勵他們今後放手寫作，反映人民的疾苦。胡耀邦的熱情真誠，他的人情味，他的善良人性，平民情結，表露無遺。胡耀邦主持的全中國右派改正工作，使得五十五萬名戴帽右派、兩百多萬名未戴帽的「內控右派」獲得改正、恢復名譽。未獲改正的右派只剩了九十八名，如章伯鈞、章乃器、羅隆基等，且大部分已經去世。還有一位很著名的女右派叫林希翎的，沒有改正，但胡耀邦找她談了話，批准她去了法國。後來有人嘲諷，當年為了抓九十八名「真右派」，卻擴大化打擊、抓了五十五萬多知識分子「假右派」，還有兩百多萬名「內控右派」，毛澤東和鄧小平的「擴大化」，也「擴大」得太離譜了。這些內情，你們西方記者是很難了解到的，對吧？

蕭白石說：一九七八年的「真理標準大討論」，提出「實踐是檢驗真理的唯一標準」，胡耀邦是發起人。當時主要是想「檢驗毛澤東思想」正確與否。北京的許多理論工作者主張公開批判毛澤東的錯誤，共產黨應該與毛澤東的錯誤決裂，劃清界限。「非毛派」在中央高層的主要支持者是胡耀邦、萬里、習仲勛、方毅等等；但「非毛派」受到了來自以鄧小平、陳雲、李先念、王震等老一輩領導人的政治高壓，不得不退縮回去。一九七九年，鄧小平提出「四項基本原則」，也叫「四個堅持」，即堅持馬列主義、毛澤東思想，堅持社會主義制度，堅持共產黨的領導，堅持人民民主專政。這一年，鄧小平還提出另一個口號：反對資產階級自由化。中共的理論主管胡喬木則向鄧小平、陳雲匯報，說現在社會上又出現一股反共、反毛澤東思想的思潮，和一九五七年反右鬥爭前夕的氣候很相像。胡喬木甚至向鄧小平建議：為了剎住當前的社會歪風，應當再搞一次反右運動，不叫右派，而叫資產階級自由化分子。說是鄧小平囑咐胡喬木去向華國鋒匯報。華國鋒時任黨主席、國家主席、軍委主席兼國務院總理，搞新的反右鬥爭，得有華國鋒的批准才行。胡喬木於是去向華國鋒請示，卻被華國鋒一口否定：我們黨不能再幹反右鬥爭那種蠢事！瞧，華國鋒也有自己的一套，對吧？這些內情，你們西方記者很難了解到的，對吧？

卓瑪點頭表示感謝。她問：鄧小平到底是個怎樣的人？西方輿論一直認為他是現今中國實際上的最高領導者。中國古時候叫什麼攝政王？

蕭白石有些兒吃驚：卓瑪，你的中文水平不錯呀！還知道中國古時候的攝政王。鄧小平這個人物很複雜。的確，他是繼毛澤東之後，最能左右中國政局的人。用他自己的話來講，「毛在毛說了算，毛不在了，我說了算」。此外，他還有一句「名言」，「常委只能有一個婆婆，不能有兩個婆婆」。他是我們國家的大家長，一位實用主義加機會主義的大師，對吧？我這話，你千萬不要寫到文章裡去，否則我就可能被「人間蒸發」嘍。

卓瑪聞言，眉頭不由得跳了一下，說：真有意思，鄧說毛在毛說了算，毛不在了，他說了算。……還有，常委只能有一個婆婆，不能有兩個婆婆。……有意思！常委就是黨中央常委會？什麼叫「人間蒸發」？

蕭白石說：就是你們西方人說的「失蹤」。讓你永遠閉嘴。

卓瑪沉吟：哦，有那麼可怕嗎？鄧小平不是一直支持胡耀邦、趙紫陽他們推行改革開放的嗎？

對卓瑪的追問，蕭白石並不感到壓力，甚至有點高興。看來這孩子有靈氣，喜歡聽他貧，聽他天上地下的發表高見。蕭白石索性將平日所思所想，一股腦兒抖摟了出來：你們西方記者很難了解到，毛澤東去世後的中共中央高層的確存在改革派與保守派兩股勢力的較量。改革派以胡耀邦、趙紫陽、萬里、習仲勛、胡啟立為代表，主持黨和國家的一線工作，後面有鄧小平支持，在改革開放初期占有優勢；保守派以陳雲、李先念、彭真、王震、胡喬木為代表，陳雲是他們的主帥。陳雲在黨內的資歷比鄧小平老，為人正直清廉，但就是思想僵化，常與鄧小平在治國方針上唱反調。鄧小平那句「毛在毛說了算，毛不在了，我說了算」，還有「常委只能有一個婆婆，不能有兩個婆婆」，就是針對陳雲說的。前年，一九八七年初胡耀邦下臺後，改革派元氣大傷，保守派漸漸占了上風。加上連年鬧學潮，鄧小平受到來自左右兩方面的壓力越來越大，他不得不對保守勢力作出妥協讓步。鄧的政治底線是：改革開放、搞活經濟是為了改善黨的形象，維護黨的領導，而絕不是削弱黨的領導。在這一點上，他和陳雲是一致的。鄧小平之所以八十幾歲還要當軍委主席，就是要保「槍桿子裡面出政權」，防備胡耀邦、趙紫陽的改革走得太遠，防止有一天共產黨失去政權。所以，我斗膽說鄧小平是位實用主義加機會主義的大師。這也就是中國政局的大趨勢。政治改革這事兒，鄧小平是不會再提了，他要保住的，大約就是經濟改革不能停滯，不能走回頭路。

卓瑪全神貫注地聽著，心中有些熱辣辣的，對眼前這位頭髮花白的「畫家」已有了好感。他給她看保密資料，還將中國高層的一些內幕也告訴她。卓瑪能感覺到，「畫家」是在盡力幫助她了解中國的現狀，這是她從任何別的渠道都難以獲得的。

小客廳門外噠噠響了兩聲。卓瑪轉過臉，發現門邊站著位慈眉善目的青年婦人。那婦人音色柔和，問：白石，娘好幾次讓我來催。……都下午一點了，先請客人用餐吧。你們下午繼續談？

蕭白石連忙起身，猶豫著向卓瑪介紹：呃，來來，認識一下，認識一下。……這是我的拙荊，臺灣國語稱為「內人」，大陸稱「愛人」。圓善，這位是小卓瑪，泛美通訊社記者。

卓瑪登時像被人兜頭蓋臉潑了一瓢冰水！「畫家」稱我小卓瑪，小卓瑪……原來阿媽日夜思念的「北京男人」已經另有妻室。……且這「妻室」比阿媽要年輕漂亮。

18

晚八時，卓瑪回到國際飯店，天還大亮著。中午在蕭家的那頓大餐十分可口，吃得太飽，連晚餐都可免了。她像許多美國女孩那樣，一生氣、一鬱悶就大吃一頓。她看到蕭畫家現在的「愛人」就妒忌，就難過，替達蘭薩拉的阿媽妒忌、難過。蕭畫家的「愛人」年輕，靚麗，文靜，連名字都透著她的氣質，叫「圓善」。卓瑪不知道「圓善」是個法號，她只認「圓善」是阿媽圓夢的障礙了。當然，她沒在餐桌上流露翻滾著的心事。況且是個「三對一」的陣勢，「畫家」、圓善、蕭母——她應當叫祖母或者奶奶，輪番給她布菜，溫暖而周到。她也注意到他們用公筷。卓瑪可著勁兒吃餃子，吃爆肚，吃溜肝尖，吃芙蓉蛋，吃鮮蘑炒魚片，吃鹽焗雞，吃北京烤鴨……她都不知自己吃下去多少道菜，有的菜她都記不住名字。可以想見，在北京普通人家享用如此豐盛的飯菜，是一件不同尋常的事。況且也是她生平第一次吃到道地的「北京風味」。可是，她瞅見圓善吃得很斯文，只揀些青菜、豆乾，人家吃素呢。卓瑪心中有股子彆扭，她就是要吃給蕭家人看，像個北京小伙子似的能吃，不怕撐！她心中只對笑瞇瞇、一臉慈祥的蕭奶奶有好感。雖說是初次見面，頭回同桌用餐，她感覺到老人家對她知冷知熱，心疼著她。老人家給她布菜，可嘴裡叫不順「卓瑪」這名兒，打了磕巴。卓瑪頓時有話想說。她瞋視對面蕭畫家一眼，不禁側過臉說：奶奶，叫我小央金吧。我阿媽是大央金。那一刻，她瞅見蕭畫家渾身一顫，臉色發白，又由白變紅，半晌說不出話，只好埋下臉喝湯，還給嗆著了。他的「愛人」忙撫拍他的肩背，說：你倒是慢些兒啊，喝口湯都給嗆了，沒事，沒事，小孩兒的。……媽呀，瞧那份體貼，那個溫存，卓瑪看著心裡更有氣，眼睛辣辣的，鼻子酸酸的。

下午結束採訪，蕭母和圓善執意要留卓瑪用過晚餐再走。卓瑪沒有應承。她叫了聲奶奶，說：您家蕭畫家要遵守外事紀律，不經批准，擅自留外國記者用晚餐，犯錯誤的！這一句話，把她和蕭畫家之間的距離拉開十萬八千里。在門口道別時，卓瑪只擁抱了奶奶，差點兒要哭出來。至於蕭畫家和圓善，她連手都沒有握。當時，蕭畫家突然跟上兩步，緊張地輕聲問：您是不是有個弟弟叫小嘎扎？卓瑪遲疑片刻，才輕聲回了一句：有，在芝加哥大學當助理教授！言罷，頭也不回進了出租車，卻見蕭畫家身子晃了晃，險些摔倒。幸而被他的那個「愛人」扶住了。

話說回來，這十來個小時的採訪，卓瑪真是大有斬獲，相當滿意，甚至慶幸。她要再做幾次類似的訪談，卓瑪看得出來，蕭畫家也殷盼與她再次見面，彷彿還有許多許多的事要傾訴。

卓瑪正和衣仰躺在床上，想放鬆、休息一會兒，電話鈴聲響起，通知她立馬到使館新聞處去一趟。這就怪了，她白天去蕭家訪談的事並沒有向新聞處的頭兒報告過呀！他們從哪兒得到的消息？難道在安全部門有內線？卓瑪不敢往下想了。

卓瑪叫了出租車，趕到使館新聞處。值班祕書告訴她：中午，你母親從印度達蘭薩拉來了電話，讓你盡快回話。卓瑪這才想起，自來到北京就忙忙碌碌的，加之覺著飯店房間裡的電話多長了隻耳朵，竟拖了好幾天沒給阿媽電話。幸而離開紐約時把使館新聞處的電話號碼告知了阿媽。

新聞處的祕書尊重卓瑪個人隱私，安排她到另一間辦公室與母親通話。卓瑪嘟嘟地按了一長串阿拉伯數字，不多久就聽到那頭的鈴聲，接通了達蘭薩拉阿媽的電話。阿媽說：卓瑪，是卓瑪嗎？好娃兒，阿媽聽到了你的聲音啦！聽到了，很清楚呀。阿媽天天盼你的電話。……

阿媽在那頭抽泣起來。可憐的阿媽，今天大約一直守在電話機旁了。卓瑪的眼睛熱辣辣，不住地勸阿媽：阿媽啦，別哭，別哭。這不就通上話了嗎？女兒向佛祖保證，今後多和阿媽啦通電話。噢，阿媽啦，您笑了，笑了。阿媽啦笑起來就像崑崙山上的雪蓮花。阿媽啦，我在這邊很好呀！住得不錯，吃得習慣，睡得安穩，工作也順手。北京有很多美味小吃，過去連名字也沒聽過的。我都快要吃胖了，……不過沒有糌粑、青稞酒，也沒有酥油茶。……對對，北海有白塔，北京也有滿清皇上敕建的喇嘛廟，但沒有人轉法輪。他們不信佛祖，信馬列教。好好，不說這個，不說這個了。阿媽也知道北京現在很熱鬧？天天有遊行示威，學生們占據了天安門廣場，要求民主、自由。阿媽啦在達蘭薩拉的電視上也看到了？新德里也有遊行，支持北京學生？太好了，全世界都行動起來，都在聲援。我現在天天都去廣場作採訪，他們似乎暫時放鬆了對外國記者的監控，只是暗中派人跟蹤。阿媽啦放心，我是安全的，很安全。在共產國家，只要政府不抓人，普通人對外國記者很歡迎，紛紛要求我們把這裡發生的事情報導出去，把真實情況告訴全世界。……對對，這裡的政府還沒有抓人，大概是他們想抓的人實在太多，反而不知道該抓誰了。阿媽啦放心，他們不會抓我。我是美國公民。除了美國大使館，還有別的人也在保護我。我知道，阿媽就是想問這件事。見到那個「北京畫家」沒有？見到了！我替阿媽見到了。……他頭髮白了沒有？沒有，只是花白了，腰板還挺直，看樣子身體狀況不錯。他肯定吃過許多苦頭。中國人都吃過這樣那樣的苦頭。我看得出，這些苦頭並沒有壓垮他。他住得怎樣？我已經去過他家，做了一天的採訪。畫家和他母親住在一座四合院的西廂房。他母親很和藹、很慈祥。老人家做了一桌豐盛的飯菜招待我。就在今天中午，好吃，好吃。老人家把北京最美味的菜都做給我吃了。他們勸我吃，我就拚命吃，都吃撐了。我的樣子傻？可他們高興，喜歡看我貪吃的樣子。我知道他們喜歡我。叫了奶奶沒有？叫了！我還擁抱了奶奶！……叫了阿爸沒有？我就知道阿媽啦要問這個。可我叫不出口。第一次見面，況且還是做採訪嘛，是工作哪，哪能隨便叫？我也暫時不想叫，……他又成了家沒有？我……沒有打聽，不方便打聽嘛。有沒有在他家見到別的女子？見到了一個，很漂亮，和我年紀一般大，像是他的小妹，……不急，不急。我知道阿媽啦早已有心理準備。畢竟都快過去三十年了，彼此無消息，生死不明。……對對，即使他另有女人，也合情合理。我有沒有看到別的小男娃、小女娃？牆上有一張全家福，是五〇年代的老照片。等我慢慢打聽詳細了，再告訴您好啦。他還在畫畫嗎？當然還在畫，而且是名畫家了。聽說聯合國都想買他的一幅畫去展出，叫〈我們的森林〉。……他是否提及二十八年前流浪青海大漠那些事？是否談起他在藏民帳篷裡度過的那些歲月？是否問到我弟弟嘎扎？有沒有告訴他嘎扎也在美國？阿媽啦，您不要著急呀。我是第一次借採訪的機會去接近他，其實主要還是為了工作，……不方便一見面就談私事。看得出來，他也有所顧忌，不敢貿然相問，相認。……只是他偶爾一次說漏了嘴似的，叫過我一聲小央金，……對呀對呀，叫過我一聲小央金，我裝做沒聽懂，傻呀傻呀，我是傻呀！我不曾順勢問他一些事情。……阿媽啦，原諒我，不是不想認，而是不敢呀。我是泛美通訊社記者，怎麼能見面就叫一位北京畫家做阿爸？慢慢吧。阿媽啦，您別急，別急……

說著說著，卓瑪和母親在長途電話兩頭啜泣。母親邊泣邊訴：可憐呀，可憐呀，我們一家在青海沙漠綠洲裡等了他整整五年，直到一九七二年才跟著另外兩戶藏人一邊放牧，一邊往南走，往南走，走了整兩年才過了喜馬拉雅山，到了印度達蘭薩拉。……

卓瑪止住淚水，破涕而笑：阿媽啦，我們哭什麼呀？我們該高興才是。感謝佛祖！他還活得好好的，這就是我們最大的福分，對嗎？我答應阿媽啦，下次再見到他，我就叫他阿爸啦！我還要替阿媽啦抱抱他，拍打他，拍打他。……

母親止住了啜泣，說：卓瑪，你幫阿媽想個法子。阿媽想來北京看他！這麼多年了，阿媽惦記他。看到了他，見他活得好好的，阿媽就放心了，別無所求了。

卓瑪嚇了一跳。阿媽竟有這個想法！她遲疑片刻，才說：阿媽啦，這事您不能急。第一，現在北京的情況，您在電視裡也看到了，天天百萬人遊行示威，形勢越來越緊張，公共交通很混亂；第二，您現在拿的是聯合國難民署發的難民身分證，中國政府根本不承認達蘭薩拉的西藏流亡政府，所以沒有可能給您入境簽證。……您明白嗎？

卓瑪聽到房門兩聲叩響，連忙對阿媽說：阿媽啦，不要放電話，我還有話稍後說。

卓瑪在門口見到新聞處值班祕書，忙說：對不起，我的通話時間是不是太長了？我母親只有我這一個女兒。

值班祕書公事公辦地笑笑：您還有個弟弟在美國工作，不是？很抱歉，我得提醒您，這是公家的電話，您談私事談了一個多小時了。按使館財務條例，您得為這一個多小時的衛星通訊付費，估計一百五十美元左右。

卓瑪點點頭，用英語回答：謝謝。您放心，我等會就刷花旗銀行卡。

19

人的命運真不可思議。蕭白石還沒有從卓瑪天女下凡般訪問中緩過神來。活生生就是她母親央金的化身啊！那氣度、那聲音、那清澈明媚的眼神，一模一樣，一模一樣。……央金，藏女央金，救過他性命，給了他刻骨銘心的生死愛戀，替他生育了一兒一女的藏女央金，我怎能忘得了你？老天爺就是把我蕭白石化成灰，化作一縷煙，我都忘不了！一晃二十年多過去，苦海慈航，菩薩保佑，竟把親生女兒送到我面前；女兒還當了記者，我接受了她大半日採訪，還共進午餐。可我顧慮太多，沒敢相認。難怪女兒離開時，只擁抱了老太太。我麻著膽兒問她是否有個弟弟叫小嘎扎？女兒神色懊惱，恨恨的說了句弟弟嘎扎在芝加哥大學教書。

啊，千真萬確！蕭白石得知兒子小嘎扎在芝加哥。他拍著腦袋狠狠自責：蕭白石，你個王八蛋，懦夫，膽小鬼，可憐蟲，見了女兒竟不敢相認，你還是個男子漢嗎？你像個做父親的人嗎？蕭白石真想大哭一場，可他不敢，只好憋在心裡，憋得難受！他不敢當著圓善和母親的面哭。圓善似乎察覺了什麼。卓瑪呢，朝圓善看過兩眼，對我目前的生活狀態已經猜了個八九不離十。女兒的心緒難免複雜，所以離去時也不肯和我及圓善握手。

不想了，不想了！可人非草木，不想是做不到的。蕭白石心潮起伏，亦悲亦喜：我兒子嘎扎都在芝加哥大學教書了！那可是美國的常春藤學校，出過十多位諾貝爾獎獲得者。嘎扎小子長成什麼個模樣了？比姊姊卓瑪還個兒高嗎？肯定的！他該是紅黑臉膛，挺拔魁梧。嗯，在大學教書，戴眼鏡了？魁梧中帶點兒斯文，好。

蕭白石纏綿在兒女思念之中。廣場學運於他而言，成為個人命運的一幅壯闊背景了。唉，年輕人要鬧就鬧去吧，他無意再去摻和。可是，政治雖非他關注的焦點，但也從未脫離他的生活視野，從未離開他的上下左右。這年頭，無論他如何選擇，如何自律，兩耳不聞天下事是不可能的，因為天下事會通過各種渠道進入他的日常生活。正所謂「人人關心國家大事，國家大事關心人人」是也。首先，他難以戒掉看報的習慣，再者他不能關掉母親大人每日早晨擰開的收音機。他得知，趙紫陽總書記先後在「五．四運動七十周年紀念大會」、「亞洲開發銀行理事會」上，對當前的北京學運發表了措辭溫和的講話，強調「應該在民主和法制的軌道上解決學生的合理要求」，「應該通過改革來解決，應該用符合理性和秩序的辦法來解決。學生們的愛國熱情應當肯定，他們的出發點是好的。……現在最需要的是冷靜、理智、克制、秩序。黨和政府準備這樣做。我相信學生會贊成這樣做。」趙紫陽表達了溫和、理性的態度。這顯然與黨內元老們強硬、僵化的態度背道而馳，唱了反調。然而，他的講話對於平息北京及全國各大中城市的學運，卻發揮了意想不到的效果。同在五月四日這天，代表北京五十二所高等院校幾十萬學生的「北京高校學生自治聯合會」發表了「五．四宣言」及「四項決定」，宣布從即日起撤出天安門廣場，並自五月五日起，北京所有高校復課。

一場鬧騰了近二十天的學潮，總算暫時平息下來。蕭白石聽說，每所高校的食堂都在當天為學生們煮了紅燒肉，配了蛋炒飯，晚上還放映電影，全部免費。在這對峙之後的短暫輕鬆氣氛中，蕭白石和許多人以為事情告一段落。但學運的暗潮依舊洶湧。

這天上午，蕭白石正在家裡作畫，杜胖子事先也沒打聲招呼，「突突突」地騎著他的日產摩托找上門來了。他一進門，頭盔也沒脫下，就嚷嚷：出大事了！出大事了！您老兄還在家畫花鳥蟲魚，真個是任憑風浪起，穩坐釣魚船。

蕭白石放下畫筆，幫他摘下頭盔，才說道：咋咋呼呼的，又演風波亭了？斬了哪位精忠報國的臣子？

杜胖子端起畫案一角的半杯涼白開，一飲而盡。他抹抹嘴：你少貧。噢，蜂蜜水！老兄倒是享清福哩！咦，怎麼家裡就，一個人？伯母和嫂夫人呢？

蕭白石說：老太太陪圓善上醫院做例檢去了。中午才回來。你一進門就嚷嚷。什麼大事，讓你處座大人風急火燎的？

杜胖子又喝了杯蜂蜜水，轉念卻賣起了關子：大事嘛，大事嘛，很可能與老兄有關。他見得蕭白石急了，才接著說：呃，就在今兒凌晨，泛美通訊社、美國之音和臺灣的自由中國之聲等外媒，全文播發了鄧小平一九八六年十二月三十日的內部講話，一字不落！這篇兩年多前的講話有很強的現實針對性，例如，面對學生鬧事，不能平息，就要軍管，從校園軍管到全國軍管。共產黨不怕軍管，不怕流血。等等。杜胖子見蕭白石臉色白了，不由得放低了聲音：鄧大人這篇講話，當時作為中央高層機密文件，只傳達至地師級，怎麼給捅到外國去了？據說還附有一首坊間順口溜，現在滿世界瘋傳。老兄，此事非同小可，很是敏感，引起了中央高層震怒，下令嚴查，要抓出內鬼。杜胖子眨巴眼睛，見蕭白石臉色由白轉青，一言不發，湊近些，低語：聽說國安部已奉命採取行動，把泛美通訊社一名男性記者給拘起來了，命他交代消息來源。美國駐華大使館提出抗議並嚴正交涉，要求中方放人。

蕭白石滿腦子嗡嗡作響。他扶著畫案，強作鎮定：你消息靈通。……這種機密消息，從哪兒得來的？

杜胖子說：這還用問？自然是我老丈人唄。現有關部門留意高幹子弟們的動向，只有他們能從父輩那兒偷窺到某些中央文件。就這麼著，老丈人對我不放心，今一早找我去問了大半天。他問我有沒有接觸過外國記者。我指著窗外的青天發誓沒有。老丈人這才說到這碼事兒。我嚒，看在「老右兄弟」的情分上，不大放心你，這才急吼吼地特來告知，讓你有個思想準備什麼的。……說好了，只此一回。老兄千萬不要和伯母、圓善說漏了嘴，萬萬不能把我給賣了。

蕭白石腦子裡的嗡嗡聲轉到了耳內，一下下敲著他的耳鼓膜。他倚案呆立，好一陣沒作聲。不過，他的腦仁兒可沒閒著，上了發條般飛轉：難道是卓瑪ㄚ頭幹的？這麼快就把「鄧講話」給捅出去了？要這麼著，那就是把我蕭白石給賣了。……那天採訪時，不是把那份手抄件當著她的面給燒了嚒？啊，一定是我出去見馬四姐那功夫，她使了法子，把文件內容給存下了。呀，這些外國記者也太那個什麼了！為了自個兒想要的「新聞」、「舊聞」，啥招數都能使。姥姥的，老子上當了！這回真真兒的，上當了。她這麼變著法兒弄新聞，我還要變著法兒認這女兒？拉倒吧。她都不在乎把她老子送進大牢去！

杜胖子似乎從老友的神情變化中看出蹊蹺，竟用幸災樂禍的口吻說：哥們，出汗了吧？和外國記者打交道，可不是件好玩的事兒。哦，我怎麼聽說那是位天姿國色的女記者？

蕭白石臉一沉，正色道：瞎說八道。誰出汗了？況且我接受泛美通訊社記者採訪，經市國安局馬四姐、馬處長給安排的。我和你說的那事兒有什麼關係？你是真不知道，還是假不知道？不過，話說回來，我還得感謝你百忙中來告知此事。您是老領導的真女婿、半個兒。我呢，曾是楚將軍的乾女婿，咱倆都和高幹沾著些腥葷不是？蕭白石說到這裡，想笑笑，可笑不出，只得咧咧嘴，滿臉塊摺子皺得像苦瓜皮兒。

杜胖子是個心寬的人，要不，他怎能體胖？怎麼能從右派堆裡活著爬出來？怎麼能在爬出來後還不改以往脾性？他擺手：好，好，您老兄和這事兒不相干就好。不然，只怕又要進去了。

蕭白石到底底氣不足：瞧，又在瞎說了。進去，進去，你我這把年紀了，還會進到哪兒去？

杜胖子笑笑：哪兒去？清河勞改營啊。或者更遠些，青海大漠勞改營啊。好了，不說這些掃興的勞什子了。嗯，對了，您那個聯合國國際開發署的邀請函，還沒收到？照我說啊，若收到了，盡快去辦，趁眼下學潮停息了，生活恢復常態。前些日子，我一朋友也是辦出國護照，您猜怎麼著？公安局護照辦公室的人參加遊行示威，支持學運去了。

蕭白石吁了一口氣：看來還是趙紫陽威望高，有能耐。他兩次講話，就讓學生們撤離了廣場，返回學校復課去了。

杜胖子從鼻孔裡嗤了一聲：小羔子們哪有您說得這麼簡單？全市五十二所高校的「學自聯」組成「對話團」，已經上書黨中央、國務院，要求和中央領導人對話，研討政治改革問題。我看趙紫陽越來越像他的前任胡耀邦了。

這話蕭白石不愛聽。他氣惱地說：你個烏鴉嘴！鄧大人已經廢了華國鋒、胡耀邦兩位黨的最高領導人，難道他還要廢掉第三位？也太離譜了吧？事不過三吶！

杜胖子望著蕭白石，苦笑笑：但願不會。可陰霾往往不會因我們盼望晴天的良好願望而消逝。小王八羔子們再鬧，連我都贊同鄧大人調動軍隊清場，不然真會鬧得家無寧日，國無寧日，大家都沒法安生。

蕭白石登時漲紅了臉：哥們，你倒是像個保皇派，和學生們有仇哩！學生們要求民主自由，有啥錯？你也是當過右派的人，吃過專制的苦頭，何至如此？不可理喻。

杜胖子說：得了得了，這事兒您還真說不服我。當然，我也說不服您老兄。咱們就各持己見吧。過些日子見真章。但願老兄您不要一不留神成了一名異見分子。

蕭白石聽了，覺著沮喪。今兒是怎麼了，滿肚子晦氣。他氣呼呼地說：你們才是異見分子。為了保住既得利益，和廣大學生、市民追求民主、人權的時代潮流背道而馳。整個就是一股逆流！

話不投機呢。杜胖子當了多年右派，最大改變就是不與人鬥，不與人爭，至少避免與人鬧個紅頭脹腦，不值。他起身戴上頭盔，伸過手來與蕭白石道別：好好好，姓社姓資，咱兄弟不爭論了。潮流、逆流，那還得看誰來定義。這場鬧騰，誰勝誰負，誰得手，誰倒楣，會有結果的。咱倆都能看得到。到時候，若是您說的逆流贏了，我來幫您；若是您說的潮流勝了，您也拉兄弟我一把。

蕭白石拍拍杜胖子肩膀，深有感觸，一時難以言表。他送老友到前院門，再開口時卻仍是一副腔調：您個機會主義者。算了，算了，咱倆這會子政見不同，可友情長存。渡盡劫波兄弟在，對不？哦，拜託您幫圓善遷戶口的事，辦得怎樣了？

杜胖子說：您的「雅賄」都送上了，當然不會不起作用。你倆的照片和生日等資料已交給我了。大抵就剩下最後一關了。市民政局婚證處的頭兒，也是五七年的老右，一說就通，人家久仰您的大名呢。

杜胖子剛走，蕭母和圓善就手挽手地回家了，一進門，蕭母就說：剛在胡同口碰到小杜，為什麼不留他吃過午飯再走？

蕭白石說：娘，人家杜處長是大忙人。他忙公事，路過左家莊，順道進來看看。人家問您要不要看梅葆玖新近演出的《貴妃醉酒》。若您要看，就送戲票來。在長安大戲院，我看您就和圓善去吧。他朝圓善一笑，把到了嘴邊的話生吞了回去。他到底沒順嘴把杜胖子幫忙辦結婚證的事兒說出來，主要是擔心好事多磨，辦成了再給她們娘倆一個驚喜。

圓善進臥室去換衣服。蕭母在小客廳蕭父遺像下坐下。她總是習慣坐在那兒歇息。幾十年過去了，她就是以這種方式與她的老頭子相依相伴。蕭白石本想陪娘說說話，結果反倒是娘先開口了：那位叫……叫卓瑪的記者，你這些天見過嗎？那孩子天生可人意兒，我見著就親熱。你嚒，有機會再請她來我們家坐坐，吃頓餃子什麼的。

蕭白石朝臥室看了一眼，低聲說：娘，我正要和您說哪，以後咱家不要再接待什麼外國記者了。馬四姐、馬處長提醒過，西方記者，尤其是美國記者，大多有他們中央情報局的背景，搞起情報來不擇手段，一不小心就被拖下水。……

蕭母顯出些訝異：看你說的！我看人家卓瑪姑娘就不是那種人，挺清純，挺祥和，我見著就歡喜。我老了，也不知道咋的，見著她就像見著親孫女兒一般。

蕭白石心裡「咚」地一響：娘有慧眼呢，或是親情感應呢。

20

對於卓瑪這些外國記者來說，五月上旬是北京「信息爆炸期」。戈巴契夫即將到訪北京。有跡象表明，大學生們有意借此時機發起更大型、更激烈的抗爭活動。中共高層對此次學運的態度，坊間傳說有鷹派和鴿派之爭。由於新聞自由受到限制，各項運作缺乏透明度，情況仍屬混沌不清。值得關注的是軍方的動向，槍桿子一直是政治權力的「鋼鐵長城」。就在這當口，有「友人」傳遞給卓瑪一份「鄧小平、趙紫陽、楊尚昆三人密談」的機密資料。這「友人」姓甚名誰？當然不能透露。作為美國大通訊社記者，保護消息來源是神聖職責。卓瑪及時將這份材料輸入電腦磁卡，之後把原件處理了。

該資料表明，「三人談話」的時間是在趙紫陽四月三十日從朝鮮訪問回來十天之後。這亦是他返國後第一次見到鄧小平，地點在景山後街的鄧府書房。這麼說來，此資料事後僅一、兩天就傳了出來，可見中共高層兩股勢力博弈形勢雲譎波詭。談話伊始，趙紫陽向鄧小平請安、問候，並簡要談了談出訪朝鮮的情況。他對鄧小平是否一意堅持「四・二六」社論觀點心裡沒底。卓瑪邊閱讀邊做了些附註，放在括號裡加以區別。其內容如下：

趙紫陽：從四月中旬耀邦去世到現在，一個月來我和大家都想使學潮盡快平息下來。值得注意的是這次學潮有兩個特點，一是學生提出維護憲法，反對腐敗，這和中央的主張是一致的；二是支持學生的人眾多，幾乎各行各業的人士都參加了進來，有廣泛的民意基礎。我們不能不面對這個事實。我主張著眼於大多數，孤立極少數別有用心的人，正面肯定主流民意，我們做起工作來就比較主動。（總書記態度開明，是個鴿派）

鄧小平：你著眼於多數，我更注意那個少數。從來的群眾運動都是由少數人甚至一兩個人發動起來的。（軍委主席厲害！一語道破「多數」背後的那個「少數」的要害）

趙紫陽：所以我們要把大多數人和極少數壞人區分開來，把少數壞人利用學潮破壞搗亂和大多數人要求法制、健全民主的合理訴求區分開來，用對話、說服的方式相互疏通，化解矛盾，解決問題。

鄧小平：對話可以。問題是怎樣對話，和誰對話。不要把對話當成談判。開了這個頭，以後麻煩更大。鬧事鬧了一個月之久，還不收場？很多老同志給我打電話，問亂糟糟的局面，還怎麼搞改革開放，抓經濟建設？太不像話了！

楊尚昆：一個迫在眉梢的事，今天是十三號，後天蘇聯戈巴契夫到訪。聽安全部門報告，三千大學生今天要在天安門廣場宣布絕食，有意製造外交事件，造成惡劣的國際影響。

鄧小平：對話啊？談判啊？就這麼個結果。如果在天安門廣場舉行歡迎國賓儀式都出亂子，尚昆你是國家主席，元首歡迎元首，有你好看的了。

楊尚昆：學生占領天安門廣場，三千學生搞靜坐絕食，做給全世界看，太不成體統。紫陽，我們怎麼辦？天安門是國家的象徵。學生們不是口口聲聲喊愛國嗎？這次一定請他們配合一下，行不行？蘇聯元首來訪，恢復中蘇正常邦交，是重要的國務活動。學生們至少要內外有別，顧全大局。我還聽說學生們揚言，他們就是要在廣場上以特殊方式歡迎戈巴契夫同志！說他在蘇聯推行政治改革很有成效，值得中國借鑑、學習。我現在一點把握都沒有，不知道歡迎儀式能不能在廣場舉行。（國家主席兼軍委常務副主席這番話，給黨總書記造成壓力）

趙紫陽：國家教委和北京市政府，已經和廣場上的學生進行了溝通，要求學生們識大體，顧大局，維護國家形象。我相信學生們會聽得進去，分得清大道理、小道理的。

鄧小平不以為然：還大道理、小道理啊。時間只剩兩天，你們溝通去吧。

趙紫陽：我會通過和新聞界談話，把事情再三強調。

鄧小平神色轉而嚴峻：這次學生鬧事，有文化大革命的影子。罷課，遊行，靜坐，絕食，就是當年紅衛兵運動的搞法。總結文革教訓，放過紅衛兵思潮，我和耀邦負有責任，現在講這個話，有些晚了。

楊尚昆：主要涉及毛主席，他老人家是紅衛兵總司令。

趙紫陽：十年浩劫，文革影響，是留給幾代中國人的問題。

鄧小平：改革開放也十年了，經濟方面有成績，失敗的是教育。不單是學校教育，對整個人民群眾的教育也鬆懈了。政治工作不吃香了，社會主義信仰沒有了。學潮的背後有大批造反派作亂，包括黨內那些反對提資產階級自由化這個口號的人。現在的問題，已經遠不是學生和政府的關係，是政治動亂。（軍委主席仍然強調「四·二六社論」的觀點。「黨內那些反對提資產階級自由化這個口號的人」，是否也包括黨總書記在內？）

趙紫陽堅持自己對學潮的溫和態度：政治局的一致意見，當前仍適宜用疏導、分化、爭取學生和知識分子的絕大多數，孤立極少數別有用心的壞人的方式，來解決問題。我們政治局的同志已分頭下去和社會各界人士展開對話。今天上午李鵬去了首鋼，胡啟立去了新華社和人民日報社，下午我要和首都工人代表座談。還有統戰部長閻明復……（總書記用「政治局的一致意見」來堅持自己的理性主義）

鄧小平不感興趣，打斷了趙紫陽，問：現在社會各界心態怎樣？

楊尚昆示意趙紫陽回答：這次學潮波及面雖廣，但只在全國一些有高校的城市。農村不受影響，農民是穩定的。城市工人是穩定的，他們對一些社會現象不滿，發牢騷，同情這次學潮，但照常上班，沒有罷工。部隊的情況請尚昆同志匯報。

楊尚昆：部隊官兵的思想是統一的，跟黨中央、中央軍委保持高度一致。這次學潮對部隊官兵的思想不會有大的影響。

鄧小平吁了一口氣，點燃一支熊貓菸，還是力圖說服趙紫陽：這次事件爆發出來，很值得我們思索，促使我們冷靜地回顧一下過去。我對外國人講，近十來年最大的失誤是教育，這裡我主要講思想政治教育，不單純是對學校、青年學生，是泛指對人民的教育。這種教育很少，是我們工作中很大的失誤。這些天我總在想，四個堅持和改革開放是相輔相成的，本身沒有錯；如果說有錯的話，就是我們堅持四項基本原則還不夠一貫，沒有把它作為我們的基本思想教育人民，教育學生，教育全體黨員和幹部。我們必須堅持兩手抓，不能忽視政治領域的工作。在我國，堅持共產黨領導，不搞西方多黨制，這條基本原則絲毫不能動搖。同時，必須解決民主的問題，解決黨和國家機關滋生腐敗現象的問題。（軍委主席口口聲聲要教育人民，把人民當愚民，當羊群來放牧了。而他自己是牧主。對了，中國古代，州郡長官叫做牧守。《三國演義》裡，劉備就當過徐州牧。堅持馬列黨八股，未過時？）

趙紫陽顯然不同意軍委主席的教訓式高論。他態度謙恭地說出了自己的施政理念：黨必須適應新時代和新情況，在做政治工作的基礎上用民主和法制的手段解決問題。您一直強調要加強政治生活的透明度，充分發揮人大的監督作用，加強與完善共產黨領導的多黨合作制和政治協商制度，加強人民群眾對黨和政府的監督等等。這是非常重要的，在當前情況下顯得更加重要。實行民主，意見紛紜，表面上是有些「亂」。但是，有了民主和法制範圍內的正常的小「麻煩」，就可以避免大亂。國家才能長治久安。（用鄧的「前言」堵鄧的「後語」，高！中國有句俗話，三娘教子。總書記對軍委主席這番話，是否子教三娘？有趣得很。）

楊尚昆見趙紫陽竟頂起槓來了，怕鄧小平動怒，連忙插話：要把正當的民主要求，行使正當的民主權利與搞資產階級自由化區分開來。我們絕不允許打著民主的旗號搞資產階級自由化；同時，我們在反對資產階級自由化的時候也不妨礙發揚民主。（軍委常務副主席是隻老狐狸，不時露出「左」的尾巴，又要在軍委主席和總書記之間搞點平衡。）

趙紫陽冰雪聰明，他明白自己和一班元老在對待學潮問題上是怎麼也談不到一起了，今天乾脆把話說清楚了：高舉民主和法制的旗幟深得民心，對廣大人民群眾有很強的吸引力、凝聚力。記得小平同志在一九八四年就曾經說過，黨的領導作用的重要方面要體現在積極領導人民進行民主和法制建設上，使我們的國家成為真正的法制國家。我覺得，我們要利用當前這一時機，在黨的領導下，有計畫、有步驟、有秩序堅持四項基本原則的、適合我國國情的社會主義民主制度。（妙哉！用彼之矛攻彼之盾，總書記是豁出去了。）

楊尚昆一直替趙紫陽捏把冷汗，怕軍委主席動雷霆之怒。但軍委主席今天極為克制，臉色也越來越平和，遂說：是要下大力氣堅決克服、消除腐敗現象。現在老百姓一提起腐敗，個個咬牙切齒。恨不得天天有腐敗分子被揭露出來。

趙紫陽看不慣軍委常務副主席這種騎牆派作風，直接對軍委主席說：小平同志，消除腐敗現象已成為當今的頭等大事，老百姓的眼睛都盯著我們，看我們是不是動真格的。政治局正在研究，把廉政當作政治改革的一件大事來抓，把廉政同民主、法制、透明度、群眾監督、群眾參與等密切結合起來，採取一些實際措施和步驟，扎扎實實加以解決。在反腐倡廉的問題上，首先從政治局做起，我已建議政治局先從調查我的子女開始，如有腐敗問題，就接受國法處理。萬里還提議在全國人大常委會成立專門的廉政委員會。

鄧小平顯得神色疲憊了。這也常是他「結束談話」的表示，但又不得不總結幾句：好了，懲治腐敗，要認真做幾件大事，至少抓一、二十件大案，透明度要高。要抓住這個實際，把腐敗問題好好解決一下。最近我想，這個問題為什麼一直搞不通，大概因為我們黨的高級幹部或他們的家屬陷進去的比較多，講了好幾年，成效不大，原因可能就在這裡。處理這個問題不能遲。這次事件，沒有反對改革開放的口號，比較集中的是反對腐敗。當然，這個口號只是他們的一個陪襯，其目的是用反腐敗來激發人心。但對我們來說，要整好我們的黨，實現我們的戰略目標。不懲治腐敗，特別是黨內的，確實有失敗的危險。

鄧小平說罷，起身送客，把趙紫陽送到書房門口，熱烈握手，再叮囑幾句：紫陽啊，在重大政治問題面前，政治局常委一定要果斷，要堅持原則。當然，對這次學潮，我們要儘力採取和平的手段解決。（高明！軍委主席高明。喜怒不形於色，是一切大政治家的本色。聽人說，兩年前，也就是一九八六年十二月三十日那次，軍委主席也是在他家書房門口，以滿面笑容、熱烈握手的方式送走胡耀邦總書記的。但過了幾天，八七年一月初，就發生了軍委主席下令召開政治局生活會，趕胡耀邦下臺。胡措手不及。）

送走了趙紫陽，鄧小平留下楊尚昆繼續談話。原來他並不疲憊，也無倦意：今天他和我談的怎麼樣？我是老生常談，他是新生新談。都攤牌了嘛！

楊尚昆替鄧小平點菸，特製熊貓香菸，自己也叼上一支：紫陽還是他那個新權威主義，開明新政，也叫開明專政。

鄧小平雲裡霧裡：又一個要做開明君主的總書記。但他比耀邦更開明，也更聰明。明明他自己要另搞一套，卻總是要用我的一些話來堵我的嘴。

楊尚昆探過身子：趙能幹，有思想，有才華，是出了名的。

鄧小平說：他從朝鮮回來十多天了，天天想和我見面談。我觀察了十多天，就是要在大是大非面前看看他的表演。先念、陳雲、彭真幾位都給我打電話，問總書記在「五四運動七十周年紀念會」上，在「亞銀理事會議」上，怎麼那樣講話？民主、和平、理性、對話，是解決學潮的唯一途徑？是不是要否定中央的「四·二六」社論？

楊尚昆說：「四·二六」社論是個分水嶺。

鄧小平說：薄一波就提醒我，中央現在是兩個聲音，再搞下去就是兩個司令部。

楊尚昆笑笑：現在還沒有那麼嚴重吧？紫陽也不是那種要另立司令部的人。他的兩次談話，據我所知，都沒有經過政治局會議討論，是鮑同替他起草的。

鄧小平深吸一口熊貓，一絲都不見吐出來，都繞進肺腑去了：但願如此。熱衷於和學生對話。聽說還有個「高校學生自治聯盟對話團」，要求和中央直接對話、談判。

楊尚昆苦笑：學生們的胃口確實越來越大。李鵬等幾位領導同志都和他們對過話，但學生代表們根本聽不進領導同志的發言，很無禮貌。

鄧小平說：這些天，我看了幾份內參，什麼呼爾亥西、王丹、路琳，都是自封學生領袖。他們背後有長鬍子的，譬如那個方勵之，就是個右派嘛！他們有什麼資格來和我們談判？新中國這個江山是誰打下來的？不知天高地厚，莫名其妙。

楊尚昆說：只能說明他們有野心。也就是「四·二六」社論所指的，要推翻黨，推翻社會主義。

鄧小平沒出聲，思索著什麼。然後說：現在，最要警惕的，也是最危險的，不是在黨外，而在黨內。在黨的高層，那些反對反資產階級自由化的人物。

楊尚昆點頭：您說得對，關鍵就在這裡。老習、萬里、啟立幾位都公開主張不要再提「反資產階級自由化」這個口號。老習的言論更露骨：不准資產階級自由化，難道就准封建主義自由化？現在主要防左、清除封建餘毒。

鄧小平胸有丘壑，並不生氣：他們的代理人就是現在那個總書記。他們就是要藉這次學潮，逼你、我、陳雲、先念、彭真、王震老一輩就範，讓他們去搞那個開明新政，新權威主義。

楊尚昆說：對趙紫陽，我們能拉還是要盡量拉上他，人才難得。

鄧小平忽然問：北京軍區周依冰，三十八軍徐勤先，最近情況怎麼樣？

楊尚昆答：周、徐二位都是二野出身，文革後您親自提拔上來的，是忠於軍委的。徐勤先有個兒子是北大學生。

鄧小平說：替我盯緊點，大意不得。現在這個總書記還兼著軍委第一副主席，說不定在軍隊裡有一點號召力的。

楊尚昆：據我所知，紫陽在軍隊問題上還是識大體的。他那個軍委第一副主席只是個掛名，平日裡很少過問軍隊的事，也很少有將領和他私下往來。

鄧小平說：防人之心不可無。我們不能不先有些必要的部署。不然當了隋煬帝，還在睡夢裡。北京南面是三十八軍，駐在保定。北京的西面、北面是二十四軍、二十七軍，駐懷來、張家口一線。東面是六十一軍。北京衛戍區是楊德中。是不是這樣？

楊尚昆笑：小平同志胸有雄兵百萬。

鄧小平說：總政主任楊白冰是你兄弟，二十七軍軍長也姓楊，是你侄子不是？加上楊德中，我現在靠的就是楊家將，忠誠。對了，傳我的命令，二十七軍立即換防，部署到石家莊一帶去。

……卓瑪默讀著這份「鄧、趙、楊三人談」材料，不能不佩服鄧小平的政治韜略，老人謀國，頭腦清晰，遇事果決。據說他平日裡沉默少語，輕易不開口，一旦開口，就一言九鼎，雷霆萬鈞。這就是他為什麼三次被打倒，又三次復出，最後能夠「毛在，毛說了算；毛不在了，我說了算」。

卓瑪也有些兒悲哀：新中國政權仍控制在一幫八十幾歲的老人手裡，軍隊更是他們左右政局的利器。趙紫陽對付得了他們？那些大學生就更不在話下了。

再者，卓瑪既有些兒驚喜，也有些兒膽怯：自己一個美國記者，竟然接觸到了中共最高層的核心機密。

21

卓瑪和香港一家左派大報記者伊莉娜住在國際飯店同一樓層。人說「同行是冤家」。她倆年齡相仿，不時在電梯內、餐廳裡相遇，熟悉了，談吐隨緣，彼此有好感。過了些日子，成了「閨友」。伊莉娜身材嬌小，明眸大眼，性情開朗。什麼「左報」？她曾頑皮地糾正卓瑪說：我們的報紙呀，不是「左報」，是「黨報」。……卓瑪聞言，不禁吃驚：香港也有「黨報」？伊莉娜說：你傻呀，當然有，不止一家呢！不過，和內地喉舌不同，都是小罵大幫忙，也會登些不同政見的文章。近兩年，我就寫過幾篇報導大陸學運的長篇通訊，讀者反應不錯。卓瑪問：這裡的公安、國安便衣會放過你，不跟蹤你？伊莉娜說：我有內線。這個嘛，你就不要問了。記住哦，天機不可洩露。

卓瑪知道伊莉娜神通廣大，在北京有很多朋友，能經常得到一些「機密」資料。後來，卓瑪略知其中緣故，原來中國當局通過海外傳媒，把某些消息透出去，再作為海外消息轉回國內來，即所謂「出口轉內銷」，以減緩某些敏感事件對內地民眾的輿情衝擊。伊莉娜的衣著打扮也「內地化」，不像個「香港小姐」。卓瑪聽伊莉娜說，她父母兄弟都已移民美國，只留下她一人在香港打拚，跑大陸新聞。伊莉娜對卓瑪的最大幫助，就是指點她也換了裝束，相領著去出售廉價衣物和假古董的秀水街市場，買了兩套大陸年輕女子的日常穿戴，讓她打扮得像個北京本地姑娘，渾身上下不再透出美式派頭了。這一招還挺靈，卓瑪走在街上，不像先前那樣頻頻引來關注、乃至驚豔的目光了。

更令卓瑪意外的是，伊莉娜還帶著她混入某些北京知名人士的座談會，去旁聽，做筆錄，竟然無人前來查問她倆的身分。看來人家把兩人當成大學生了。你說伊莉娜是不是個鬼靈精？

一天下午時分，兩人從廣場回到酒店，各自回房休息了一會兒。伊莉娜突然來敲門，問卓瑪：你想不想認識大名人楊憲益和他的英籍夫人戴乃迭？卓瑪問：是不是英譯《紅樓夢》的兩位大翻譯家？太好了！久聞其名，早就想拜訪他們了。伊莉娜說：好！今晚上楊先生家宴，請了幾位朋友。飯後還有更多朋友前來聚會、聊天，我帶你去。卓瑪說：人家沒有邀請我，會不會太唐突？伊莉娜說：楊府呀，餐室開放，來的都是客，帶上一瓶酒，蘇格蘭威士忌最合適，準保受歡迎。年前，我專訪過楊氏夫婦。以後來北京都去拜望。楊先生見面就說：香港孫女來了。楊府的規矩，進門一杯酒，以酒代茶，喝酒聊天，隨意得很。卓瑪聽了歡喜：去拜訪漢學重鎮，我得換身衣裳，不能再穿你推薦的這身行頭吧？

時間還早，伊莉娜坐在卓瑪房中，開了一罐百事可樂，邊喝邊說話。卓瑪說：你再給介紹一下楊憲益先生和戴乃迭女士？我只在《大英百科全書》的《世界名人錄》裡讀過一點介紹，相當簡要。伊莉娜說：這個不難。楊老祖籍安徽，他本人於一九一四年出生於天津，家世富有，父親是銀行家。卓瑪插言：中國有徽商一說，楊家是不是徽商？伊莉娜點頭：很有可能哦。一九三六年，楊公子由其英籍家庭教師陪同，赴牛津大學讀書，期間結識了女同學戴乃迭。不久，抗日戰爭爆發。一九三九年，楊先生獲得碩士學位後，帶著女友戴乃迭回國，共赴國難。一九四〇年，兩人在陪都重慶舉行婚禮，之後在中央大學任教，兼任中華民國國史編修館編纂。卓瑪說：中西聯姻，好浪漫哦。伊莉娜莞爾一笑：一九四九年，新中國成立，他沒去臺灣，成為國家外文局高級專家。

一九六六年文革之前，他倆潛心翻譯工作，將難度極大的《紅樓夢》、《楚辭》、《老殘遊記》等中國古典名著譯成英文出版，在國內外享有很高的聲譽。卓瑪說：翻譯古典名著，難度可想而知。伊莉娜嘆氣：文化大革命前夕，戴乃迭受命校改重要文件《林彪同志委託江青同志召開的部隊文藝工作座談會紀要》的英文譯稿，竟在譯稿上批了一句英語：此文件不符合馬克思主義！天啊，惹下了大禍，不久他們夫婦雙雙被打成「英國間諜」、「美國特務」，分別關入監獄。楊老與白雲觀一位道長關在一間牢房，戴乃迭則是單獨囚禁。直至一九七一年國慶招待會，周恩來總理問起，兩人才被無罪釋放。那時節，已發生了副統帥林彪及家人因行刺毛澤東的計畫敗露，乘飛機外逃時摔死了，政治氣氛有所改變。卓瑪嘆道：兩老真可憐！伊莉娜說：還有更慘的呢，他們坐牢那年月，兩個女兒一個兒子都被下放到河南農村勞動。男孩因藍眼睛、黃頭髮，受盡凌辱，患上精神病，後被送回英國姨媽家休養治療，一天，他放火自焚了。卓瑪「啊」了一聲，連連搖頭：人間悲劇！伊莉娜告誡她：到了楊府，千萬別問孩子的事。他們兩個女兒都出國讀書了，一個在哈佛大學，一個在多倫多大學。兩老仍是國家外文局高級專家。這些年，日子好過些，楊老還被拉入黨內。卓瑪有些訝異。伊莉娜笑道：戴乃迭說他越老越不好玩了。近些年，楊氏夫婦合譯了中國現代作家的作品，如沈從文的《邊城》、古華的《芙蓉鎮》、鐵凝的小說等。英譯《芙蓉鎮》還獲得了國家翻譯獎。卓瑪期待地說：今晚前去的朋友一定不少。伊莉娜說：楊老家比較寬敞，常有外國友人到訪，北京文化界名人們也常在他家聚會，稱為「楊府沙龍」。怎麼樣？足夠一篇人物專訪的背景資料了吧？

兩人換了裝束。伊莉娜穿港式背帶裙，青春朝氣；卓瑪則是名牌襯衫牛仔裙，腦後紮個馬尾結，俏麗瀟灑。伊莉娜先和楊老通了電話，說要給二老帶一位藏裔孫女兒、泛美通訊社記者來。楊老笑呵呵：藏裔孫女兒，還是記者？好極了，歡迎，歡迎。

由於一路上都有撤離廣場、返回學校過夜的學生隊伍，卓瑪和伊莉娜乘坐的出租車走走停停，抵達阜城門外百萬莊大街國家外文局大院時，已是傍晚七點。門口傳達室的大爺也沒讓她們填寫會客單，說楊老已來招呼過了。兩人各拎一瓶洋酒，進入位於大院後院的楊家，餐室的圓桌旁已經坐著幾位客人了。伊莉娜把卓瑪介紹給主人。楊老高高瘦瘦，鶴髮童顏，樂得像笑面佛：好的，好的，歡迎你，卓瑪！是藏裔美國人吧？戴老則拉著卓瑪的手，以英文交談，和藹似春風拂面。伊莉娜與其他幾位客人是老相識，歡快地寒暄著。

賓主環桌坐定。楊老向卓瑪介紹初次見面的年長客人：這位是心廣體胖、紅光滿面的大畫家丁聰，旁邊是丁夫人；這位是怎麼也吃不胖的大畫家、大書法家黃苗子；這位是大畫家華君武，……論年紀都是你爺爺輩。

戴老坐在卓瑪旁邊，用英文解釋：老楊喜歡開玩笑，老頑童，你不要在意。楊老笑看老妻一眼，問卓瑪：喝男人酒，還是女人酒？伊莉娜忙向卓瑪解釋：楊老問你是喝白酒，還是紅酒。卓瑪忙說：紅酒，對了，我和伊莉娜帶來了蘇格蘭威士忌，不成敬意。戴老的手有些微微顫抖，說：我喜歡威士忌，你的中文說得很漂亮，我在中國生活了幾十年，中國話還說不好，改不了英國口音。

廚娘來上菜，先是一隻燒得油亮紅潤的大蹄膀，接著是一條清蒸石斑，一隻片好的烤鴨，一海碗鴨湯，一大盤雪裡蕻，一碟薄餅，以及甜麵醬、蔥段、黃瓜條等，另加一小碗紅辣椒醬。菜餚一一上齊，頓時濃香四溢。楊老請各自動箸，他們家不興布菜。伊莉娜問卓瑪會不會吃烤鴨，要先取一張薄餅攤上些甜麵醬，放上蔥段，再壓上一塊鴨肉，最後將薄餅捲起來吃，風味獨特。卓瑪說在紐約的唐餐館吃過。於是伊莉娜先搛了塊蹄膀放在卓瑪碟子裡。卓瑪說聲謝謝，一嘗，入口即化，嫩如瓊脂，唇齒留香，一點不肥膩，竟是她從未領略過的美味。楊老笑笑說：這是我們楊家的保留節目，朋友來聚必備，怎麼樣，還可以吧？卓瑪說：太好吃了，真的，第一次嘗到這麼好的肉菜。大畫家華君武說：我曾對周總理說過，京城的肘子，楊家第一，可以上國宴。總理問：是憲益家吧？我們天津老鄉嘛。卓瑪注意到，戴乃迭不吃蹄膀，只吃些清蒸魚和蔬菜，眼睛有些泛紅，用英語低語：周總理救過我和憲益性命。……楊老能吃辣，在一碗白米飯中拌上大勺紅豔豔的剁辣椒，邊喝酒，邊吃飯。嗬，紅辣醬飯下酒！丁夫人要漫畫家丁聰節葷減肥，將他碗裡的一大塊蹄膀夾走了。待丁夫人起身盛飯時，丁聰趕忙伸箸將另一塊肥蹄膀塞入口中，嘴角頓時溢出油星子。大家見狀，哈哈大笑。丁夫人返回餐桌，也笑了：我知道你們笑什麼，又一次城門失守！笑面清臞的黃苗子最開心：丁聰兄，大腹便便，可憐見兒，我老伴總是鼓勵我多吃，因為我苗條，怎麼都吃不胖。……

多可愛的一群文化名人！卓瑪心裡默想著，今後得爭取給在座每一位都做個專訪。伊莉娜後來告訴卓瑪：華君武、黃苗子、丁聰都被打過右派，曾被押送到冰天雪地的北大荒軍墾農場勞改。丁先生因一張畫作，「目空一切」：畫了隻大大的眼睛，眼睛套眼睛，瞳仁套瞳仁，一路套下去，越來越小，卻隻隻眼睛都是它自己！被批為處心竭慮嘲笑黨的領導；黃先生題過一首詩，「不倒翁」：烏紗白面儼然官，不倒原來泥半團。如若將他來打破，渾身何處有心肝？被指為惡毒攻擊革命幹部；華先生曾畫了一幅漫畫：一位穿泳褲的男子坐在游泳池旁，嘟嘴朝泳池裡吐痰成一條弧線，標題是「好大的痰盂」！原本是譏諷不講公德的行為，卻被貼上「汙衊社會主義制度、醜化新中國主人翁」的標籤，被打成右派。卓瑪想像著那些畫面，不禁莞爾。

酒足飯飽，楊老夫婦仍在和三位大畫家聊天。伊莉娜在戴老耳邊嘀咕一句，就領著卓瑪到隔壁客廳裡，去欣賞名人字畫，傳統的，現代的，國畫、西畫皆有，四壁生輝，美不勝收。伊莉娜要卓瑪注意其中的一幅，是丁聰先生一九八四年「賀憲益兄七十大壽」的漫畫肖像：楊老寬額頭，尖下巴，皺紋縱橫，瞇著兩眼似笑非笑，是在冷眼看世界，思索人生的甘甜與苦澀？還是在憂慮地觀望人世的風雲變幻？更為引人的是，楊老肖像只占了整個條幅的三分之一，其餘三分之二的空白，則是楊老夫婦的好友們題寫的詩詞。真乃詩書畫三絕，是為一幅罕見的藝術珍品了。首先是楊老的自題古體，伊莉娜輕聲念誦：

少小欠風流，而今糟老頭，學成半瓶醋，詩打一缸油。
恃欲言無忌，貪杯敦與儔，蹉跎漸白髮，辛苦作黃牛！

卓瑪讚道：楊老自嘲自嘆，好！

伊莉娜接著念名畫家黃永玉題寫的長短句：

楊家祖先好威風，文豪將軍美人和富翁。雖然是楊朱不肯捨得一根毛，論文章了得總不能少楊雄。聽說大眼是位猛將，可惜只留下龍門二十品中之一品。令公腦袋碰石頭，若是活到今天可算有氣功。楊家的貴妃酒醉之後愛游泳，楊家的三姐打起官司來猛打又猛攻。鐵鏡公主楊家媳婦是位番邊女，卻是引來四郎唱了一段好坐宮！

卓瑪說：生動，旁引博徵，好學問。莉娜，給解析一下？

伊莉娜說：都是些嬉戲之語，把楊姓著名人物都作為楊憲益先生的祖先來調侃。文豪是指西漢大辭賦家楊雄（亦作揚雄）；將軍是指宋代的楊家將和楊門女將；美人是指唐明皇「三千寵愛在一身」的貴妃楊玉環；富翁應是指楊老的父親是天津著名的銀行家；楊朱是先秦時期的大思想家，主張「天下為公」；「令公」是指北宋大將軍楊業，佘太君的丈夫；「楊家的三姐」指評劇名劇《楊三姐告狀》；「四郎」應是指名劇《四郎探母》，等等吧。也虧了畫家黃永玉，一首長短句，把楊氏一族有關的典故熔於一爐了。

卓瑪說：也虧了你好學問，我受益非淺。說罷，掏出隨身帶著的相機，把整幅畫作拍攝下來。

伊莉娜說：急什麼？下面還有更精采的哪。於是接著念吳祖光、新鳳霞夫婦題贈五言絕句：

年少足風流，老來未易休。酒狂思水滸，饌美譯紅樓。

卓瑪不知道吳祖光、新鳳霞夫婦情況。伊莉娜說：他們夫婦可是北京家喻戶曉的傳奇人物。吳祖光是大劇作家，新鳳霞是中國最美麗、最優秀的評劇表演藝術家。當年兩人可謂才子佳人，名滿京城。一九五七年，吳祖光先生被打成右派，送去北大荒勞改。新鳳霞帶著孩子在北京繼續演出評劇，也受到政治歧視。這時一位軍隊高級將領看上了她，劇團領導動員她和吳離婚，改嫁，被她毅然拒絕：戲文上王寶釧為丈夫守得十八年寒窯，我新鳳霞除了吳祖光，皇帝老子都看不上！她的感情堅貞傳為坊間佳話。但她在劇團受到的歧視、打壓越來越厲害，不讓她上臺演戲，只命她跑腿打雜，管理服裝道具。到了文革期間，更受到慘無人道的迫害，除接受批鬥打罵，還勒令她每天在劇團掃地、洗廁所。一到冬天北京冷到零下十幾度，竟不准她穿鞋襪，打赤腳沖洗廁所！十多年折磨下來，文革結束替她夫婦平反昭雪時，她已經雙腿麻木，半身不遂，由吳祖光先生每天揹出揹進，照顧她的生活起居了。新鳳霞表現出頑強的生命力，出身貧苦的她，從小被賣到劇團裡，原來不識多少字，現在已成為知名女作家，寫出她和吳祖光先生的苦命鴛鴦故事來了。

卓瑪聽得眼辣鼻酸：傳奇，新中國傳奇。我以後一定要去採訪她。

伊莉娜接著念書法家黃苗子題寫的一首七言絕句：

不用楊雄賦解嘲，慣遵憲法守條條。
狂言偶發非無益，像個癟三吃不消。

卓瑪說有趣，把楊老的名字和清瘦模樣都寫進去了。只是「癟三」二字是開玩笑吧？

伊莉娜繼續往下念，是賀捷生、李振軍夫婦題寫的「錄葉帥詩贈楊老」：

彩筆凌雲畫溢思，虛心勁節是吾師。
人生貴有胸中竹，經得艱難考驗時。

卓瑪問：葉帥是葉劍英元帥吧？賀捷生、李振軍是誰？

伊莉娜說：賀捷生是賀龍元帥的女兒，任軍事博物館館長，少將軍銜，也是位女作家；李振軍是她先生，曾任全國武裝警察部隊政治委員。都是大人物。下面，是諶容、范榮康夫婦題詞：

貪杯不醉，狂言不亂，循規不矩，古稀不老。

卓瑪又問：諶容是位小說家，她先生范榮康呢？

伊莉娜說：我今天應該收你的答題費。諶容的小說代表作叫《人到中年》，拍過電影，很感人。她先生范榮康是《人民日報》副總編，當過習仲勛的祕書。習仲勛有個兒子叫習近平，在福建廈門任市委書記，被列作中央第三梯隊接班人之一。

卓瑪說：小姐！你什麼都知道啊？真了不起！看看，最後還有一首，是一個叫古華的人寫的〈戲贈楊戴二老〉，我來念，我來念：

東聖神洲，君子好逑；歐羅巴洲，番娘獨秀。結良緣，何愁重洋遠隔，橫跨了半個地球！中英合璧天長久，終生學問，「方塊」化「絲紐」。為提攜晚生後學，曾遊五嶺，笑撫芙蓉，醉臥郴州。還記否？山民爭看，村童競走，金髮洋婦到山溝。阿妹羞唱伴嫁歌，瑤姐捧出好米酒。鄉情醇濃，恨不能春喝到夏，夏喝到秋……賽神仙皇帝，歲歲年年，萬般風流！

伊莉娜見卓瑪念得那樣興奮，便從中解釋：古華是《芙蓉鎮》的作者。「方塊」化「絲紐」是指把方塊漢字變成英文字母。楊、戴二老為了翻譯這本小說，於八二年專程南下作者的家鄉湖南郴州五嶺山區，受到當地政府和群眾的熱情款待，後又譯了《古華小說選》……

卓瑪說：太好了，太好了，這幅畫作，融這麼多當代名家的詩書畫於一幅，有這麼多故事，日後肯定是一件文物了。

兩人正說到這兒，楊、戴二老就各持一酒杯，陪著華君武、黃苗子、丁聰夫婦進到客廳裡來了，圍坐在沙發上繼續喝酒、聊天。伊莉娜和卓瑪相跟著坐下。戴乃迭問伊莉娜，你們看過牆上那幅「集體創作」了？都是些有趣的人，可惜黃永玉、吳祖光、賀捷生、諶容他們沒有來，不然會更熱鬧。楊憲益端著小半杯威士忌，對卓瑪說：做新聞記者，現在來北京正是時候，天天都有大新聞。黃苗子、丁聰和華君武與伊莉娜是老相熟，也聊得暢快：你們新聞記者就是喜歡天下大亂，越亂越有新聞，報紙銷量大增，電臺收聽率、電視收視率也提高！眼下北京鬧學潮，把全世界的記者都吸引了。

這時，楊老忽然提高些嗓音說：各位，各位，昨晚上有個朋友來電話，說一位中央領導人發牢騷：過去我們鬧革命，搞學潮，是反對國民黨；今天大學生要民主、鬧學潮，是反對共產黨！真他媽的三十年河東、三十年河西了！華君武說，我聽到了一首順口溜：主席臺上坐主犯，後面兩排是骨幹，賊喊捉賊反貪腐，革命群眾傻瓜蛋！丁聰嘿嘿笑著說，好！好！我們都是傻瓜蛋！我昨兒聽到一首：學潮學潮形勢好，三娘教子多煩惱。子教三娘顛倒個，兩宮如今沒轍了。伊莉娜對卓瑪解釋：北京話「沒轍」是無可奈何的意思。黃苗子說，我也聽到四句：一九八九，多事之秋，不是你死，就是我走！戴乃迭端著一杯威士忌，手微微顫抖，對卓瑪說：他們四位，都是黨員，現在也亂說話了。年輕時候，挨過整，年紀大了，就都自由化了。卓瑪揣測，戴老因喪子之痛，長期飲酒，患上輕度帕金森症了。

大家正說笑著，又陸續到了幾位新客人，楊老樂得忙招手，說：歡迎，歡迎各位，有紅酒、白酒，還有綠茶，小點心，隨便坐，隨便喝，隨便聊。伊莉娜也笑著招呼，顯然都是她的熟人。她將卓瑪介紹給一位年輕人相識。年輕人個頭瘦高，肩上挎著吉他：侯哥，又見面了！來，來，介紹一下。這位是卓瑪，泛美通訊社駐京記者。這位是東方歌舞團的著名作曲家、詞作者侯德健。卓瑪高興地說：侯先生好！我在紐約曼哈頓唐人街買過你的磁帶《酒矸倘賣無》、《信天遊》、《新鞋子、舊鞋子》，很迷人，我百聽不厭。侯德健被卓瑪的風度吸引：卓瑪小姐，幸會，幸會！我寫歌，彈吉他，我太太唱我寫的歌，慚愧，慚愧。卓瑪與侯德健握握手，又說：我知道，您是臺灣校園歌曲的領軍人物，一首〈龍的傳人〉，名滿天下。侯德健聽了，笑得燦爛：知音，知音，是否該說，我是伯牙，您是鍾子期？卓瑪和伊莉娜笑了。侯德健側過身子，興致勃勃地介紹他的朋友，一位三十來歲戴眼鏡的儒雅男士：這位是周舵，四通公司的領軍人物。……卓瑪與周舵握手，談話中得知他們幾位剛從天安門廣場出來。

侯德健是位性情活潑的音樂人，端著半杯威士忌，與楊老等五位前輩一一碰了杯，表示敬意。楊老問：德建，太太怎麼沒來？侯德健答：她先回團裡有事去了。楊老提議：德健既是帶了吉他來，誰來唱一曲〈信天遊〉？我那小外孫女牙牙學語，也嚷嚷「大風吹過我的臉，大雁飛過我的眼」，卻怎麼也唱不全，可我仍覺得好聽。奇怪，黃土高原那麼貧瘠，溝壑縱橫，乾旱少雨，草木也難生長，卻能產生那麼高亢嘹亮，優美動人的民歌。華君武放下酒杯，說：我一九三八年到延安。那首眾人皆知的〈東方紅〉就是依據陝北民歌改編的。原來嘛，那民歌是唱頌劉志丹的：「太陽紅，太陽亮，陝北出了個劉志丹。劉志丹，和高崗，領導窮人把身翻。」後來，就改成唱毛澤東了。

侯德健說：我去過晉西北、陝北采風，跑了二十幾個縣，請民間歌手唱原始民歌，原汁原味，錄了幾百首，真是遍地珠璣。我在哪裡，也是百思不得其解，一首首原始民謠，一粒粒藝術鑽石，竟是在那樣艱苦的環境裡生發出來的。我差點就不想回北京了。伊莉娜打趣：侯哥，你要是不回來，嫂夫人怎麼辦？豈不要千里尋夫了？

卓瑪已經悄悄啟動了兜裡的微型錄音機。卓瑪出於記者本能，對楊府的朋友們及其談話深感興趣，這是了解中國，尤其是了解北京人的難得機會，所以她用心記錄。伊莉娜注意到卓瑪的神情，眼睛不由得在她臉上多留了片刻。

侯德健說：今天下午，我們在廣場慰問演出，周舵是我們的司儀。大學生們最愛聽的就是西北風的歌曲。唱了那些歌？〈黃土高坡〉、〈籬笆牆的影子〉、〈趕牲靈〉、〈走西口〉、〈天下黃河九十九道灣〉。哎呀，一首賽一首地受歡迎。有的大學生，邊聽邊流淚。一位學生領袖聽完歌後高呼：為了我們的黃土地，為了黃土地上窮苦的父老鄉親，不民主，毋寧死！不自由，毋寧死！

黃苗子嘆息：學生們太偏激了，太性急了。法學界、文化界的一批批老人，都勸他們暫時撤離廣場，可那些年輕人就是不聽。

楊憲益說：我也在文化界人士給政府的請願書上簽了名，要求政府盡快答應學生們的合理要求，但政府沒有回應。我也主張學生們撤離廣場，返回校園去，一樣抗爭嘛。可他們誰都聽不進去。

德建，挾〈龍的傳人〉藝術魅力，你勸了他們沒有？

侯德健說：我們的演出結束時，我和周舵，含淚勸他們：留得青山在，不怕沒柴燒，暫時撤離廣場，並不是抗爭的失敗，而是抗爭的策略。我甚至說了，過去我們在臺灣，大學生們也發起過校園抗爭，街頭運動，去和國民黨爭民主、爭自由、爭人權！我們有理有節，有進有退，而沒有招致國民黨的大規模鎮壓。有人被捕，但沒有人被殺。我告訴廣場上的同學們，臺灣的校園運動催生了一大批校園歌曲，播下了人性、人權、民主、自由的種子，這才有後來的蔣經國新政。到去年，一九八八年，臺灣國民黨當局宣布解除戒嚴，解除報禁、黨禁，開始了民主政治的進程。

戴乃迭聽得入神，問：廣場上的學生們接受勸告嗎？

侯德健一臉苦笑：現在廣場上情況很混亂，可以說是群龍無首。八百諸侯會孟津，就是沒有周文王。學生們不大懂得民主政治也有遊戲規則。他們一有爭議，就搞投票，舉手表決。誰偏激，誰嗓門大，附和聲多，誰就獲勝、就作主。偏激，往往很有煽動性。這實際上就是無政府主義和無領袖狀況。我苦口婆心勸過他們幾次，沒有效用。多數人的執拗劫持了少數人的清醒。我很沮喪、灰心。要這樣，上帝也救不了這場學運。

戴乃迭說：你們中國的事情，一團亂麻，總也扯不清。德建，大家難得聚在一起，你們就唱一曲〈信天遊〉，開開心。

眾人鼓掌贊同。伊莉娜在卓瑪耳邊小聲說：我知道你在錄音，我們要信息共享啊。

盛情難卻。侯德健抱起吉他，撥弄幾聲，問：誰來主唱？伊莉娜忽然舉手：我來獻獻醜，用粵語唱，怎樣？大家再次鼓掌。卓瑪有些驚訝，又很開心，沒想到伊莉娜還多才多藝。於是安靜下來，聽伊莉娜粵語音韻、風情別致地唱起由侯德健、劉志文填詞，解承強譜曲的〈信天遊〉，迷倒一屋人：

我低頭，向山溝，追逐流逝的歲月，
風沙茫茫滿山谷，不見我的童年。
我抬頭，向青天，搜索遠去的從前。
白雲悠悠盡情地遊，什麼都沒改變！
大雁聽過我的歌，小河親過我的臉，
山丹丹花開花又落，一遍又一遍！
大地留下我的歌，信天遊帶走我的情，
天上星星一點點，思念到永遠。……

22

由於晚上熬夜寫稿、發稿，卓瑪睡了個天光覺。房門被噠噠噠敲響。她披上晨褸，揉揉澀澀的眼皮，走到門邊，透過貓眼向外看，原來是伊莉娜。卓瑪開了門，伊莉娜捧著一盒便當進來，打趣道：小姐還是這身披掛哪？看看幾點了，我都上廣場轉了一圈回來了。

卓瑪接過便當，道了謝，讓伊莉娜坐下稍候。待她從衛生間出來，已換了衣衫，做了簡單的梳洗。她掏出十元外匯券送上：好姊姊，真謝謝你！這乾炒牛河，我最愛吃。伊莉娜收了錢：唉，外籍人士在北京，必須先把手頭的外幣換成人民幣外匯券，才能使用。這外匯券嘛，又被限制在友誼商店、飯店等專門招待外賓的場所使用。

卓瑪取了叉子吃早餐：我最怕這裡的食品有味精。哦，伊莉娜，你去冰箱拿飲料，有冰紅茶。

伊莉娜取了冰茶：小姐，怎麼樣？味道還不賴吧。我問了友誼糕點店的服務生，人家說做外賓生意，從來不放味精類，上級有規定的。你快趁熱吃吧！廣場上可能有大新聞。

卓瑪問：啥大新聞？今天十一號，戈巴契夫不是十五號才抵達北京嗎？

伊莉娜說：我也不知道今天廣場會發生什麼大事。只能去守候。

卓瑪用餐巾揩揩嘴：中國有句成語，刻舟求劍，不不，應該是守株待兔。您朋友多，是不是又聽到什麼花絮、趣聞？

伊莉娜說：你越來越像個北京人，也有些兒貧了。趣聞、花絮倒是有一則，但你不可以寫，我留著做獨家報導。說是這些天，天天晚上有人到景山後街鄧小平家那胡同口去砸啤酒瓶，玻璃渣子灑一地。

卓瑪問：砸啤酒瓶？什麼意思？玻璃渣子會傷了小朋友的呀。

伊莉娜說：啤酒瓶比較小不是？「小瓶」和「小平」是諧音。砸「小平」，老百姓洩恨。環衛工人天天一大早就去清掃乾淨，公安部門破案，也沒逮著人。

卓瑪放下飯盒，笑了：有意思。北京居民幽默，但是汙染了環境，欠文明。不是有個「社會主義精神文明教育辦公室」嗎？

伊莉娜說：前年冬天，我在上海採訪學運。《文匯報》有位記者大姐告訴我，這「社會主義精神文明教育辦公室」的簡稱「社精辦」，上海話「社」「射」同音，因此被叫做「射精辦」！說罷捂著嘴咕咕地笑。

卓瑪問：啥、啥？待到弄明白了「社」與「射」的區別，她紅了臉，佯作要掐女友的嘴：伊莉娜，你個壞蹄子！北京人管不知羞的小丫頭叫壞蹄子。你的香港男朋友怎麼放心你一個人跑到大陸來？

伊莉娜邊笑邊躲閃：你個美國人，該見怪不怪才是。在紐約、洛杉磯，男女在大街上摟著就親嘴。……

卓瑪邊收拾餐具邊說：你這也叫做管窺……哦，對了，管窺蠡測！你別說，按我的觀察，如今北京年輕人在男女關係上的開放程度，已經不遜於西方國家。人說有的學運領袖就在校外租了房子同居。國營藥店也向成年人提供那種……那種臺灣人叫做「小夜衣」的東西。

伊莉娜抿著嘴笑，佯裝也要掐卓瑪的嘴：羞不羞？羞不羞？你連「小夜衣」這詞都學到了。卓瑪連聲呸呸：都是你！都是你！把人往壞裡帶。

中午十二時，卓瑪和伊莉娜來到天安門廣場，見有十幾二十萬人在「人民英雄紀念碑」四周聚集，依舊是校幟獵獵，萬頭攢動，人聲鼎沸。這是自五月一日北京學潮偃旗息鼓以來，第一次有大規模集會抗爭活動。卓瑪抬眼望去，只見「絕食」兩個赫然大字高高豎立在紀念碑的基座上。

絕食？誰絕食？頓時，卓瑪和伊莉娜被這兩個巨大而肅穆的漢字震撼。它們彷彿不僅僅是字，而是一副宣傳畫，一封表意書，傳達了太多字裡字外的涵義，包含了太多辛酸苦辣的情感。伊莉娜拉著卓瑪的手，說著「勞駕，勞駕」，請人給讓讓道。眾人見她倆挎著相機，知道是新聞記者來拍照，做報導，紛紛側身，讓出一條她倆勉強能通過的縫隙。兩人進了新聞的中心點，不覺呼吸加快，渾身上下都在顫動。這才看紀念碑臺基北面有上千名頭纏白布條的大學生席地而坐，布條上都寫著「絕食」二字，場面十分悲壯。一位頭上也纏著「絕食」頭巾的女學生領袖手執半導體話筒，正聲音嘹亮地朗讀〈絕食宣言〉：

在這個陽光燦爛的五月裡，我們絕食了！在這美好的青春時節，我們卻不得不把一切生之美好，決然地留在身後了！但我們是多麼的不情願，多麼的不甘心啊！

然而，國家已經到了這樣的時刻，物價飛漲，官倒橫流，強權高壓，官僚腐敗，大批仁人志士流落海外，社會治安日趨混亂；在這民族存亡的生死關頭，同胞們，一切有良心的同胞們，請聽一聽我們的呼聲吧！

國家是我們的國家，
人民是我們的人民，
政府是我們的政府，
我們不喊，誰喊？
我們不幹，誰幹？

儘管我們的肩膀還很柔嫩，儘管死亡對我們來說，還顯得過於遙遠；但是我們來了，不得不來了，時代這樣要求我們！

我們最純潔的愛國熱情，我們最優秀的赤子心情，卻被說成「動亂」，說成「別有用心」，說成是「受一小撮人的利用」。

我們想請所有正直的中國公民，請求每一個工人、農民、士兵、市民、知識分子、社會名流、政府官員、警察和那些給我們罪名的人，把你們的手撫在你們的心上，問一問你們的良心，我們有什麼罪？我們是動亂嗎？我們罷課，我們遊行，我們絕食，我們獻身，到是為了什麼？可是，我們的平等對話要求被一再拖延，學生領袖身處危難。……

我們怎麼辦？

民主是人生最崇高的生存情感，自由是人與生俱來的天賦人權，但這就需要我們用這些年輕的生命去換取，這難道是中華民族的自豪嗎？

絕食乃不得已而為之，也不得不為之。

我們以死的氣概為了生而戰。

但我們還是孩子，我們還是孩子呀！中國母親，請認真看一眼您的兒女吧！雖然飢餓無情地摧殘著我們的青春，而死亡正在向我們逼近，您難道還能無動於衷嗎？

我們不想死，我們想好好地活著，因為我們正是人生最美好之年齡。我們不想死，我們想好好學習，祖國還是這樣貧窮，我們不忍心留下祖國就這樣死去，死亡絕不是我們的追求。但是，如果一個人的死或一些人的死，能夠使更多的人活得更好，能夠使祖國繁榮昌盛，我們就沒有理由偷生。

當我們挨餓時，爸爸媽媽們，請不要悲哀；當我們告別生命時，叔叔阿姨們，請不要傷心。我們只有一個願望，就是讓你們能夠更好地活著；我們只有一個請求，請你們不要忘記，我們追求的絕不是死亡！因為民主不是一個人的事情，民主是也不是一代人能夠完成的。

死亡，在期待著最廣泛而永久的回聲。

人將去矣，其言也善；鳥將去矣，其鳴也哀。

別了，同仁，保重！死者和生者一樣的忠誠。

別了，愛人，保重！捨不下你，也不得不告終。

別了，父母，請原諒，孩子不能忠孝兩全。

別了，人民，請允許我們以這種不得已的方式效忠。

我們用生命寫成的誓言，必將晴朗共和國的天空！

聽著學生領袖朗誦這篇「絕食書」，紀念碑四周的十幾二十萬人，包括絕食的學生和圍觀的市民，早已哭成一片。哭泣聲像波光，像漣漪，一層層擴展開去。卓瑪和伊莉娜強忍住淚水，一邊拍照，一邊錄音。為什麼啊？為什麼要逼得大學生們走到這一步？他們還是些孩子，還是些正在成長，還沒有長成大人的孩子啊！絕食，絕食，危及的是他們含苞待放的稚嫩生命。

卓瑪想不通。伊莉娜也想不通。她們離開廣場，要趕回飯店去，立即向通訊社、報社發回北京大學生在天安門廣場舉行絕食抗爭的特大新聞。

不料，剛上出租車，她倆就有了爭論。卓瑪說，她心疼絕食的學生，但這麼做太走極端，太不珍惜自己年輕的生命。伊莉娜則不同意卓瑪的看法：大學生們是被逼的！絕食抗爭是崇高而偉大的！剛才在現場，真想高呼：絕食萬歲！學生萬歲！卓瑪冷笑：伊莉娜你瘋了？喪失理性了！你去絕食兩天，什麼都不吃，飢餓兩天試試看？伊莉娜撇嘴：我瘋了嗎？我看你是冷漠。你不是中國人，對中國的現狀，沒有切膚之痛。你讓我去絕食兩天試試？我回飯店就給報社老總打電話，要求報社批准我參加北京大學生廣場絕食活動。卓瑪見出租車司機、那位稱為「的哥」的中年人正從後視鏡觀察她們倆的爭吵，便放低了聲線：我看你們老闆會先要你寫辭職書，作為新聞記者，你不能直接介入採訪地的抗爭活動。伊莉娜也壓低聲音：啊，我忘了您是普林斯頓大學新聞專業的高才生了，忘記了您是美國人了！卓瑪偏頭看看她：美國人怎樣？美國人也常舉行遊行示威，批評總統、斥責政府，抗議這個，反對那個，但沒有人鬧騰大規模的絕食，組織這種既不尊重自己生命，又不尊重他人生命的集體行動。伊莉娜反駁：美國偉大，美國高高在上，還當世界警察，他們尊重自己的生命，可他們尊重別人的生命嗎？卓瑪辯道：美國怎麼不尊重別人的生命？要不是有美國當你們所譏諷的「世界警察」，這個世界早就被馬克思的徒子徒孫占領了，變作他們所希望的「世界一片紅」了。對不起，司機先生，請原諒我說這不合時宜的話。司機朝後視鏡瞅一眼，邊開車邊說：不要緊，不要緊，我不是馬克思的子孫，是炎黃子孫。我同情、支持學生，但覺著絕食不是個好法子，沒給學生自己留退路。伊莉娜轉向司機：此話怎講？您是北京人，也不看好學生絕食？司機回答：學生這回太輕率，太莽撞。他們想逼鄧大人那老一輩讓步，頭腦忒簡單嘍！鄧大人他們打天下，坐天下，血裡火裡淬煉過的金剛，哪會吃年輕人這一套嘛。卓瑪彷彿遇到同盟者：還是司機先生有見地！不人云亦云。我覺著這東方人的政治抗爭方式，到了現代，就顯出些問題，動輒絕食，日本人還剖腹，不人道，更不尊重生命。伊莉娜看卓瑪一眼，說：我還是覺得美國人也不尊重生命。成千上萬的美國家庭擁有槍支，有的連機關槍都有，所以美國社會時常發生槍擊案，動不動就用槍來發言。卓瑪想了想，說：您說得太對了！美國憲法規定公民有擁槍的權利，公民可以用槍枝來保衛自己的財產和尊嚴。美國的大小城市，都有槍枝商店，幾乎就像買衣服鞋帽一樣，花上幾十、上百元就可以買到一支自己中意的槍。這樣說吧，美國地大物博，三億多人口，私人擁有的各類槍枝一億枝左右。伊莉娜聽到這裡，瞪圓了雙眼。卓瑪說：可是你知道嗎？美國每年傷亡人數最多的是交通事故，比較起來，因槍擊事件喪生的人數比例要低許多。只是每次發生了槍擊事件，新聞報導做得很大，跟蹤報導很詳盡。當然，話說回來，我是主張美國國會通過嚴格的「控槍法」，限制私人使用槍枝。伊莉娜並不服氣：美國人家家有槍，太可怕了！卓瑪問：你的父母、兄弟都生活在美國，你每年都去紐約探親，不都是很安全的嗎？

國際飯店到了。司機收了車資，待要離去，卻轉頭說了一句：我喜歡美國！要不然，全世界的人怎麼都想去美國？

伊莉娜和卓瑪進了飯店，進了電梯，都不說話。卓瑪朝伊莉娜笑了幾次，伊莉娜不予理睬。在十六樓出了電梯，走廊上，卓瑪衝著伊莉娜的背影喂喂了兩聲，人家香港小姐不肯回頭，逕自進了房間，砰地一聲關了房門。卓瑪這才覺得後悔，有些兒羞愧，不該在出租車裡和伊莉娜鬥嘴，逞強好勝。真是的，伊莉娜平日裡那麼可愛，笑起來又甜又清純，這回是認真生氣了，不理人了。今晚上就讓她消消氣吧。明天，明天一早就去找她，向她道歉，還不行？卓瑪呀卓瑪，你感恩美國，愛美國，是愛到骨子裡去了，連人家說說美國的缺點，美國的社會問題，你都要為之辯解了。你用美國的交通事故去類比美國的槍枝氾濫，太荒謬，太幼稚可笑了。還大通訊社記者，書都白念了。檢討，明天一定向伊莉娜作檢討。

回到房間的第一件事，當然是發稿，天安門廣場發生集體絕食請願的特大新聞稿，全文播報〈北京三千大學生絕食宣言〉。晚上，卓瑪和紐約的多吉阿哥通了電話。這是來北京後和多吉阿哥的第三次通話。因為擔心電話有「旁聽」，他們只能相互問候平安，談談紐約、北京的天氣，牛排、烤鴨什麼的，避談政治時事話題。多吉阿哥告訴卓瑪，皇后區的那套公寓房已經付了訂金，三個月後就會完成過戶手續，以後就只等新人入住了。說得卓瑪臉熱心跳，新人，誰是新人？都不敢想下去了。多吉阿哥的話語，音樂似的好聽，又像甜絲絲的蜜汁，悄悄浸潤到卓瑪的心身裡。這晚上在電話裡，卓瑪卻忍不住告訴多吉阿哥，她心裡不好受，自己犯了錯，得罪人了。多吉立馬很緊張，問得罪什麼人了？要不要緊？有不有安全問題？卓瑪只得說，倒不是很要緊，是位記者同行，香港小姐……話沒說完，卓瑪自己腦子裡忽地一閃亮，停住了。天！和伊莉娜交往了這些日子，竟然沒想到，沒想到人家也在紐約住過，還在曼哈頓老城一家華文報紙工作過，傻不傻呀？傻不傻呀？

多吉在電話那頭也停了一會，彷彿遲疑著，才要問不問：香港記者叫什麼名字？是不是姓伊？好，不說了，不說了。安全就好。你要是覺得自己對不住人家，就大大方方去認個錯，陪個不是。漢語有句話說得好，多個朋友多條路，多個仇人多堵牆。記住了？傻丫頭。

傻丫頭，我是個傻丫頭！卓瑪笑不起來了。世上事，剪不斷，理還亂，無巧不成書。

23

人說到了北京，有五處地方不可不遊，城外兩處，八達嶺長城和西郊頤和園；城內三處，天安門廣場、故宮和北海公園。卓瑪去得最多的地方自然是天安門廣場，此外還登過一次八達嶺長城。至於頤和園、故宮和北海公園三處，雖然想去，但至今還未成行。她總是以為，來日方長，待忙過這一陣，不單是這數處地方，北京的宮苑古跡多到不可勝數，都應該一一仔細參訪、學習，直至做個系列節目，報導這座古都的歷史文化和風景名勝。

不知為何，卓瑪這些天忽然有了種時間上的緊迫感。她想參觀故宮，就位於天安門城樓裡面；但自大規模學潮爆發，故宮就「內部整修，暫停開放」了。那就去一次北海公園吧！不定那公園也會在某天擺出「內部整修，暫停開放」的告示牌呢。這裡的人們常說：黨的政策像月亮，初一十五不一樣。文化大革命期間，就以「保衛中南海安全」為由，北海公園閉園整十二年呢。

卓瑪備有好幾份北京的地圖，如市區圖、交通圖、旅遊圖等等。當記者的，哪能沒有地圖？不管到了哪個遙遠國度或偏僻地區，總是先買地圖。卓瑪欲去北海，不免先作一番大致了解。說是一千多年前的唐宋時代，位於河北燕山山脈南麓、西山山脈東麓的平川地帶，亦即現今的北京地區林木密布，水草豐美。從北面燕山、西面西山流下來的眾多溪流形成了大片水泊，游牧民族稱為「海子」。與宋代同時期的遼（耶律氏）、金（完顏氏）這兩大北方民族王朝開始在這裡修築宮室，營建都城。到了元代，這裡被選為「大都」地址，疏浚河渠，形成湖泊水系。北京城的大規模建設是在明清兩代才完成的。當時，在西郊修築了昆明湖，在城內則修了玉淵潭和積水潭兩大水系。特別是積水潭水系，由西北向南共有六座「海子」，碧波細浪，如珍珠鏈般在京城中心地帶閃耀：西海、後海、前海、北海、中海、南海。後海又稱什剎海。北海、中海、南海則是清朝王室的「宮禁之地」，稱為「西苑」，三海周邊花木扶疏，宮院輝煌，真正的人間仙境了。清王朝滅亡之後，中華民國政府將這風光旖旎的六座「海子」統統闢為市民公園。北海稱為北海公園，中海、南海稱為中南海公園。一九四九年，新國成立，整座中南海公園被「共產」，成為中共中央、國務院、中央軍委的辦公重地以及領袖們的居家所在。北海仍保留為「人民公園」，與中南海相連的水道上有座東西走向的七孔漢白玉橋，叫做金鰲玉蝀橋。此橋後被擴建成如今的北海大橋。北海公園的東面是有名的景山，東南面則是故宮。整座公園面積為七十公頃，其中水域達四十公頃左右，古稱太液池。太液池中築有團城、瓊華、犀山臺三島，分別象徵蓬萊、瀛洲、方丈三座海上仙山。瓊華島上有寶葫蘆狀白塔，是為公園的標誌性建築。白塔是座喇嘛塔。

這天上午九時左右，卓瑪到天安門廣場轉了一圈，然後回到酒店，暫時沒有重要新聞需要發稿。她在等電梯時，遇見伊莉娜，簡單交談幾句，得知她也有空閒，於是邀她去遊北海公園。卓瑪說：那兒有家仿膳飯莊，專做宮廷菜，我們去吃中飯，怎樣？伊莉娜原本還在生她的氣，臉上一副愛理不理的模樣，可一聽卓瑪請她去仿膳午餐，就來了興致：小姐，您發財了啊？仿膳飯莊我去過，菜點可是不廉宜，一小碗御製羹湯便是百來元起價，您請客啊？卓瑪爽朗地說：您若賞光，便是我的榮幸，我請您，不搞ＡＡ制。說來，我也要感謝您這些日子對我的關心、幫助啊。

兩人回房收拾了一下，之後要了輛麵的，一路順風，很快到了文津街的北海公園南門下車。購票入園，迎面一帶綠蔭，過了綠蔭就是太液池。哇，真是如畫般的美景！清風徐來，波光粼粼，芙蕖搖曳。左邊便是大名鼎鼎的團城，高約丈許，堞牆蜿蜒。珠林玉樹之中，承光殿、古籟堂、朵雲亭、餘清齋、沁香亭、敬躋堂等古建築錯落有致。承光殿有楹聯曰：何處五雲多，大羅天上；飛來三嶠秀，太液池邊。

上了團城，卓瑪興奮不已，見到亭臺樓閣上的楹聯，就掏出筆記本來，邊念邊抄錄，儘管有些字是頭回見到，其意思也不甚明白。倒是伊莉娜提醒道：小姐！這園林裡有好幾十座宮苑建築，楹聯不下千幅，您這麼抄錄下去，只怕天黑也抄不完。卓瑪明白了她的意思，忙收起筆記本：對對，今天時間有限，只能走馬觀花。等以後有了時間，我一定來這園子裡逛個兩三天，把所有對聯都抄下來，把所有景物都拍照留念！今天嘛，我沒忘記，要請伊莉娜小姐吃仿膳。

兩人說說笑笑，漫步遊覽了九龍壁、畫舫齋、濠濮間、靜心齋、西天梵境、五龍亭、小西天、瓊華島等主要景點。一路看去，高處皆為玉殿崇閣、瓊館瑤臺，低處盡是紅飛翠舞、花遮柳隱、玉動珠搖。在瓊華島的白塔下，她倆流連較久。塔周林木蔥鬱，殿宇鱗次櫛比，琉璃瓦呈現黃、綠、藍諸種彩釉色，斑斕耀目。白塔與團城隔水相望，有漢白玉石橋相連，如同入了玉虛幻境。得了大漢江山的愛新覺羅們，真會享福啊！

當日遊客不多。兩人在白塔下找了處綠蔭馥郁的僻靜石凳，坐下歇息。卓瑪見還不到中午十二點，想與伊莉娜說說話。說話也是要有時機的，有些話，今日不說，明日可能就改變主意了，或是不方便說了。伊莉娜冰雪聰明，彷彿猜到卓瑪的心事，先開了口：您現在是美利堅合眾國小姐，到北京快兩個月了吧？天天做採訪，見了許多人，經了一些事，我問您，您喜歡北京嗎？說實話！

卓瑪見她一本正經，於是坦然作答：豈止是喜歡，我是愛上北京了。伊莉娜聞言，頗感意外：您愛北京？說說看，愛她什麼？卓瑪回答：愛北京的深厚歷史積澱，人文景觀，也愛北京人，包括學生和市民。我有時傻想，要是這裡的官方允許，我真願在北京長住！伊莉娜雙眉一挑，覺得訝異：這裡學生抗爭，市民上街，制度不民主，還有大軍圍城，您都喜歡？況且您還是位藏裔美國人。卓瑪差點就說：我阿爸在這裡！我親奶奶在這裡！但她忍住了，始終沒有告訴她自己的親人是北京市民。這並非卓瑪不信任伊莉娜，而是擔心給阿爸和奶奶添麻煩，擔心引出別的事情來；依著伊莉娜的記者習性，不把她卓瑪與阿爸的悲歡離合經歷寫成長篇通訊才怪呢！卓瑪說：當然要等到這裡的制度民主化之後，人民真正成了國家的主人之後。……伊莉娜您呢。您喜愛北京嗎？

伊莉娜沒有立即回答，仰望著蔚藍色晴空下聖潔的白塔，過了一忽兒才說：愛，愛北京，愛到骨子裡去了。……我認識這裡的一批幹部子弟，個個聰明、能幹又狂妄，對國家民族的前途很有一套看法。他們當中不少人羨慕西方民主制度。我想介紹您和他們認識，但又擔心他們會為了您爭風吃醋，競相向您求愛什麼的。……卓瑪紅了臉，嗔道：您個香港小姐真壞，真壞！人家有男朋友了。伊莉娜微微一笑：你的男朋友在紐約，也是個藏裔，您以為我不知道？

卓瑪抿嘴想了想，說：我也知道您是誰了！紐約有人問候您。伊莉娜眨巴眨巴眼：您指的是扎西多吉律師吧？我向您坦白，他是我的前男友，康巴漢子，大高個，法學博士，一位很優秀的男士。他的思想很開放，行為很嚴謹。我指的是他和女生交往這方面。卓瑪看看她，試探地問：您既然認為他很優秀，為什麼要放棄？伊莉娜含笑，無奈地輕輕地搖了搖頭：您真想知道？這麼說吧，原因是多方面的。首先嘛，我父母有兩個兒子，女兒卻只有我一個，我從小是他們的心肝寶貝。老人家不願接受一位有藏獨思想傾向的青年作為未來女婿；我自己呢，也煩他一說到西藏，就認為與中國不同，有獨特的語言文字，宗教信仰、風俗習慣，和漢人政權完全是兩碼事。再有，我和他交往了一年多，金錢上一直是ＡＡ制。我父母比較富有，他當律師收入頗豐，誰都不依賴誰。最讓我心裡不快的是，他一次也沒有碰過我，我懷疑他生理、心理都有問題。

聽伊莉娜說到這裡，卓瑪覺得有些不可思議了。看來扎西大哥對這位香港出生的前女友，感情上一直有所防範，保持著距離，兩人只是彼此有好感而已。多吉大哥可是熱吻過卓瑪的呀，曾感受到康巴漢子的熱烈和雄壯的呀！伊莉娜望著卓瑪，又說：其實呢，我有時候還是會想到他，仍然對他有好感。只是我和他沒有緣分。現在，他又有了女友，我由衷為他高興。今後若有機會見面，他仍是我的多吉大哥。說到這裡，伊莉娜噘了噘嘴：但願他不要成為一名真正的藏獨分子。卓瑪一聽，忍不住說：放心，我和多吉，還有很多藏裔美國人，都是遵從達賴喇嘛尊者的教誨，不追求西藏從中國分離出去，只要求在藏區實行真正的藏人治藏，保住藏人的宗教文化、風俗習慣，而不被強制漢化。嗯，我想呀，只要中國的制度民主了，這些問題就會迎刃而解。或許，扎西多吉也會願意到北京來開律師事務所，在這裡當人權律師，為公民的人權和自由申張法律正義。

正說著，伊莉娜忽然目光一閃，伸手前指：快看，快看！那兩位老人是誰？哎呀，是楊憲益先生和夫人戴乃迭！卓瑪也認出了楊老夫婦。她看了看錶，正好是正午十二點。兩人趕忙起身，快步迎了上去：楊老！戴老！真是您二老啊！逛北海來了？

楊老也認出了兩位姑娘，略略躬了躬高瘦的身體，笑得一臉慈祥：幸會！幸會！兩位記者大忙人，今兒有空來公園散心？戴老則拉著卓瑪的手說：老楊昨天還在說，有日子沒見到兩個孫女兒了，年輕人把我們退休人士忘到腦後去嘍。

伊莉娜轉臉對戴老說：奶奶好！我和卓瑪也正商量要去看望二老呢。

卓瑪說：我要請伊莉娜上仿膳吃午飯。也請二老賞光，我們共進午餐，好嗎？

楊老笑問：美國孫女兒要請香港孫女兒吃飯？有什麼由頭吧？

伊莉娜笑道：卓瑪前天和我吵架，事後覺得理虧，怕我不理她，於是提出仿膳請客，表示歉意。

楊老說：你個小快嘴，只怕是你欺負我們卓瑪吧？

卓瑪紅了紅臉，真誠地說：前天嘛，是我說話太衝，不饒人，所以我應賠禮。幸會二老，請賞光，好嗎？

戴老說：你們年輕人，真是太可愛，太可愛了。我真羨慕你們。

楊老牽著夫人的手，在一旁商量了幾句。然後，滿面笑容地說：好！卓瑪，你賞飯，我們打秋風。我們剛去隔鄰的北圖看望老朋友，見時間還早，就進園來散散心，也有好幾年沒來這園子裡走走了。不期遇到二位，有緣有緣。

老少四人沿著林蔭道，緩緩前行，不一會就到了瓊島北岸臨水的仿膳飯莊。這院落亦是宮苑式建築，背山面水，遊廊環抱，景致十分秀美。一九二五年飯莊初始，由原清宮幾名御廚開辦，後幾經擴建，形成現在的規模，三個庭院，共有大小餐室十五間，餐位五百個。餐室內的裝飾均以龍鳳為主題，飾以大型彩繪宮燈，配以明黃色臺布、餐巾、椅套；其杯盤碗碟等餐具皆採用標有「萬壽無疆」字樣的仿清宮瓷器或銀器，陳設古色古香，典雅氣派，宮廷特色濃郁。

此時院門內一位身著白色唐裝的中年男子，體態豐碩，見到楊憲益老夫婦，高興地迎著：楊先生、戴先生！貴客，貴客！歡迎，歡迎！楊老也認出了對方：「周總理」好！恭喜發財！戴乃迭雙手抱拳，行了個中式禮節，幽默地介紹伊莉娜和卓瑪：這是我們的香港小朋友，老楊的孫女兒。乾的？濕的？我也不清楚。……大家笑了起來。

「周總理」說：歡迎！請隨我來。說著，他領四位客人往裡走。楊老問：我們沒有預定，還有雅座吧？「周總理」說：您和夫人帶客人來了，請都請不著哪！自然是單間入座不是？不瞞您說，自入夏以來，廣場上鬧得那麼厲害，我們這兒就顯得清靜些了。況且現在是中午，一般在晚餐才滿座。

一行人踏著絳紅色地毯，進了一間裝飾雅致的臨水雅座。還未落座，伊莉娜和卓瑪就被窗外的湖光山色所吸引，輕聲讚嘆：好美呀！美景天成！荷花、水鳥、畫舫、樓臺，倒映水中，水上水下，各是一幅畫圖。……

兩名身著清代宮裝的女服務員奉上香茶，茶具精美；小碟茶點是各色果脯，均為宮廷款式。服務員為客人敬茶剛完，「周總理」就親自取來四冊燙金菜譜，請客人點菜，之後退下。楊老打開印製講究的菜譜，向伊莉娜和卓瑪介紹：這裡的宮廷風味菜餚、點心共有八百多種，最有代表性的是「滿漢全席」，一百多道南北名菜、點心。過去是皇上、太后講排場，現在很少有人能如此奢華。名菜之中，以鳳尾魚翅、金蟾玉鮑、一品官燕、油攢大蝦、宮門獻魚、溜雞脯等最具特色；名點則有豌豆黃、芸豆卷、小窩頭、肉末燒餅等。仿膳的規矩，一般菜餚不可零點，只有套餐。我們就選一套四人份的午餐，以為如何？

伊莉娜和卓瑪望著菜單上的眾多菜名，早已眼花撩亂。伊莉娜說：爺爺，您是美食家，您就做主好了。卓瑪也點頭贊同。

「周總理」再次笑嘻嘻地進來：楊先生，三位女士，想用點什麼，請指示。楊老說：您個總經理，親自服務啊？委實不敢當。我們遵您飯莊規矩，不零點，要一份四人套餐，清淡些，可以了。「周總理」說：您和夫人是貴客，兩位小姐也是稀客，今天破個例，四位可零點，如何？伊莉娜和卓瑪受寵若驚。楊老眉開眼笑，看夫人一眼，對「周總理」說：大總理，老朋友，煩請您給我們點幾樣，如何？「周總理」爽快應承：行！四位是斯文客人，我就推薦幾樣清淡些的：一品豆腐、菊花魚、宮保蝦，豌豆黃、芸豆卷，再來一份時菜，諸位看怎麼樣？我另送一份烏魚蛋湯。葷素搭配，主食副食也都齊了。楊老拍巴掌：總理英明，總理英明！老規矩，來一瓶你們引進的日本清酒。戴老也連連道謝。「周總理」已一一記下。臨離開，不忘說：因沒有預定，可能要煩請各位多等一點時間。先讓胃裡騰騰地兒，等會兒更有胃口不是？說罷點點頭，退出，拉上門簾。

伊莉娜說：楊爺爺，您美食家，名不虛傳！而且，與這位「周總理」老朋友似的。楊老說：這種飯莊，若不是公款，我也很少來。近幾年，外文局要招待歐美國家的漢學家、名教授，我才來過多次。這位「周總理」嘛，是我們安徽老鄉，祖上幾代都是清宮的御廚名師。這家仿膳，就是他曾祖父開起來的，算來已六十多年了。來來，我們邊喝茶邊聊。卓瑪，你來北京快兩個月了吧。當記者，對人對事，很具觀察力。對北京的印象如何？

卓瑪正好有問題要請教楊老：我很喜歡北京，我對伊莉娜說了，我都愛上北京了。戴乃迭聽了，挺高興：對對，我也是。自一九五三年住到北京來，我就喜歡上這兒了。儘管這裡有這樣那樣的缺點，譬如說氣候乾燥，每年春夏之交有風沙，要颳上幾天幾夜。卓瑪說：有個問題，想請教楊老，不知可不可以？楊老喜愛地朝她點點頭：當然可以，只是不要把我給問倒了啊。伊莉娜說：楊爺爺是翻譯家兼歷史學家，豈有被美國學生問倒的？

戴老笑著對卓瑪說：你問吧，問他，問倒了，我才高興。免得他總是在我面前驕傲，賣學問。卓瑪說：我來北京，四處都遇到一個名詞：人民。從人民共和國、人民政府、人民軍隊，人民公安、人民警察、人民法院、人民檢察院，到人民醫院、人民劇院、人民公園、人民體育、人民教育、人民交通、人民銀行、人民大學、人民日報，……好像新中國到處都是「人民」，「人民」無所不在，無所不有。可是呢，我就是不懂，在新中國，究竟什麼是「人民」？也許，我的問題很膚淺、幼稚，根本不值得問。

楊老聽了這番話，臉上的笑容斂去。他閉目想了想，才說：卓瑪，你真要把我老傢伙給問倒了。好在前兩個月，也有年輕學者問過這個問題，我才查了查相關資料。「人民」這詞兒，最早出現在兩千多年前的先秦典籍中。《管子．七法》說：「人民鳥獸草木之生物」；《周禮．地官大師徒》說：「諸侯之三：土地、人民、政事，掌建邦之土地之圖，與其人民之數」；在現代，《辭海》及《現代漢語詞典》對「人民」一詞的解釋包括三方面內容，一、以勞動群眾為主體的社會基本成員；二、同「敵人」相對，在不同的國家和各個國家的不同歷史時期有不同內容；三、在哲學上，通常與個別人物或領袖相對。

真精采！卓瑪已筆下龍飛鳳舞，做起了速記筆錄。伊莉娜對楊老的博學感到驚異，年近八旬，還有這麼好的記憶力，且思路如此清晰。戴老面帶微笑，似乎在閉目養神。

楊老繼續說：在當代中國社會，正如《辭海》對「人民」一詞的解釋，「人民」與「敵人」相對應，在不同國家的不同歷史時期有不同內容。此話怎講？譬如，我們的歷史教科書中，地主、資產階級，在抗日戰爭時期，實行所謂的「全民抗日統一戰線」，這些人也屬於「人民」的範疇，並非革命的對象。然而抗戰勝利之後，特別是一九四九年新中國成立後，要搞土地改革，搞社會主義革命，地主、資產階級就不再屬於「人民」了，而成為革命對象，成為「敵人」，成為要被打到、消滅的剝削階級了。此外，農村的「富農階級」更是奇妙，土改運動時，推行的階級路線和政策是：依靠貧僱農，團結中農，中立富農，打倒地主。當時規定不沒收富農的財產，也沒有把富農定為「敵人」，而仍歸入「人民」的範疇。可是，沒過幾年，農村搞合作化，搞人民公社化，就把富農開除出「人民」了，將他們與地主並稱為「地主富農」，簡稱「地富」，歸為「敵人」，是十惡不赦的反動階級，要將其打倒和消滅了。

卓瑪認真地邊聆聽邊作速記，這對於她，是難得的求教、學習機會。

楊老說：以上所謂「人民」，是作為一個整體的政治概念。那麼對「人民」當中的「個體」又如何認定呢？這就更是要由權力來界定，尤其是要由最高權力者來欽定了。以一九五五年的反胡風運動和一九五七年的反右運動為例，知識分子、文化人原本應屬於「人民」的範疇吧？但在運動中，一個人一旦被打成了「胡風分子」、被打成了「反黨反社會主義的資產階級右派分子」，就都成了「敵人」，要被關押坐班房，或是被押送北大荒、青海之類的地方勞改！按西方的說法，這些人是「政治犯」、「思想犯」、「良心犯」了。再具體些，以我本人為例，出身於舊中國銀行家家庭，十七歲到英國留學，在牛津大學結識了戴乃迭同學，抗戰爆發後攜戴乃迭回來赴國難，在大後方重慶、成都、貴陽等地的大學教書。抗戰勝利後，我們隨國民政府還都南京，我擔任國史館編修，相當於院士吧。一九四九年，中共取得勝利，我擁護中共，留在了南京。一九五三年被調到北京，在外文局從事翻譯工作，被定為高級知識分子，月薪三百大元。戴乃迭是外籍專家，月薪更是高達八百大元。直到一九六六年，我都是屬於「人民」的範疇。三反五反、反胡風、反右派、反右傾、四清社教，歷次政治運動，我們都沒有挨整，只被要求自我反省，向黨交心，思想改造，與被打成「敵人」的親戚朋友劃清界限等等。當然，隨著政治氣氛越來越緊張，我離「敵人」的距離是越來越近了。果然，到了一九六六年文化大革命爆發，單位革命群眾的大字報、小字報揭發、批判，我和乃迭就從「人民」中被開除出來，成為「美蔣特務」、「英國間諜」，成為了「敵人」，被打入大牢，差點兒把命送掉。直到一九七一年，中美開始恢復交往，兩國關係開始解凍，急需英語人才。說是在一九七一年十月一日的國慶招待會上，周恩來總理好幾年沒有見到我和戴乃迭了，遂問：楊憲益夫婦現在哪裡？還關著？太不像話了！他們是愛國知識分子，高級專家！就因為周總理這一問，我和戴乃迭被釋放，恢復了工作，恢復為「人民」。要是周總理不問呢，我倆是不是會被關押到文革結束？那些年，我和乃迭是被分開單獨關押的，乃迭剛出獄那半年，連話都不會說了，後來才慢慢恢復言語能力的。

伊莉娜和卓瑪留意到，滿頭華髮的戴老早已滿眼淚水。她勸老伴：楊，楊，你對年輕人說太多，說太多了。……

楊老笑一笑：還有一點點，乾脆讓我說完吧。他轉向兩位姑娘：所以，我們的這個「人民」和「敵人」的問題，被毛澤東稱為「革命的首要問題」，完全是由政治權力決定的。當權者要你當「人民」，你就是「人民」，指定你為「敵人」，你便是「敵人」。我的親戚、朋友，有些是很好的朋友，就是在這兩種身分的無情轉換中，把命送掉了。中國究竟有多少人為此命喪黃泉？難以勝數，被叫做「非正常死亡」。好個「非正常死亡」！不要說我們這種無足輕重的知識分子，就連共和國的開國元帥彭德懷、賀龍，國家主席劉少奇這樣的國家領導人，不也從「人民」的隊伍中揪了出來，被打成「大軍閥」、「大土匪」、「大內奸、大工賊、大特務」，成了十惡不赦的「大敵人」，死於非命了嗎？

戴乃迭再次勸阻：老楊，你今天是怎麼啦？你平日總是笑笑呵呵，挺快活的一個人，怎麼對兩位年輕人說這麼多啊？你忘了，你還是組織裡的人，……

楊老呵呵笑了：對了，對不起，乃迭，我真的忘了自己是黨員了。不過，我的黨齡很短，一九八五年才被請進去，也隨時可能被請出來。呵呵呵……

卓瑪望了望單間門口，忍不住再問一句：楊爺爺，請問「人民」和「公民」在這裡有什麼區別？

楊老喝了口茶，說：問的好！你們做學問，肯動腦筋。這麼說吧，「人民」是政治用語，而「公民」則是法律用語。「人民」是由權力界定而且服從於權力的群體，「公民」是民主制度下的個體，擁有與生俱來的作為人的權利，並受到到法律的保護。「人民」的對面是「敵人」，「公民」的對面是「罪犯」。「罪犯」依據違法事實（案情）由法官和合議庭陪審員來判定，不是由統治者依據意識形態或權力鬥爭的需要來指定。「罪犯」還有律師為他作無罪辯護，不服判決還可上訴。這大約就是「人民」與「公民」的區別了。

伊莉娜鼓掌：太好了！爺爺講得太好了。

卓瑪合上筆記本，說：聽君一席話，勝讀十年書。今天我就勝讀十年書了。

戴老指著楊老：我看這個人今天是人來瘋，喜歡兩個孫女輩，就亂說一氣。

楊老呵呵笑：不要太過認真。反正我們國家的許多事情，概念混淆，掛羊頭而已。

卓瑪不懂「掛羊頭」是什麼意思。伊莉娜告訴她：爺爺只講了半句，整句是「掛羊頭，賣狗肉」。

大家哈哈笑了。這時，有人從外面挑起了門簾兒，但見早先進來的兩位宮裝女服務員，各托一隻大盤子來上菜：一品豆腐、菊花魚、宮保蝦、豆苗、豌豆黃，芸豆卷，外加「周總理」送的一大碗烏魚蛋湯及一瓶日本清酒。所有菜餚均一次上齊。伊莉娜和卓瑪又來了記者脾性，掏出相機，先將每樣御製名品一一拍照，說留著日後給親友們欣賞。卓瑪給戴老敬了隻宮保蝦，相機悄悄說：奶奶，今天是我做東，回頭請楊老不要客氣，不要搶著付單什麼的。……戴樂也悄悄說：我不管，我自一九三九年跟著他來到中國，從來不管付帳……

楊老耳朵真靈，那麼小聲的談話，他都聽到了，笑呵呵地舉起酒杯，一邊與三位碰杯，一邊說：放心，我此刻胃口大開，好久沒有這麼開心，這麼暢所欲言了。卓瑪、伊莉娜，爺爺領情了。回頭啊，我找「周總理」說說，請他給打個折。他們飯莊是國營單位，旱澇保收。

戴老慈愛地望望兩位姑娘，又看看楊老，說：他呀，又做了一回賈寶玉了，見到你們就歡喜得不得了。

卓瑪向二老敬酒：我和伊莉娜，真願意長住北京，那樣就可以經常拜望二老。

楊老說：有大軍圍城，二位不怕？來來，不管它，咱們天天照吃照喝。酒魚離騷難捏合，不如慢飲入醉鄉。……

24

五月十五日，蘇聯最高領導人、蘇共總書記戈巴契夫抵達北京的這一天，是卓瑪最為緊張忙碌的日子。她獲中國官方允許採訪在首都機場舉行的歡迎儀式，作現場報導。這次美國來的記者太多了，單是哥倫比亞廣播公司及其他三家相隨的電視直播團隊，就達兩百多人。世界各國記者雲集北京，成為另一種盛況。卓瑪也知道，原本歡迎戈氏的儀式安排在人民大會堂東門外廣場上進行，因三千學生正在絕食抗爭，還有一二十萬民眾聚集，打著「要民主、要自由、要人權」等標語橫幅，準備以民間方式熱烈歡迎蘇聯元首；中國政府為避免尷尬，臨時將歡迎儀式改在了機場。卓瑪留意到，中國官方連紅地毯都未來得及運去鋪上呢，真是有些兒狼狽。

前去迎接戈巴契夫的是中國國家主席楊尚昆。戈氏和夫人下飛機後，楊尚昆上前握手，但沒有擁抱。卓瑪已了解到，這是鄧小平訂下的接待規格，不擁抱，只握手。

兩名紅領巾兒童向客人獻鮮花，楊尚昆陪同戈巴契夫檢閱三軍儀仗隊，鳴二十一響禮炮之後，戈氏發表了簡短的書面講話。

接著，卓瑪趕去人民大會堂採訪鄧小平和戈巴契夫會談。中蘇自一九五九年交惡之後的首次高峰會談，舉世矚目。

中午一時，戈巴契夫一行來到人民大會堂東大廳，受到鄧小平歡迎。這回，只有一百名中外記者獲准進入會場一角，親睹中蘇兩黨、兩國最高領導人時隔三十年後的握手。在場的多半是中國和蘇聯記者，外加西方一些主要媒體的記者。卓瑪是這百名記者之一，但她沒有見到伊莉娜。聽說有一千二百名中外記者被安排在會場之外，連戈巴契夫及其風姿綽約的夫人的面都沒有見著。

也是卓瑪第一次見到五短身材的軍事強人鄧小平。

鄧小平向戈巴契夫表示歡迎，兩人握手達一分四十秒，讓中外記者舉著「長槍短炮」拍攝個夠。當然，鄧小平按自己立下的規矩，只握手，不擁抱。作為主人，他先講話，宣稱他和戈巴契夫同志的見面、會談是向世界宣布，中蘇兩國、兩黨從今天、從此刻起，恢復關係正常化！

聽聞此語，卓瑪心想，真個是「毛在，毛說了算；毛不在了，我說了算」。

接下來鄧小平面色嚴峻：中國近百年來，歷經外國入侵、凌辱，這其中，俄帝、日本軍國主義對中國的侵害最嚴重，中國遭受的損害也最大。且蘇俄這種損害一直延續到一九四九年之後。

卓瑪快速記錄。閃念間，她想：蘇聯一九四九年後不也給過中國大量經濟援助嗎？尤其是那個一百七十六項重點工程的無償援建，奠定了新中國的工業基礎嗎？

鄧小平說：今天說到這些，是因為自一九五八年以來，中蘇兩黨、兩國一直發生著不愉快、不正常的爭論，乃至邊境摩擦。主要責任不在中方。

卓瑪停筆，遠遠望了鄧小平一眼：真是文過飾非的中國方式。

鄧小平繼續：現在，這一頁不愉快的歷史總算翻過去了。讓我們兩黨兩國重新攜起手來，同志加兄弟，友好友愛，互惠互利，向前看吧！

鄧小平高明，把中蘇交惡的責任全部推給了蘇方，且推得乾乾淨淨。他竟然一字不提蘇共當年怎樣出錢出力，派軍事顧問、給槍給炮，培訓中共幹部，一手幫助中共組黨，組軍隊，打垮國民黨政權，建立中華人民共和國。當然，鄧小平作為五〇和六〇年代的中共中央書記處總書記，親自主持了〈九評蘇共中央公開信〉的寫作，是中蘇大論戰中方的掛帥人物，不得不維護住中方的面子。現在，蘇共的戈巴契夫被視為開明人物，在蘇聯推行政治改革，很有成效。他該如何回應鄧小平呢？卓瑪饒有興趣地等待戈氏的講話。

戈巴契夫不愧為一位改變世界格局的政治家。他不慍不火，四兩撥千斤，巧妙應對：尊敬的鄧小平同志，您比我年長二十五歲，歷史上的那些事，您知道得比我多。中國人民近百年來的確受了很多挫折，我方的確有一定的責任。中國有句俗語，一個巴掌拍不響……歷史就是歷史，事實都擺在那裡。當然歷史有很多不明朗的地帶。我這次來，主要不為歷史，而是要面向中蘇兩黨、兩國的現在和未來。眼下，我和我的同事們有多項貿易、交通的具體事務，要和中國領導人商談，並簽訂相關的協議。當然，這些具體事務，就只能在您的指導下，去和中國黨總書記趙紫陽同志商談、決定……

戈巴契夫口才一流。聽戈氏這麼一說，鄧小平哭笑不得，臉色漸次平和下來，恢復了長者的睿智慈祥。他畢竟八十五歲高齡了。

中蘇兩巨頭會談了一個多小時，算是敲定了兩黨、兩國今後交往的大方向、大方針。之後，他們沒有舉行記者會，而是步入內廳，「午宴」去了。晚八時，中央電視臺「新聞聯播」，竟播出鄧小平在招待戈氏的「午宴」上的特寫鏡頭，手發抖，挾一粒餃子挾了三四次都沒有挾住。

卓瑪得到一份戈巴契夫訪華日程表：第一天上午是歡迎儀式；中午安排鄧氏與戈氏會談；傍晚

是趙紫陽主持歡迎國宴並與戈氏會談；第二天上午，戈氏一行參觀故宮，下午遊長城，晚上看演出；第三天，戈氏一行赴西安參觀兵馬俑，當晚結束訪問回國。

當晚，卓瑪的採訪和發稿結束了。她抬頭看看北京的靛藍夜空，滿天星斗，深深吸了一口清涼的空氣。空氣中似乎有一絲腥味，好像是……煙熏魚的腥味，只有那麼一絲絲，噢，這就是北京的夜晚。卓瑪伸伸臂，踢踢腿，練練瑜伽，舒展繁忙了一天的身心。

電話鈴響了，是伊莉娜說：沒睡吧？我要去個有趣的地方，你要不要也去輕鬆輕鬆？兩人已和好如初。卓瑪問：什麼地方？你不要又出幺蛾子，如果是牛郎店那種地方，我是不會去的。

伊莉娜呵呵笑了：牛郎店？想得美！北京無論再怎樣開放，也不會允許出現紐約、巴黎、曼谷才有牛郎店。

卓瑪說：那你要去什麼地方？說來聽聽。

伊莉娜賣起了關子：這個地方嚒，說近不近，說遠不遠。好了好了，乾脆告訴你得了。那是家咖啡館，在大北窯立交橋附近，叫「莫談國事」。老闆姓王，海歸，耶魯大學政治經濟學博士，專事批判馬克思的《資本論》，回國後找不到工作，於是開了這咖啡館。大家叫他王博士。

卓瑪一聽，說：哦，我和我的同行們去過。在那兒能喝到上好的黑咖啡，拿鐵和摩卡也很不錯。運氣好的話，還可能遇到幾位現代派詩人，聽他們手舞足蹈地站在椅子上朗誦新作。

十多分鐘後，伊莉娜和卓瑪乘出租車來到「莫談國事咖啡館」。王老闆見了二位，笑容可掬，像見了老朋友：稀客，稀客，歡迎兩位大記者光臨！來得早不如來得巧，現正好有三位名詩人來朗誦他們的詩作。來來，請坐。王老闆安排她倆坐下後，問道，今天喝點什麼？伊莉娜仍是大號拿鐵？卓瑪呢，藍山咖啡，免糖免奶？看來，王博士是位能幹的經營者，客人只要來過兩次，他就能記住他們的嗜好。

卓瑪這才看清楚，在醇香的咖啡氛圍中，館內已聚集了三、四十位客人。一位中等個頭、氣度溫文的詩人正在朗誦他的朦朧詩代表作〈結束〉。卓瑪忙向王老闆招手，小聲問：是不是顧城？我在你店裡見到了真身？王老闆點點頭，神情愉悅而自豪。卓瑪擰開了包裡的微型錄音機。伊莉娜眼珠一轉，低語：我也開了。

顧城倒是沒有像別的現代派詩人那樣手舞足蹈，高吼低吟，祇是站在詩迷們中間，略帶點羞澀似地娓娓朗誦：

結束

一瞬間，
崩坍停止了，
江邊高壘著巨人的頭顱。
戴孝的帆船，
緩緩走過，
展開了暗黃的屍布。
多少秀美的綠樹，

被痛苦扭彎了身軀，
在把勇士哭撫。
砍缺的月亮，
被上帝藏進濃霧，
一切已經結束。

詩人朗誦完畢，無人鼓掌、讚好，只是紛紛議論，有的說：朦朧，太朦朧了，這才是中國新詩的最高水平，扛鼎之作！有的說：顧城，是不是太灰暗，太令人喪氣了？您去了趟四川，就把嘉陵江比譬作「暗黃的屍布」？有的說：對呀！顧城，我們還是喜歡您那首「黑夜給了我黑色的眼睛，我卻用他尋找光明」！卓瑪也沒有鼓掌，因她和伊莉娜坐在靠門口的一角，那夥詩迷們並沒有留意到新來的客人。

面對褒貶不一的各種議論，性格內向的顧城似乎有些尷尬，不自在。幸而這時王博士出面說話了：各位，各位，現在我很榮幸地向大家介紹我的好朋友，著名漢學家、美國科學院中國辦事處主任林培瑞教授，他是一位真正的「中國通」，北京話說得比我還標準！不信？現在就請他給大家朗誦瀟湘詞客的新作〈北京爺們〉，好不好呀？

在一片叫好聲中，但見一位年約四十來歲、風度翩翩的白人男士站了起來，向大家抱拳致意。卓瑪差點叫了起來：培瑞教授，沒想到在這兒見到您！但被伊莉娜拉住了，低聲問：你認識他？別去打擾，先聽他朗誦吧！卓瑪也低聲回答：怎麼不認識？我在普林斯頓上過他的比較文學課。

他外號「哈佛才子」，精通中、日、法多國語言。聽，開始了。

果然，溫文儒雅的林培瑞教授以一口道地的京腔京調，朗誦起〈北京爺們〉來：

家住紫禁（邊兒）景山下，
西鄰北海見白塔。
重重宮樹噴新綠，
隱隱紅牆飛槐花。
晨起出門遛鳥兒，
胡同裡叫賣故侯瓜！
哼一曲李三郎長生殿，
亮幾嗓竇爾敦盜御馬。
活泛了筋骨轉回家，
饅頭鹹菜就早茶。
下班上班騎車兒，
甭管它秋冬換春夏，
總不過迎罷早霞辭晚霞！
臨了喝兩盅二鍋頭，
五香花生米配燒臘。

爺們醉眼看世界，
聽多了文王八卦，
見多了秦磚漢瓦，
膩歪了天橋雜耍，
更不瞅那些個
春花秋月，玉貌仙葩；
就愛侃個帝業興衰，
風雲叱吒，英雄征伐，
誰誰又丟了江山，
誰誰又贏了天下！

掌聲熱烈，叫好聲不絕。還有人合著節拍叫著：北京爺們！北京爺們！美國爺們！美國爺們！

卓瑪對伊莉娜說：我們今天真幸運，見到了顧城，又見到了林教授，還有瀟湘詞客，都是久聞其名的。回頭我介紹您和林教授相識。

這時，室內迴響起琵琶樂聲，是卓瑪多次欣賞過的〈十面埋伏〉。王博士又站在了詩迷們面前，以渾厚的男中音說：各位，各位！剛才大家聽了林教授朗誦的〈北京爺們〉，京味十足，過癮吧？下面，我再給各位介紹一位古體詩名家，對，就是這位瀟湘詞客。你們都認識了？但今天他不朗誦他擅長的樂府詩，而是一首新詩，叫〈直立行走〉。

於是氣勢雄渾的琵琶聲中，卓瑪見一位相貌清癯的中年男子在林培瑞教授身邊起立。他抑揚頓挫、四聲清朗，以京劇道白似的聲韻念道：

直立行走，
我們直立行走！
不再匍伏，不再佝僂。
不再三跪九拜，
五體投地，
向萬王之王叩首。

五千年了！
我們爬行得太久，
忍辱得太久。
一統家天下，
百姓為芻狗，
何時是盡頭？

挺起脊梁！

高昂頭顱，
大道青天，
春風楊柳，
我們直立行走！
直立行走！

瀟湘詞客詠畢，詩迷們還來不及反應，琵琶樂曲忽然中斷了。但見一位女服務生快步走到王博士面前：老闆，中央電視臺預告有重要新聞，馬上就要開始了。

王博士向瀟湘詞客點點頭，當機立斷：好！詩歌朗誦暫停。下面大家看重要新聞。服務臺，把大堂電視開了。

卓瑪再也坐不住了。她拉著伊莉娜去和林培瑞教授欣喜地交談了幾句，就和詩迷們一起，站到靠牆的日立牌彩色電視機前。屏幕上出現一男一女兩位播音員，在字正腔圓地播報：今晚八時，中共中央總書記趙紫陽同志，與蘇共中央總書記戈巴契夫同志舉行了親切會談。……

電視畫面切到趙、戈兩位交談的情景，播音員旁白：趙紫陽同志向戈巴契夫同志介紹了我們黨的十三大一中全會上作出了一個內部決定，即鄧小平同志雖然退出了中央領導崗位，但為了黨的全局利益和長遠利益，今後中央工作的重要決定，或出現重大問題，我們都要首先徵求他的意見，並尊重他的決定。……

這條重要新聞還沒有播完，詩迷們紛紛驚呼：天大的祕密！黨中央的老底兒原來在這裡！好，好，趙紫陽有種！中央電視臺有種！趙紫陽，直立行走！

也有人說是火上澆油。

25

天安門廣場三千學生絕食，蕭白石最不願看到的事。

時間一天天過去，蕭白石到底坐不住了。遇上這形雲四起的大氣候，大變局，他無法置身事外。群眾運動，運動群眾，人人都在運動。不但首都北京天天有幾十萬人、上百萬人聚集天安門廣場，全國所有大中城市紛紛群起跟進。東西南北中，從北國的哈爾濱、長春、瀋陽、天津，到中原的石家莊、鄭州、洛陽、開封，到南國的南昌、長沙、廣州、海口，從大西北的烏魯木齊、拉薩、蘭州、西寧、西安，到大西南的昆明、成都、重慶、貴陽，到華東的濟南、合肥、南京、上海、杭州、福州，甚至境外的澳門、香港、臺北、高雄，也都有大規模遊行示威，支持天安門廣場上的學生運動；甚至歐洲的倫敦、巴黎、羅馬、柏林、華沙、日內瓦，北美的溫哥華、渥太華、多倫多、紐約、華盛頓、芝加哥、舊金山、洛杉磯，澳洲的雪梨、墨爾本，……等等，都爆發了以華裔華僑為主體的大規模遊行示威，聲援北京的學生運動。國內國外，炎黃子孫慷慨解囊，義演義賣，捐錢捐物，給予金錢、物資的支援。單是香港市民就捐獻了上千頂帳篷，數百萬港元現金，供廣場上的學生們使用，以免受日曬雨淋之苦。

究竟是天下大亂還是形勢大好？此情此景令蕭白石一次次自我拷問。姥姥的，當權者和老百姓肯定持不同看法。在咱老百姓看來，是好得很，早就盼著這一天了。但是，學生們終歸不該絕食，使得學潮沒有了退路。

蕭白石瞞著母親和圓善，去參加一些可謂重要的活動。首先，中央美院的老同學來找他，邀去協助雕塑系師生設計一尊咱中國的自由女神像。該塑像將被豎立在天安門廣場正北端，劈面對著天安門城樓的毛澤東畫像！真是絕頂聰明的主意，正好破破紫禁城那陰魂不散的帝王戾氣。

那天上午，蕭白石如約騎車到母校中央美院，出席有關設計自由女神像的討論會。大課堂內已滿滿登登坐下了兩、三百人。看得出來，以雕塑系師生為主，還吸引了其他各系的人馬參與。有漂亮女生引領蕭白石到前排特設的學長席落座。講堂上，一位世界藝術史的名教授正在發表高見：

對於咱中國的自由女神像，應當設計、塑造成啥形式，剛才同學們已發表了各種不同意見，其中不乏熱烈爭論。多數同學和老師主張照搬紐約曼哈頓海港的那尊自由女神像款式，圖的是省時省力；但也有不少人反對，說美國是美國，中國是中國，咱中國的自由女神像怎麼能照抄美國的？所以，雕塑系的同學要求我來介紹一下美國自由女神像的來歷，也是世界藝術史的相關知識吧。

臺下響起一片掌聲。蕭白石看得出來，大家對這個題目頗有興趣。真是活到老，學到老。他蕭白石沒有出過國門，對紐約曼哈頓海口的那座巨像就所知甚少。他正襟危坐，聚精會神地聽講。

名教授說：美國自由女神像又名自由照耀世界，坐落在紐約曼哈頓港口不遠的自由島（也稱愛利斯島）上。雕像的底座高四十七米，塑像高四十六米，從地面到火炬頂總高九十三米，相當於三十多層樓房的高度。可是，這座世界聞名的自由女神像的原產地卻不是美國，而是法國。這是法國送給美國的禮物。一八六五年，法國著名法學教授及政治家愛德華．拉沃拉葉提出，法國人和美國人應該共同製作一件大型的藝術品，以紀念美國南北戰爭中北軍的勝利、黑奴制度壽終正寢。著名雕塑家弗里德利．巴特勒迪正是由於受到拉沃拉葉教授構想的啟發，精心設計出了這座塑像。一八七五年，拉沃拉葉正式提議，由法國注資並完成該塑像的製作，而美國則負責提供安放場地及製作底座。一八八五年，有超過十二萬美國人參加了興建底座的捐款活動，大部分捐獻金為一美元左右。由此可見，這座雕像凝聚了美利堅民族精神。與此同時，塑像也在法國製成，裝上貨輪遠渡大西洋，運抵美國紐約港，安放在已完工的自由島的底座上。一八八六年十月二十八日，自由女神像落成。這在當時是一大盛舉，紐約為此舉行百萬人火炬遊行。時任美國總統格羅弗．克利夫蘭主持了落成典禮。塑像是一位身穿長袍的巨型新古典主義女性，代表羅馬神話中的自由神。她右手高擎火炬，左手捧著一冊書卷，書頁上刻著美國〈獨立宣言〉的簽署日期：一七七六年七月四日。這一天也是美國國慶日。女神像腳下還有斷裂的鎖鏈，象徵自由、民主、平等、博愛來之不易！

世界藝術史教授的講解在熱烈的掌聲中結束，師生群情激奮。蕭白石心裡尤其激動不已，他明白自己正在參與一件極其重要的工作，甚至稱得上是具有歷史意義的事件。在隨後的自由發言中，話題從美國的自由女神像回到咱中國自己要塑造的自由女神像。儘管比人家已經晚了一百多年，但還是有一種神聖使命感和民族自豪感油然而生。師生們又開始各抒己見，激烈爭論。有的說：美國叫自由女神像，咱中國別再亦步亦趨，應當叫做民主女神像！咱們中國從來不缺封建主義、帝王將相的自由，只缺咱平民百姓、知識分子的思想自由、創作自由、人權自由！有的說，咱的女神像也不用造那麼高，只要和天安門城樓等高就行！不！不！只要和城樓上毛澤東像等高就行！咱舉著民主自由的火炬對著他，讓他無地自容；有的說：我們也可以塑造一位壯士形象，孔武有力，捍衛民主自由；有的說：咱中國的女神像還是要有中國特色，塑造一位東方女性，她手持的也不一定是火炬或書本，而是鮮花或是和平鴿，甚至可以雙手抱一束麥穗或稻穗。……那邊廂立即有人說：我不同意！堅決反對！你那是黨文化，什麼和平鴿，麥穗稻穗，你還可以舉起鐮刀斧頭哪！這邊廂辯白：我連共青團都沒加入，你才是黨文化，鐮刀斧頭呢！主持人忙發話：注意！注意！不要給人扣帽子、打棍子！正確的態度還是英國人的那句名言：堅決反對你的觀點，但誓死捍衛你講話的權利。……

蕭白石和幾位五十上下的老校友坐在前排，饒有興味地聽著年輕學友們的爭論。蕭白石心中是高興的，這就是民主，大狗叫，小狗叫，老狗也叫。各種聲音都可以發出來，誰都不能阻止別人發聲。整個中國只有一種聲音的時代正在過去。一鳥進山，百鳥禁聲的局面難再延續。中國人正在追求民主，學習民主，實踐民主。對了，就應該叫民主女神像！民主和自由是互為因果的，有了民主，才有自由；有了自由，才能保障民主。

接下來，師生們的討論從務虛轉向務實，談起塑造女神像該用何種材質。有人主張用黃銅澆鑄，以便永久性聳立在天安門廣場；有人立馬表達異議：咱國家嚴重缺銅，工業用銅主要靠外國進口，一下子到哪兒去找十噸八噸的黃銅來？況且這麼大件的澆鑄工藝，只有專門的冶煉廠才做得到。等你猴年馬月的製造出來，說不定廣場上的學運早結束了。另有人主張用木材，找到一棵直徑三米左右的古柏樹即成，取三十米一節，運回來做風乾處理，再雕塑即成。這時，有位青年教師站到椅子上揮揮手：都是些不著邊際的魏晉空談！等你們的銅材、木材弄到手，黃花菜早涼了！我們現在需要中國女排式穩、準、狠，短、平、快！兩星期內，必須讓咱的民主女神像聳立在天安門城樓前！所以，不能坐而論道，而是要爭分搶秒。

討論會從上午十點開到下午四點。與會者中午在學生食堂每人吃了盒飯。之後，師生們請幾位一直在低聲商議著的學長發表高見。幾位學長推出蕭白石作代表，提出建言。蕭白石當仁不讓，走到臺前，先不講話，而在大黑板上畫出了一幅「中國特色」的民主女神像草圖：一位形體健美，長髮飄飄的東方女子側面像，雙手高舉象徵希望與光明的火炬，線條柔和卻又蘊含剛毅，和藹可親卻又不屈不撓。……蕭白石畫畢，隻字未說，只朝大家深深一鞠躬，即回到了座位。臺上臺下立時一片熱烈的掌聲和叫好聲。蕭白石身邊一位老校友說：今天奇了怪了，第一次見到蕭大畫家不耍貧嘴了。

材質！材質！請蕭學長說說用什麼材質！方才跳上椅子的那位青年教師高聲問。

蕭白石這才又起立轉身，對師生們說：咱中國的民主女神像，能用銅材澆鑄當然好，有利長期保存。但那得等咱國家政治改革成功，實現了制度轉型之後，再來塑造一尊銅質的民主女神像，永久地聳立在天安門城樓前面！現在廣場上的形勢，大家都明白，是劍拔弩張，分秒必爭。我同意那位年輕老師提出的，半個月之內，我們應當把民主女神像豎立到天安門城樓前面去，破破紫禁城的晦氣與煞氣！為了搶時間，我們只能因陋就簡，先塑一尊臨時的雕像，搭一個金屬人體骨架，以泡沫塑料填充，再敷以石膏外形。雕塑系的老師同學們，你們看行也不行？

行行行！民主女神像！民主女神像！蕭學長這主意高明。……又是一陣熱烈掌聲響起，算是全票通過。

臨了，蕭白石還是不忘耍兩句貧嘴。他雙手扠在腰上，模仿某位大人物的四川口音：大的方針我定了，具體的事，你們去辦！王若望、方勵之、劉賓雁，為啥子還不開除？誰在做他們的保護傘？

師生們立馬就聽懂了，好一陣哄堂大笑。

只見那位青年教師逕自快步走上講臺，對著麥克風說：各位，各位，請安靜，安靜。我們要趁熱打鐵，現在就來解決咱們民主女神像的製作費用問題。我們初步估算了一下，大約需要材料工本費兩萬元。系裡、院裡是肯定不會出這筆錢的。他們的烏紗帽要緊。同學們、老師們、朋友們，從來就沒有什麼救世主，也不靠神仙皇帝，全靠我們自己！

青年教師說罷，就有他的助手、兩名女生將一個投票箱模樣的紙盒擺放在講臺上。兩名女生還坐下來，拿出筆並打開登記簿。大黑板上也出現了一行楷書大字：歷史將記住今天，請為天安門廣場民主女神像製作慷慨解囊！

一切都是有備而來。蕭白石悄悄問：那位青年教師姓什麼？看著有些眼熟似的。旁邊的學長低聲告訴他：雕塑系團支部書記，姓杜，他父親是文化部藝術局演出公司的頭兒。難得他衝破團組織紀律，在學院裡積極支持廣場學運。蕭白石高興地點點頭，回頭該告訴杜胖子，他養了個好兒子。

說話間，講臺前已排起長隊。系裡系外，院內院外的師生員工，學友朋友，紛紛為製作民主女神像捐款。那位講解美國自由女神像的老教授排在隊伍的最前面，把一張支票交給女生過目登記，再雙手將支票投入紙箱窄口中。女生隨即唱道：老教授捐獻一個月工資一百九十七元！第二位是雕塑系一名研究生，捐出兩個月的伙食費三十元現金；第三位是鑽擠進來的一名小學生，捐出母親給的糖果錢兩元；第四位是院裡一名勤雜工，捐獻一張「工農兵」十元；第五位卻是誰也沒有想到的，竟然是雕塑系的系主任，捐出一張「四巨頭頭像」一百元，但不讓女生登記，也不讓唱名；……出席討論會的三百多人，人人掏出錢包，表達了心意，最少也是兩元、五元不等。蕭白石捐出隨身所有現金三十多元。活動在傍晚結束時，共籌得製作資金一萬八千餘元。

傍晚七點多，蕭白石騎車回到左家莊歪把兒胡同，進門就叫：餓暈了！圓善，你們吃過了？圓善應聲出來，見面就抱怨：還知道回家呀？一大早跑去哪兒啦？娘和俺都急死了！

蕭母已經把一籠屜饅頭、一碗菜湯、一碟鹹菜豆乾什麼的，擺在餐桌上，之後坐在一旁陪著，邊看著他狼吞虎嚥邊嘮叨：慢些，慢些兒，不要噎著了。……一個大老爺們，成日個不著家，倒是說說，一大早不見你人影兒，都跑到哪兒去了？我叫圓善打電話到大將軍胡同二號，人家說你老日子沒去畫室作畫了。又打電話找馬處長。馬處長也回了話，說你今天沒和她聯繫過。

蕭白石一口氣喝下大半碗菜湯，這才出聲：娘，我出去了一趟，您和圓善急什麼呀？打電話四處找人，街坊鄰居都該知道我今兒個不著家了。他隨口編了個謊：我和美院的老同學看畫展去了，法國大使館舉辦現代派畫展。

圓善也坐到蕭白石對面：還有不急的？今上午十一點就有貴客上門找你，一直等到中午。娘和我招待客人吃了中飯，才送走的。奇怪，派出所的人老在院牆外轉悠。

蕭白石頓時預感到什麼：貴客？男的還是女的？

圓善噘了噘嘴：還能是誰呀！前些天來採訪過你的那位卓瑪小姐呀！人家銜著俺娘一口一聲「奶奶」地叫著，問了你好多事兒呢，連脾氣好不好，愛穿什麼衣裳，愛吃什麼零食，抽沒抽過菸，喝不喝白酒，害沒害過大病什麼的，都問遍了，比外調幹部還問得仔細。

一股熱流從蕭白石的心尖兒沖上來，他的眼鼻登時熱辣辣，嘴上卻說：娘，您可沒和人竹筒倒豆子，啥都說了吧？

蕭母嗔怪地看兒子一眼：你呀，你呀，你的那些事兒，不都明擺著嗎？還有什麼可瞞的？

蕭白石朝圓善瞅一眼，心中塞滿酸甜苦辣鹹，呼吸也變得艱難了。他伸伸脖子，按捺住焦躁，佯作滿不在乎的神氣：娘可是對人家說了我早年流浪青海的事兒？

蕭母說：人家姑娘都問了，娘咋不說呢？唉，人家姑娘聽著聽著，眼都紅了，心疼的樣兒。我倒是要問，這是為的啥？難道姑娘真是我們家什麼人？

蕭白石一腔酸楚，求助地看圓善一眼。圓善朝他輕輕擺頭，使眼色。蕭白石頓了頓，權衡利弊，咬咬牙關，硬了硬心腸，換成一種不近人情的口氣：娘，圓善，我今兒個很慎重，很慎重地說一句，外面的情況很複雜，不是咱一般人家料想得到的。泛美通訊社那位女記者，為啥盯上我，盯上咱家了？杜胖子接觸的洋鬼子多，他告訴我，那些西方記者，特別是美國記者，派到咱中國來之前，都接受過他們中央情報局培訓，帶有任務的。他們名義上是記者，實際上也屬情報人員。我們稍不小心，就可能吃虧上當，被咱這兒的國安人員給咬住，到時候渾身長嘴也說不清，跳進官廳水庫也洗不清！娘，圓善，記住了，從明兒起，除非馬四姐馬處長陪了泛美通訊社女記者來，咱家人再不能單獨見她！

蕭母被這番話噎得臉都白了，哆嗦著說：你能，你能！一天到晚在外面混，越來越不近人情。你娘我看了一輩子人，那卓瑪姑娘怎麼看都不像個壞人。

圓善嘟嘴，看了白石一眼，扶住蕭母勸慰：娘，別和白石置氣。這些天啊，他對我也這副德行。都是俺娘倆把他給慣的。咱不和他一般見識。白石，還不給娘賠不是？看把娘給氣的！

蕭母飽經風霜，聽圓善這一勸，又見白石給賠了不是，倒是釋懷了：如今老大是大畫家了，娘還敢和他置氣？你們去歇歇吧，我來收拾這些剩菜剩飯啥的。

蕭白石和圓善相跟著回到臥室。掩上房門。蕭白石輕聲問：對那個卓瑪，娘是不是想認孫女兒了？你和老太太說什麼了？圓善在床沿坐下，反問：我說什麼了？你二十八年前在青海藏區入贅藏族人家，生兒育女的事兒，至今也不告訴你親娘；我一個外人，如今不上不下的，怎麼好亂插嘴？我看娘是猜到，或是想到了什麼。老人家和卓瑪姑娘親熱的那個樣兒，俺瞧著都心疼。蕭白石摟住圓善：好人兒，我的好人兒，你和哥是一個心眼兒，但記住了，和泛美通訊社那女記者，暫時不要往來！他們當記者的，就是想從咱這兒掏東西，去發消息，播新聞！至於青海那些舊事，等咱對卓瑪的背景什麼的有了些了解之後，再慢慢兒說。你說我不想認親閨女？我做夢都想認，比咱娘還心急。

26

杜胖子通知蕭白石到國務院信訪局第二接待處會議室參加座談會，說是群賢畢至，精英薈萃，可以見到許多平日只聞大名的人物，如《光明日報》女記者戴晴，社科院政治所所長嚴家祺，群眾出版社社長于浩成，北大教授許良英，戲劇家吳祖光，福建社科院院長李洪林，科學家溫元凱，理論家包遵信，青年學者陳子明、王軍濤，作家蘇曉康，甚至全國政協副主席、中央統戰部長閻明復也可能出席。

蕭白石依約，在信訪局大門口等杜胖子，可足足等了一刻鐘，仍不見杜胖子的影兒。這時，許良英教授從會議室出來，一眼就認出了蕭白石：蕭畫家吧？好久不見！蕭白石也認出了老教授，兩人握手，移步一旁。會議室的門敞開著，室內有人正慷慨陳詞，談論廣場的形勢。很顯然，座談會已經開始好一陣了。

寒暄之後，許良英教授拉著蕭白石到一個稍微僻靜的角落說話：畫家，外面風傳鄧大人調動三十萬各路野戰大軍，要來包圍北京，用槍桿子解決學運。您有否在大將軍虎胡同那邊聽到什麼消息？最近見過將軍老丈人嗎？

真是天大的誤會！但凡認識他蕭白石的，都以為他是消息靈通人士。面對許老教授，蕭白石惟有苦笑：我早就從大將軍胡同搬回左家莊老宅了。自春節前老將軍去海南避寒，就再沒有見過面，……連電話都通不上。鄧大人調兵的事，是傳言吧？我也是前些天才聽說。況且調動三十萬野戰軍來北京，那也忒多了吧？堅持留守天安門廣場請願的大學生，頂多也就三、四萬人，一群書生，手無寸鐵，用不著集中如此兵力，到首都來擺戰場吧？現在各種傳言滿天飛，真真假假，混淆不清。

許教授見他回答得不得要領，又問：以您對楚振華老將軍的了解，亦即您對軍隊高級將領的了解，軍隊進城之後，會不會對學生開槍？這也是大家最擔心的。

蕭白石仍是一臉苦笑：教授，我怎麼能了解到軍隊將領們的想法？我只知道他們以執行命令為天職。楚振華將軍自一九二七年湖北黃安起義，參加紅四方面軍，但後來到了延安，就一直跟著鄧大人南征北戰。他的命運也跟隨鄧大人起落。鄧大人升，楚將軍升，鄧大人下，楚將軍也下。楚將軍為人算溫和、寬厚，不像王鬍子那樣動輒喊打喊殺，一身匪氣。有一點毋容置疑，楚將軍唯鄧大人之令是從。

許良英教授沉吟道：所以，我們憂心如焚，正竭盡心力勸廣場上的學子們撤離，返回學校上課。這樣，就算真有三十萬大軍進入北京，就撲個空，師出無名，讓鄧大人下不來臺，無法向部隊作交代！

蕭白石登時心身一振，豎起大拇指：高！老教授，您這一招高！那樣一來，部隊可能生變，鄧大人就難以收場。但廣場上學生們的撤離時間一定要把握好，既不能早，也不能遲。一句話，就等三十萬大軍兵臨城下，學生們嘩啦啦全部撤離，讓軍頭們措手不及，去鬧內訌。

許良英教授笑了：對！如蕭畫家所說，學子們撤離廣場的時機很重要，一定要拿捏得準。但願我們運氣好，國家運氣好，能做成這件事。

兩人進入會議室，在後排找了空位坐下。忽然，蕭白石瞅見卓瑪也坐在會議室的另一角。他趕忙側過身體，低下頭去，卓瑪啊！你怎麼也混進這種場合來了？太危險了！看這座談會開的，門口連個把門的都沒有。……這丫頭不簡單哪，真個不簡單哪。幸好，她正在聆聽發言，埋頭筆記，沒有朝這邊看。不然，很容易就穿幫了。

臺上，一位架著眼鏡、學者模樣的中年人在發言。許良英悄聲告訴蕭白石：包遵信，國務院體改所的骨幹成員，趙紫陽總書記很器重他。我們來聽聽他說些什麼。

包遵信神情激昂：我向各位報告，我和陳子明、王軍濤三人剛從廣場上回來。我們找了絕食總指揮部的路琳、呼爾亥西等人，苦口婆心，力陳利弊，勸他們見好就收。他們問什麼是見好就收？我說你們不是要求和政府領導人對話嗎？國務院發言人袁木、中央統戰部長閻復明不是和你們對過話了嗎？國務院總理李鵬、國務院副總理兼國家教委主任李鐵映，還有北京市委書記李錫銘等不是也和你們的代表對話了嗎？呼爾亥西不是當面頂撞、質問了李鵬嗎？而且政府已經表示，與學生代表對話的門開著，隨時可以繼續。這在學生們的抗爭來說，算是一種成就，或說者階段性勝利；就政府方面來說算是一種妥協讓步了吧？在中國爭取民主政治，只能一步一步來，一步一步前進，而不可能一蹴而就。一天吃不成個胖子，一次抗爭、一個晚上，也不可能實現國家的整體性民主。我們暫時撤離廣場，返回校園，照樣可以繼續抗爭，繼續和政府對話。必要時，我們也可以再返回廣場來，進行新一輪的和平請願，不達成國家的民主，絕不罷休嘛。……包遵信說到此處，長嘆一聲：勸說半天，幾位學生領袖好不容易答應有條件、有秩序、有尊嚴的撤離廣場。他們要求中央電視臺、中央廣播電臺現場直播學生和平有序地撤離廣場。……我們以為大事初定，正鬆了口氣，沒想到幾十個激進的學生代表衝了進來，大聲喝斥我們是替政府當說客，甚至有人罵我們是李鵬的走狗，叫我們滾出去，滾出廣場去，……

說到痛心處，包遵信眼眶濕潤，取下眼鏡，用鏡布揩擦。

蕭白石忍不住朝卓瑪看了一眼，她仍在埋頭做筆記。

這時，一位儀容富態的老年人站起來問：老包，你們告訴了孩子們，野戰大軍馬上就要包圍北京的消息確鑿，當局用武力解決學運絕非傳言嗎？

許良英教授悄聲告知蕭白石：這位是公安部屬下群眾出版社社長兼總編輯于浩成，著名法學家、憲政學著。于社長可是位老革命，他一九三七年就讀北大英語系時，就作為翻譯員陪同美國女作家史沫特萊去延安，採訪毛澤東，……

一位青年學人站起來：我是陳子明，北京民間組織體改所負責人。我來替老包回答于社長的問題。我們在廣場指揮部和學生們討論了野戰大軍即將包圍北京的事。但同學們不相信，叫喊不可能！是造謠！他們說學運沒有反對黨中央，沒有反對國務院，只是要求反特權、反貪腐，呼籲政治改革！有什麼理由、有什麼必要派野戰大軍來包圍他們？鄧小平趙紫陽會幹這種事？不可思議！天方夜譚！有的還喊：解放軍叔叔要來，也是來保護我們的！絕對不會朝我們開槍！更有人喊：已經有了三十八軍保衛北京，還用得着調動別的部隊？三十八軍是王牌軍，誰也不是三十八軍的對手！三十八軍是同情我們廣場學運的！……各位，各位，我們現在面對的就是這麼一群狂熱的大學生。他們人人自以為是，人人消息靈通，人人都是真理的化身，人人都是一方諸侯，擔負著拯救國家民族的重任。他們根本聽不進冷靜、客觀、理性的聲音。

此時，有位瘦高的中年人起身講話。許良英教授告訴蕭白石：這位就是社科院政治所所長嚴家祺，趙紫陽的智囊之一。

嚴家祺說：各位，現在我要念一則剛收到的電話紀錄，閻明復部長因參加中央書記處會議，不能來出席我們這次座談會了。下面，我也講幾句。廣場上的同學們不相信會有大軍包圍北京這種荒唐事發生，反正我相信。還有比毛澤東發動文化大革命更荒唐的事嗎？可那千真萬確、實實在在發生過，而且時間長達十年之久。照葉劍英元帥一九七八年十二月二十四日在中央工作會議作總結講話時的說法，文革浩劫死了兩千萬人，鬥了一億人，國民經濟損失八千億元。八千億元是個什麼概念？一九七六年，我們國家的外匯存底祇剩下三億美元。這就是說當時咱們一個九億人口的國家，平均每三個人才有一美元的外匯存底！事實上我們的經濟當時已經破產。文件上說得好聽一點，說十年浩劫導致國民經濟瀕臨破產的邊緣。文化大革命才結束多久啊？才短短的十三年啊，就又到了調動野戰大軍來包圍首都北京的田地！這能不是咱們中國人民的悲哀？這能不是中華民族的悲哀？我們每個有良知的中國人都不願意看到這種事情發生！剛才陳子明同志說，廣場上的學生們一是不相信野戰軍會來包圍北京，二是天真地認為解放軍叔叔是來保衛他們的。我們不能任由學生們鬧騰下去，一定要讓他們撤離廣場，一定不能讓射殺學生的事件發生！只要學生們撤離了廣場，他們就會撲個空，找不到鎮壓的藉口。

蕭白石又朝卓瑪那邊看了一眼。她仍在作筆記。見到她沉靜的模樣，蕭白石稍為寬心了些。

座談會升溫，群情激動。一位許良英教授也叫不出名字的學者站起來，滿臉通紅，大聲說：誰對手無寸鐵的學生們開槍，誰就是法西斯、希特勒，誰就是北洋軍閥政府的段祺瑞，就是國民黨的蔣介石！

于浩成舉手，再次發言：剛才這位兄臺的話說得好。誰向廣場上的學生們開槍，誰就是法西斯、希特勒。不過，我要補充一點。一九一九年的「五四」運動，北平大學生火燒趙家樓，痛毆張宗祥，北洋軍閥政府沒有開過一槍，事後也沒有判一個學生有罪。一九二五年，北洋軍閥政府是段祺瑞執政，發生了「五·三」慘案，軍警開槍射殺了三名請願的大學生，段祺瑞成為千古罪人。事後，段祺瑞相當悔恨，曾經當眾下跪認錯，辭去北洋政府總理職務並長期茹素。至於國民黨的蔣介石，我也要實事求是地說上一句。一九三七年春天，曾經有北平、天津的學生組成「南下請願團」到南京總統府門口靜坐示威，包括南京本地的大學生也參加進來，要求國民黨政府停止內戰，國共合作，全面抗戰。那次，蔣介石不但沒有下令開槍，還親自出面接見了請願團的學生們，答應了他們的要求，事件和平解決。……

接著，著名記者戴晴發言：我以革命烈士後代的身分作證，我們的人民解放軍絕對不會做納粹德國式黨衛軍。人民子弟兵只會保衛人民，而不會朝人民開槍。我們的中央軍委主席鄧小平同志也絕對不是段祺瑞，不是蔣介石，更不會是希特勒。我們一定要有這個信心！

正話反話，反話正講，尖銳激烈。會場上響起熱烈掌聲。

待掌聲平息，嚴家祺再次得到發言機會。他手裡晃著一紙傳單說：下面，我來念一下北京大學季羨林、嚴家炎等三百名教授和青年教師給黨中央、國務院、全國人大常委會的公開信，要求中央盡快採取措施，妥善解決學潮事件。全文如下：

五月十三日，北京大學、北京師範大學的部分同學開始進行絕食請願活動，學潮事態進一步擴大，形勢更加嚴峻，引起社會各界及國內外的嚴重關注。對此，中央及北京市政府的態度至關重要，其適當與否，對今後的事態發展影響甚大。在此，我們處於促進改革和維護社會穩定的目的，同時，從教員關心學生和愛護學生的身心健康和生命安全的角度考慮，特提出如下建議：

第一、黨和政府的高層領導人，應盡快與首都高校學生代表團進行實質性對話，以求儘早妥善解決問題。

第二、應當儘早對這次學潮的性質作出客觀公正的評價，以安定民心、黨心，不應採取拖延政策。

第三、應當高度重視這次絕食請願活動，以認真、謹慎的態度，採取一切措施，保證學生的身心健康。

念畢，嚴家祺問：我們是不是也應當借本次座談會的機會，發表一封公開信，或公開聲明、呼籲書之類的文件？

會場立即響起一片應和聲：對！應當！發表公開聲明，呼籲中央領導人理性、和平地處理這次學潮，而不是調動野戰大軍來包圍北京！

……會議結束時，蕭白石和許英良教授打了聲招呼，旋即快速起身，扭頭就走。他不能讓卓瑪看到自己。一旦卓瑪冒冒失失上前來招呼，就壞事了，後果不堪設想。天爺，這種京城「異見人士」的聚會場合，能沒有國安、公安便衣混跡其間？還有，杜胖子今天怎麼沒來開會，他自己做局外人？

27

百無一用是書生。蕭白石離了會場，看看天色還早，遂騎上車，順道去中央美院雕塑系，看看那尊他提供過草圖的「民主女神像」製作進展如何。一路上，他隱隱覺得身後有人在不遠處相跟著，回頭瞅瞅，又似乎沒有。唉，氣氛怪異，弄得人心惶惶。

不料，蕭白石抵達美院大門剛要下車，就被兩男兩女圍住了。對方藝術家模樣，也推著自行車，肩上斜揹著畫筒、書包等物。蕭白石警覺，掃了四人一眼，見均是長髮披肩，衣著鬆垮，不甚整潔。論長相，他們極其平常，丟在人堆裡誰也認不出來，見面之後留不下印象，令人難以回憶的那種。其中一位女子操著濃厚山東口音問道：您是蕭老師，蕭白石老師吧？我們剛去學校傳達室打聽您的地址，沒想到就遇上了。

蕭白石心裡一沉，暗自想道：老子行不更名，坐不改姓。他反問：你們怎麼知道我姓甚名誰？

另一位男子操上海口音，走近一步，伸過手來說：久仰，久仰。您是我們的老學長，我們美院培養的名家。我們四位呢，是文革結束後第一批考進來的，所以您不認識我們。不過，我們可早就看過您的畫展，特別崇拜您的〈大漠狼嗥圖〉、〈我們的森林〉等傑作。我們聽說聯合國環保署已向您發出邀請，請您攜帶〈我們的森林〉去美國紐約聯合國大廈展出。

蕭白石眨眨眼，心裡仍是半信半疑。聯合國環保署向他發出邀請函的事，至今他自己都沒收到相關文件，倒是外面傳得風生水起了。他和那男校友握了握手，問：四位找我有何貴幹？看樣子你們是有備而來。

山東口音的女校友說：俺們四位也是好不容易湊到一塊來的。都是老校友，見面不容易。我們商量好了，想請您去喝個下午茶，順帶看看我們的畫作，您給指點指點。請務必給個面子，拜師求藝啦。

旁邊沒開口的兩人點點頭，面帶微笑，拍了拍肩上揹著的畫筒。

蕭白石知道自己被纏上了，苦笑著望了望天，然後說：喝茶？咱還要回家和家裡人吃晚飯呢。山東口音的女校友又開口了，聲情並茂：那就共進晚餐唄。俺們五個去離這兒不遠的粵港大酒樓共進晚餐。蕭老師，行不？要不，您去傳達室給家裡打個電話，招呼一聲？

其餘三位也高聲低聲地附和：對對，蕭老師去和家裡招呼一聲，讓家人放心。

蕭白石沒出聲，心想：沒辦法，這年頭真假難辨。這四位既是校友，又求教心切，咱也不能拿臭架子，拂了人家的好意。誰都是打年輕幼稚過來的嘛！況且四人連個大哥大都沒有，也不像是國安的人。

蕭白石到傳達室給家中掛電話時，還是存了個心眼，撥通杜胖子的電話，請他轉告家裡，說自己在外邊有應酬，不回家吃晚飯了。蕭白石還補了一句：萬一我晚上十一時還沒歸家，請立馬通知馬四姐，馬處長。哦，我在粵港大酒樓晚餐。

一行五輛自行車，叮叮鈴鈴，很快到了燈火輝煌的粵港大酒樓。這是一家香港人投資的豪華飯店，以經營粵式海鮮馳名。四人領著蕭白石進入一個包間坐下，顯然是預先定了位。品著茶，等候上菜的空當兒，蕭白石並未見四人取出各自的畫稿來「求教」，而是東拉西扯些有關廣場上鬧學潮的事兒：什麼「三學子大會堂東門口跪書求見」啦，「呼爾亥西大會堂面斥責國務院總理李鵬」啦，什麼「廣場上有人舉著尋人啟事，尋找小平頭、矮個頭、年過八旬、操四川口音的失蹤老頭」啦，還有「學生領袖背著絕食同學，進北京飯店接受港澳藝人宴請大吃大喝」啦，他們你一言，我一語，嘩啦啦開水龍頭一般。

蕭白石一時間懵了，找不著北了，不知這四位演的是哪一齣了。難道是「鴻門宴」？管他娘呢，既來之，則安之。肚子正空著，多時未嘗海鮮大餐了，那就蹭了這頓公款消費再說。

果不其然，很快有三位服務生進來，每人兩手各端著一大盤海鮮，還一一報上菜名：紅燜新西蘭花刺參、祕製澳洲鮑魚、清蒸爪哇深海石斑、蒜蓉北極皇帝蟹、乾煎煙臺大對蝦、清炒通州嫩豆苗，一瓷盆揚州炒飯，一紅一白兩瓶張裕葡萄酒。酒菜一次上齊，服務生退出，掩上包間門。

來來來，蕭老師，幸會幸會，不客氣，動手動手。操上海口音的「校友」顯然是他們的頭兒，一聲令下，四人不再謙讓，開懷暢飲，大嚼起來。蕭白石也沒有什麼好客氣的，鮑魚、皇帝蟹、大對蝦，娘的先吃個痛快，飽了口福再說。天塌下來也先做個飽死鬼。廣場上學生們鬧絕食，反腐敗、反特權喊得震天價響；大小官員們找個由頭，花庫銀胡吃海喝照舊。蕭白石已猜了個八九不離十。

好一頓狼吞虎嚥，風捲殘雲；也就半個多鐘頭，但見滿桌蟹殼蝦皮，杯盤狼藉。又是操上海口音的「校友」按鈴，服務生聞聲入內，撤下杯盤，給每人換上清茶一杯，之後退出，知趣地掩上包間門。

蕭白石酒足飯飽，再按捺不住，挑頭問起：謝謝各位盛情。這頓海鮮大餐吃掉人民幣好幾十張吧？各位的畫稿呢？拿出來讓我見識見識。指教不敢當，切磋切磋吧。

上海口音的「校友」朝其他同行示個眼色，變了腔調，陰陽怪氣地說：蕭老師，飯也吃了，酒也喝了，咱們先禮後兵，算是夠朋友意思了吧？

蕭白石趁著酒勁，顯了顯京油子本色：不瞞各位，打美院門口一見各位，咱就知道來者不是什麼美院校友。瞧，你們頭上頂著的並非藝術家的長髮，而是國產頭套，質量不咋地，哈哈哈！這頓公款吃喝，咱是白蹭了。

上海口音的「校友」有些惱怒，桌子一怕，低聲喝道：蕭白石！放正經些。現在我們問你話，你要據實回答。

蕭白石見操山東口音的「女校友」掏出筆記本，準備筆錄。其餘兩位「校友」則起立，牛頭馬面，隨時準備對蕭白石採取某種強制措施似的。操上海口音的頭兒朝他倆搖搖頭，示意兩人歸座。

蕭白石倒是穩得住自己，對那頭兒耍貧嘴：堂堂天子腳下，你們這種朋友我又不是沒見識過。不瞞您說，來這兒之前，不是讓我去美院傳達室掛電話回家嗎？對不起，我掛給了我的朋友。如果我今晚十一時還沒有回到家裡，市國安局和西城楚將軍府的人都會找到這粵港大酒樓來。先給我說說，你們是哪個單位的？不給我看證件，我有權拒絕你們的問話。

頭兒朝蕭白石瞪了瞪眼，再朝操山東口音的女人使個眼色。那女人亮了亮國安部工作證，並說：這位是我們政保局的劉副局長。蕭老師，您還是好好合作吧，不要拉什麼市國安局、西城楚將軍府做擋箭牌了。

蕭白石身子朝後椅背上一仰：知道了，來頭不小，難怪出手闊綽。有話問吧，有問必答。

頭兒故作輕鬆地笑了：好！您和我們好好合作，今晚十一點前回家不會有問題。頭兒隨即變戲法似地掏出一張黑白照片，說：這位女士，您認識吧？

蕭白石接過照片一看，竟是卓瑪，背景是廣場。很顯然，這是對方跟蹤抓拍的。蕭白石點點頭：認識，泛美通訊社駐京記者。

頭兒的精神為之一震：好，痛快。那就請您說說，您是怎麼認識這位年輕美貌的美國女記者的？記住，對黨、對組織可要忠誠老實啊！

蕭白石退還照片，說：對黨、對組織忠誠老實？可我不是貴黨成員。怎麼要求一個不是貴黨黨員的人對貴黨忠誠老實？

頭兒受到奚落，環視其三名隨從，便惱怒地提高分貝，朝蕭白石大聲說：端正態度！什麼貴黨貴黨的？是偉大、光榮、正確的中國共產黨，黨和國家，黨和人民，黨和群眾，黨和政府，黨和軍隊，從來為一體，不分家。

蕭白石心裡有氣，也就不把這幾個吃國安飯的便衣放在眼裡，索性貧開了：偉大、光榮、正確？反右運動是怎麼發生的？大躍進是怎麼發生的？人民公社是怎麼成立的？文化大革命是怎麼發動的？國家主席劉少奇是怎麼死的？國家元帥彭德懷、賀龍是怎麼死的？江青、張春橋、王洪文是怎麼被抓起來的？右派分子不是都平反改正了嗎？大躍進不是承認是大錯特錯了嗎？劉少奇、彭德懷、賀龍等老一輩開國元勛不是都沉冤昭雪、恢復名譽了嗎？文化大革命不是被徹底否定，中央決議不是定性為「十年浩劫」了嗎？哪門子的偉大、光榮、正確？

女國安不等蕭白石說完，把本子一合，滿臉通紅地站起，母大蟲似地呵斥：你放肆！你膽敢汙嶬黨、汙嶬組織！我可以立馬給你上銬子，來一個蘇秦揹劍。

蕭白石也騰地站起，伸出雙手：來呀！銬呀！我講的不是事實嗎？不都是共產黨批判左傾禍國、平反冤假錯案，大得人心的政績嗎？

他們的頭兒畢竟老練些。他朝女同事皺皺眉，說：坐下！都坐下來，有話好好說啦。蕭白石同志，您也不要耍貧嘴了。我知道你們北京爺們都是京油子。我們還是回到正題上來，說說您是怎麼認識那個美國女記者的？好個漂亮姑娘！我們了解過，藏裔美國人，屬於我們中華民族血統。還是那句話，您要對黨組織忠誠老實，黨和國為一體，對黨忠誠就是對國家忠誠。您明白我這意思嗎？

蕭白石仍是玩世不恭地笑笑，搖搖頭，模仿頭兒的上海腔：阿拉還是不明白。既然黨和國家為一體，你們玉泉路上機關大院門口的牌子為啥寫的是「中國人民共和國安全部」，而不是「中國共產黨中央委員會安全部」？

頭兒倒顯出幾分涵養，壓制住三名助手的怒氣，繼續開導蕭白石：不要胡攪蠻纏了，好不好呀？好，阿拉就阿拉。阿拉可以接納您的說法，那就要求您對國家忠誠老實，端正態度，接受我們的問話。阿拉還可以告訴您，我們已和市局的馬處長通過氣。馬處長也讓帶話給您，要求您如實交代問題，既不隱瞞，也不虛構，有什麼說什麼，實事求是。

蕭白石聽著，已經後脊梁生寒。不過他此時快速在腦海裡理出了頭緒：第一，四位國安是奉最高層指示，力圖找到泄露那份鄧小平內部講話的「內鬼」；第二，對方並沒有掌握到什麼真憑實據，要不也不會這麼請客，混吃海鮮大餐了（他們回單位報銷發票時會寫成請工作對象喝茶）；第三，他們無意中替馬四姐傳了話，要他把接受卓瑪採訪的事兒敷衍過去。……於是，蕭白石說：好。既然你們有興趣，咱就實話實說。我是接受過一次泛美通訊社駐京記者卓瑪小姐的採訪，還是市局馬處長給安排的，要求我以一名非黨人士、畫家的身分，客觀、正面地介紹一下這次北京學運的來龍去脈，以便國際傳媒對當下發生的事情有個客觀、全面、正確的了解。她說這是我作為中國公民的一次政治任務。我嘛，是個對政治不那麼感興趣的人，也對學生們這麼沒完沒了地鬧騰下去很反感。我甚至教訓過他們：你們一九八六年寒假鬧學潮，把個作風開明、知識分子擁戴的總書記胡耀邦折騰下臺，這次又要把個堅持改革開放、走民主法制道路的總書記趙紫陽也折騰下臺？中國人口多，地方大，問題複雜，政治民主化、制度化，只能一步一步走。哪能一個晚上、一次學潮就解決了？你們只能幫改革開放的倒忙，給那些想走回頭路、恢復計畫經濟吃大鍋飯、集體貧窮那一套的保守勢力找到反改革、反進步的藉口。我這個態度是公開的，從來沒有隱瞞過。不信，你們可以去找我的朋友們調查。

聽了蕭白石振振有詞的這番話，四位國安的神色有所緩和。頭兒卻不甘就此罷休，單刀直入：那麼，蕭老師，您可否如實告訴我，您是不是把一份內部保密文件給那美國女記者看過？

說千道萬，「底牌」終於打出來了。蕭白石裝懵懂：什麼內部保密文件？我一個非黨人士、體制外畫家，能接觸到什麼機密文件？

頭兒提醒：蕭老師，別裝孫子了。您可是西城大將軍胡同楚振華將軍府上的乾女婿，一直住在裡頭的啦！

蕭白石一聽，知道事情有了轉機，登時露出一臉盛怒：少瞎說八道！我可以請老將軍作證，他府上紀律嚴明，他從未允許我進入過他的辦公室，他也從未給我看過任何一份黨內文件！您們敢懷疑到老將軍頭上？

頭兒像洩了氣似地，連連解釋：沒有，沒有。您不要動氣，不要動氣嘛！我們今晚上只是和和氣氣，與您聊聊天，談談心，交個朋友嘛。

這時，山東口音的女國安已不再是母老虎，為替上司解圍，插言：蕭老師，我們的賈春旺部長已向老首長請示過。老首長說，他從未允許您進入他的辦公室，更不用提機要室了；他也從未讓您接觸過任何機密資料。

頭兒想制止她的快嘴都來不及。瞧，把國安部部長賈春旺同志都給兜出來了。

蕭白石當機立斷，看了看手腕上的勞力士（那確是老將軍送給他的），隨即起身：對不起，十點半了，我該告辭了。謝謝這頓豐盛的海鮮大餐。若我十一點沒有回到家裡，就真該有人找上來了。你們四位也有所不便吧？

28

老子拉虎皮作大旗！拉虎皮作大旗！蕭白石半夜裡大叫。

熟睡中的圓善被吵醒，推了推他：又做噩夢？可憐的人，誰又欺負你了？阿彌陀佛。

蕭白石半睡半醒：他們都知道了，都知道了，知道了……

圓善又使勁推了推，才把他給弄醒：誰知道你什麼了？

蕭白石口渴，靠著床頭半坐半臥。圓善起身，給他端來大杯溫開水。蕭白石仰脖子喝了個痛快，這才說：我上半晚回來，你不是給了我一封郵件，聯合國國際開發署和環保署寄來的，邀我去紐約總部展出那幅畫作？……原來，昨晚請我吃海鮮大餐的朋友，早就知道了。這年頭，連政治局開了會，決議了什麼事，都能很快傳出。……唉，睡吧，睡吧，還沒到五更早朝哪。要不，咱「蛤蚧」、「蛤蚧」？都是那生猛海鮮給鬧的。……咱想節慾都不成。……

圓善真拿這貧嘴男人沒辦法，想和她親熱就叫「蛤蚧」，就像那一對對廣西、雲南亞熱帶雨林中永遠保持交配姿勢的蜥蜴類小爬行動物似的。好吧，只能由著他折騰一氣。這時，圓善忽又想起俊俏的女記者，叫卓瑪的。生下如此美貌女兒的母親，不知是何等國色呢。阿彌陀佛。圓善不覺又生出一絲醋意。她憑女人的敏感，感覺蕭白石這些天在瞞著些什麼事情。

蕭白石確是以作畫、看畫展為由，瞞著圓善和母親在外參加一些活動。他得保護母親和圓善，避免她倆捲入與當前學運有關的事情。至於他自己，被捲入學運則是身不由己。面對中國的這場大風大浪大變局，他想置身事外都不成。人非草木。三千學子在廣場上絕食，百萬市民天天集會遊行，連一些黨政機關幹部、公安警察、軍校警校學員、小學校的娃娃們、出家的和尚尼姑、出租車司機、《人民日報》和新華社的記者、郊區工人農民都上街了，都支持大學生們的民主訴求！還有，據傳北京的小偷都集體罷偷，市裡的失竊案件大幅減少。……這就是民心所向，眾望所歸：政治改革，還政於民，還權於民，軍隊國家化，新聞自由，信仰自由，全民選舉。這選舉也是馬恩老祖宗鼓吹的「巴黎公社原則」嘛，公社社員一人一票選舉領導人呀！為什麼全世界的共產黨在革命成功、奪得了政權之後，就從來不奉行「巴黎公社原則」呢？他們又都復辟了「家天下，權力世襲」呢？明明是開了歷史倒車，還天天喊著「革命、進步」，「制度優越」！

蕭白石思想跑馬了。這年頭，但凡有點文化知識的人都容易思想跑馬。唉，打住，趕快打住。……

圓善睡眼惺忪，問：完事啦？俺可是犯睏。……聽胡同裡大爺大媽私下裡傳，鄧大人要徵調大軍進京勤王。……勤哪個王？是不是趙紫陽？

蕭白石心裡咯噔一下，說：你呀，少聽一些小道消息。……如今小道消息滿天飛，都分不清哪是真，哪是假。咱平頭老百姓，最好的招數就是不聽、不信、不傳那些消息，落個耳根清淨。

圓善仍在嘮叨：大軍勤王，阿彌陀佛！勤哪個王？

蕭白石無奈，只得說了句：鄧大人不會調派大軍勤趙紫陽。要勤也是勤鄧大人自己。如今的天下，除了鄧，誰還是王？睡吧，睡吧。咱還是求個六根清靜吧。

圓善緊摟著蕭白石的臂膀，竟又沒了睡意：你貧，你貧。你還六根清靜哪？怪不得滿世界紅塵滾滾。對了，你啥時候去辦那個美國簽證？聯合國都看上你的畫啦！你說聯合國和咱黨中央、國務院哪個大？俺尋思還是聯合國大，管著世界上成百的國家，不是？

邀請函是上半夜蕭白石到家才看到的。圓善說中午時分郵遞員就送來了。因是掛號郵件，還讓戶主簽收。母親認得些英文字母，知道是從美國紐約聯合國總部寄來的，就做主讓圓善拆了看看。裡面竟附有中文譯件，母親和圓善這才明白是怎麼回事。一老一少高興了半天，知道白石畫畫畫出名堂來了。

蕭白石心裡有數，明白是聯合國國際開發署駐華總代表孔雷薩博士鼎力相助。且在粵港大酒樓的餐桌上，安全部門那頭兒已經把這事透給他了。蕭白石也知道自己已被安全部門盯上，列作「工作對象」了，所以沒在母親和圓善面前顯出特別興奮。這會兒，他見圓善又問起，遂說：不要高興太早，這事還得居委會、派出所、街道辦事處、區公安分局、市公安局，層層報上去，再層層批下來，才可以拿到中華人民共和國公民的出國護照。況且還是聯合國國際開發署的邀請，更可能要上報到公安部、文化部去審批，說不定還要驚動中央宣傳部。聯合國方面指名要我帶去那幅〈我們的森林〉，有關領導肯定要審查。能不能通過？天知道。想想咱新中國「主人翁」想辦點事情有多難，就頭都大了。有時，你折騰了半天，說不讓去你就困坐愁城。這就是咱社會制度的優越性。嗯，我不讓你和母親介入我的這些事情，可免去你倆許多煩惱，知道了吧？姥姥的，所以我也很同情廣場上絕食抗議的學子們。為什麼每天都有幾十萬、上百萬的人民群眾上街、上廣場，支持學生？那是因為咱這個政權管天管地太他媽的強橫了，太把老百姓的手腳捆綁嚴實了。現在是老百姓忍無可忍，不尿他姥姥的那一壺了。政治改革空喊了這些年，是該出臺新政了。

圓善捂耳朵，疲乏地說：不聽了，不聽了。你說的這些，也太累人煩人了。對了，有個事，俺還想問問你，要是你拿到了出國護照，又辦成了美國簽證，會不會……會不會……

蕭白石見她嘴裡含了顆棗核似地吞吞吐吐，就乾脆替她說了：你是想說，我會不會待在美國不回來，丟下你和你肚裡咱倆的娃兒？

圓善搯他一把：看看都想到哪兒去了？俺是說呀，你會不會順道去印度什麼達蘭薩拉的地方，看看卓瑪她媽？畢竟那是你的髮妻呀！……別急，聽俺把話說完。俺尋思，美國是世界上的頭號國家，有了美國簽證，也就能得到許多別國的簽證。不是？阿彌陀佛。

蕭白石緊緊摟住了圓善：心肝寶貝！虧你還念過醫專，沒有一點地理常識。美國和印度，一個東、一個西，怎麼就胡扯到一起？咱哪兒都不去！哪兒都不去！咱就守著咱小師姑，生個比卓瑪還要俊的小兒子！

蕭白石停了停，又問圓善：你沒和娘說什麼吧？娘吃了大半輩子苦，害有高血壓、心臟病，再不能讓老人家擔驚受怕了。另外，下星期五是娘的八十大壽，得把兄弟妹妹都找來，聚在一起，給老壽星賀壽。

圓善說：我能和娘說啥呀？你都看到的，老人家待俺和親閨女似的。……就是呀，咱得準備老人家的壽宴。要不要……要不要……老人家總是問：怎麼不見卓瑪來了呀？卓瑪都忙些啥去了呀？……可又不知道卓瑪真就是她的親孫女兒。你說，要不請卓瑪也來？

蕭白石說：請卓瑪？麻煩大了去了。

第二天一早，杜胖子突突突地騎著他的電驢子趕來了，進門就說：老哥，您害我一宿都沒睡安穩！昨兒個誰請您喝茶了呀？昨晚十一時，我還真打電話去粵港大酒樓問過，人家回答：客人散了，都是騎了各人的自行車離開的。

蕭白石拉杜胖子在小客廳坐下，沏茶、喝粥、吃早點。粥和早點是母親大人備下的。這會兒，老人家到附近公園遛彎兒去了。圓善還在睡懶覺。蕭白石壓低了聲兒說：昨晚不是被請喝茶，而是請吃海鮮大餐，公款消費，國安做東。

杜胖子大口大口地吃著香噴噴的肉餡包子：伯母大人這手藝賽過天津狗不理。小弟我這才找個由頭來蹭這頓早餐。哦，昨晚吃海鮮大餐了？您老兄怎麼不招呼小弟一聲？

蕭白石笑笑：去你的！那是鴻門宴。您以為是白吃的？

杜胖子緊吃緊喝，怪道說人越胖越能吃：那是當然，咱國家安全部門也沒有請您白吃海鮮的理兒。他們都問您什麼來著？您老哥肯定又拉大將軍胡同那張虎皮作大旗。他們沒奈何您，也就是因為這個。

蕭白石也沒個正形：既是啥都知曉，還勞您相問？

杜胖子吃出滿頭汗珠子，習慣地看了看四周：是不是還在追查外媒刊發鄧老爺子內部講話那事兒？打死都不要認！卓瑪也絕對會顧及您的安全，不會出賣您這位親愛的父親。

蕭白石笑著瞪了杜胖子一眼：您都瞎猜些什麼？您以為天底下就您處長大人最聰明？我知道啥鄧大人講話不講話的？風馬牛不相及！不然，國安早把我帶走了，還能坐在家裡聽您滿嘴裡胡謅？

杜胖子也是點到為止：好了，算我瞎說，大早的趕來見您，還有另外的事。孔雷薩先生的女祕書瑪利亞小姐昨天上午遇見我，又讓問您，聯合國國際開發署和環保署聯名發給您的邀請函，三個星期前寄出了，您收到沒有？這事兒我也沒好在電話裡問您。

蕭白石說：邀請函昨天中午送來的。我是晚上回到家裡才看到。奇怪的是，昨晚的海鮮席上，國安的一位頭兒就不經意似地提起這事，像是他們已經先於我看到了邀請函呢。

杜胖子說：那是當然，不然人家安全部門是吃乾飯的？這也正可說明，有關部門已經盯上您。說句實話，老兄，要真有事兒，大將軍府那張虎皮也不一定罩得住。我看您呀，利用這次難得的機會，出去散散心，避避風頭也好。北京學潮已經鬧成這樣。聽說中央美院的師生正在趕製一尊民主女神像，要豎立到天安門廣場上去。鄧大人已經調動各路勤王大軍，不定哪天就會兵臨城下，完成對北京的包圍。到時候，誰都插翅難飛。

蕭白石湊近了些，聲音也更低了：我正琢磨著、猶豫著。國難當頭，我這會子出去，算不算逃兵，不仗義？況且這出國護照，從居委會、派出所、街道辦、區公安局、市公安局這一路辦上去，天知道能不能辦下來。哪一級都可能卡住……這事兒，我也不能去麻煩大將軍府。現在特殊時期，人家也不會幫我走特殊渠道。

杜胖子嚥下一口粥：行，行，行！您老兄就打報告吧。準備兩張標準像。辦護照的關鍵在市公安局，到時候老弟我去替您跑跑腿，通通關節沒問題。我靠什麼？不就是藝術局管著幾家國家級劇院、劇團，有幾張貴賓座戲票，呵呵呵！對了，我也還有個事要找老兄您幫忙。我們文化部這個月又有歌舞團到西歐國家巡演不是？人家團長找我這演出公司的頭兒，想換點兒外幣不是？您老兄常賣畫，港幣、澳元、新臺幣、日圓、英鎊、馬克、法郎什麼都行，都能兌換成美元。瞧，就咱偉大祖國的人民幣，出了國門就成了一張廢紙，不是？還無比優越，不是？

蕭白石看杜胖子一眼，苦笑：老弟您真行！一邊鼓搗我出國散心、避風，一邊又來找我換外幣。多了沒有，就這個數。蕭白石打個手勢。

杜胖子笑了。

蕭白石忽然想起什麼，問：你的寶貝兒子是不是在中央美院雕塑系教書，還當著團總支書記？是了！我負責任地告訴你，他積極參與了民主女神像的製作。

杜胖子頓時笑不出來了：小犢子作死！他星期天回家和我這當老爸的啥都不說。我知道他支持學運。唉，氣死我了！難怪他姥爺不看好他，說他叛逆，不好好畫畫，也不好好玩泥巴，弄些個人不像人，鬼不像鬼的玩藝兒，整個瞎扯淡。

蕭白石說：年輕人熱心國是，原本沒錯。我們做父輩的，只要求他們注意安全。

29

蕭白石挎了個海鷗牌照相機，一早騎自行車到廣場周邊繞了一圈。人民英雄紀念碑四周依然是人潮旗海，熙熙攘攘。千百頂帳篷星羅棋布。每頂帳篷裡都躺著或是坐著絕食的男女大學生。多輛救護車停在革命歷史博物館西門外的林蔭道上，隨時準備急救那些絕食而昏厥的孩子。協和醫院和北大醫院還設立了專門的醫療站日夜駐守。一輛輛麵包車則緩緩穿行於帳篷之間，送水送食物。學子們只接受礦泉水而拒收食物。

蕭白石倚靠在自行車上，望著此情此景，感慨萬端，和平時期，事情竟鬧到這份上，這田地！政府像一重重宮牆般嚴苛，學生像一頭頭蠻牛只知道死磕，理性、智慧都哪兒去了？還是毛氏的你死我活，都是「套中人」，契訶夫說的「套中人」啊。正想著要不要進絕食指揮部帳篷去看看路琳和呼爾亥西，再苦口婆心說說他們撤離的事……忽地，他後肩被人拍了一掌，回頭一看，竟是馬四姐，馬處長。

蕭白石心頭一鬆，涎皮地說：處座，您也盯上咱了啊？

馬四姐示意他退一步講話。在一株稍微安靜些的松樹下，馬四姐沒好氣，壓低聲音：每天上廣場來轉幾圈，是我們這個部門人員的任務。您也太高看自己了！算你運氣，偶爾碰上。對了，你的那個嫌疑，今兒一早上面傳話，消號了。這事本不該對你本人說的，你也就不要言語了，算過去了。

蕭白石真想給馬四姐一個熊抱。這麼多年了，四姐真像他的觀音娘娘，總是在某個緊要關頭出現在他的面前。可他一開口，卻又貧上了：處座大人，小弟也正有事找您，也算是向您領導請示匯報。明天或後天，我能不能和卓瑪再見一面？她可是您們的重點「保護」對象，不是？

馬四姐臉子一沉：你這人，一輩子就沒個正形！想親閨女啦？看你這爹給當的。想在哪兒見面？人家也想見你哪！她前天在國際飯店樓下遇見我，也問到你，說好些日子沒見面了，問你近些日子好不好呢。

蕭白石心頭一熱，腦子一轉，立馬有了主意：見面，見面。您能隨時聯繫上她？好，就明天一早，前門西大街八達嶺旅行社門口碰面，乘車。我帶她去遊一次萬里長城，配合黨和國家的政策，對海外僑民進行一次愛國主義、民族主義教育，怎樣？讓她在寫新聞報導時，筆下留情，不要把咱國家、咱社會、咱人民寫得太差勁，太不咋地；也要多報導些光明面，給些正面評價，咱國家總有好的一面不是？你們不會派人員陪同吧？如果要派，最好來兩女的，隨侍在側，怎樣？

馬四姐佯怒：你呀，真沒得治了。明明想見親閨女，卻扯上愛國主義、民族主義了！我倒是怕你會給人灌輸賣國主義，把咱黨和國家說得啥都不是！這我可要警告你，吃過再多的苦，受過再多的罪，咱也還是有自尊的中國人，不然人家也瞧不起你。

蕭白石收斂笑容：馬處座，您也忒小看人了吧？我蕭白石炎黃子孫，再不濟，也還是北京小有名氣的畫家，愛國主義加民族主義，骨子裡中國得很呢！聯合國國際開發署還邀請我帶畫作赴紐約聯合國總部展出呢！去不去得成另說。

馬四姐笑了：得了，得了，看把你給急的！明早上七點？前門西大街八達嶺旅行社門口。我偏派個男同志遠遠地相跟著，也是隨護你們父女倆，怎樣？

蕭白石忽又腦門一拍：處座，在下還有個請示。本星期五是我母親大人八十大壽，家裡會擺個壽宴什麼的。能不能請卓瑪參加，給老壽星拜壽？領導能否批准咱再接待一次外賓啊？

馬四姐想了想，慨然應允：准了！我就不另送老人家壽禮了，把她親孫女兒送來，夠份兒的吧？

聽說白石要去八達嶺長城寫生、作畫，務正業，蕭母和圓善都高興，早早地把包子、醬菜、水果、水壺都備下了，裝了滿滿一背包。圓善還替他約下出租車，七點差五分，蕭白石趕到前門西大街八達嶺旅行社門口。一輛有長城標誌的旅行車已停在街邊，卓瑪正傻呼呼地在車旁引頸眺望。女售票員在車門口招呼遊客上車：八達嶺一日遊，上車買票，上車買票啦！八達嶺一日遊，每兩小時一班車，上車買票啦！

卓瑪仍是上著白襯衫，下著牛仔褲，腦後紮個馬尾結，揹了個旅行袋。那俊氣、那娟秀，引來好些驚豔的目光。見了蕭白石，竟是哀怨地深看了他一眼，沒打招呼就逕自上了車。丫頭耍小性子不是？敢情是等了他蕭白石好一陣子，怨他姍姍來遲不是？

蕭白石排在一行二十來人的隊伍後面，依次上了車。見卓瑪已占了雙人座，顯然是替他留著的。蕭白石從肩上取下揹包時，卓瑪起身接過，放到頭頂的旅行架上。她隨即坐到靠車窗的位置，示意蕭白石坐下，然後又把一張車票遞給他，朗聲說：叔叔，您的票，請拿好，別弄丟了。這話顯然是說給其他遊客聽的。不然，一老一少去遊八達嶺，人家還以為是老少配呢。丫頭鬼精靈，蕭白石滿心喜歡。

他們乘坐的中巴有二十幾個座位，今兒沒滿員。看來，北京人的注意力都集中到廣場去了，有興趣遊長城的人大為減少了。中巴很快上了德勝門內大街、德勝門外大街，一路北上。女售票員兼著導遊，不停地向遊客們介紹街兩旁的古建築、公園景點。蕭白石第一次這麼挨著卓瑪坐著，心裡竟有些慌亂。女兒近在咫尺，卻又像遠在天涯！卓瑪活脫脫就是她母親央金的模樣。……那身條，那脖子，那雙眸、下頜、嘴唇、鼻梁、前額，加上一頭柔亮青絲！他盡量不去碰觸卓瑪。卓瑪也緊靠車窗一動不動，只關注窗外的風景。她知道「畫家」在仔仔細細地打量她，因而一臉嚴肅。蕭白石留意到她眼眶周邊有一圈淡淡的黑暈，化過妝，也沒有完全給掩飾住。可能昨日一夜都沒有睡好，為了今天的郊遊。可憐的孩子，萬里尋父，還不敢輕易相認。

車過清河農場時，望著那長滿綠油油莊稼的一馬平川，蕭白石感到一股寒氣，渾身涼颼颼的，再也忍不住心頭酸楚。是他蕭白石勞改過的農場啊！青春歲月啊！他緊咬下唇，閉上雙目，盡量不讓淚水溢出。他感到卓瑪慢慢靠了過來，將紙巾遞到他的手中。紙巾透出淡淡馨香，淚水鹹鹹的，他沒有擦拭，只聽到一聲甜絲絲的耳語：應該高興呢，真的，我就很高興。今天特別高興。……蕭白石心情鬆弛下來，頓覺羞愧，……是的，羞愧！看自己這個長輩給當的！蕭白石，你真不配、真不配有這麼俊氣、優秀的後代。……他努力地笑了笑，對視著卓瑪那雪域藍天般清澈的目光。蕭白石趕快低下頭去，他覺得自己很齷齪、埋汰，衹好沉沉地、也是輕輕地嘆氣，沒頭沒腦念叨一句：年紀不饒人，沒出息了。卓瑪輕輕地碰了碰他的胳膊，聲音甜潤：沒老，真的，中年人，您一點也不顯老。我特別喜歡看您的那些畫。蕭白石有些驚訝：你看我的畫？哪兒看到的？卓瑪說：我在王府井新華書店買到您一本畫冊，一九八三年初版，一九八五年再版，一九八七年第三次印刷，沒錯吧？我喜歡那些青海藏區的素描，老阿爸、老阿媽、藏女、小孩、氂牛、藏獒、雪山、雪蓮、藏紅花，特別是那幅〈大漠狼嗥圖〉，不是長時間在藏區生活過的畫家，絕對畫不出來。

蕭白石覺著，卓瑪的心和他的心一下子拉近了，不，是親近了。她喜歡他的作品，還沒看到他的原作呢！他渾身都輕鬆起來，也暖和起來，甚至有些兒飄飄然。

此後一路上，兩人都在低聲交談，再沒有聽女售票員兼導遊介紹沿途的風光、景點。車行順暢，十點整就過了著名的居庸關，抵達八達嶺長城。大停車坪上只停了幾輛旅遊大巴，可見遊人較少。要是在廣場學潮之前，這兒往往會停有上百輛的大巴、中巴以及各色吉普車、轎車。下車前，女售票員宣布：最後一班車是下午六點半。大家可以在長城上玩足八個鐘頭；遊客也可以提前返回，每兩個小時有一班車。

又是卓瑪身手健捷，去買了門券。她高興地對蕭白石說：便宜，成人五毛，學生、小童減半，一米以下孩子免費。蕭白石點點頭，心想：丫頭是記者習性，什麼都看在眼裡，記在心上。

入了登長城的閘口，上面又是一個大平臺，有餐館、有禮品店，還有一長圈的地攤，出售各種紀念品、手工藝品、文物古董。卓瑪說她要上一趟洗手間，請蕭白石稍候。蕭白石悠閒地繞著地攤轉了轉。在一個賣字畫、明信片的地攤旁，他竟然看到攤主在販賣他的油畫大作〈大漠狼嗥圖〉！當然，那是拙劣的仿作。蕭白石問攤主：這幅畫什麼價？河南口音的漢子回答：原價二百五。您要，一百五十元得了！蕭白石問：您認識這位畫家嗎？漢子一拍胸口：咋不認識？京城大畫家，俺的遠房表舅，名氣大著呢！他老人家的畫都賣到美國、法國、英國去啦！蕭白石沒好氣：他是您老家人氏？漢子再一拍胸口：俺開封府人士！祖上是宮廷畫師，鼎鼎有名的！不過，俺這遠房表舅是上了北京城，讀中央美院，打了右派，發配青海勞改，成就了他的美術創作！

蕭白石哭笑不得，看來賣贗品的人還讀過點相關報導，知道點畫家的身世。他問：他這畫您還有多少？河南漢子以為遇上了大買主，笑嘻嘻反問：您想要多少？俺問俺表舅要去。蕭白石差點破口大罵：老子就是蕭白石，就是你表舅！怎麼不認識你這個龜孫子？但他忍住了。今天是個好日子，陪卓瑪遊長城，不能被這廝給壞了遊興，觸了晦氣。於是，蕭白石轉身就走。那漢子卻緊趕上來：五十塊！值啦！值啦！再降二十，三十塊買大畫家的傑作，值啦！蕭白石被糾纏不過，怕被卓瑪看到笑話，忙掏出三十元，把那贗品三摺兩摺就胡亂塞進背包裡去。

正懊惱著，蕭白石只見一位身著華麗藏服的女子朝他走來。一時間，他雙眼濕潤，花了：央金？不，是卓瑪！這丫頭，可愛至極，換了身藏服，花枝招展。

蕭白石心情大好。兩人上了長城，迎面便見一塊石碑，上刻毛澤東手跡「不到長城非好漢」。遊人三三兩兩在碑前拍照留念。卓瑪提議：叔，我替您拍一張。你們毛主席的字不太好認。蕭白石點點頭，告訴卓瑪：不到長城非好漢，是一句流傳已久的俗語，最早出現在西晉的畫像磚上。這畫像磚現保存在西安市「秦磚漢瓦博物館」。所以，是毛澤東抄襲前人句子，而現在的人不知它的真正出處。卓瑪甚是驚訝、疑惑，似在問：偉大人物也抄襲別人的作品？待其他遊人離去，卓瑪用一部北京人俗稱「拍立得」的新式照相機，咔嚓一聲，替蕭白石拍了一張全身照。她從相機裡取出一張底片來，晃了幾晃，就變成了蕭白石站立石碑旁的彩色照片。蕭白石接過一看，連連誇讚：還是美國科技先進。看樣子，今天我帶的海鷗牌國產相機，是拿不出手了。

兩人邊說著，邊朝前面的烽火臺走去。今天遊人的確稀少。蕭白石問：卓瑪，關於這萬里長城，你都知道些什麼？原本，他是準備口若懸河，顯擺一下相關歷史知識的。沒想到卓瑪卻聲音清亮地說：我知道，中國最早修築長城，是在兩、三千年前的戰國時候。秦始皇統一中國，修了秦長城，位於今天陝西和內蒙交界的地方，派了大將軍蒙恬和太子扶蘇前去把守。孟姜女哭長城，就是在秦代。漢代繼續修築城牆，開拓疆域。唐代的許多邊塞詩，也是寫長城的。北宋南宋，長城被金人占領，後來元又滅金，再又南下滅南宋。長城全被衝垮。現在留下的長城遺址，是明長城。明長城修得最完整，從東邊的山海關，到西邊的嘉峪關，號稱萬里。滿清入關，建立大清帝國，就根本用不著長城了。滿清王朝替中國掙下了有史以來最大的版圖，比現在中國的面積還要大出六百多萬平方公里！滿清帝國的面積達一千六百多萬平方公里，現在中國的面積是九百六十萬平方公里，當然也不小了。美國面積九百三十七萬平方公里，加拿大面積九百九十七萬平方公里，蘇聯的面積是二千二百四十萬平方公里，印度面積有三百三十萬平方公里。

蕭白石聽得眼睛都瞪大了，心裡好不稱奇。真不能小瞧了世界大通訊社的記者。他還是忍不住問道：好你個卓瑪，你怎麼知道這麼些萬里長城的歷史知識？還清楚記得美國、蘇聯、加拿大、印度的國土面積？

卓瑪得意地晃晃頭，藏家頭飾在陽光下閃閃發亮。她咯咯笑道：你們北京人說，馬兒不是推的，牛皮不是吹的；還有老王賣瓜，自賣自誇，……不是的，不是的，我做記者，每去到一個國家，就先跑書店。我是在你們王府井書店，買了一本介紹長城的書讀了，淺顯得很，皮毛，皮毛。……

蕭白石喜歡得心裡一陣陣疼痛：馬車不是推的，……不是馬兒，是馬車，……蕭白石忽然一陣頭暈，打了個趔趄。卓瑪眼快，忙伸手扶住了，讓他靠在城垛邊稍歇。她輕拍他的肩背：叔，您怎麼了？我惹您生氣了？要不要喝口水？對了，我還備有救心丹，在你們大柵欄同仁堂買的。……

蕭白石打了個冷顫，立馬清醒過來似的：你買救心丹做什麼？難不成你年紀輕輕……

卓瑪粲然一笑：看您都想到哪兒去了！我在紐約上大學，都跑過馬拉松呢，您不信？我有證書。這救心丹，是昨天下午聽說今天要陪您來遊長城，備下的。我們當記者的總要備些常用藥品隨身帶著。……說罷，卓瑪清澈的目光黯淡下來。

孩子的心真細啊，體貼入微啊。但她就是不肯明說這藥是為他準備的。蕭白石又感到有些兒輕微的暈眩。他擺擺手，示意丫頭不要到揹包裡去找什麼救心丹了：沒事，沒事。我啥毛病都沒有。只是昨晚上吃了安眠片，可能還有些藥物反應。走吧，走吧，前面還有五座烽火臺，我們一定要爬到最上面那座去！你可不許小跑，欺負年紀大的人啊？

卓瑪伸出手，和他擊掌為憑。還真是個孩子。

30

走走停停，歇歇氣，喝喝水，不緊不慢，蕭白石和卓瑪終於越過了位於頂端的第五座烽火臺，又繼續往上攀爬了一段，在一處稍顯平坦的廢城牆邊停下來。再往上，就沒有路了，盡是一堆堆亂石了。蕭白石看了看表，中午十二點整。他們足足走了一小時三十分。

這時，下面的烽火臺上，有倆紅袖標的漢子朝他們直喊：同志！你們兩位！下來，下來！不准上去，不准上去！

蕭白石站起來，大聲回應：哥們，哥們！我們就待在這兒。放心！在這兒向藏族同胞宣講愛國主義，祖國統一。

紅袖標漢子仍大聲囑咐：注意安全！賣國主義也要注意安全！

蕭白石雙手合成喇叭狀，立馬糾正：是愛國主義，不是賣國主義！

那人懶得理會他這老京油子，下了烽火臺，不見了。

卓瑪已在城磚上鋪下一塊她帶來的絳色薄氈，擺下兩罐可口可樂、兩塊三明治、幾根粉腸、一盒水果蔬菜沙拉。她笑笑說：就喜歡聽你們北京爺們耍貧嘴，個個都是京油子。

蕭白石也忙不迭地從揹包裡拿出肉餡包子、麻醬花卷、六必居醬菜，保溫瓶裝著的茶水，還有大串紅葡萄，都是母親和圓善替他備下的。

卓瑪高興得直拍手：豐盛，豐盛！中西合璧，你們叫土洋結合？這長城上的野餐，先拍照，做個留念！說著，她又掏出自己的「拍立得」，咔嚓一下，抽出一張；再咔嚓一下，又抽出一張。連人帶物，她一氣拍了四、五張。

接下來，就是大吃大喝了。爬長城爬得飢腸轆轆，兩人都胃口大開。卓瑪還不忘說：交換，交換，您吃吃三明治、粉腸，我吃吃包子、花卷，……唔，包子好吃。你們叫它狗不理？這麼好吃的東西，為什麼叫狗不理？

這丫頭，今天也話多了，肉菜包子都堵不住她的小嘴。

蕭白石嚼了一塊三明治，覺著味道不錯。也喝了一罐可口可樂。這飲料風行全世界，甜甜澀澀，帶點焦糊味兒，還真喝不出啥特殊風味。或許是世人嚮往美國，既愛又恨吧。

山上的風吹著，清清爽爽，比城裡渾濁空氣不知強到哪去了。兩人吃飽喝足，忽又安靜下來，無話可說了似的。其實，一老一少，都有一肚子話要說、要問，只是一時不知從何說起、問起。但見卓瑪默默收拾著，瓶呀、罐呀、包裝紙呀，統統裝進一隻塑料袋裡，準備離開時帶走。不像國內遊人，任什麼用過的、喝過的瓶罐紙袋，隨手就朝山下扔。卓瑪收拾完畢，從蕭白石帶的保溫瓶裡倒出一杯茶水，慢慢品著，凝神望著身下的陡壁、樹木，還有雲氣。蕭白石即刻抓住了眼前藏女靚麗的側面像，掏出畫板、炭筆，勾勾勒勒，線條飛舞。不一會兒，一幅素描就完成了！卓瑪發覺了什麼，回過臉來，明眸星動，臉頰微紅，神色凝靜，真如一朵藏紅花，……蕭白石揮著炭筆，緊張地囑咐：別動，別動，臉不要轉過去，不要轉過去。好，好，就這樣，就這樣，身子微仰，雙手斜撐在後面。……好，好，太好了，太好了！成了！

蕭白石幾乎是低吼了一聲，將炭筆朝氈上一扔，嘩嘩撕下兩頁畫稿來，請卓瑪賞光，賞光。他很激動，兩手微微顫抖。

卓瑪起初著實吃了一驚。原來藝術家是這樣的，有些神經質呢，或者說，靈感一來，就渾身被激情點燃似的。她接過兩張畫稿，不看則已，一看更是痴迷。真是神蹟！短短幾分鐘，就把她卓瑪的神態畫得維妙維肖，美麗動人。自己有這麼好看嗎？佛主在上，佛主見證。……畫稿在她手中顫抖。她臉蛋紅豔豔的，被春末的陽光映照得熠熠生輝。畫家又在給她畫第三幅素描了。卓瑪眼睛酸辣、模糊了，老天，這個畫家是誰？是誰？

卓瑪的淚水潸然而下。忽地，她朝蕭白石低聲嚷嚷：別畫了！別畫了！現在我問，您是誰？是誰？

此時，蕭白石已飛快地完成了第三張速寫。在那雙雪山清泉般的汪汪淚眼逼視下，一向能言會道的京油子，竟瞠目結舌，我是誰？是誰？我也不知道我是誰。……一時間，他不知如何作答了。

山風掠過山脊。彼此在風中沉默了一會，還是卓瑪先開了口：今天，這次遊長城，想必是您有心安排的。也是我期盼的。我知道您在提防我、惱恨我，為了你們鄧小平兩年前那次內部講話被傳出去的事。……我坦承，作為新聞記者，不可能不抓住那麼重要的講話，……但我還是盡量保護了消息來源。你明白嗎？肯原諒我嗎？我其實是很敬佩你們鄧大人的，他的講話沒有官腔官調，乾淨利落，高屋建瓴，又盛氣凌人，真不愧是一個大國大黨的領導人。你說我連「高屋建瓴」都懂？還不是翻字典學的。……但今天我想和你談的不是這個。我已經很清楚地知道，你是我的什麼人。相信你也知道，我是你的什麼人。……別插話，讓我說下去。沒準兒你一插話，我就什麼都不想說了。用你們北京人的話來說，咱誰也不該著誰！就是誰也不欠誰的。……佛主呀，都是些什麼事呀，什麼事呀。……可以告訴你，我和達蘭薩拉我阿媽啦通了好幾次電話。我告訴阿媽啦，我在北京找到了畫家蕭白石！阿媽啦二十八年來日盼夜盼的畫家蕭白石！我阿媽在電話裡一聲一個「拿摩阿彌達巴亞」，「無量壽佛」，她說她想來北京，想來北京！哪怕只看一眼那個負心的漢人！畫家漢人！我說現在北京很亂，很亂，天天都有百萬人上街遊行，要求政治改革，大學生們還占領了北京市中心的廣場，已經一個多月。……阿媽又擔心你的安全，說你也是個快五十歲的人了，吃了那麼多苦，受了那麼多罪，這次一定不要捲入什麼劫難裡去了。……我阿媽的心是金子做的，她不像你們漢人，我們藏人都不像你們漢人。……

蕭白石聽著這番低聲抽泣、訴說，早已撕心裂肺。他死命掩住嘴，才沒有哭出聲來。幸好選中了這僻靜的城垛盡頭，下面的人想偵聽也聽不著。蕭白石抽泣：卓瑪，卓瑪，孩子，孩子呀，我可以說話了嗎？你讓我說說好嗎？

卓瑪是個善良、單純的孩子，淚水一抹，就打住了。她遞給蕭白石紙巾，這才問：那就請說說……當年你離開青海藏區，答應過你的老阿爸、老阿媽，還答應過我阿媽，說你趁著文化大革命大混亂，回北京探望一次你母親大人就返回青海，再不離開我們。……那時，我和弟弟才四、五歲啊。不料，你卻一走了之，再也不回頭。……打那時起，我阿媽一直對我和弟弟說，漢人畫家一定是遇到了劫難，沒能回來，沒能回來。你說說，你是不是個負心人？我阿媽還誇你是個大孝子，隻身一人到青海勞改農場來看望父親。父親歸天了，你才逃出那沙漠農場，被老阿爸、老阿媽救下，……

這回輪到蕭白石大老爺們泣不成聲，抽抽嗒嗒：我是個罪人，是個罪人。……我對不起老阿爸、老阿媽，對不起大央金，對不起小央金、小嘎扎。……可是一九六七年，我回到北京是那年的八月、九月，沒過多久就被當作逃亡右派分子抓起來，關進重刑犯牢房，和幾個死囚犯在一起。我也被判了死刑，差點兒在一九七〇年三月的「一打三反」運動中被北京市公安局執行槍決。那次一共槍決了十六名政治犯，包括著名的政治犯遇羅克。……卓瑪你問我怎麼活下來的？是我娘救了我。她去求了當時北京市革委會的伍副主任。……這伍副主任是什麼人？說起來話就長了，三天三夜也說不完。我另給你細說吧。那伍副主任是少有的革命領導幹部。長話短說，我又被押送回清河農場勞動改造。早上，我們的旅遊車不是駛過了一座大農場嗎？那是北京遠郊一座大型勞改農場，屬北京市公安局管轄，關押著上萬名勞改犯人。外面是看不出來的，……我在農場還算好。我原本就是農場的大學生勞教犯。一九七一年夏天，我被派去守一塊幾百畝大的西瓜田，算個輕鬆活兒。我在那裡救助了一位逃亡的軍隊幹部，也就是現在鄧小平重用的楚振華將軍。將軍是反林彪政變集團的。林彪倒臺後，他回到中央軍委工作，沒忘記我這個救過他性命的右派大學生。一九七二年，經過楚將軍為我斡旋，代我申訴，北京市公安局和教育局替我摘了右派帽子（那時叫摘帽右派，仍受到內部控制）。我被安排到西城區一間中學當美術教員。當時教師宿舍特緊張，楚將軍讓我住進他大將軍府後院的偏房裡，除了臥室還有畫室。〈大漠狼嗥圖〉、〈我們的森林〉等作品就是那時候畫下的。我日夜思念我在青海的親人。可文化大革命還沒結束，階級鬥爭的弦仍繃得緊緊的，我在青海入贅藏族人家，結婚生子的事，一直沒敢向組織交代，連被捕、受審、受刑時都不敢坦白。我是怕連累人呀！我對我的母親大人都沒有說的呀！毛澤東去世後，文革結束，開始平反冤假錯案。

一九七八年，我獲得平反改正，中央美術學院給我補發了學業證書。連帶我那死在青海勞改農場的「反革命」父親，也獲平反昭雪，恢復名譽。我開始寫信給青海省民政廳，給海西蒙古族藏族自治州政府找人，都沒有回音。一九七九年起，我利用暑假，以寫生為名，連著三年往青海大漠尋找我的親人。我走遍了海西、海南、黃南、果洛幾個藏區，最遠到過崑崙山下的格爾木，對了，還去過玉樹。可我穿過一塊塊大綠洲、小綠洲，見到一座座藏人的帳篷，都沒有打聽到你們的蹤影。……我還被一戶人家的藏獒咬過。是好心的藏人用藏藥治好了我的傷。你看看，這左腿上至今留著傷疤。……

蕭白石訴說著，抽泣著，捲起左褲管，讓卓瑪丫頭看。卓瑪緊閉著眼，不忍心看，仍在流淚。

蕭白石繼續說：你或許不相信，以為我在編故事，說書。可我至今保留有寫給青海省民政廳、寫給海西自治州政府的尋人信底稿。對了，我還在《青海日報》上登過尋人啟事，那報紙還留著。……還有，還有，我三次赴青海坐火車來回的車票，我在海西、海南、黃南、果洛、格爾木、玉樹等地住旅店、客棧的發票。……我至今保存著，牛皮紙信封一大包。……回頭到了城裡，我可以找出來，請你過目。那信封中收著、藏著的是我全部的思念、我的親情。我實在不知道你們去了哪兒，哪兒，哪兒呀？嗚嗚嗚，……蕭白石涕淚橫流。

倒是卓瑪先平靜下來，替蕭白石拉下褲管，掩住了當年被藏獒咬下的傷疤：我都不哭了，您個一把年紀的人，還掉淚？真是的！您問我們去了哪兒？聽我告訴您。一九六七年夏天，您離開我們以後，老阿爸、老阿媽，我阿媽啦，天天繞不開的一個話題就是您。說您坐了汽車啦，坐了火車啦，千里萬里，回到京城啦；說您又吃上了你們漢人的米飯、饃饃、炒菜，說您又穿上了你們漢人的唐裝、中山裝；說您京城裡的家人、朋友一定都問您怎麼曬得那麼紅黑紅黑，像個藏人啦。……我阿媽說起來還咯咯笑。她笑起來可好看，聲音可好聽了。可是，過了幾個月，我們都笑不出來了。您知道這是為什麼嗎？每天一早，阿媽就會叫醒我和弟弟，一同到帳篷外的沙丘上去看太陽。您是朝著太陽升起的方向離去的。阿媽相信，您也會從那方向回來。每天太陽下山，阿媽又會領著我和弟弟，到沙丘上去張望，盼著那個她熟悉的身影，迎著落日、披著霞光回來。……我們傻等了一天又一天，一月又一月，一年又一年，您卻沒有回來，沒有回來！老阿爸、老阿媽要阿媽啦死了那份心，漢人娃子都是沒良心的！可阿媽啦說她的男人有良心，會回來，會回來！直到一九七二年夏天，我都十歲了，弟弟小嘎扎也九歲了，老阿爸都已經教我們學了幾年藏文、漢字了，突然有老阿爸的熟人來找到我們，讓我們走。說現在趁漢人內亂，自己互相打個死去活來，我們藏人要往南邊走。大人瞞著我們小孩商議了些什麼，我們不知道。我們跟著大人，三家、五家成一隊，趕著羊群，坐著氂牛車，帶著藏獒，邊放牧，邊遷移，叫做轉場。我們小孩喜歡轉場，每隔幾天就可以看到不同的沙地，不同的綠洲，不同的河灘。我和弟弟迷迷糊糊的，都不知道怎麼的過了崑崙山，進了西藏；再又從藏北，走向藏南。西藏真美，雪山草原，藍天碧水。難怪被稱為香格里拉。我們走了一年多，過了雅魯藏布江，大人們停下來。我們才知道要在這兒過冬，等明年夏天繼續南行。有拉薩政府的人來查看過我們，見都是放牧藏人，也就沒有多管。我和弟弟偶爾偷聽大人們悄悄商議事情，慢慢明白了，來年夏天我們將穿過喜馬拉雅山口，到印度去追隨達賴喇嘛。達賴喇嘛是我們藏人至高無上的精神領袖，你們漢人叫活菩薩。但你們漢人無法理解我們藏人心中的這種信仰感情。

蕭白石此時全神貫注，都聽呆了：神話！真正的現代神話！第二年夏天，你們果真老老小小，一家一家越過了喜馬拉雅山，抵達印度的達蘭薩拉？人間奇蹟，不，是神蹟，真正的神蹟。

陽光穿過雲層，一道聖潔的光焰籠罩著卓瑪，在她身上金光熠熠。她神情寧靜，如觀音侍女般清純、明媚：是的，佛主保佑。一九七四年夏天，七月，我們一家一家的藏人，賣掉了羊群和氂牛，只帶著各家的藏獒，進入喜馬拉雅山脈，攀越海拔五千六百多米的雪山口。那裡終年大雪山封，還有邊防軍巡邏。許多人都留在那雪線上了，長眠在那裡了。

蕭白石突然明白了什麼似的，急促地問道：老阿爸、老阿媽呢？兩老沒能越過雪線？

卓瑪再次落淚：還問！還問！……都是大人們護住了小孩，還有雅魯，牠為了護住阿媽，……

蕭白石得知當年的救命恩人老阿爸、老阿媽這結局，不覺雙膝跪地，泣不成聲：蒼天無眼！蒼天無眼！……孩子，閨女，我對不起你們，對不起你們。……在你們最需要我的時候，我卻沒能回到你們身邊。……如果我在的話，我揹也能把兩位老人揹過那雪線……那雪線。閨女，閨女呀……

卓瑪驚訝地仰起滿臉淚水，問：您……您……您剛才叫我什麼了？叫我什麼了？

蕭白石還沒有明白過來，仍含著熱淚說：孩子，閨女，我對不起你們，閨女，……

卓瑪突然撕心裂肺地叫了一聲：阿爸啦！阿爸啦！……她匍伏在地，不停地喚著：阿爸啦，阿爸啦，阿爸啦，……

潮水般的親情湧上蕭白石的心頭，將他淹沒，將他融了，化了。他一聲聲喚著：閨女，小央金，好閨女……

低處的烽火臺上，奉命遠遠「照看」的人聽到了他們的聲音，忙大聲喝問：喂，你們怎麼啦？

出了啥狀況？要不要我們上來看看？

蕭白石伸直脖子望過去，然後長吁一口氣，裝得若無其事，高聲回答：沒事！沒事！是藏族同胞的愛國主義，愛國主義！

這個京油子阿爸啦，真是貧得沒治了。

31

今天是個好日子。蕭白石和卓瑪被下面烽火臺上的紅袖標漢子嚷嚷後，相視一笑，坐直了身子。兩人如釋重負，那欣慰，那歡喜，那油然而生的父子親情，如蜜汁浸透心房。彼此無聲地對視了一會兒，領悟到還有許多話、許多事沒有說呢。是呵，能在古長城上待上一天，這機會太難得，太值得珍惜了。真逗，居然下邊還有「保鏢」！卓瑪是泛美通訊社的記者，在京的身分多少有些敏感；這對命運多舛的父女，平日不是想見面就能見的。

蕭白石首先想到的是，該讓卓瑪和全家人見見面了，尤其是母親大人，早就想把她當親孫女兒了。他說：卓瑪，後天你還有空出來嗎？我的意思是，你後天下午能去左家莊老宅，也就是你奶奶家一趟，和大家吃頓晚飯嗎？

卓瑪打坐似地盤著雙腿，笑靨如花：這麼急呀！去認姥姥，哦不，應該叫奶奶才是。我後天上午去廣場採訪，下午去拜望奶奶，可以的。其實，我上次見了老人家，就覺得特別特別地親，就想認奶奶了。

蕭白石見卓瑪答應得這麼爽快，樂得咧開大嘴：現在可以告訴你了，後天是你奶奶的八十大壽。我們蕭家三兄弟，一個妹妹，加上他們的愛人、孩子，一共二十多人，四世同堂。至少擺上兩席，給老壽星賀壽！

卓瑪一聽，喜上眉梢：亞咕嘟！我在紐約的時候，曾去中文學校補習中文，聽說過一些中國習俗，大人初次見到小孩，與一人給一個紅包。您弟弟妹妹，哦，我的叔叔、姑姑一共有多少小孩？我該準備多少個紅包？

蕭白石擺擺手：免了，免了！咱們蕭家不興這一套。我是他們的大伯、大舅，從來沒給過紅包。你這做大姊姊的，也不要開這個頭！

卓瑪說：那我就到北京飯店訂個特大號的生日蛋糕，後天由飯店直接送到您府上，哦不，送到奶奶家來。

蕭白石滿意地笑笑：這就對了。記得要飯店師傅在蛋糕上用巧克力寫上「福如東海、壽比南山」幾個字，還要插上八支蠟燭。

卓瑪說聲知道了。她低頭想了想，臉上浮現一抹略帶羞澀的笑容。她轉過頭來，一臉天真地向蕭白石伸出巴掌：阿爸啦，恭喜發財，紅包拿來！

蕭白石愣了愣，沒想到卓瑪丫頭會要紅包，為難他。嗯，女兒顯然是以這種方式認了他這阿爸了？不過，他反應也夠快速，因見卓瑪盤腿席地，神態實在可愛，趕忙囑咐她：你坐好，坐好，別動，給你紅包，一個特殊的紅包。……說罷，他又轉身取過畫板、碳素筆，要替卓瑪再畫上一幅素描肖像。

山風、煙嵐輕輕飄過。卓瑪滿心歡喜，靜坐不動，只聽見畫筆在紙上沙沙作響。阿爸看女兒一眼，飛描幾筆，再看一眼，又描上幾筆，……這幅人物素描，背景是卓瑪身後山巒起伏，草樹蔥蘢，古長城殘垛逶迤，蜿蜒天際。幾分鐘後，一幅〈長城藏女圖〉就完成了。

蕭白石將新作和先前畫好的三幅速寫，一併擺在卓瑪面前。他抹一把下頜，滿懷感慨地說：這些就是送你的紅包，任你挑選。

卓瑪眼波閃閃，俯下身，看著，看著，連聲說道：托切那！謝謝，謝謝！阿爸啦，我有這麼好看嗎？這四幅我都想要。阿爸啦，請簽名，還有日期。是我的無價之寶了。

蕭白石說：閨女，你喜歡就好。你挑三幅吧。餘下的一幅留給我，不忘今天這個好日子。蕭白石將手探入背包，取出另一幅速寫。他說：這畫名為〈古長城遠眺圖〉，請轉交小嘎扎。你說他在芝加哥大學教書。你弟弟今年二十六歲。我……我都不知道他長成什麼模樣了。

卓瑪眼眶紅了。她深深吸了口氣，臉上漸又浮起笑容：阿爸啦，現在可以告訴您了。小嘎扎早就長得高高大大，壯實得很，當過芝加哥大學橄欖球隊的投球手。我已經和他通過電話，告訴他我已在北京找到了我們的阿爸啦。他高興得很，說已經給您寫了信。……對了，還有個好消息，弟弟年初成了親，新娘是他的大學同學，也是醫學博士，名叫米雪兒。

蕭白石太欣慰，太高興了，高興得有點兒暈眩，話也說不利索了：小嘎扎，小嘎扎，我的兒！我這阿爸是怎麼當的，怎麼當的啊？他把畫作捲起，用一條紅絲帶束好，交給女兒：閨女，你替阿爸問小噶扎和他媳婦好，說阿爸對不起他們。……

卓瑪將禮物收好，停了停，再又想起了什麼事，忽然掏出個袖珍筆記本來：對不起，高興了半天，我差點忘記自己是個記者，忘了廣場上正在發生的國際大新聞了。阿爸啦，現在您是我的採訪對象。放心，我寫稿時會把時間、地點、來源都做技術處理。我們有工作原則，保護新聞來源。我現在想了解的是，您作為一位著名畫家、知識分子、北京市居民，究竟怎麼看待當前天安門廣場上的這場學生運動？

蕭白石心中一動，不由得有所警覺。閨女畢竟是個美國記者呀。這孩子真是的！他輕輕嘆了口氣說：那我要先問你一個問題，你們西方記者、新聞傳媒，是怎麼看待、評價眼下咱們中國發生的這場大規模學潮的？

卓瑪說：您反問得好。我應該坦率地回答您。首先，中國人民追求民主、自由、人權贏得了全世界的尊敬！特別是在廣場日日夜夜和平請願的青年學生，成為了世界輿論關注的焦點。西歐東歐、北美南美、亞洲非洲，新聞記者們都跑到中國來了。不是來看熱鬧，而是熱切盼望這個世界上人口最多的國家，能夠實現民主轉型，成為全球最大、最新的民主國家。幾乎所有西方國家的政府、政黨都不止一次地發表聲明，要求中國政府冷靜、客觀地對待這場運動，與學生們對話、談判，接受學生們的合理要求，和平、理性地解決問題。

蕭白石聽了，點點頭，神情為之一振，可他仍有狐疑揮之不去：真的嗎？國際輿論都尊重並支持北京這場民主運動？卓瑪，你本人呢，又是怎麼個看法？要講真話。

卓瑪臉一紅，看他一眼：不瞞您說，我都喜歡上北京，喜歡上中國了。真願意為她做點事情。

蕭白石進一步問：你會喜歡一個天天遊行示威，處於動盪中的北京，一個並不安定的中國？

卓瑪把被山風拂起的長髮撫平，說：可我從動盪中看到了中國的希望和前途。中國的確處於動盪之中，但不是動亂。以北京為例，幾乎每天都有幾十萬人、上百萬人上街遊行示威，和平請願，但沒有出現打砸搶抄，沒有發生縱火燒汽車和搶商店的現象。這在西方國家都難以做到。聽說現在全北京的小偷都罷偷了，犯罪率大大降低。在一些主要的十字路口，市民們自發組織起來，指揮交通，井井有條。各大醫院天天派出救護車，到廣場去醫治、救助那些因絕食而昏厥的學生。……

蕭白石見卓瑪說得動情、真切，又心疼又不免暗自嘆息：這孩子太善良、太單純、太稚嫩。她只看到一些表面現象，或者說只看到事物的光明面，沒有看到另一面，沒有看到那隱藏著血腥殺機的陰謀和冷酷一面。蕭白石不禁有些替女兒擔心。

嗯？卓瑪偏過頭，想起什麼，目光一閃，說：好呀，阿爸您真滑頭，……不不，我不能這樣沒禮貌。阿爸問了我這半天，要我談對北京學運的觀感，現在該我請您也說說自己的相關看法。要說真話，不許說官話、套話。不然我不依。

蕭白石手中拿著碳素筆，本想再畫兩幅景物速寫。他用筆敲敲畫板，後又放下：好，說說就說說。對當前這場學運，我可沒有你那麼樂觀。我並不十分看好它。這有點兒讓你失望了吧？其實，我和廣場絕食指揮部的兩位主要負責人，早就認識。他們是小我一輩的朋友。我和其他藝術家，包括北京知識界的一批退休高幹、文化名人，正在竭力勸說學生們停止絕食，並撤離廣場。現代民主政治就是要相互妥協、讓步、理性解決問題的政治。就像你們美國前總統尼克森說的，既讓自己活，也要讓別人活。然而，毛澤東的鬥爭哲學則是四個字：你死我活。你不死，他就不能活。毛澤東的鬥爭哲學毒害了幾代中國人。他們搞政治，搞鬥爭，從來不給對手留臺階，就是要讓對手下不來臺，置對方於死地。這次三千大學生絕食，一開始我就不看好，覺得他們既不給自己留退路，也不給政府留退路，北京話叫做「死磕」。

卓瑪凝神聽著，努力理解阿爸的話。

蕭白石輕嘆一聲，又說：可能你們西方記者也知道了，鄧小平已經調動各路大軍，正從四面八方開來北京，打算武力解決這次大規模學運、民運。

卓瑪流露不安和驚訝：這事我們也聽說了，中國政府不會對學生讓步了？不進行你們的政治改革了？你們的最高領導人趙紫陽不是一直肯定學生們是愛國的，主張對話，要和平理性地解決問題嗎？

蕭白石健談，這會子也煞不住車了：首先，我要糾正你們一個觀念。在中國，黨中央總書記也好，國家主席也罷，都只是名義上的最高領導人。實際上的掌權者是中央軍委主席。有槍便是草頭王。毛澤東說槍桿子裡面出政權。我們新中國是共產黨革命造反、靠槍桿子搞武裝鬥爭建立起來的，從來就是槍指揮黨，而不是黨指揮槍。這也是和你們西方民主制度最根本的區別。鄧小平無意當黨總書記，無意當國家主席，他說那樣太勞神，太累人。他現在連中央委員都不是，可他仍是中央軍委主席，牢牢掌控著槍桿子不放。我也可以告訴您，他已經以槍桿子為後盾，廢掉了兩屆中央最高領導人，一個華國鋒，一個胡耀邦。胡耀邦是中共這一朝代最開明、最有人性的領導人。他就是因為對一九八六年冬天的學生運動採取寬容、理性的態度，主張以疏導、說理方式解決問題，而被鄧小平為首的元老集團趕下臺的。這次輪到趙紫陽了，他是反對動用軍隊的。我最擔心趙紫陽的命運。他是胡耀邦之後的又一位開明領導人。現在，我和我的朋友們都極力主張學生們撤離廣場，返回校園復課，日後繼續和平抗爭嘛！這樣，既可以保住趙紫陽的領導地位，又不給鄧小平調動大軍來北京以任何藉口，從而讓這個軍頭陷於被動！

卓瑪茅塞頓開：對呀，對呀！學生們明不明白這個道理？他們肯不肯撤離廣場？

蕭白石搖頭：最大麻煩就在這裡。文化界一批又一批大學教授、記者、理論家、法學家、作家，一次一次去到廣場，和學生領袖們對話。有的學生領袖本已答應撤離，可是另一批學生聲音更大，誓與廣場共存亡，誓把民主運動進行到底！他們認為解放軍絕對不敢對人民開槍！這批學生還指責前來勸解的學者、專家是政府的說客，要他們滾出廣場！目前，常駐廣場抗爭的學生不到三萬人，三分之一是北京市各大專院校的學生，三分之二是全國各地湧來首都的大學生。堅絕不肯撤離的多是外地大學生，他們占了多數。北京本地大學生見外地學生不肯撤離，只好也不撤了。目前，廣場上陷入了無政府主義，誰也不服誰，誰也領導不了誰。每個人都認為自己代表了民主自由人權，代表了改革進步！因此，我很失望、悲觀。很可能，當前這場運動要付出大代價，直至流血的代價。

卓瑪明淨的臉龐蒙上了陰影：怎麼會這樣？說著，她從挎包裡拿出一個小本子，裡面寫著些旁人看不懂的阿拉伯數字。她念道：目前正在開往北京的部隊，從山西方向開來的是二十八軍，從河北北部開來的是第二十四軍，從東北方向開來的是第三十九軍、第四十四軍、第六十四軍，從東面方向開來的是第二十六軍、六十七軍，從河南方向開來的是第十二軍、五十四軍、第十五空降軍。這些進京部隊並不是滿員的，有的是一個師、有的是兩個旅；但他們都攜帶了重武器，包括坦克、裝甲車、大炮。最值得注意的是駐守在石家莊的第二十七軍、駐保定的第三十八集團軍……

這回，輪到蕭白石瞠目結舌了：天爺！哪來這麼些軍事情報？真是小覷了卓瑪了，看似頭腦簡單，天真無邪，原來真不簡單吶，要刮目相看了。包括在京那些西方記者，一個個古靈精怪，弄起別國的政情、軍情來，一點也不含糊、不客氣，都像孫猴子鑽進了鐵扇公主的肚子裡似的。……大約這些部隊大張旗鼓地進京，也根本無所謂洩密不洩密，就是要讓國內國外都知道這次軍事大行動。

卓瑪彷彿沒有留意到阿爸的神色變化，把一個牛皮紙信封交給他：原打算送給廣場上的學子們作參考資料，看來沒有必要了，就留給您回家看看吧。如不便保存，就燒掉。

蕭白石從中抽出兩頁來，見是中文打字稿：「捷克著名持不同政見者瓦茨拉夫・哈維爾言論選輯」。蕭白石高興地說：太好了！久聞大名。我最佩服捷克這位詩人、作家、思想家了。我們中國就缺這樣的思想者，對集權制度有那樣深刻的認識。

不覺已是夕陽西下時分，下面烽火臺上，佩紅袖標的人又喊開了：喂，時間到了！時間到了啊！你們要趕最後一班車回城啦！

父女倆起身，收拾了行囊，乘坐旅行社的末班車回城。卓瑪仍穿著鮮麗的藏服，全車的人不免都對她行「注目禮」，暗自猜測卓瑪身旁那花白頭髮的男人是個什麼角色。

車過昌平縣城，竟被一小隊巡邏的解放軍士兵攔下了，查問車上坐了些什麼人。司機忙跳下車去解釋「都是城裡居民，來遊八達嶺長城的，沒有外地人。」蕭白石心裡直發毛，野戰軍動作好快啊，已經進駐昌平了！進北京只有一個多小時車程了。還有，卓瑪可沒有北京的居民身分證。幸而司機上了車說：解放軍放行了，是從山海關那邊過來的第二十四軍。

回到城裡，天還亮著，四下裡已是萬家燈火。

32

蕭白石趁圓善在廚房料理早餐的功夫，把琢磨了一宿的一篇京韻鼓詞一口氣寫了下來，名曰〈貧嘴長城〉：

說啥戰國七雄，春秋五霸；
唱啥大漢天威，強兵銳甲。
全仗著城牆坐大，稱孤道寡！
再派昭君、文成和番，
美人兒遠嫁大漠龍城，雪域拉薩，
和單于、藏王生娃！
修築了多少世代長城，
爬山梁，越深峽，涉黃沙，
橫絕東西，逶迤萬里，
千百萬民伕白骨，
砌成個石頭籬笆，

雄踞華夏，妄自尊大。
可曾抵禦過匈奴鐵騎，
蒙古勁旅，女真烈馬？
一次次中原易主，
丟失了漢家天下！
山海關關不住李自成、洪秀全，
嘉峪關阻不斷西域歌舞，
中亞麥穗、番薯、棉花。
見證的是閉關鎖國，江山獨霸，
窩裡殺伐。有道是：
皇帝輪流做，明年到我家！
只苦了朝朝代代孟姜女，
望夫石上哭蒼天，聲嘶啞，
喚不回孩兒他爸！
不到長城非好漢。
到了長城才知是昏話，
把世人都當成了傻瓜，
一股腦兒往山梁上爬、爬。

現如今旅遊熱點，磚牆新砌，
一地的山寨文物、玉器、字畫，
擺成一字長蛇，漫天侃價。
唯有登上烽火臺，一覽眾山小：
哇，姥姥的真偉大！

圓善來催他去吃早點，見他寫了首詩，說：好呀，我們家的大畫家又當上詩人啦！蕭白石洋洋得意，讓她念一遍。圓善念後，說：貧上長城啦？傳出去，人家長城旅遊管理局肯定找你算帳，告你個詆毀國家重點文物。

蕭白石說：這日月，廣場上天大的事都管不了，他們大概顧不上和我打這筆墨官司了。對了，明兒個老太太的八十大壽，咱兄弟、還有妹妹，有不有什麼回話？

圓善說：好您個大少爺，弟弟、妹妹都來過了，沒見著您這位老大。老二說會去全聚德訂兩隻烤鴨，另負責啤酒、飲料；老三說由他的飯館師傅祕製兩隻德州燒雞，外加兩尾密雲大草魚；妹妹說她買八十朵紅玫瑰，……老少二十來人，兩桌雞鴨魚肉加酒水，就齊了。咱要不要去訂個大蛋糕來？一人一塊，得夠大才行。

蕭白石聽到這兒，神祕地一笑：大蛋糕咱就不用費心了，已經有人訂下了，明兒下午從北京飯店直接送過來。

圓善想了一下，嫣然一笑：俺知道是誰送蛋糕了。誰？以為就你聰明，別人家都是傻子。你昨兒個上長城，真是作畫去了？人家認了你這個親阿爸了吧？

蕭白石一把摟過了圓善，狠狠地親上兩口：知我者，小師姑也！現如今，我是鐵扇公主，你是孫猴兒，鑽進我肚子裡來了。

正說笑，聽得嗒嗒有人敲門。圓善去應門，見是挨家挨戶派傳單的，那人嘴裡還吆喝著：全城百萬人大示威、大遊行，反對外地解放軍進北京！

早餐後，蕭白石囑咐圓善陪母親在家，哪兒都不要去；自己則揹上海鷗牌照相機，推著自行車出了門。他騎車一路南行，大白天的，大小胡同裡竟見不到幾個人，街上連公共汽車都見不到一輛。人都到哪兒去了？一直到了東大橋路南口，開始看到人頭攢動，聽到人聲鼎沸。他不得不推著車走在了人行道上。在建國門外大街，才真正看到旗如海，人如潮。原來，萬人空巷，百川匯流，大半個北京城的人都蜂擁到這寬達一百公尺的首都第一大街上來了。

天爺，今天的遊行示威隊伍，比他蕭白石目睹的任何一次街頭運動都要聲勢浩大，波瀾壯闊。他走走停停，一路拍照。也見到不少金髮碧眼的男女，舉著他們長槍短炮似的攝影機、錄像機，追著遊行隊伍錄影、拍照。卓瑪說得對，現如今大半個世界的新聞記者都雲集北京，觀大潮、攬勝景來了。姥姥的國門大開了？家事國事天下事，攪和成一鍋滾粥了。卓瑪說不定就在洋記者們當中。蕭白石是想找到她，提醒閨女注意安全。這江河奔騰的陣勢，泥沙俱下，保不齊就有歹徒混跡其中。但滿大街人潮一波一波湧動著，喧嘯著，蕭白石要找到卓瑪，真如大海撈針一般難了。

忽地，蕭白石瞅見大群西方記者蜂擁前去，好似要搶什麼鏡頭。他索性在街邊的自行車寄存處存了車，也趕了過去。原來，前邊出現了「中國警官大學」的學員隊伍。好幾百人穿著簇新的警察制服，打著校旗，高呼著「人民警察愛人民」、「人民警察支持學生愛國民主運動」等口號，威風八面地過來了，過來了！四周的群眾朝他們熱烈鼓掌，叫好。更有許多人尾隨著這支隊伍，一同行進，一起高呼口號。

蕭白石也來了勁頭，跑前跑後拍照。天爺！破天荒哩！這可是咱新中國從未出現過的事情。人心思變，黨的警察隊伍都上街要民主自由來了。警官大學可是培養未來縣處級以上高級警官的搖籃，他們以自己的實際行動表明：對不起了，我們不能不站在社會進步、民主人權一邊了。

好！好得很！警官大學的學員們有種！民主治國有希望！不知是誰拿了個半導體喇叭筒在大喊大叫，也贏得陣陣熱烈掌聲。

接下來的場景更是出人意料，因此也更吸引人們的眼球。不過，在蕭白石眼中卻真有些「超現代」的滑稽。一支身著駝色僧袍的和尚隊伍，還有一支身著青布法衣的尼姑隊伍出現在大街上。出家人也關心起紅塵事物，支持民主愛國運動來了！和尚、尼姑們念誦的是：「大慈大悲，保佑學生！」「支持民主，佛主佑民！」四周圍觀的民眾對出家人的隊伍表現出極大的熱情，掌聲雷動。蕭白石被感染了，再也不覺得滑稽，邊拍照便跟著大夥兒叫喊：「好樣的！好樣的！出家不忘國是，出家不忘社稷！」對了，待會回到家裡，一定要把這情景說給圓善聽聽，讓她為自己昔日的同行自豪。

出家人的隊伍剛過去，來了由男女教師帶領的小學生隊伍。紅領巾們高唱著經過改寫的〈少先隊隊歌〉：我們是革命的接班人，愛祖國，愛人民，社會要民主，世界要和平，……實現四個現代化，我們是明天的大學生！

聽著孩子們稚氣的歌聲，聽著四周人群的掌聲、叫好聲，蕭白石心頭熱浪翻滾。

那些金髮碧眼的洋記者們大約也像蕭白石一樣激動，一個個邊攝影邊嚷讓「旺得弗！」「標得弗！」今天這聲勢非凡的場景，真正令人目不暇接，感慨萬分了。誰說這是動亂？這是折騰？中南海裡那幾位拄拐杖、握兵符的耄耋老者，您們該到長安街上、到天安門廣場上來看看，來聽聽全北京的男女老少，不，全中國的普羅大眾，在吶喊，在期盼些什麼吧！不要再老眼昏花地說瞎話，動邪念了！借用一句你們老上司毛澤東生前的話來說，這是「最新最美的圖畫」！

接踵而至的遊行大軍更是讓蕭白石耳目一新。是一支支打著「首都鋼鐵公司工會」、「燕山石化公司工會」、「南口機車車輛製造廠工會」等旗幟的數千人的浩蕩隊伍。工人階級也來遊行，來表達心聲了。此外還有來自北郊、東郊、南郊的農民隊伍，進城來支持民主運動，反對野戰軍進京。……好得很！這又是蕭白石原先沒有預料到的，工廠工人、郊區農民都參與到這場前所未有民主大潮中來了！可以說是工農商學齊動員，全民總動員！

蕭白石相跟著，來到有重兵把守的北京飯店南大門外，抵達鄰近天安門東端的南池子街口。他留意到有數百人聚集一處，聽街頭演講。演講者是位佩眼鏡的青年學人，站在由幾輛自行車臨時搭建的「講臺」上。青年學者右手舉著半導體喇叭，左手拿著一摞稿子，洪亮的聲音蓋過了四周的喧譁：

「我們這個社會制度通常被稱之為專制制度，更確切來講是一個操縱了社會經濟、政治特權的官僚制度！」

「獨裁制度的到來，不僅是政治危機，更是文化危機和人性危機！正是人性的普遍犬儒化使得獨裁暴政可以暢通無阻！」

「真正的民主，怎麼可能只由一種意識形態作領導？怎麼可能只由一個政黨永遠掌握國家的一切權力？這才是當前一切貪汙腐敗的總根源！我們國家的腐敗是制度性腐敗！不徹底改革社會制度，一切所謂的反腐倡廉都只是空談！」

「這種專制制度，無論他所標榜的正統意識形態如何，其權力最終均是來自軍隊和警察！」

「如果我們不建設一個人性的、道德的、尊重智慧、尊重精神文明、尊重知識文化的國家，我們也就絕不可能建立起一個基於法制的民主國家。如果不以某種人性的和良善的社會價值為基礎，那些標榜為最好的法律、最好的政治，也不可能保障真正的法制、自由和人權！……」

聽眾越聚越多。人群中有人高聲提問：勞駕！請告訴我們，您剛才朗誦的是哪位大師的語錄？

演講的青年學者將稿本夾在腋下，騰出左手來扶了扶眼鏡，回答：您問得好！我剛才朗誦的是捷克斯洛伐克著名劇作家、持不同政見者瓦茨拉夫．哈維爾的語錄！這些語錄摘自一九七七年哈維爾寫給當時捷克的執政者統一工人黨總書記胡薩克的一封公開信，以及他被捕後的《獄中書信》！哈維爾被譽為本世紀最傑出的政論家、思想家之一。

聽眾中又有人高聲問：請告訴我們，您手頭的《哈維爾語錄》有沒有複印件？咱也想要一份！

演講者微微一笑：有有有，早備下了，就在我這臨時講臺腳下。現在由我的幾位同學給大家分發！

恰在這時，人群中忽然出現一聲生硬、乾澀的吼叫：同志們！同志們要提高警惕，不要上當受騙！他這是在散布反黨反社會主義言論！他這是散布反動言論！同志們！同志們要提高警惕。……

數百聽眾立即噓聲四起，齊聲喝斥：哪來的孬種！走狗！特務！滾！滾！滾！找你的主子領賞去！真乃眾怒難犯，只見一個龜頭縮腦的中年漢子跨上自行車，一溜煙離去。

蕭白石也拿到一份油印的《哈維爾語錄》。他覺著眼熟。這不就是昨兒個卓瑪在長城上給過他的那份資料嗎？可見這語錄早在京城的大學生之間傳遍了。

人群散去，演講者和幾名學生也匆匆騎車離去，大約還要趕去下一個演講點。東長安大街和天安門廣場交匯口，出現了更是雄奇、壯闊的場景：幾百名舉著「國防大學」校幟的青年軍人，打著「軍隊國家化，國防現代化」的横幅，排著整齊的隊列，邁著整齊的步伐，高聲唱著：「我是一個兵，來自老百姓，打敗了外來狗強盜，消滅了侵略軍。我是一個兵，愛國愛人民，保衛革命勝利果，保衛廣場大學生。……」這曲調是眾人熟悉的，歌詞是經過他們改編的。中外記者們都興奮不已，咔嚓咔嚓相跟著拍照。蕭白石更是激動得有些手舞足蹈。他原先對眼下的學運憂心忡忡，擔心受到軍隊鎮壓，現在他的顧慮全消了：形勢大好，大大的好！軍隊也攪和進來了，能不大好？這些國防大學的學生，可都是從全軍各軍兵種青年軍官中挑選出來的，尖子中的尖子，都是當作師旅級以上幹部培養的啊！

街頭巷尾圍觀的人群反響愈來愈熱烈，向青年軍人們鼓掌、歡呼。蕭白石聽到人群中相互傳告：好消息，好消息！您聽說沒？幾位老帥、老將軍，聶榮臻、徐向前、蕭克、葉飛、楊得志、陳再道、宋時輪、李聚奎、張愛萍等等，包括現任國防部長秦基偉在內，統統反對野戰軍進京！這回呀，鄧大人怕是踢到了鐵板了。……

蕭白石呵呵地樂了，心想：這位兄弟，看光景比咱還貧。

好戲還沒完。進到天安門廣場，蕭白石居然還看到了新華社和人民日報社、光明日報社的遊行隊伍。他們打出的橫幅竟然是：「新聞自主、新聞自由」，「不要再逼我們做假新聞」！

蕭白石聽到人叢中的歡聲：齊了，齊了！今天特解氣！特過癮！咱真地做了一回國家的主人！他也叫喊了兩聲：直立行走！直立行走！

工農商學兵，民心民意一面倒，倒向廣場上堅持和平請願的大學生。

33

隔日清晨，圓善老家青陵縣鐵家莊的四哥鐵傑就騎著電驢子，送來一筐白裡透紅的早熟蟠桃，給蕭母賀壽，把老太太樂得合不攏嘴。圓善這四哥卻怎麼也不肯停留，說是家裡承包下村裡的溫室大棚，種植瓜果，正趕上採摘早桃時節，都忙著呢。蕭母直埋怨圓善，從沒聽她說過鄉下老家的事，忽又讓兄長送來壽桃，連茶都不肯喝一口，就離去了，讓做老人的不落忍，覺著失禮了。其實，圓善早知道四哥在東郊農貿市場租了攤位賣瓜果，只是她不讓家裡人來蕭家，怕煩擾罷了。

蕭白石起來，見到筐裡的蟠桃，知道是圓善老家送來，拿起一顆，用手掌擦擦，吭哧一聲，咬下一大口。圓善氣得打他的手：老壽星還沒嘗鮮呢，你這壽星的兒就占先了。蕭白石忙認錯、道謝：多謝媳婦兒！你讓老家兄長送壽禮來，都不先言一聲。挑個日子，你也該領我去鐵家莊認認門，拜望岳父大人和幾位兄長。圓善噘噘嘴：才不讓去呢，俺爹先是不願俺出家，現在又不待見俺還俗，說是在鐵家莊老少爺們面前丟不起人。圓善說著，紅了眼眶。蕭白石忙勸慰：得了，得了，鄉下老頭腦筋古板些，咱不和他計較。得了，得了，今兒個是老太太壽辰，要高高興興的。圓善氣得捶白石的肩背：不許你這樣說俺爹！俺爹能熬活到今天多不容易。……

早飯後，居民委員會給蕭媽媽送來個大紅鏡框，裡面框著「福如東海，壽比南山」八個字。老人笑得滿臉都是褶子，一定讓來人取兩枚蟠桃帶回去。稍後，街道辦事處送來一幅小錦旗，上書「四世同堂，文明之家」。接著，街道派出所的片警也禮貌周到，送來的也是個鏡框，裡面寫著「精神文明，持家之本」。片警還另交給蕭白石一個牛皮紙信封，將他拉到一旁才說：大畫家，恭喜您，您申請出國的報告，分局批下來了；往下，市局一關，您得自己去跑。分局領導說了，蕭畫家的畫能到聯合國去展出，是給咱國家長臉的事兒，讓快去快回！蕭白石連聲道謝，也讓片警取了兩枚蟠桃去。

喜慶倒是夠喜慶的，可老太太也迷糊了：我這生日，從沒告訴過街坊。怎麼居委會、街道辦、派出所都送「壽禮」來了？蕭白石說：這是黨和政府對您老人家的關懷啦！咱大家夥的生日身分證戶口本什麼的，組織上不都早就掌握著？如今提倡精神文明，聽說八十歲以上老人逢五逢十的生日，組織上都給個精神鼓勵啦！

圓善說：媽，別聽他貧了。嗯，這壽桃要再這麼送下去，下午咱自家的人到齊了，大小二十來口，都不夠一人一顆了。

正說著，北京飯店送蛋糕的車到了。兩名著白制服、戴白帽的服務員小心地抬著一個直徑約五十釐米的大蛋糕進屋。蛋糕用透明塑料盒罩著，看得出裡內的一大圈奶油紅玫瑰花，當中用紫色巧克力奶油寫了一行中文和一行英文祝詞：敬賀親愛的祖母八十大壽，生日快樂，扎西德勒！孫女卓瑪。

老太太興奮得都快站不穩了，圓善趕忙扶住：媽！恭喜您，得了個又俊又孝順的孫女兒。

臥室裡，蕭白石把那牛皮紙信封交給圓善去收好。他接到中央美院雕塑系的電話，請他去院裡參加「民主女神像」的驗收，如老師們驗收合格，隔天就可以擺放到天安門金水橋前，與城樓上的毛澤東畫像對峙。好樣的！這回毛皇爺也要乾瞪眼了。圓善見蕭白石推了自行車要出門，趕緊拉住囑咐：阿彌陀佛！你個大孝子，今兒個還做甩手掌櫃？你要保證啥時候能回來，不然，全家人都會啐你。蕭白石讓車倚著，舉手作揖：我以一位即將赴聯合國紐約總部展出畫作的中國畫家的人格保證，下午二時前回家，參加打理老太太的八十大壽壽宴。

下午二時，蕭白石從花店買了個馬蹄蓮的祝壽花籃，準時返家。家門口已泊下好些輛自行車，還有一輛電驢子。顯然弟弟、妹妹、弟媳、妹夫、侄兒、外甥一干人馬，都已經到齊了。進到小客廳，但見滿座的老少爺們，個個喜孜孜，高談闊論，聊得正歡。見蕭白石進來，開出租車的老二、幹個體飯館的老三竟拍拍巴掌說：歡迎甩手掌櫃！歡迎甩手掌櫃！蕭白石笑著放下花籃，不和他們一般見識，說：難得，難得，今兒個咱是闔家歡，全家福。……妹夫上前與蕭白石握手：恭喜，恭喜，聽說大哥去聯合國辦畫展的事，組織上已經批下來啦！蕭白石心中一頓，說：多謝多謝。八字還沒一撇，消息倒傳得挺快！老四呢？她個護士長今日當班？妹夫說：她和幾位女士在廚房裡忙呢！嫌廚房地兒小，不讓男士插手。

這時，圓善領著老四妹妹和兩位弟妹出來打照面，四位婆娘竟齊聲說：歡迎咱家的畫家爺回家！蕭白石佯作生氣，瞪她們一眼：你們倒是好，這麼快就起了巾幗陣線。好好，今兒個託老太太的福，要嘗嘗各位的廚藝嘍。你們忙去，忙去。……我和老二、老三還有妹夫平日難得碰面，正可聊聊天。說著，他看了一眼八仙桌上的大蛋糕。

四妹會意，輕聲問：是不是擔心還有位貴客沒到？

蕭白石滿臉期待：是呀，會不會只顧了在廣場做採訪，忘了今天咱家的好日子？

四妹這才告訴他：你沒見老壽星那房門關著？人家早來了，在裡面和老太太說話呢。老太太心呀肝呀的，又哭又笑，都不許去打擾。

待娘子軍回歸廚房，小客廳又成為老少爺們侃大山的場所。老三拾起方才被打斷的話頭：你們說，咱幹個體戶的，能對廣場上的民主運動作啥貢獻？嗨，多了去了！包子、饅頭天天送，全部免費！我們二、三十家個體小館聯合起來，不怕蝕本。民主運動咱不能缺席不是？只要廣場上絕食的大學生們停止絕食，保重身體，咱就比啥都高興。咱就這麼勸大學生，留得青山在，保住了革命的本錢兒，才能向黨和政府要民主、要自由、要人權不是？咱不能白白損害了身體健康不是？只要咱北京的平頭百姓齊了心，就不信這民主、自由奪不下來！昨天、前天的遊行示威，連國防大學的軍人都出動了，警官大學的警官學員也參加了，工廠工人、郊區農民都沒拉下，人民日報、新華社的隊伍都沒缺席，出家人和尚、尼姑、道士都來到這凡塵之中，表達心聲，真正的全民要民主、全民要自由！就算他鄧老爺子從全國幾大軍區調來野戰軍，他敢在咱北京城裡開戰？人民子弟兵就真敢朝咱北京的大學生、市民、男女老幼開槍？他想都甭想！

老三說得滿臉通紅，以拳擊掌。

醫生妹夫接過話茬兒：咱朝陽醫院也天天往廣場上派救護車、醫療車。全北京市幾十家大小醫院都在這麼做。醫生、護士們自願行動，醫院領導睜隻眼閉隻眼，不阻攔。到了廣場，見到絕食暈過去的學生，就把他們抬上救護車，接回醫院打點滴。那些學生娃娃真是好樣兒的，一被搶救過來就嚷嚷著要回廣場去繼續絕食。黨和政府不答應政治改革，他們就絕不停止和平請願。我們醫務人員都感動得掉淚，也從這些大學生身上，看到了我們國家的明天，看到了民主、自由的希望。……

幾個小侄兒、小外甥這時嚷嚷著：大伯！大舅！我們也去了廣場！我們也去了廣場！支持大學生哥哥姊姊們！

蕭白石喜愛地把幾個小人兒攏到膝下：紅領巾也上陣了！誰帶你們去的呀？小人兒齊聲回答：老師帶我們去的！然後你一言，我一語：老師說我們是民主中國的接班人！蕭白石說：好哇，紅領巾做民主中國的接班人，太好啦。

開出租車的二弟怕大哥口無遮攔，離譜，忙把幾個小人兒支走：去去去，大人聊天，小不點兒不許沒禮貌，亂插嘴。到院子裡玩去！又說：老三，您是咱家的「兒童團長」，不是要排練個啥節目？

一陣小腳丫子響，小人兒們玩兒去了。老三會意地向老二點點頭，也跟著小人兒們到院子裡，立正，稍息地整理起隊伍，練起什麼「童聲合唱」來了。

蕭白石這才說：老二，你開出租，的哥消息比誰都靈通。說說，今日有啥「路透社」消息？

老二腦袋一拍：大哥您還別說，真有點兒新消息。今兒一早送客人去首都機場，在候客區準備接客返城時，您猜我看到什麼了？四輛大巴，上百名大學生打著橫幅：「熱烈歡迎劉海濤博士回國參加學運」！連我們一班的哥都叫好：劉博士，關東好漢，夠俠義！這節骨眼上，人家都變著法兒往外跑，而劉博士到了美國，還義無反顧地回國投身學運、民運！這不是條大消息？要是有新聞自由，咱北京各大報紙還能不登個頭版頭條？

老二見多識廣。蕭白石略微沉吟，說：頭版頭條不一定，但上頭版是一定的。我也早聽北大、師大的學生們說過：關鍵時刻，劉賓雁、劉海濤兩位大將倒是跑到美國做訪問學者去了。劉賓雁去了普林斯頓，劉海濤去了哈佛。現在好了，劉海濤回來了，就看他能不能說服廣場上那八百諸侯和平理性，帶領幾萬名「抗爭到底」的學生撤離廣場了。哦，老二，那天你見著劉海濤沒有？老二說：我要載客，沒見著。

老三神神祕祕的從院子裡回來，聽了半截子話，和妹夫不約而同地問：學生撤離廣場？政府還沒答應任何條件，還沒承諾開放民主自由，就要學生們草草收場？我只是勸他們停止絕食，可沒要他們撤離廣場。

蕭白石說：民主、自由，不是一朝一夕爭得來的。各位也都聽說了，野戰大軍即將合圍咱北京。你以為軍隊是吃素的？我得到消息，劉海濤還沒有回國，說是改在下星期。

老三脖子一硬，胸脯一挺：咱就不信！慈禧老太后沒在北京對學生開槍，袁世凱沒在北京朝學生開槍，日本鬼子沒在北平大規模動槍，國民黨政府沒在北平朝學生開槍，他鄧大人就會下令在北京對學生開槍？人民子弟兵呢，軍民一家親呢！

老二平日就謹慎些，朝老三噓了一聲，勸道：老三，別粗喉大嗓的，你倒是在街上叫賣呢。醫生妹夫想了想，說：我也聽說兩位元帥、八位開國上將已經上書黨中央和鄧大人，反對野戰軍進北京。

正聊到緊要處，老壽星的房門開了。廳裡三兄弟和姑爺忙收了口，齊齊站起來迎著。但見一位俏麗的藏族姑娘扶著滿頭銀髮的老太太出來。

幾個小人兒也從院子裡蹦了回來，驚喜地望著奶奶身旁的藏族大姊姊，小嘴兒也合不上了：哇，這姊姊真像從電影裡走出來的！蕭母笑盈盈地：來來來，都來認認我這親孫女兒！她叫卓瑪，也叫小央金，小央金，……是我們蕭家老大的親閨女！

老二、老三和妹夫都驚呆了。老二、老三心想：怎……怎麼回事兒？這唱的是哪一齣啊？卓瑪面帶笑容，落落大方，雙手合十，低頭行禮：各位長輩和弟弟妹妹們吉祥！扎西德勒！

蕭白石已回過神來，故作輕鬆，在旁解釋：扎西德勒是藏語，意思是吉祥如意，菩薩保佑。幸而老二這時提議：來來！我們請老壽星上座，從小輩兒起，給奶奶拜壽！老三和老三媳婦趕忙移過一把軟墊椅，放在父親的遺像下，由四妹和她先生扶著老太太就座。老太太樂得嘴都合不上，但給兒孫們立了個規矩：難得今兒全家人到齊了，也甭說拜壽不拜壽了，都免跪，簡單行個禮，大家樂一樂，娘我就知足了。沒想到幾個小人兒事先商量好似的，一下子擁了過來，齊齊給奶奶下跪磕頭，並稚聲稚氣念出一副祝壽聯來：福如東海長流水，壽比南山不老松！

老二在老三耳邊嘀咕一句：看樣子您「導演」得不錯。老三也輕聲回了一句：還有比這更出彩的。接下來，成年的兒女輩倒是遵從了老壽星立下的規矩，免跪，輪番著上來鞠一躬，說上一兩句老人高興的話語。

趁大家熱鬧的當兒，幾位女士已經在老壽星的生日大蛋糕上插了八支紅蠟燭。卓瑪上前將幾個小人兒攏在一起，圍繞著老壽星，領頭唱起英語生日快樂歌。於是大家中、英文合唱：祝您生日快樂！祝您生日快樂！祝您生日快樂！……

唱罷祝壽歌，老壽星在兒孫們的簇擁和歡聲中，連吹三口氣，吹滅了八支小紅燭。這當兒，老壽星喜孜孜地道出一個心願：一家大小都聽好了，人生七十古來稀，為娘的今日滿八十了，就剩了一個念想，等你們方才說的廣場上的熱鬧事兒停當了，我和圓善做主，把我親孫女兒卓瑪她娘從印度接到咱家來，和和睦睦住些日子。你們說，好不好呀？

兒孫們齊齊鼓掌。老太太的好日子，老太太高興的事兒，大家夥今日能不助興？可兒子、媳婦們心裡不免犯嘀咕：卓瑪的阿媽在印度，大概還是聯合國難民署的難民身分，能來得了北京？蕭白石閉了閉眼睛，忽然紅了臉問：媽，這麼大的事，您和圓善就作主了？怎麼不和我商量一下呀？說完，他朝圓善溜一眼。圓善強作微笑，可沒笑出來；她別過臉去，卻是一副險些要哭的樣兒。

老壽星只顧高興了，沒留意圓善的情神。她拉過卓瑪的手，輕撫孫女兒的手背，對老大說：和你？沒得商量！小央金，等你阿媽來北京，咱家團個圓。唉，多虧你姥姥、姥爺當年救白石一命啊！我得當面向你娘道聲謝不是？

卓瑪說國語，仍像個臺灣女孩：好耶！好耶！我還要請奶奶，還有我阿媽一起去美國紐約，看看曼哈頓時代廣場，參觀自由女神像，去華盛頓參觀白宮，還有太空博物館！說罷，卓瑪雙手呈給蕭白石一封厚厚的信件：阿爸啦，這是弟弟嘎扎寫給您的信，昨天剛收到。阿爸收著，慢慢看。

蕭白石憐愛地望著卓瑪丫頭，心想：小噶扎的信，多麼好的禮物。他心中又高興，又淒楚，望著一屋子親人，不敢立即拆開，怕自己失態。就在這時，他的視線卻落在圓善的背影上。她正走向廚房，僵直的雙肩和步態，道出內心的百般掙扎。

這時，但聽得老三忽地宣布：下一個節目，童聲合唱——〈奶奶頌〉。

幾個小人兒已經在老壽星面前站成一排，和著大家耳熟能詳的曲調旋律，嘹亮唱起：

沒有老奶奶，就沒有蕭家人！
沒有老奶奶，就沒有蕭家人！
老奶奶，辛勞為兒孫，
老奶奶，一心救家庭！
她指給了家人活命的道理，
她領導家人走向光明，
她忍辱負重苦難深，
她終於等來了平反，
挺胸抬頭做回了人。
沒有老奶奶，就沒有蕭家人！
沒有老奶奶，就沒有蕭家人！

孩子們唱得稚聲稚氣，歌詞意思也不能全都明白，可唱得全家人哈哈大笑，也都相跟著那再熟習不過的曲調旋律唱了起來，又解氣，又快活。老太太也笑得眼淚都出來了：你們都這麼作，這麼作呢！到了外邊兒，可不許瞎唱呢！犯大錯呢！

只有卓瑪不懂得這支歌兒的妙處，大家為什麼這樣快活。因為她在外國沒有聽過著名的革命歌曲〈沒有共產黨就沒有新中國〉。

34

忙活了一整天，蕭白石送走了卓瑪，送走了弟弟妹妹和侄兒、外甥。他勸老壽星和圓善也早些歇息。他自己卻毫無睡意，留在小客廳，在落地燈旁的躺椅上坐下，取出兒子嘎扎的信。戴上老花鏡，小心地開了封。他的手在顫抖，無法抑制地顫抖，取出疊得整整齊齊的信紙，彷彿那是吹彈得破的銀箔，還未開讀，已淚眼模糊。他低下頭，笑了笑，又取下眼鏡，用大手狠抹一把臉，這才展開信紙。他一眼就看到「親愛的阿爸啦」幾個字，頓時內心翻江倒海，而後又渾身如沐春陽，再抹一把淚眼，吁出口粗氣，盡快地往下讀。

嘎扎的中文相當流暢，寫了滿滿五頁紙，談及別後的生活，傾訴心中的思念。這是父子離別二十多載，彼此生死不明，音訊全無之後終於等來的佳音啊！他屏住聲息一口氣讀完，隨即信封裡溜出來兩張彩色照片，一張是在畢業典禮上的留影，小伙子頭戴博士帽，濃眉大眼，很是精神，咧著厚嘴唇笑著；另一張是小伙子西裝革履，與他的身著潔白婚紗的新娘合影。蕭白石舉著彩照，在燈下看了又看：這小子是誰？是我的兒，嘎扎？老天！博士，新郎、新娘，……這是我的兒子和兒媳？他的手指哆嗦著，將照片翻到背面，看到一行字：「老嘎扎阿爸啦留念。小嘎扎於芝加哥」。小嘎扎！小嘎扎！戴了博士帽，擁著他的新娘，小嘎扎呀！蕭白石心裡一陣疼痛，眼淚又刷刷滾落。他用巴掌掩住嘴，不讓自己嚎啕失聲。他胸中百感交集，真想痛痛快快地哭一場，再痛痛快快地笑一場。可他不能。此生多番遭罪，卻又遇到這世上至純至愛的親情，令他陶醉，令他愧疚。而這愧疚就像他心尖兒上的烙痕，一旦觸動，鑽心地疼，疼啊！

小嘎扎，我的好娃兒，二十多年過去了，你和卓瑪姊姊從青海去了西藏，從西藏去了印度，從印度去了美國，出息了。你如今長成個大小伙子，我都不知道你是怎樣長大的，不知道你是怎樣長大的……老嘎扎！我是個該死的老嘎扎，不配做你的阿爸啦！不配啊，不配啊……

蕭白石強抑悲聲，任淚流滿面，淚濕前襟，都沒有去擦。直到他聽到臥室門輕響，這才急忙從茶几上的紙巾盒中抓出紙巾，朝臉上揩一把。他沒有回頭，但感覺到圓善從臥室門邊探頭看他。他深吸一口氣，鎮定自己。他必須平靜下來，不能讓圓善過於為難，更不能驚動老太太。不能讓家人今夜無眠。他知道自己此刻的狼狽模樣，索性在躺椅上假寐一會兒。待到四周沉入寂靜，再又小心翼翼地展開小嘎扎的信頁，仍像第一次讀它，胸口怦怦跳。他一字一句地詳讀，生怕漏掉了一個字；他噙著口水，好像在品嘗那些字句的甜美和苦澀，把它們一一噙下肚去：

親愛的阿爸啦：我是您的小嘎扎。收到姊姊用國際快遞寄來的信，還有您和姊姊的合影。自那年阿爸離開我們後，我自認是家裡的男子漢，輕易不掉淚。可我這次再也抑制不住淚水。在這之前，姊姊給我電話，說她在北京找到了失散二十多年的阿爸；我還半信半疑，覺得這是不大可能的事，直到收到照片才確信了。姊姊在信中說了您在北京的情況，說您現在是著名畫家，住在老四合院裡，身體很健康，只是頭髮花白了，臉上皺紋多了而已。我的阿爸啦找到了！我的阿爸啦在北京！我才哭了，不為別的，只為佛祖保佑阿爸啦健在，只為我們終會有重逢的一天。米雪兒得知好消息，也很高興。她是我的大學同學，也在芝加哥大學醫學院工作。您從照片上會看到米雪兒是一位文靜漂亮的兒媳，她的祖先是早期來新大陸的歐洲移民。我們在年初結婚，還未得到阿爸啦的祝福呢。

姊姊可能已經和阿爸談了我們別後的經歷。中文成語：一言難盡。我四歲時，阿爸就離開了青海大漠綠洲，回了北京，再無消息了。阿媽啦領著我們姊弟，天天早上在太陽升起的時候，站在沙丘上向東方遙望，盼您回家。可是，盼了七、八年，也沒能把您給盼回來。祖父和祖母年年都說，你們的阿爸會回來，會回來，可您就是沒回來！對了，祖父在您離開我們那年，就開始教卓瑪姊姊和我學藏文和漢文，也教我們說漢語。現在想來，兩老用心良苦，因為阿爸是漢人，為了我和姊姊日後能與父親在語言文字上相通。後來，我們家隨其他藏族游牧人家，趕著羊群，還有兩頭犛牛，往南走，一年換一個綠洲往南走。阿爸還記得我們家的那隻藏獒「雅魯」嗎？我的好朋友雅魯啊，牠每天早晨也跟著阿媽去沙丘上向東方打望。我們離開青海大漠綠洲的前夜，雅魯在沙丘上像狼一樣嚎叫，叫了整整一夜。阿媽去叫牠回來，牠不聽；阿媽命牠不要叫，牠也不聽。阿媽明白，雅魯是在呼喚老嘎扎。……

我們幾戶游牧人家組成的小小隊伍，怎樣越過了崑崙山口，怎樣進入藏北，怎樣越過雅魯藏布江，又怎樣攀過珠穆朗瑪雪山口，終於抵達印度平原的那段經歷，卓瑪姊姊已經對您說過，我就不再說了。

蕭白石讀到這裡，想起老阿爸、老阿媽，還有藏獒「雅魯」，永遠地留在了喜瑪拉雅雪山上，就再也忍受不住，捶胸頓足，哭出聲來：他們不是人，不是人！殺死了那麼多漢人還不夠……老阿爸！老阿媽！我蕭白石對不起救命恩人，對不起您們……您們最需要我的時候，我卻被困在了北京……

蕭白石的哭泣，驚動了圓善，也驚動了母親。圓善扶著老太太來到他身邊。蕭母問：老大，你這是怎麼啦？這麼晚了，又喊又叫的，怎麼不進房去睡覺？蕭白石趕忙扯了紙巾擦臉，裝出笑容回答：娘，我在讀一封信，太感人了，太感人了。沒想到把娘吵醒了。我沒事的，沒事的，您倆放心去睡吧。我還沒把信讀完。……母親和圓善都心知肚明，這信是卓瑪交給他的，不清楚裡內都寫了些什麼，令他這麼哭哭叫叫的。平日裡，他可是一張貧嘴，歪理說詞多著呢。兩人見他穩住了，於是互望一眼，回房了；任他在躺椅上歇著，靜靜心緒，繼續讀他的信。

蕭白石躺著，聽到母親和圓善各自回房去了，才又坐直了，哆嗦著信頁，讀下去：

阿爸啦，我們到了喜瑪拉雅南麓的印度平原，又坐了五天五夜的火車和汽車，沿著恆河岸西行了幾千公里，最後抵達印度西北角喜瑪偕爾邦格拉縣一個名叫達蘭薩拉的小鎮。這裡是一九五九年我們藏傳佛教尊者達賴喇嘛率領八萬藏人逃離西藏到印度的落腳地，後來成為西藏流亡政府的政治和文化中心。在達蘭薩拉，我們住著鐵皮屋，生活艱若，但總算有了著落，藏民的日子過得簡單、快活。可阿媽啦總也高興不起來。有好幾個月，到了晚上，待我和姊姊入睡後，阿媽想念祖父、祖母，偷偷哭泣，人都有些痴獃。這些都是我和姊姊長大後才逐漸明白過來的。

阿爸啦，您一定想知道達蘭薩拉的情況吧？這座小鎮位於喜馬拉雅山脈西端南邊一處峽谷盆地，風景優美，氣候炎熱，雨量豐沛，作物茂盛。自西元八世紀始，就陸續有藏人移居那裡，並修建了多座佛教寺院，其中有座大昭寺，與拉薩八角街大昭寺同名。我們抵達這裡時，西藏流亡政府已成立十五、六年了，建有中學、小學、佛學院、藏醫院、圖書館、體育場、飯店、商店等設施，當然更蓋建了多座新的寺院，其中以達賴喇嘛寺最為著名。西藏流亡政府推行西方民主政治，與政府平行的是西藏人民議會，由四十六名議員組成，包括藏傳佛教四大教派以及苯教的代表，還涵蓋了北美、歐洲各國的流亡藏人代表。議會每半年開一次會，討論決定流亡政府及流亡藏人的重要事務。達蘭薩拉有著濃厚的西藏色彩，因此被稱為「小拉薩」，成為印度重要的旅遊地，迎接來自世界各國的客人，特別是歐美國家的客人。

我們在達蘭薩拉的生活清貧，鐵皮屋冬寒夏熱，青稞粑粑是主食，能吃飽肚子，肉食很少。但是，大家都很快樂知足，友愛互助。人人臉上都帶著笑容，很少有人愁眉苦臉。因為我們有達賴喇嘛的教誨，享有敬神拜佛的自由。小孩上學，讀書看病，費用全免，學藏文，也學英文。每天都能得到精神能量的充實和滿足。漸漸地，阿媽臉上也有了平靜的笑容，不再背著我和姊姊哭泣。她開始學習繪製唐卡。她曾告訴我，繪製唐卡，能讓她和阿爸啦心靈相通，阿爸是一位漢人畫家啊！阿媽年輕美麗，不少長輩關心她，愛護她，勸她能有個新的家庭。阿媽從未心動。她說她的男人今生今世只有一個，她一輩子只愛她的男人，只因佛祖的慈悲，只為他和兩個孩子而活，再無別的念想。

老嘎扎，您有一位多麼聖潔的妻子，我和卓瑪姊姊有一位多麼偉大的阿媽啦！

蕭白石的雙眼又模糊了。他緊咬嘴唇，以免自己再次痛哭失聲。他只在心裡千百次的喚著：央金，央金，央金啦，……

阿爸啦，我有好多話要對您講。我想告訴您，我們的西藏流亡政府及其流亡藏人得到聯合國國際難民署的資助，還有來自一些西方國家政府及民間團體的定期人道援助。在達蘭薩拉，我們是受到尊重的。我們的尊者達賴喇嘛每年都去歐洲、美洲、澳洲等各地，傳授佛學，講述慈悲、人間大愛、人與人之間的平等及相互理解的重要性。他用英語和藏語演講，聽眾無數。他每次出訪都受到國賓式禮遇。多數國家的元首接見達賴喇嘛尊者，並且樂於聽取他的智慧和見解。這樣的盛況，生活在中國大陸的民眾大約是難以想像的。卓瑪姊姊十六歲、我十五歲那年，美國、英國、加拿大的教育機構來達蘭薩拉的藏文學校招收小留學生。我們姊弟倆通過英語考試，幸運地來到美國紐約完成中學學業。阿媽心裡捨不得我們離開，我和姊姊也曾想過放棄來美國念書的機會，留在達蘭薩拉陪伴阿媽啦、孝敬阿媽啦。可是，阿媽啦還是決定讓我們走，去見世面，去奔年輕人的前程，也是西藏的前程。阿媽啦只要求我倆每月給她寄一封信，報個平安。

初到美國那兩年，我和姊姊天天都夢到阿媽啦，總是夢到她在畫唐卡，在教誨我們不要忘了達蘭薩拉，不要忘了西藏。老嘎扎，對不起，我們很少夢到您。您離開的時候，我們太小了，沒有多少記憶。要不是阿媽啦每天早晚轉著手裡的法輪，念叨您，我們恐怕真的會忘記您，忘記我們有位畫家阿爸啦。記得在美國讀到高中畢業，我和姊姊都以不錯的成績考上美國的常春藤大學。卓瑪姊姊進入普林斯頓大學新聞學院，我考入芝加哥大學醫學院。我和姊姊剛來時，持聯合國難民證書，被戲稱為「聯合國公民」，現在我倆已入美國籍。

卓瑪姊姊可能告訴過您，一九八〇年吧，我和姊姊回達蘭薩拉看望阿媽啦。她仍一個人住在鐵皮屋裡，一頭青絲全白了。我和姊姊大吃一驚，心疼不已。阿媽啦面帶微笑，說是想兒女想的。阿媽啦見我和姊姊傷心落淚，便把我倆拉到三幅壁掛畫像前。一幅祖父，一幅祖母，再一幅是位著漢服的男子，濃眉大眼，年輕英俊。阿媽含著淚，帶著笑告訴我們，這就是我們的阿爸啦。她擔心我們忘記您，就把您的模樣給描畫下來了。我和姊姊覺得阿爸一去不返，可能早就把我們給忘了，心中可沒有像阿媽啦那麼激動。不過，我和姊姊很高興看到阿媽啦的繪畫技藝大有提高。記得卓瑪還沒好氣地說了一句：他有阿媽啦畫的這麼俊氣？都是因為阿媽啦把他想得太美了吧！

蕭白石忍不住，取下眼鏡，捂著雙眼低聲哭泣，一聲聲地輕喚：央金，央金，你的心是金子做的啊，是金子做的啊！……我是個負心漢，不配做你的丈夫，不配有你這麼好的妻子啊！你拉扯兩個孩子，多不容易，我空擔著父親的名分，卻沒為他們做過什麼。兩孩子如此優秀，學業有成，都是你的功勞啊。

老嘎扎，親愛的阿爸啦，四年前，姊姊從普林斯頓大學新聞學院獲得碩士學位，隨後入泛美通訊社當記者。我呢，去年從芝大獲得醫學博士學位，留在學校醫院當助理教授。姊姊很為我這個弟弟驕傲，經常替我「吹牛」，叫我「教授」。在美國，哪有二十多歲的醫學教授？姊姊那個記者行業呀，唯恐故事不吸引人，唯恐天下不亂呢！不過，說句公道話，卓瑪姊姊對自己要求嚴格，做事很專業，不胡吹海誇。去年，她因一篇關於達蘭薩拉西藏流亡政府的長篇通訊，獲得了記者協會的年獎，這是很高的榮譽。她說她會繼續努力，求真實，也求真理。不知姊姊是否告訴阿爸啦了，姊姊有男朋友了！名叫扎西多吉，是我們「藏青會」的負責人之一，大家稱他為「雪山雄鷹」，黑紅臉膛，一表人才。阿爸啦，我也是「藏青會」成員，姊姊不是。阿爸啦知道什麼是「藏青會」嗎？它是我們流亡藏人青年一代的組織，並未主張「西藏獨立」，而是遵從達賴喇嘛尊者的教誨「不謀求西藏從中國分離出來，但要求藏區實行高度自治」。

阿爸啦，我知道漢人不喜歡聽到「西藏獨立」這說法。卓瑪姊姊和我也只贊同達賴喇嘛尊者的立場。阿爸啦盡可放心。姊姊告訴我，阿爸啦很快就會來紐約，參加聯合國總部的畫展。我和米雪兒都很高興，為阿爸啦驕傲。我們一有空閒，就不由得會談起您來美國的事。小嘎扎還要告訴您，我和米雪兒已經在為阿媽啦辦理依親移民；如果順利，估計年底阿媽啦就可來美國，和我們團聚。阿媽啦也很高興，說來美國抱孫兒呢。

我很想多知道些阿爸啦現在的情況。卓瑪姊姊在電話裡，在來信中都談得很簡略。好在您不久就會來美，我們見面之後再好好聊啊。這封信，遵姊姊吩咐，交由美方信使送達美駐華使館新聞處轉卓瑪親收，所以一定會安全送達您的手中。切切！

親愛的老嘎扎，扎西德勒！

小嘎扎　敬上

一九八九夏初，芝加哥

又：小嘎扎和米雪兒參加了幾次芝加哥華人在中領館前的集會，支持北京學生的民主運動。

35

蕭白石沒有想到的是，圓善也整晚未能入睡。她悄悄來到小客廳的躺椅旁，見蕭白石已睡著，眼角還噙著淚水，輕推了一下，想讓他回房去睡，也沒推醒。只好取了一床毛巾被，給輕輕蓋上。再又看了幾眼白石手邊的那封信，知道是卓瑪的弟弟寫來的。兒子都認上門來了。

天亮時分，圓善藉著窗外朦朧曙色，開始收拾自己的衣物。她越想越不好受，越想越覺得尷尬。寒心！在這個家裡，雖說蕭母待她如己出，可她究竟算這家裡的什麼人？兒媳不像兒媳，長嫂不像長嫂，妻子也不像個妻子！特別是那卓瑪每次來做客，她都得裝出一副笑臉，親親熱熱招呼著，善待著、奉承著。在卓瑪面前，自己怎麼都該算個後媽吧？可人家不認，見了面就尷尬地笑笑，不知道怎麼稱呼似的。唉，也難怪人家姑娘，有一次差點兒就叫她一聲「姊」。算一算，自己頂多只比卓瑪長了一歲兩歲。這叫什麼事兒？在卓瑪心裡，她母親央金才是蕭白石的妻子。

圓善越想，氣兒越不平。這個家，她是待不下去了。至今連個名分都沒有。她只是個同居者，非法的，出門都被人指背脊，去醫院都不敢讓蕭白石陪同。可是，說千道萬，自己又能上哪兒去？回香山定慧寺去？不久前，自己不是咬緊牙關，執意還俗了嗎？佛門淨地，是你圓善想來就來，想走就走的？妙音師傅再仁慈，也無法向寺裡的師姊師妹們作交代。苦海無邊，回頭是岸，另入佛門？你挺著個肚子，真真異想天開哩！臨了，回青陵老家鐵家莊去？出了家的女兒懷著孩子回家待產，那還不把老爹活活給氣死！教他老人家在鄉裡鄉親面前如何抬得起頭？全村男女老少的唾沫星子都能把人淹死的。

圓善把一件件疊好的衣物放入一隻帶小軲轆的行李箱，心裡繼續亂著：多少年來，人們愛說鄉愁、鄉戀，好像這世上的遊子，都該患上思鄉病。可笑得緊的是，誰要真在外邊犯了事，倒了楣，老家才是個萬萬回不得的地方。毛主席當初懲治讀書人、右派分子，都是要把他們「遣送回原籍交當地革命群監督勞動改造」呢。對了，前年的春晚，有個美國華裔青年唱了一支臺灣歌曲〈故鄉的雲〉，唱紅了大半個中國。那歌是怎麼唱的？圓善還記得幾句：「天邊飄過故鄉的雲，它不停地向我召喚。……當身邊的微風輕輕吹起，有個聲音在對我呼喚：歸來吧！歸來喲！浪跡天涯的遊子；歸來吧！歸來喲，別再四處漂泊」……那時，圓善皈依佛門不久，聽了這歌，還很感動。師姊師妹們每天修完功課，也不由得悄悄哼上幾句。有一次，妙音法師說法，藉這事道破紅塵。妙音法師說：古時候，有「富貴不還鄉，如錦衣夜行」一說，意思是一個人在外面做了官，發了財，名利雙全如果不回家鄉顯擺，則如同身著華服夜間潛行，沒有意義。你富貴了，發達了，衣錦還鄉，光宗耀祖，才是真正地志得意滿，揚眉吐氣。唐朝末年，有個叫韋莊的才子，寫了首〈菩薩蠻〉，很有名：「人人盡說江南好，遊人只合江南老。春水碧如天，畫船聽雨眠。爐邊人似月，皓腕凝霜雪。未老莫還鄉，還鄉須斷腸。」這首詞的意境很美，歷代廣為傳唱，當然不同的人也有不同的解釋。一種說法是，如果你在外面沒有獲得功名，沒有升官發財，而是窮愁潦倒，你就是老了，也不要回到老家去，因為老家的人會看不起你，甚至歧視、作踐你；另一種解釋是，江南山美水美，氣候宜人，物產豐饒，最適合居住，如果你人未老卻離開江南，回到老家，結果發現老家處處不如江南好，將後悔不已。

圓善懷著感恩的心情，回憶妙音法師的教誨，撫平自己的心緒。妙音法師還提到過宋代大文豪蘇軾。蘇軾原籍四川，他因為反對宰相王安石變法，被人誣告，坐過牢，還險些丟了性命。後來一次次被貶官，發配到邊遠之地。他有句名言：「此心安處是吾鄉」。意思是，我每到一個新的地方，都安下心來，把那裡當作我的家鄉。他做杭州通判，修浚西湖，築了一條長堤，後人稱為「蘇堤」；他後來被發配到當時還是蠻荒之地的廣東惠州，他不以此為苦，當地盛產荔枝，寫了詩，「日啖荔枝三百顆，不妨常做嶺南人」。往後，他更被發配到海南島的文昌縣，真個是天涯海角了啊！可蘇軾不向命運低頭，與當地人和睦相處，興辦學校，傳播文化，喝土酒，食生蠔，還寫了著名的「食蠔經」。蘇東坡大半輩子都在厄運中度過。但他達觀、樂天，表現出頑強的生命力，直到六十多歲才回到江南，客死江蘇常州。他用一生踐行了那句「此心安處是吾鄉」。妙音法師說：我們出家人，六根已盡，雲遊四方，到了哪裡，就安心在哪裡，好好修行，莫要朝三暮四，最終得以修成正果。

妙音法師著眼於教誨師姊師妹們潛心向佛，清靜修行，不受世俗庸念的煩擾。

老家，老家啊！圓善還聽一位師姊悄悄議論過：老家才回不得呢！人說好馬不吃回頭草呢。老家的人怎麼啦？老家人大多勢利。不信，你當個花子回去看看，老家人會比異鄉人更看不起你。又譬如，在外面讀了大學、當了幹部的人，一但上級認定你犯了錯誤，要懲罰你，就有個政策叫做「遣返原籍」。尤其是那些地富出身，家庭成分高的人，最害怕的就是被遣送回老家，因為老家的人本來就嫉妒你在外風光了得，好了，你都被政府開除回來了，那還不往泥裡水裡踩你！許多人回了老家沒兩年，就沒命了。

不想了，不想了！圓善的腦袋都要裂了。反正青陵縣鐵家莊，是無論如何都不能回去了。看還有哪兒可以去呢？圓善搜索枯腸，一個念頭忽然在她的腦子裡一閃，對呀！大哥鐵英不是在深圳一家有名的武術館當教頭嗎？嫂子是深圳本地人，婦科醫生，性情好，很會疼人，前幾次來信，都歡迎她去深圳住些日子。大哥從小就護著她這個唯一的妹妹。他可是個有本事的人，少林寺小沙彌出道，學成一身了得的武功，四、五條大漢都近不了身的。深圳又是個經濟特區。圓善也不清楚這特區到底有什麼特別之處，只聽說臨近香港，外來人口多，好像醫院也不似內地這麼死板，生孩子、墮胎都要孩子的父親出面，要開單位證明信。去年有一次，在楚將軍府，偶爾聽到一句傳言，說是中顧委主任陳雲同志看不慣深圳，特區成立十多年了，他從不去視察，未踏足深圳特區一步。陳雲說：深圳那個地方，除了那面五星紅旗，其他的統統都是資本主義、資產階級的了。

事到如今，只有這條路了；幸好兄嫂還不知她懷孕的事，等見了他們再說吧。圓善主意已定，不再掉淚了。她想早飯後，找個由頭，悄悄去附近郵局，給深圳的大哥大嫂發封電報，告知自己近日會來深圳，可能多住些日子。

天已漸次大亮。圓善收拾衣物，有些響動，把客廳裡熟睡的男人給吵醒了。蕭白石起身進到臥室，見圓善正在往一隻大箱子裡裝衣物，一時不明事理，竟嬉皮笑臉地問：娘子你這是準備去哪兒旅行？

圓善原本就滿心委屈，一聽這話，氣不打一處來，一改平日柔和溫順的性子，竟兩眼錐子似地盯住男人，恨恨地說：我就是要旅行！就是要離開這個家，離開你個沒心肝的男人！

蕭白石從沒見過她如此生氣，如此出言不遜。仔細瞧瞧，不像撒嬌，也不像說笑，於是急了，一把擋住：你這是怎麼了？怎麼了？這個家怎麼開罪你了，容不下你了？你說，你和我說呀！

圓善到底忍不住，眼淚落下來，也不敢放聲大哭。蕭母畢竟就在隔壁。

蕭白石丈八和尚摸不着頭尾，見圓善滿面淚水，渾身顫抖，便摟住她問個究竟。誰知圓善一把將他推開：別碰我！往後也不要碰我。打今兒起，你是你，我是我，我們誰也不認誰的。

蕭白石憐惜圓善懷著身孕，也不敢強摟她。他滿腔的悲歡也湧了上來，帶著哭腔說：孩子他娘！好好的，這是怎麼啦？怎麼啦？你就是有天大的委屈，也要告訴我呀！老天在上，我蕭白石年近半百，得了你這個寶貝，我是真心愛你，真心的呀！

圓善見他說得真切、動情，心裡登時軟了，反正就是個走字，說明白了再走也行。大路朝天，各走一方。圓善把眼淚一抹，不哭了，正色道：在這個家裡，我算個什麼人？你說！我不管你是什麼人物，什麼大畫家、藝術家。

蕭白石見她不哭了，鬆了口氣。他說：在這個家裡，你是我娘的大兒媳，是我蕭白石的妻子，是我孩子他媽。

圓善呸了一聲：我配嗎？只是你一個姘頭加丫頭！你想要就要，不想要就呼呼大睡，只當沒有我這個人。

蕭白石耐下性子，滿臉討饒的神情：此話怎講？寶貝，你太冤枉你哥了！我要不真心對你，或是有個三心二意，出門就叫車撞死！

圓善冷笑：你也不要發毒誓。那我問你幾句話，你要實實在在告訴我。

蕭白石連連點頭，委屈、詫異、擔驚受怕寫了一臉：你問，我一定如實回答，坦白坦誠。

圓善把旅行箱合上，問：你有兩個弟弟，一個妹妹。我搬入你蕭家已三個來月，我和你二弟妹、三弟妹、你妹妹、妹夫三天兩頭碰面，你聽見他們叫過我一聲「嫂子」嗎？

蕭白石楞了，他的確沒有聽到他們這麼叫過。於是，他趕忙解釋：弟妹們、妹妹、妹夫可能一時不習慣，因為你比他們年齡都小。寶貝，你也得承認，我二弟、三弟每次見了都是嫂子長，嫂子短的稱呼你。我小妹在婦產醫院當護士長，你每次去醫院做檢查，她不是抽空來關照，扶進扶出，這比叫聲「嫂子」更親熱、更實在不是？

圓善聽了，心頭一熱。她原本也是找個由頭發難，嘴裡不免還硬著：反正沒叫過。

蕭白石搓搓手：這還不好辦？下次家裡聚餐，我讓他們叫你就是！哦，你還有什麼要問的？

圓善雙眼又泛起淚光：還有你那個寶貝閨女，美國記者，來家也有三、四次了吧？她總是臉紅紅的，避免稱呼我；後來，乾脆叫我圓善。你說，我算不算她的長輩？你說話！

蕭白石見她這麼問，竟笑了起來：卓瑪丫頭啊，你想讓她叫繼母一聲「媽」？這個……這個嘛，人家只比你小個一、兩歲，有些不好意思。哦，她可能也擔心你不喜歡，怕把你叫老了嘛。這樣吧，我可以從旁提醒。……蕭白石說到此處，嘴裡「嗞」了聲，舉起手來：對了！人家美國孩子，可以對老師直呼其名，也可以對父母直呼其名的！這就是了，這裡啊，有點兒文化差異。你不要誤會，寶貝。

圓善今天是下定決心不妥協、不服輸。她說：我不管她是美國人，或是西藏人，也不管她的年齡比我小多少。論輩分，她就不該這樣。

蕭白石息事寧人：好好，這一條，我記住了，記住了。下次卓瑪來，我定讓她當面叫你一聲

「媽」。不然，我不饒她。哦，還有問題嗎？

圓善心中的委屈到此也只消融了一半，還有最要緊的問題如鯁在喉，還剩下一問：我問你，我是你的什麼人？

蕭白石兩手一攤：不是早回答了嗎？你是我妻子，我孩子他媽。

圓善紅了臉，啐了一口：你把這稱呼掛在嘴上，管什麼用？政府同意了嗎？派出所認可了嗎？告知了這胡同裡的老少爺們嗎？在他們眼裡，我和你是非法同居，非法懷孕！

蕭白石這才恍然大悟，圓善原來是為這事生氣，鬧彆扭。這也怪自己，沒有及時和圓善溝通，只想著到時給她個驚喜。蕭白石偷笑一下，端端架子，乾咳兩聲，這才拖著京劇道白的腔調說：娘子呀，你、你、你、你冤殺為夫的了！圓善白他一眼，沒有出聲。蕭白石接著說：前些時候，我一直在和杜胖子嘀嘀咕咕，商量一樁要事。我託杜胖子拉關係，行雅賄，走後門，前幾日悄悄把你的戶口關係從香山定慧寺那旮旯，遷移到俺朝陽區左家莊派出所來了！此事原不該瞞著娘子，為夫的這廂請罪了！還有，前些時，為夫的不是拉著娘子去照相館拍了雙人照嗎，彩色的，還讓你戴了髮套。那也是託了杜胖子走門子，到市民政局婚姻登記處，給辦了中華人民共和國居民結婚證，一式兩份，女方男方各一份。昨日，杜胖子處長大人電話通知，說事情已辦妥，只需我倆本人去核對證件，方可領取。昨兒忙得不可開交，原想晚上告知娘子。在我眼裡，結婚證書不過是一張紙，而你是我的娘子，誰也改變不了。你知道，我收到了小嘎扎的信，夜深人靜時，讀得心潮起伏，累著了，在躺椅上睡了過去。蕭白石拍拍巴掌，又拉腔拉調地說：今日天氣晴和，不免帶我小娘子去婚姻登記處走一遭！

圓善一路聽他說下來，氣已消散，心裡像蓄了一缸蜂蜜般地甜啊。她渾身像散了架似地發軟，喜極而泣，用小拳頭敲著蕭白石的胳膊：你壞！我讓你壞！讓你壞！辦這麼大的事都瞞著人，瞞著人！

蕭白石如釋重負，從頭到腳都輕鬆了，滿臉堆笑：為夫的罵不還口，打不還手，娘子你輕些兒打罷！打重了，娘子也是心痛的……老太太快起來了，娘子該做早飯去也。

雲開日出，圓善噗嗤一聲笑了。

36

這天上午，蕭白石帶著圓善到市民政局婚證處，領取結婚證書。女辦事員仔細核對圓善身分證上的光頭照片，笑了笑：還俗了？恭喜！恭喜！那目光閃過來，彷彿有一句話沒說：因失戀出家，因戀愛還俗，現如今不是新鮮事兒啦！圓善紅了紅臉，送上一盒巧克力喜糖。佛祖保佑，她心裡懸著的一塊石頭總算落了地。可是，世俗生活還是難得消停，下一步，又該著白石去託關係、走門子，求市計生辦撥一個「准生指標」給左家莊街道辦事處，還得具體落到她和蕭白石的名下。如此這般，圓善才能把肚子裡的寶貝合法生下來。否則，她即使不被街道計生辦幹部強制拉去墮胎，孩子生下來也是個上不了戶口的「黑孩兒」。圓善記得青陵老家鐵家莊的黃土牆上就刷著兩條大標語：「刮下來，打下來，就是不准生下來！」「不怕血流成河，不准多生一個！」可怕不可怕？人民政府為人民服務，結婚得政府批准不說，懷孕也得政府批准，生娃更得政府批准，否則，臨產時醫院都不敢收你。

從婚證處出來，蕭白石讓圓善先坐公車回家，給老太太報個喜訊，讓放下心來，好好樂一樂。他自己順道去市公安局出國人員護照申領辦公室，把護照的事也給辦了。不是有支歌兒唱道：今天是個好日子，心想的事兒都能成……

蕭白石性急，想在午前趕到護照辦。全國人民都知道，黨政衙門有午休時間，雷打不動，若是遲一步，那就得空等上兩個半鐘頭。還好，蕭白石趕點兒到了護照辦。他一看那情形，著實意外，申請人已排了四條長龍。他在其中一條龍尾站隊。不多一會，他身後又來了十好幾口人。看看手錶，不急，心想：姥姥的，這年月，登記結婚的人不多，申請出國的人不老少，像趕末班船似的，都急著往外跑。《北京晚報》有文章評議過這現象，過去說「此處不留爺，自有留爺處。處處不留爺，爺們投八路」！現在該改成「爺們美國去」了。香港人有投票權，稱為「用腳投票」。

大廳北端的服務臺並排坐著四位穿警服的女工作人員，每人面對一條人龍。因她們要核查、核收每位申請人的表格、照片、境外邀請函、單位批文、分局批示等等，進度不是很快。人得有耐心，也沒個椅子給坐坐，七、八十歲也得規規矩矩站立著，有的還拄著拐杖、坐著輪椅。放眼望去，任誰都沒脾氣，蓋因能否通關取得護照最緊要。

蕭白石就這麼站著，一步步往前挪，等了兩個多小時，中間去了一次廁所。市局算是「全心全意」，在大廳左側拐角有廁所。工作人員輪流午餐，沒有午休。

謝天謝地，終於輪到蕭白石了。他遞上所有文件、證照。工作人員逐項審核時，他無言地等待，時間有點兒長，心裡有點兒沒底，也就有點兒無聊。他發現女工作人員長相不賴，可不能盯著人家看。這地方也沒別的東西可看，眼睛不知往哪兒落才好。他瞧見對面牆上的紅標語：胸懷祖國，放眼世界！蕭白石心想：文字有點兒過時了，顏色也有點兒舊了。哼，如果他們痛快點讓我拿到護照，我願意寫一幅大號仿宋字標語相送。啊呀，怎麼一不小心就動腦筋如何行「雅賄」？難道這是咱國人的「新國民性」？

工作人員態度還算好。她再次看看信紙上方的聯合國國際開發署頭銜，又瞅了蕭白石一眼，輕聲說：畫家呀！去聯合國哪，好事兒！我弟弟也喜歡畫畫。你們單位為什麼不派人替您來辦？讓您親自跑來？說著，女工作人員再又把申請資料快速核對一遍，給了蕭白石一個號碼。她眉眼帶著那麼點兒嫵媚，親切地囑咐：我會替您盡快些辦。特事特辦。我們處長開會去了，明兒一早上班，就請他簽字。下午三點，您就可以來領照了。若是按一般申請排隊，至少得等三星期，甚至一個月。蕭白石一聽，高興，連聲道謝，心想：這妞兒人長得俊，心地也善，不知她姓什名誰，日後或許能回個人情。

第二天下午，蕭白石準時來到護照辦領證窗口，遞上昨天的那個號碼。窗口內坐著位中年女警員，認真查看了他的居民身分證，這才說：蕭白石，畫家同志，對不起，您的護照還沒有下來。蕭白石心一沉，說：可昨天，那位女同志要我今下午三時來取證的呀。中年女警員說：您稍等，我去請示一下處長。蕭白石點頭，心想：能去請示也算個轉機吧。

不一會，蕭白石聽得幾聲咔咔的皮鞋跟響，女警員返回，客氣地說：蕭畫家，我們處長要親自和您核對一下您的申請表格。請，這邊請。

蕭白石進了處長辦公室。一位瘦高個中年人從辦公桌邊站起，伸手與他熱情相握：蕭畫家，久仰，久仰！請坐！蕭白石見桌上已擺著他的申請文件，小心地問：處長，我的表格有什麼不妥當的地方嗎？朝陽分局領導已經核實了的。……

處長態度和藹，神色顯示出辦事幹練：沒錯。你們朝陽分局領導已經核批了。不過，在我們這裡，是最後一關，要對國家負責，也要對您本人負責。蕭白石不知他葫蘆裡是什麼藥，耐住性子，不安地問：有什麼不妥的？處長您直說吧。

這時，一位年輕女警端來一杯香片，放在蕭白石面前，然後面帶微笑退出。顯然，這是給他的禮遇。處長摸摸瘦臉頰，然後沉靜地翻閱申請表格。待翻到某一頁，停住，將表格推到蕭白石面前：蕭畫家，您自己看看吧。您的生平簡歷欄裡，從一九六一年春至一九六七年秋，整七年時間，您在青海牧區的地址都不詳。按組織規定，哪年哪月住在哪個地方，都必須填寫清楚，並且提供證明人。我知道，也很同情，您一位中央美院的高才生，十七歲上被劃為右派分子，吃了很多苦頭。那是時代的錯誤，也可以說是歷史性的錯誤。您一九六一年春去青海小柴旦勞改農場看望父親，見了最後一面，這我們是清楚的。我也知道您父親被判重刑是樁冤案，已經平反了。您可謂一名大孝子，當年以待罪之身，在大饑荒年月遠赴青海大漠探望父親。今天看來，仍是了不得的大孝行哪，說不定還是很好的電影題材呢。不過，您一九六一年初夏從那勞改農場出來，就一直在青海藏區流浪，替藏人幹活，畫唐卡，整整七年時間，您就一個地址都不記得了？真的什麼都不記得了？

蕭白石舉杯喝茶，還沒嗅到香片的熱氣就放下杯子：這事，從文革中到文革後改革開放這些年，我也經過了幾次人事審查，都是這樣填寫的表格。你們市局的馬處長就是證明人，她簽了字的。

處長點頭：知道。馬四姐、馬處長，紅四方面軍西路軍的革命烈士遺孤，我們都很敬重的。但她簽字證明的是你一九六一年春天確是乘坐火車從北京去了青海，再者就是一九六七年夏天，您確是跟隨她那個「西路軍遺孤造反團」回了北京。但這當中的七年，您在青海藏區的活動和經歷，馬處長並無法替您提供證明。所以，按照組織的有關規定，我們還是要求您填寫清楚。

蕭白石知道自己在這節骨眼上遇到了僵化分子，不禁有些焦躁，犯急：處長，這麼著和您說吧。那幾年，我確實陷在青海大漠，身處絕境，走投無路。我不想死，出於求生本能，只能從一個綠洲流浪到另一個綠洲，行乞，替那些游牧藏民人家放牧、打草，也在寺廟裡畫過唐卡，做過木工。但那些小塊綠洲，連名字都沒有，再說我也不懂藏語。藏民過的游牧生活，每年都要轉場，換地方。您叫我怎麼寫得出來！再說，青海地方那麼大，單是柴達木盆地，就比整個河北省面積還大。您難道要我填寫一些假地名，假人名不成？那不成了對組織不忠實，不忠誠嗎？

處長看著申請表格，並沒有計較蕭白石說話時的情緒。他蹙著眉頭思量了好一陣，態度有了轉圜餘地：蕭畫家，我了解您這次是受到聯合國邀請，去展出您的保護森林環境的畫作。好事兒！好事兒！為國增光，替市裡長臉！我們沒有不支持的道理。……但是，我們犯難，您也犯難。您看這樣行不行？您去請市委領導簽個字，領導負責，把您的護照給辦了。

蕭白石心裡光火，真想起身就走：老子不去什麼鳥聯合國了！老子到廣場上鬧騰去！打倒這王八蛋政府！……但他終究還是控制了自己，還問了一句：有馬處長簽字還不行？

處長搖搖頭，語氣不高，但很明確：不行。馬處長只是個證明人，且與我同一級別。這件事只能由市委副書記或級別更高的領導人作主。蕭畫家，您的申請材料，暫時留在我這裡。只要您拿到了市委領導的批條，我們立馬給您護照。您是名人，作品很多，聽說外國友人都欣賞，都捧場。這點事兒還辦不到？

蕭白石沒轍了。他出了護照辦，兩眼一抹黑，向誰求助去？想來想去，也只有一個杜胖子了。他垂下頭，暗自承認自己無能：在這個社會，他除了能動動畫筆，耍耍貧嘴，簡直就是個白癡！這回呀，如果杜胖子也鞭長莫及，那就沒戲了。唉，那就歇菜吧，他自言自語。看看錶，已是下午四點。找到一處公用電話，投進去兩毛五分錢硬幣，先撥了杜胖子的大哥大號碼，沒人接聽。還算好，蕭白石口袋裡還有硬幣，又一個接一個投夠了數，撥了杜胖子總經理辦公室的號碼。嗨，這時刻聽到哥們聲氣兒，勝似天籟。杜胖子問：哥們，您在哪兒？蕭白石嗓子眼乾澀著，舔舔唇舌，說：在街上。這不，今兒上午和圓善去領了紅本本。杜胖子一聽，嘿嘿笑著道喜，又問：您還在外邊兒閒逛什麼？蕭白石支吾一聲，說：哥們，你為我和圓善拿紅本兒的事出了大力，我得當面給你道個謝。杜胖子鬼聰明：哦，來吧，來吧！我在辦公室恭候。您老兄，不定又遇到什麼麻煩了吧？再要小弟為您兩肋插刀不是？

好在這公用電話亭離杜胖子的演出公司不遠。蕭白石心急，望望馬路兩頭，也不見公車的影兒，乾脆不等了，撒開腳丫兒穿行兩條街、三條胡同，也顧不上看街道兩旁那些掛著、飄著的標語和橫幅寫了些啥。無他，不外乎北京居民支持廣場學運的口號什麼的。

杜胖子已經在樓口等候了，見面就開玩笑：哥們，謝媒來了？我可沒給你和圓善保媒呀！是你破了小師姑的清規戒律，先懷上了，再補辦小紅本不是？

蕭白石說：別貧了，您也該到點兒了，咱倆找個清靜的館子，喝冰啤去。……我忙到這會兒，肚子貼到後脊梁了。

杜胖子說：是啊，都快五點了。我鎖了辦公室才出來的。這隔壁就有家川菜館，老闆娘和我老熟，咱要個小單間，邊喝邊聊。

幾分鐘後，兩人進了「蓉城川菜館」。老闆是位半老徐娘，姿色頗佳，嘴皮子更是了得，見了杜胖子，亮開脆生生的嗓門：杜處長到嘍！歡迎歡迎！樓上單間，請，請！她一口西南官話原汁原味，在這京城的川菜館子裡倒是一點兒也不違和。女老闆扭著小蠻腰，親自領著杜、蕭二位上樓，開了走廊盡頭的單間。這地方果然避靜，裝修也時尚，是個談話的好去處。客人甫坐定，女老闆已麻利地上了茶，拋了個半真半假的媚眼，問杜胖子：這位朋友、先生，怎麼稱呼？喝點啥子？瀘州老窖，還是五糧液？杜胖子呵呵笑著，油嘴滑舌地說：我這位好友可是有來頭，大名人，回頭再慢慢兒向您介紹。今天啊，他請客，闊綽些，先給我們來半打青島冰啤。下酒菜嘛，還是您這兒特色佳餚：葱爆牛柳、豆瓣燒胖頭魚、油煎基圍蝦，外加一份時菜。女老闆寫下菜單，嫣然一笑：好了，好了，很快上菜。店裡送例湯、米飯和甜品。現刻還不到飯點，不算忙。女老闆退出，將單間門帶上。

杜胖子喝了口茶，說：不錯，峨眉山雲霧茶，平日裡，老闆娘自個兒享用的。他又望著蕭白石，笑了笑：要不要給家裡掛個電話？噢，已經給圓善說過了，找我來了，道謝來了。好好，今兒個也該著我宰你一回了。為了替圓善遷戶口的事兒，我跑了兩趟香山派出所；為了給你們通關節辦證，我找了三回市民政局婚證處的老朋友。當然，都是用你的畫作開路，當今算個斯文雅致的路條。老哥，您有這本事，不算虧。這「雅賄」嘛，還算好，咱不用提著大扎毛大頭的公文包去求人辦事……唉，這年頭，這官場風氣，這黨風政風哪！不找門子，不尋路子，寸步難行哪。

蕭白石一時變得十分沮喪，低著頭，弓著背，被壓彎了腰似的，滿臉沮喪：兄弟，我真是自個兒都瞧不上自個兒。什麼名畫家、文化人！狗屁不值。年近半百，辦個結婚證，都要拜託我兄弟拿了畫作去打通上下關係。您說說，我姓蕭的還有什麼做人的尊嚴？還有什麼資格自稱文化人？我他媽的丟人都丟盡了，都沒資格做個堂堂正正的人了。

杜胖子不笑了，覺著詫異：喂喂喂，老哥您怎麼啦？平日裡嘻嘻哈哈的沒個正形，現在剛拿到紅本本，成就了這頭等人生大事，喜慶事，卻像個喪門星似的！您今天是請我喝您的喜酒嗎？對了，您還有事兒要接著辦，手裡有了紅本本，下面就是去弄個計生指標。我琢磨，少不得又要老弟我出馬，替您再去「雅賄」一回。

蕭白石咕咚喝了口熱茶，也沒喝出什麼味。他穩了穩情緒，可一開口又嘴裡跑馬了：兄弟，我謝您！怎麼謝都謝不完的。沒有您這些年來的相助，不離不棄，我簡直會一事無成。……是的，還有個計生指標，計生指標哪。……我看不起我自己，你知道嗎？我成天也喊反腐敗，支持廣場學生們向政府提出的廉政肅貪、政治改革要求，可自己辦事呢，次次都要靠「雅賄」，靠腐敗開路。唷，好在兄弟您也不怪我，次次幫助著我。說實在的，我這「雅賄」和人家提著一口袋毛大頭去求人高抬貴手有什麼不同？兄弟您知道，我蕭白石的畫作，自傳出聯合國邀請去作個展，行情已經漲了好幾倍，市面上已炒到八千、上萬元一尺！我這不是在作踐自己嗎？我還有什麼藝術家的清高可言，我連起碼的人格、自尊都撐不起來了。

杜胖子不知他老哥這唱的是哪一齣，迷惑不解：喂喂喂，您老兄這不連老弟我也一塊兒罵了嗎？日後我還敢替您辦什麼事？況且如今社會，改革開放，搞活經濟，滋生些腐敗現象也是無可避免的。去年，對，是去年吧，趙紫陽總書記一次內部講話，引用了新加坡某位人物的名言：在發展中國家，尋找經濟繁榮、民生富裕的過程中，適量的腐敗現象，往往能起到制度潤滑劑的作用。公職人員利用職權貪汙腐化的問題，只能通過民主法制來解決。

蕭白石哼了一聲：這叫腐敗合理論！難怪你們不贊成廣場學運，乃至不反對武力對付學運！

杜胖子臉都紅了，搖手：喂喂喂，您今天是不是擺鴻門宴？我杜某人形單影隻，既無樊噲護身，又無亞父護駕。你要再這麼著，我轉身退席了！

蕭白石急了，朝腦門拍一掌，連忙起身把杜胖子按在椅子軟墊上：對不起，對不起！我情緒不好，一時糊塗，口不擇言，口不擇言哪！我蕭白石不能沒有您這個朋友，不能沒有您這個比親兄弟還親的朋友啊！

兩人正說著，門開了，女老闆領著男服務生，把酒菜端來，一次上齊。女老闆還親手開了兩瓶青島冰啤，放在兩位客人面前：慢用，慢用！之後，笑吟吟地退下，掩上了門。

杜胖子聽了蕭白石的道歉，又見到美酒美饌，味蕾頓開，一時又快活起來：爐邊人似月，皓腕凝霜雪。藝術家，方才這娘子，是不是有點兒卓文君的風韻？

蕭白石也笑了，暫且把煩惱放一邊兒：這不，剛才還說我沒個正形呢！我問您，這話什麼意思？難不成您把自個兒當成司馬相如，想來一曲「鳳求凰」？當心哦！您家裡那位嫂夫人可不好惹，泰山大人可是位副國級噢。

杜胖子舉杯：豈敢，豈敢！給在下一百個膽兒都不敢。不過是嘴皮子閒了，說句玩笑話，解解悶，提提咱的酒興而已。老兄啊，我的演出公司名下有幾大國家級劇團、劇院，哪一團、哪一院不都是些閉月羞花、沉魚落雁的人兒，我可是嚴肅的很哪，當今柳下跖第二呢！

蕭白石將一杯冰啤舉了舉，一飲而盡：來來，兄弟，謝謝您！千恩萬謝的還是您吶！趁熱，趁熱。咱兄弟倆都這把年紀了，青春年華都當了右派分子，是不能花心了。來來，哥我好些日子沒有犒勞過您了。

人說越是胖子越好吃。杜胖子大快朵頤，酒至半酣，醉眼矇矓，問：哥，您今兒是不是還有什麼事要說說？您自己不好說，我替您說出來。是不是辦護照的事，撞上南牆了？

真是個機靈鬼！蕭白石心裡憋著一股氣，改變了想法，決定不再麻煩杜胖子了，於是淡淡地說了一句：小麻煩，哥我自己能擺平，搞定。

杜胖子說：好！人就是要勇往直前。護照處那個瘦子處長，人稱「鳥過拔毛」。他是不是暗示過，欣賞您的畫作？

蕭白石直著脖子，吞下一箸牛柳，將手中的筷子一揮：他？哥我再行「雅賄」，也輪不到他屎殼郎！算了，不說這些個掃興的話了。近幾天，有關廣場上的學潮，有啥新鮮傳聞？

杜胖子吃著胖頭魚，用餐巾紙揩揩嘴，說：有哇！聽說碩果僅存的兩位共和國元帥——聶帥和徐帥，聯名上書給鄧小平，反對調野戰軍到北京，反對武力解決學運。

蕭白石朝桌上一拍：好，好！這事我也聽說了。八上將上書之後，又有聶榮臻、徐向前兩位老帥上書。鄧小平那個中央軍委，恐怕有得好瞧的了。來來，乾杯，乾杯！那句順口溜咋說的？關係淺，舔一舔；關係深，一口悶！關係鐵，喝出血！關係好，有得找！

37

蕭白石醉醺醺回到家裡，圓善和老太太已吃過晚飯了。老太太喜眉笑眼：請杜先生喝酒，也不告訴娘一聲，我也該敬他一盅的。哦，還有一件事，哪天帶上你媳婦，去她老家一趟，拜望你岳丈大人，見見她的兄長。圓善聽了，兩頰一熱，倒不為別的，主要是想起父親的脾氣，擔心不認自己的女婿。圓善說：我要給深圳的大哥寫封信，寄張照片去。我大哥和大嫂都說了，邀我們去小住，算是旅行結婚呢。

大家都累了。看過電視晚間新聞，草草洗漱，早早上床。圓善把兩個紅本本翻出來，當心肝寶貝似地又看了一遍，放到枕頭下枕著睡覺。正待關床頭燈，瞅見蕭白石兩眼看著天花板，悶著不言語，覺著他有心事。圓善輕聲問：今天拿了證，你還不高興啊？白石伸臂摟了摟她：高興，高興，總算把你栓在我褲腰帶上了，跑不掉了。圓善親他一口：俺就喜歡你個沒正形的樣兒。嗯，是不是領護照的事，又叫你犯難了？蕭白石心不在焉：有什麼事難得住你老公？大不了再「雅賄」一回。反正如今這社會辦事，靠腐敗開路。圓善問：啥叫「雅賄」？蕭白石「嗨」了一聲：送名人字畫唄。你甭問這事。每幅值個三萬五萬，比那些提著大袋現金上門文雅多了。無論是送的人還是收的人，門臉上都好看多了。圓善說：你的畫也每幅值三萬五萬了？蕭白石聽這麼一問，臉色和緩了些：如今報紙上、電視上宣傳，比什麼都好聽，好看。可咱老百姓想辦事兒，包括送孩子進幼兒園，不走門子，不打通關節都不成。今下午，我提前請杜胖子喝喜酒，就說了掏心窩子的話；我也天天喊反腐、反貪，可自己辦事，又每每要通過腐化手段才成。圓善攥住白石的手：別生氣。如今世道，人人都這麼過，這麼活。咱還能怎麼著？

蕭白石心裡藏著句話，沒對圓善說。那是杜胖子喝高了才吐出來的真言。杜胖子瞇著醉眼說：在人家美國，守法公民都可以擁有護照，這是最基本的公民權利。美國辦護照的手續也很簡便，都不用去政府部門申請。只要去任何一家郵政局，向職員索取一份表格，填寫好，再交上十幾二十美元；郵局職員核對照片、社會安全號碼等資料。一星期後，郵局就把護照送到你家。地處偏遠的公民，甚至都不用跑郵局，只消掛個電話給郵局，要求給寄份表格，填寫好，附上照片、社會安全卡或駕照，寄回郵局。一個月之內，郵局就會寄來一本嶄新的護照給你。嗨，在咱這自稱社會制度無比優越的社會主義國家，普通老百姓很難申請到護照，除非你是政府外派公幹，或是你有外國政府、大企業、大專院校的邀請函，入學通知書，加上你有外國親戚邀請、經濟擔保等等，才可申請護照。任哪你填寫了申請表格交上去，居委會、街道辦事處、派出所、區公安分局、市護照辦層層審查。任哪一個層級，找個由頭就可以卡下你。哼，就看你能不能託人走門子，去疏通關係。天爺，在咱國家做人，國家主人翁，就這麼難。……

蕭白石睜著眼，沉默著。他不願與圓善說這些，擔心影響她今天拿到了紅本本的幸福感。人呀，知道的事兒越少越好，越少煩惱。文革時期，毛左分子有句話：寧要社會主義的草，不要資本主義的苗。瞧，咱這社會主義百草茂盛，都瘋長著呢。入睡前，蕭白石還特意囑咐圓善：別和老太太提起這事，免得老人家又來空著急，瞎操心。至於你肚裡娃娃辦准生證的事，只要我再給出一、兩幅畫去行「雅賄」，準保能從市計生辦弄來一個准生指標。我操他姥姥的，這世道，逼良為娼。

蕭白石迷迷糊糊，一晚上都沒能睡好。其實，自打昨天護照辦那「鳥過拔毛」處長提出要「市委領導批條」那刻起，他就想起了一位可以求助的人物。這人就是市委伍副書記兼市政法委書記，即五〇年代初育才學校的女校長，「一不小心」把他父親蕭繼學打成極右分子的那位伍校長。反右運動後，父親被送去青海大漠勞改農場，蕭白石作為中央美院的右派學生則被送去北郊清河農場勞教。伍校長官運亨通，高升為市公安局副局長兼勞改處處長。一九六一年春，戴著右派大學生帽子的蕭白石得以獲准遠赴青海大漠看望父親，就是由伍處長特批的。大約伍處長念及當年把他父親打成右派，內心有所歉疚吧，也算天良未泯。蕭白石在青海大漠一待就是七年；直至一九六七年秋天，他才乘文化大革命大動盪、大混亂之時，回到北京。在這一去一回的漫漫長途，蕭白石大難不死，還結識了現在的馬四姐、馬處長。當時文革造反熱火朝天，剛返京不久的蕭白石就被捕入獄，與幾名死刑犯同囚一室，差點就被驗明正身，綁赴法場。蕭母萬般無奈，前去求了市革委會伍副主任。所以，伍副主任是他蕭白石的救命恩人了；一九七七年，蕭白石的右派身分獲得「平反改正」。一九七八年，已命喪青海農場的蕭父蕭繼學的「極右派兼歷史反革命」問題得到「平反昭雪，恢復名譽」。市革委會伍副主任已經換了頭銜，成了伍副市長，仍分管公安政法戰線。伍副市長代表市委、市政府，親自上門，送來蕭父的「平反證書」，並對牆上的蕭父遺像三鞠躬，表達了深切的歉意。臨別時，擁抱了淚眼模糊的蕭母，安慰道：過去了，過去了，今後團結一致向前看；進入八〇年代，伍副市長成了伍副書記，仍分管公安政法戰線。有一年春節，伍副書記下基層拜年，檢查工作，正好來到左家莊派出所。承蒙她仍記得蕭家住處，提著一袋蘋果、橘子來慰問蕭母。蕭母念叨伍副書記的好處，特別是她對兒子的救命之恩，讓白石送過兩幅得意之作聊表寸心。伍副書記喜愛字畫，閒時也練練書法，一手顏體像回事兒了。蕭白石有伍副書記家的電話號碼。伍副書記親口說過：有事，可隨時找她；無事，也可以來聊聊書畫。你成了名，不要忘了老同志哦！

別看蕭白石平日裡貧嘴滑舌，沒心沒肺似的，好像心事全掛在嘴上，其實他還是有些城府，時不時逢人說人話、逢鬼說鬼話的。他和伍副書記這層堪稱微妙的特殊關係，就連「忘年交」楚振華將軍、右派老弟兄杜胖子等人都沒給透露過。不到萬不得已，他絕不動用這層關係。他知道，市委領導，尤其是年長的市委領導平日多在家裡辦公。伍副書記就在自己住的四合院家中辦公。不出席會議、不下基層視察、不出國訪問，伍副書記多半在家。

上午十時，蕭白石掛電話過去，先報上姓名。接電話的是伍辦一位女祕書，也操一口悅耳的京腔：蕭畫家好！您稍候，我去報告首長。不一會，蕭白石就聽到伍副書記那略帶蒼老的女中音：白石吧？大畫家，有兩年多沒見了吧？我還好，還好，快離休了，要退下來了。蕭媽媽，您母親還好吧？……我還以為你出了名，出國高就去了。……對對，畫家在海外，謀生不易，只能在街頭給人畫像。中國畫家，還是留在國內，前途遠大。……噢，好好，今兒晚八點，你來看我。好好，正好沒有會議，有我也可以推掉。歡迎，歡迎，晚上見。

蕭白石放下電話，站著沒動，長吁一聲。算運氣不錯，一通電話就約定了見面時間。要在平時，縱是熟人，想見市委領導，也不容易。他咬咬牙，這回誰也不讓知道，包括母親和圓善，當然，也得瞞著杜胖子。捨不得孩兒套不著狼。他豁出去了，珍藏多年的清初大畫家石濤的山水真跡〈山居圖〉，捨出去。至於這幅畫的來歷，說來話長，可以上溯到文化大革命。當時一名紅衛兵小將和戰友們「破四舊」，去抄某民國遺老的大宅子。那遺老被銅頭皮帶打得頭破血流，家裡的字畫文物則被小將們哄搶一空。搶得這幅石濤真跡的紅衛兵小將後來當了知青，下放北大荒勞動鍛鍊數年，天寒地凍，落得個半身不遂；幾經周折，病退回到北京，衣食無著，拄著拐杖在街邊擺地攤謀生。一九七九年，蕭白石正是在地攤上發現了這幅珍品，要價一百二十元，是蕭白石當中學美術教師的三個月工資！那日月他也手頭緊，東拉西扯，好不容易湊得一百二十元人民幣，將畫買下。那知青還發牢騷：反正是不義之財，咱這些紅衛兵被利用之後，就像抹布一樣給扔到犄角旮旯去了，扔到北大荒去了，沒人管了。……蕭白石這回真算是淘了寶。這國寶級的文物，無從論價。且石濤的真跡，國家有規定，嚴禁帶出國門。如果拿到榮寶齋去，人家又要你交代來歷。上哪兒給這幅畫編出個體面的履歷？人家能相信你真是花一百二十元在街邊地攤上買的？再有，這畫放在家裡，若被人惦記著，也是個隱患。沒辦法，這就是咱的國情不是？

蕭白石花了整下午功夫，從好幾百卷畫稿中，尋找那幅〈山居圖〉。他清楚記得，這幅他視為珍寶的稀世名作被包捲在一個硬紙卷筒中，可現在怎麼也找不著了。

為慎重其事，他還特意約了開出租車的老二，說傍晚七時半他要用車，車資面付。

然而，遺憾的是他找不到那個硬紙筒了。他記得確是從大將軍胡同楚府那畫室裡搬回來了！再說，他也從未給楚府的人賞閱過，連楚將軍都不曾知曉他收藏有這幅名畫的呀！咋辦，咋辦，失竊了？但家裡這些年從未丟失過什麼呀。唉，退而求其次吧，送一幅自己的畫作去？可前些年已經送過兩幅，人家伍副書記賞臉，掛在客廳裡，與當代名家黃冑、李可染等的大作並列。如今若是送第三幅上門，顯見是掉價了，還不如不送。蕭白石找畫找出一身臭汗。圓善幾次問他找什麼，他都不耐煩地揮揮手：你不知道的，別添亂。

功夫不負有心人，蕭白石終於在日落前找到了石濤的畫。原來，他又在紙筒外加裹了一層牛皮紙，放在畫室最隱祕的角落。真是應了人們那句話：越是用心珍藏的物件，最後總是自己都找不著。

蕭白石匆匆洗了澡，換了身出門的衣衫，又趕緊扒拉了幾口晚飯。這時，老二的車到了。蕭母問老大這是要去哪兒，急吼吼像火燒屁股似的。蕭白石對母親說了聲：搞廉政建設去。之後，就上了車。

老二見他這一身穿著，又提了隻畫筒似的物件，就什麼都沒問，一路上只聊了些絕食學生領袖舉行廣場婚禮之類的新聞。八點差五分，老二按地址把車開到東城燈市口附近一座灰牆上有鐵絲網的四合院門口。蕭白石下車前，老二問：哥，完事了，要不要我來接你回家？要的話，你就給個電話吧。

蕭白石下了車，老二開車離去。蕭白石在大門前站定，還未按響門鈴，大門旁的一扇側門就開了。一名女祕書微笑著站在門邊相迎：蕭畫家吧？首長囑我提前五分鐘來等您。您真準時。說著，女祕書領著蕭白石穿過花木扶疏的前院甬道，進入大客廳後面連著的一間小客廳裡。正在看電視的伍書記坐在一張硬木圍椅中，滿面笑容地伸出手來：歡迎，歡迎。坐，坐我身邊這沙發，好說話。她示意女祕書把電視機關了。茶几上的水晶盤擺著時令鮮果：甜杏、沙果、早桃、香瓜，色彩豔麗，透出淡淡清香。蕭白石想：這果盤可供靜物寫生呢。

蕭白石留意看了看牆上，那裡仍懸掛著伍書記丈夫的遺像，一位身著中將軍服的英武好漢，去世前曾任大軍區司令。

小蕭，怎麼樣？老樣子，好，老樣子就好。母親好嗎？也是老樣子？好好，老樣子就好。小蕭啊，聽說你出大名了，名聲都傳到聯合國去了，好啊，好啊。蕭家出了你這麼個後代，光榮啊。我有時候在晚報上看到你的名字，也高興啊。還住在大將軍胡同？啊，搬回左家莊歪把兒胡同了。好。對了，市房管局還沒給你們家落實政策，把那四合院裡的其他住戶遷出來？是啊，是啊，市裡居民樓建設趕不上人口增長，你們就再耐心等等吧，等等吧。……

伍書記又比先前發福了，但記性好。客人一坐下，她就自顧自說個不停。蕭白石欠著身子，恭敬地聆聽。他暗自苦笑：看來老領導又以為他是為蕭家四合院來的，四合院在文革前、文革中被「革命群眾」占去了北房、南房、東廂房，主人家衹剩下三間西廂房，房產至今未能歸還。蕭白石好不容易才插上一句問候：我娘問候伍書記，她惦記著您哪，說前幾年的春節，您還親自送過果籃哪！

伍書記一臉慈祥：老太太還記得我？近幾年我也忙，下去少了。每天忙下來，回到家裡就顯清靜了。兩個孩子，都帶著他們的媳婦、孩兒出國留學去了，也是三、兩年才回來一次。今年嘛，按中央年齡劃線，我滿六十五了，該退下來了。以後，家裡電話鈴也不會響了，只能待在家裡練練書法、養養花草了。當然，也不能兩耳不聞天下事，那會丟了共產黨人的本色。不怕你們不高興，我就是要說。我十九歲在北平大學鬧學運，被國民黨通緝，投奔了延安。我生是共產黨的人，死是共產黨的鬼。

蕭白石趕忙湊趣：您是老延安、老革命、老領導。

伍書記忽然目光犀利地掃過來，問起：小蕭，你對現在廣場上鬧學潮、搞絕食的那些大學生，有什麼高見？可以談談，就我們兩人，百無禁忌，講講真話，怎樣？

蕭白石心中一驚：今天是自己送上門來了。咳，講真話就講真話。不講真話，恐怕難逃市委領導明察秋毫的目光了。於是說道：好的。領導讓講，我就講。學潮初期，我同情過，也支持過，還上過兩次街。後來，他們不聽勸阻，要搞絕食，不給黨和政府留餘地，也是不給他們自己留退路，我就反感了，不想參與和支持了。就算搞民主政治，也要懂得有進有退，不能一味死磕，蠻幹。

伍書記目光柔和了些：你的這個態度，也向楚府楚老將軍匯報過了？

蕭白石悄悄吐了一口氣：匯報過了。楚老說：不走極端就好，他放心了。

伍書記說：我還聽說過一些有關你的傳聞，說你和北大的兩名學生領袖關係不錯。怎麼回事，可以談談嗎？

蕭白石的嘴張開，又合上。之後，他如實交代：那是北大藝術系邀我去做美術寫生講座，來了些外系的學生，其中兩人結識了我。小鬼頭們是想通過我認識楚將軍。我拒絕，也辦不到這事。後來，他倆又找過我兩次。最近一次，他們說準備絕食，我罵他們作死，勸他們不要這麼做，不要搞到沒有退路，但他們聽不進去。這不，還是絕食了。

伍書記微微一笑：嗯，你這個態度不錯。搞絕食，是作死呢。這些年輕人，不知天高地厚，更身在福中不知福。改革開放，全國人民剛吃飽肚子，他們考上首都的大學，讀研讀博，就尾巴翹到天上去了。當然啦，年輕人容易被人蠱惑，被人利用，不知死活。這次學潮的要害，「四・二六」社論早就指出了，是妄想推翻共產黨領導，推翻社會主義社會制度。小平同志水平高啊，看問題一針見血。我可以告訴您，小蕭，中央和市委的解決之道已很明確，就是要揪出學生背後那些長鬍子的傢伙。……看來，您還不是那些長鬍子的人物之一，哈哈。

蕭白石苦笑笑，在下頜上摸了一把：老領導，我沒有長鬍子啊。稀稀疏疏有幾根，過去留給領導刮，現在每天早晨自己刮乾淨了。

伍書記側過臉來，認真地端詳他一下，也笑了：小蕭，我算是沒有看錯人囉。說說，受邀去聯合國總部展出畫作的事，辦得怎樣了？市委常委會議都議論過，認為是件好事，也是為首都文藝界增光嘛。

蕭白石的眉尖一跳。他說：領導什麼都掌握著。哦，邀請函早就來了。我正在辦理護照。

伍書記點頭：好，一切順利就好。嗯，你不常來見我。今天來，總有點事兒吧？

蕭白石起身，從隨身帶來的畫袋裡取出一卷畫來。他將果盤移到長茶几的一側，把畫軸展開，請領導賞閱。

伍書記目光炯炯，身子略微向前傾。一見畫作，她不禁驚喜地「呀」了一聲，很輕微：石濤？山居圖？嘖嘖，還有「乾隆寶鑒」在上！稀世珍品呀！小蕭，從哪兒弄到的？

蕭白石說：十一年前，在地攤上從一位拄雙拐的老知青手上淘來的。今天帶來請領導欣賞。領導若喜歡，就請留下。我感謝二、三十年領導的關懷、愛護，無以為報。

伍書記神色有變，很嚴肅。她決斷地將手一揮：這畫我不能收！價值連城。要收了，我成什麼了？廣場上那些大學生紅衛兵正鬧得歡哪！

蕭白石連忙解釋：我不是那意思。呃，我只是想，這畫暫時留在您這兒，您有雅興，慢慢欣賞。您知道，我家住的那情況，萬一失竊，那還不得後悔死了？

伍書記沉吟一刻，鬆了口：要這麼說，還可以考慮。小蕭，這是給我出難題呢，叫我作難。……

當然，畫軸放在我這兒，是安全些。以後，終歸是要代您捐給國家。這樣吧，恭敬不如從命，先謝了。

蕭白石先是心中一緊，接著又鬆了口氣；心緊是因為要與珍藏十多年的石濤畫作別，輕鬆是伍書記沒有拒收，算是達到他此行的目的了。他細心地將畫軸捲起，放回硬紙筒內，封好。

伍書記說：你幫我把畫放到靠牆的書櫃裡去。對，就是那有玻璃推門的。

待蕭白石重又坐下，伍書記笑眯眯地問：小蕭呀，您今晚特地來我這裡，還是有什麼事吧？

蕭白石佯作遲疑，紅了紅臉，期期艾艾地說：我辦出國護照，是遇到了一點困難。……什麼困難？市局護照辦，一位高瘦個頭的處長審閱我的履歷表，說我一九六一年至一九六七年在青海大漠流浪，具體住址填寫得不清楚。我向他作了解釋，告訴他早就向組織講清楚了。但那位處長說要一位市委或市政府領導寫個批條，他才給辦。

伍書記一聽，惱火了：過分！你當年流浪青海的那些事，是我親自過問的，作了組織結論，有什麼不清楚？那瘦子處長，下面反映很差，綽號「鳥過拔毛」。看來事出有因。他在向你索畫吧？好啊，你來找我是對的。這回，他算是撞到槍口上了。

說罷，伍書記按了茶几上的一個鈴子。頃刻，女祕書拿了記事本進來了，準備筆錄領導指示。

伍書記交代祕書：兩件事。第一，立即通知市委司機班，來輛車，送蕭畫家回府；第二，明天一早上班，給市護照辦掛電話，傳我的話，立即給名畫家蕭白石同志辦理護照，限明天中午前派專人送去蕭白石同志家裡。誰想要領導批條，叫他來我辦公室，找我要！無法無天了。

38

洞中方三日，世上已千年。

這話彷彿也印證到蕭白石身上。他跑美使館辦理赴美簽證，忙了兩三天。還是聯合國國際開發署的邀請函面子大，簽證順利拿到，且條件優渥：三個月內入境有效，在美停留時間則給了一整年。蕭白石走在大街上，都有些飄飄然了。奇怪，怎麼渾身有了種掙脫羈絆，初嘗自由的感覺？……不，是幻覺吧。看來，人家還真把他蕭白石當作名畫家看待了。美國駐華使館所給予的優待，過去只有黃胄、黃苗子、丁聰等少數書畫界名人才會享有。姥姥的，時來風送滕王閣！這回也該著蕭畫家顯擺顯擺了。

蕭白石這一生過得可真不容易。他倍加珍惜這次赴美機會。他幾天不出門，兩耳不聞窗外事，著手整理畫作。有好些幅他自認的上乘之作，至今還放在大將軍胡同二號後院偏房的畫室裡。雖說邀請函上指明要〈我們的森林〉參加展出，不定紐約唐人街有畫廊願在他旅美期間為他辦畫展哩。蕭白石喜孜孜地想，多帶幾幅去，不定能賣個八千萬兒的綠鈔票，可作為咱那尚未出生的娃娃日後留學美利堅名校的學費呢。哈哈，就這點出息，想得美。

這天中午，他掛電話給杜胖子。人家杜胖子夠哥們，總該給透個信不是？杜胖子接了電話，說正巧也有要緊的事兒和他聊聊，半小時後趕到他蕭家來。什麼要緊的事兒？蕭白石尋思：杜胖子是消息靈通人士，自家瑣事對他而言，不在要緊之列，倒是升遷、調職、黨國大事才是要緊的。

杜胖子的電驢子快捷，說到就到了。進屋脫下安全頭盔，還顧不上喘口氣就急吼吼地說：恭喜您拿到美國簽證了！蕭白石邊泡茶邊詫異地問：哥們恁地神通廣大？這事除了圓善，我還沒向誰提起過。杜胖子坐下喝茶：上午在北京飯店門口遇到聯合國國際開發署駐華辦事處的瑪麗婭小姐。她說孔雷薩主任已經知道你獲得赴美簽證。他們辦事處會負責您的來回機票及在美一個月的生活費用。杜胖子掃一眼小客廳：咦，伯母和嫂子不在家？

蕭白石說：出去買菜了，就在附近。圓善的腳有點腫，我娘說每天走走步，活動筋骨經絡。哦，是啊！杜胖子低下頭，又喝一口茶。天氣漸熱，渴了。

蕭白石心情尚佳，嘴上卻比較收斂：眼下，家裡家外都這個局面。你看我一下子怎麼撂得下？杜胖子瞪他一眼，雙眉微皺：能走的，趕快走吧！走吧，要變天了，說不定老天都要塌下來了！到時候，國門一關，想走都走不了。信不信由你。

蕭白石心頭一涼，想杜胖子平日裡總是樂呵呵的，可眼下卻是一副大難當頭的模樣。忙問：怎麼了？我這兩天只顧了忙自個兒的事，沒顧上別的。我看，你說的八成兒與廣場有關。廣場上的學生娃娃們怎麼了？

杜胖子癟著嘴，苦笑道：你還沒出國門呢，就自顧自樂，兩耳不聞窗外事了？那咱就先告訴你個大概齊吧。為了調動野戰大軍進京戒嚴這碼事，趙紫陽和鄧小平談崩了。這就是說黨總書記和軍委主席尿不到一壺去了，……又要槍指揮黨了。現在，連中央常委開會爭吵的消息，都傳到外面來了。各種傳言紛起，又應了毛皇爺那句話：四海翻騰雲水怒，五洲震盪風雷激！

蕭白石聽這麼一說，渾身打了個冷噤，心跳到嗓子眼了：哥們，快說說，都是怎麼傳的？在咱這黨天下，報紙、電視、電臺信不得，往往只有所謂謠言、傳言才是真實的。

杜胖子抹一把大腦門上的汗氣：自五月四日趙紫陽在亞洲開發銀行理事會年會上發表講話，正面肯定了學生遊行示威是愛國行為，應該在民主和法制的軌道上解決學生們的合理要求，實際上否定了鄧小平把當前學運定性為「一次政治動亂」。據說，趙紫陽還當面要求鄧小平收回「四・二六」社論，被拒絕。鄧小平、陳雲、李先念、彭真、王震、薄一波等元老已對趙紫陽另眼相看，恨得牙癢癢了。加上五月十六日晚上，蘇共總書記戈巴契夫訪華，趙紫陽與戈氏會談時，說了那段意味深長的話。

蕭白石在桌上拍了一掌：趙紫陽講得好！我前天晚上在電視新聞上看到了，就是告訴戈巴契夫，也是告訴所有的人，八十五歲的鄧小平退而不休，仍是中國的最高領導人！

杜胖子說：公平地講，趙紫陽決定把黨內的祕密公開，尤其是在這個時間節點上，能不敏感嗎？這不是有意無意地向外界、向廣場上的學生們透露：學運不能和平理性地循民主法制途徑解決，完全是被鄧小平所操控，堅持這是一場政治動亂的定性。

蕭白石插話：學生們為什麼不肯撤離廣場？一個重要原因，就是中央未能撤銷這個定性，他們返回校園就會面臨秋後算帳。

杜胖子說：這也成為李鵬、姚依林等人在政治局常委會上，當著鄧小平、楊尚昆、薄一波三位元老的面，攻擊趙紫陽總書記的口實，說他把鄧小平放到爐子上去烤。你知道，惡言挑撥往往最能擊中鄧小平這撥老人的痛處。你也知道，黨中央的常委會議常在鄧小平的坐鎮下討論問題。趙紫陽當然替自己進行了辯解。因為五月十六日上午，鄧小平和戈巴契夫的會晤公開宣示了中蘇兩黨關係的正式恢復，而趙紫陽在晚間只是向戈氏說明了鄧小平仍是我們黨最高決策人這個事實。不幸的是，這件事被中央電視臺、中央人民廣播電臺的記者公開了出去。趙紫陽說，如果給小平同志造成了困惑，他願意承擔責任。

蕭白石咬牙：姥姥的，能做的不許說，能說的不許做！

杜胖子拿出份不知哪兒得來的鉛印單子念道：五月十八日下午，政治局常委又在鄧小平家裡開會，由鄧小平、楊尚昆、薄一波三人坐鎮。趙紫陽、李鵬、喬石、胡啟立、姚依林五常委出席。討論並決定野戰軍進城，宣布軍事戒嚴。趙紫陽首先發言，不同意軍事戒嚴，因為現在局勢還沒有到需要戒嚴的地步。一旦戒嚴，後果將無法預料，黨內黨外，國內國外，都不好交代。鄧小平問：面子很重要啊，要是政權都不保，面子還有用嗎？啟立你是常務書記，對戒嚴怎麼看法？胡啟立當即表態，反對在北京實施軍事戒嚴。李鵬、姚依林二位則堅決支持軍事戒嚴，學生鬧事造成的亂動局面，不能放任下去了。李鵬並強調，這次學潮確是有預謀、有組織的，學生的背後是方勵之，方勵之的背後是那個林培瑞。鄧小平問：林培瑞何方神聖？李鵬答：據了解，林培瑞是美國普林斯頓大學教授，白種人，哈佛博士，漢學家。原本是個社會主義者。一九七一年中美乒乓外交時，他是美國乒乓球隊的中文翻譯，對我友好。說是文革後讀了些傷痕文學，知道些所謂的真相，開始仇共反共。他現在有個頭銜：美國科學院中國辦事處主任，和方勵之夫婦關係密切。去年布希總統訪華，在長城飯店舉行招待會，就是這個林培瑞帶著方勵之衝破我重重阻攔，去見了布希總統……鄧小平打斷了李鵬的滔滔不絕，問喬石：你分管政法，對戒嚴什麼看法？喬石表態：既不反對軍事戒嚴，也不支持軍事戒嚴。鄧小平不動聲色，看看一直未講活的楊尚昆、薄一波，心裡十分惱火，說：自一九七八年十一屆三中全會以來，中央實行集體領導，集體決策。現在你們五名常委，贊成戒嚴的，李、姚，兩票；反對戒嚴的，趙、胡，也是兩票。棄權的，喬石，一票。你們打了個平手。怎麼辦呢？李鵬、姚依林幾乎同時回答：小平同志，根據趙紫陽同志昨天公開出去的那個黨的十三屆一中全會的內部決議，黨和國家最重大問題由鄧小平同志拍板，軍事戒嚴這件大事，就由您作出決定吧！鄧小平轉頭問列席會議的楊尚昆、薄一波：你們二位呢？楊尚昆立即表示堅決支持戒嚴；薄一波更決絕地說：不戒嚴不得了，黨不像個黨，國不像個國了！鄧小平見趙紫陽還堅持反對意見，就擺手制止道：紫陽同志，個人服從組織，你還是執行組織決定吧！今天晚上就召開黨政軍幹部會議，宣布戒嚴！

蕭白石倒吸一口冷氣：當晚就宣布戒嚴？

杜胖子點點頭，把傳單念完：趙紫陽也真是條漢子，當即頂了回去：小平同志，這個決定我無法執行。近幾天我一直不能入睡，血壓高，心臟不好，頭暈，醫生要我休息。我想向中央請假三天。另外，我也寫了辭職報告，已交到尚昆同志手中，他沒有轉交給您。

蕭白石瞪大了雙眼：趙紫陽辭職？往下說！

杜胖子說：鄧小平惱怒地拍拍沙發扶手，你講完了？散會！你們執行命令去。

蕭白石懵了：天哪！中央常委在鄧小平家裡開會，決定軍事戒嚴。消息傳到外面來，真是神乎其神。你不信都得信啊！

杜胖子看老友一眼：就你還蒙在鼓裡。北京城都傳遍了，大家相信傳言，認為千真萬確。沒錯，這肯定是中南海內部傳出來的。趙紫陽總書記身邊的人，中南海百分之七十以上的高級幹部，百分之九十以上的中、下層幹部，都反對軍事戒嚴。

蕭白石點頭，若有所思。不知他出於何種意念，邊帶著笑意，邊咬著牙說：精采！百年不遇的大戲。老弟，你說前天晚上已經開了戒嚴大會？在哪兒開的？該不會在中南海懷仁堂，或是復興門外大街的京西賓館吧？

杜胖子眨巴眨巴眼，又從另一隻兜裡掏出幾頁傳單似的材料來。他嘟囔：北京要戒嚴了，你還興奮？難怪有人咒我們這些被改正的右派，說我們人還在，心不死。……戒嚴大會是在西郊國防大學禮堂召開的。黨中央、國務院、北京市委、市政府正部級以上高幹，北京駐軍軍級以上高級將領數百人出席。黨中央總書記兼中央軍委第一副主席趙紫陽沒有出席。中央軍委常務副主席楊尚昆主持大會。首先由北京市委書記李錫銘代表北京市委、市政府介紹學潮的發生和發展情況。接下來，李鵬總理代表黨中央、國務院講話，宣布從即日凌晨起，也就是五月二十一日凌晨起，北京部分地區實施軍事戒嚴。李鵬講話之後，楊尚昆宣布了由鄧小平簽署的中央軍委命令及軍事戒嚴指揮部成員名單。中央軍委命令：「根據《中華人民共和國憲法》第八十九條第十六項的規定，國務院決定，自一九八九年五月二十一日凌晨起在北京市部分地區實行戒嚴任務，茲命令北京軍區屬下北京衛戍區、二十四軍、二十七軍、二十八軍、三十八軍、六十三軍、六十五軍，瀋陽軍區的三十九軍、四十軍，濟南軍區的五十四軍、六十七軍等有關部隊，分別於五月十九日、五月二十日自駐地進駐北京地區的有關目的地。」戒嚴指揮部成員為：中央軍委副主席劉清華、解放軍總參謀長遲浩田、北京軍區司令員周衣冰。

蕭白石聽到這裡，不禁冷笑：扯淡！野戰大軍早就遍布東郊南郊西郊北郊，把北京圍了個水泄不通。這個所謂對北京市部分地區實行戒嚴，只不過是公然命令野戰軍坦克裝甲進城，要大舉鎮壓學運罷了。沒有比這更黑暗、更無恥的政治了！

杜胖子叮囑：老兄，出了你家這道門，可不許瞎嚷嚷了。不然，你非但去不成紐約聯合國大廈，只怕立馬被送進局子裡。戒嚴時期，格殺勿論！

幾句話說得蕭白石泄了氣：姥姥的，看看咱這新中國主人翁給當的！這是圓善父親的口頭禪，土改根子常念叨的話。看咱這新中國主人翁給當的！……只有任人宰割的份兒。

杜胖子端起茶杯，喝了個底朝天。蕭白石提起茶壺又給他續上。杜胖子問：我還有消息呢。您願不願意聽？

蕭白石正垂著頭，仰臉已是兩眼淚光。他喃喃：你只管說下去，說下去。

於是杜胖子另掏了一紙傳單來，念道：十九日晚上，趙紫陽總書記拒絕出席宣布戒嚴的黨政軍幹部大會。第二天凌晨四時，他由中央辦公廳主任溫家寶陪同，李鵬總理和國務院祕書長羅幹隨行，一同到天安門廣場看望了靜坐絕食的學生。趙紫陽手拿半導體喇叭，眼含熱淚，發表了一篇感人至深的講話：同學們，我們來得太晚了。對不起同學們了。你們說我們，批評我們，都是應該的。我這次來不是請您們原諒。我想說的是，現在同學們身體已經非常虛弱，絕食已經到了第七天，不能再這樣下去了。絕食時間長了，對身體會造成難以彌補的損害，這是有生命危險的。現在最重要的是，希望盡快結束這次絕食。我知道，你們絕食是希望黨和政府對你們所提出的問題給以最滿意的答覆。我覺得，我們的對話渠道是暢通的，有些問題需要一個過程才能解決。譬如你們提到的性質、責任問題，我覺得這些提議終究可以得到解決，終究可以取得一致的看法。但是，你們也應該知道，情況是複雜的，需要有一個過程。你們不能在絕食已進入第七天的情況下，還堅持一定要得到滿意的答覆才停止絕食。你們還年輕，來日方長。你們應該健康地活著，看到我們中國實現四個現代化的那一天。你們不像我們，我們已經老了，無所謂了。國家和你們的父母培養你們上大學不容易呀！現在十幾二十幾歲，就這樣把生命犧牲掉哇？同學們能不能稍微理智地想一想。現在的情況已經非常嚴重，你們都知道，黨和國家非常著急，整個社會都憂心如焚。另外，北京是首都，各方面情況一天天嚴重，這種情況不能再繼續下去了。同學們都是好意，為了我們國家好，但是這種情況發展下去，失去控制，會造成各方面的嚴重影響。

念到這裡，杜胖子抹淚。蕭白石更是雙手握拳，一下一下拍打座椅扶手。杜胖子掏出手帕，擦了一把鼻子，繼續下去：趙紫陽總書記最後說，總之，我就是這麼一個心意。如果你們停止絕食，政府不會因此把對話的門關起來，絕對不會！你們所提的問題，我們可以繼續討論。慢是慢了一些，但一些問題相互正在逐步接近。我今天主要是看望一下同學們，同時說一說我們的心情，希望同學們冷靜地想一想這個問題。這件事情在不理智的情況下是很難想清楚的。大家都有這麼一股勁，年輕人嘛，我們都是從年輕過來的。我們也遊過行，臥過軌，當時根本不想以後怎麼樣。最後，我再次懇請同學們冷靜想一想今後的事。有很多事情總是可以解決的。希望你們早些結束絕食。謝謝同學們！

蕭白石聽到這裡，忽然嚷嚷：不好了！不好了！趙紫陽像是在作告別講話。這可能成為他最後一次公開露面了！嗐，當今政治，太黑了，太黑了！

杜胖子還沒從激動中出來。他愣了愣，也像想到了什麼似的：對了，對了！白石，你的預感應是差不離。……你聽我說完，還有更出彩的呢。二十日中午，國防部長秦基偉奉命向中外傳媒宣布中央軍委對北京部分地區實行戒嚴的命令。秦基偉將軍不顧個人安危，去到中南海紫光閣的總書記辦公室，請總書記兼中央軍委第一副主席趙紫陽簽署戒嚴令。秦基偉的設想是：根據「黨指揮槍，而不是槍指揮黨」這一最高原則，戒嚴令只有黨的最高領導人、黨總書記簽署才能生效；只要趙紫陽出來表明拒絕簽署該命令，秦將軍就不可以向中外媒體公布戒嚴令。可是，秦基偉在總書記辦公室門口苦苦等候了四個小時，趙紫陽都沒有出現。最後，秦將軍含著熱淚，離開中南海，前去宣布戒嚴令的。白石啊，阻止在首都戒嚴的最後一線希望，就這樣被掐滅了。

蕭白石緊張地搓著手，說：有兩種可能，一是趙紫陽在最後一刻要保住自己和家人的性命；二是趙紫陽已經被中央警衛局軟禁在辦公室裡，根本不可能出來會見國防部長了。我看呢，是後一種狀況。說罷，蕭白石不再搓手，在椅子上坐直了：哥們，國家興亡，匹夫有責，我們怎麼辦？

杜胖子兩手一攤：我們能怎麼辦？對了，以社科院政治研究所所長嚴家祺為首的一批高知，公開發表了一篇〈五．一七宣言〉，我也帶來了。喏，就這，你自個兒念念吧。

蕭白石接過〈五．一七宣言〉複印稿，念道：

從五月十三日下午二時起，三千餘名同學在天安門廣場進行了近一百小時的絕食，到現在已有七百多位同學暈倒。這是我們祖國歷史上空前悲壯的時間。同學們要求否定《人民日報》四月二十六日社論，要求現場直播和政府的對話。面對我們祖國兒女一個又一個倒下去，同學們的正義要求遲遲得不到理睬，這就是絕食不能停止的根源。現在，我們祖國的問題已充分暴露在全中國和全世界人民面前，也就是，由於獨裁者掌握了無限權力，政府喪失了自己的責任，喪失了人性。這樣不負責任和喪失人性的政府，不是共和國的政府，而是一個獨裁權力下的政府。清王朝已滅亡七十六年了，但是，還有一位沒有皇帝頭銜的皇帝，一位年邁昏庸的獨裁者。昨天下午，趙紫陽總書記公開宣布，中國的一切重大決策，都必須經過這位老朽的獨裁者。沒有這位獨裁者說話，四月二十六日《人民日報》社論就無法否定。在同學們進行了近一百小時的絕食鬥爭後，已別無選擇：中國人民再也不能等待獨裁者來承認錯誤，現在，只能靠同學們自己，靠人民自己。在今天，我們向全中國、全世界宣布，從現在起，同學們一百小時的偉大絕食鬥爭已取得偉大的勝利。同學們已用自己的行動來宣布，這次學潮不是動亂，而是一場在中國最後埋葬獨裁、埋葬帝制的偉大愛國民主運動。

讓我們高呼絕食鬥爭已經取得的偉大勝利！非暴力抗議精神萬歲！

打倒個人獨裁！獨裁者沒有好下場！

推翻「四．二六」社論！

老人政治必須結束，獨裁者必須辭職！

大學生萬歲！人民萬歲！民主萬歲！自由萬歲！

蕭白石心驚肉跳，顫聲念完。他望著杜胖子，嘆了口氣：事情鬧到這個田地，大家都沒有了退路。……會不會發生軍事政變啊？我彷佛聞到了濃濃的火藥味、血腥氣。

杜胖子也嘆了口氣：眼下這局面，什麼情況都可能發生。軍事政變，鄧老爺子大約早就防到了這一著，要不然，為什麼要從幾大軍區調幾十萬野戰軍進京勤王？

蕭白石冷笑道：在咱國家，筆桿子玩不過槍桿子。清朝末年，康有為、梁啟超玩不過袁世凱；民國年間，汪精衛玩不過蔣介石；文革末期，江青、張春橋、王洪文玩不過葉劍英、華國鋒、汪東興。

杜胖子抬頭望著天花板，望了幾秒鐘，忽然問：你們在中央美院製作的那尊民主女神像，啥時候豎到廣場上去？再不去，恐怕沒有機會了。

39

蕭白石一早聽新聞：今天凌晨時分，中央美院雕塑系師生用一輛平板車，把一尊高達十多米，整體呈乳白色的「民主女神像」運送到天安門前的金水橋邊，安放在城樓毛澤東掛像與人民英雄紀念碑之間的中軸線上。昨兒杜胖子還在說這事宜早不宜遲呢！他想像著塑像端莊聳立中軸線上的氣勢和周遭環境，腦海裡浮現一幅幅畫面，心潮隨之湧動。

早飯後，他向圓善和母親大人「告假」，去西城大將軍胡同楚府後院取畫稿、畫具。因東西較多，不騎自行車了，回來時叫輛出租車。出門要「告假」，這是母親和圓善新立的規矩。這不，京城都戒嚴了，已訂了六月六號飛美國的日子，得看緊些兒，不能再讓他去廣場摻和學生娃娃們那些事。

蕭白石仍是換乘兩趟公車，到東長安街和南河沿街口下車，向西步行進了廣場。他果然看見那尊自己參與設計的「民主女神像」，聳立在金水橋前。民主女神高擎火炬，與城樓上的毛澤東像正面對峙。蕭白石目不轉睛，看著，望著。這確是一道前所未有的壯觀景象。塑像周圍正聚集著數千名學生、市民，在聆聽一位三十出頭、學者模樣的人演講：

今天凌晨，我們在這裡豎起這尊臨時性的石膏材質的民主女神像，是一個象徵，也是一個圖騰，以表明我們爭取民主、自由、人權的決心，表明我們對廣場上靜坐請願的大學生們的敬意和支持；不久的明天，我們將在原地——天安門金水橋前的中軸線上，建造一座與天安門城樓等高的青銅材質的永久民主女神像，以慶祝和見證我們國家贏得民主憲政體制、人民贏得自由人權的歷史性勝利！到了那一天，我們也要像當年紐約市民慶祝他們的「自由女神像」落成時那樣，舉行一次首都百萬市民共襄盛舉的火把節大遊行。……

好啊，好啊，蕭白石心中嚮往，腦海裡又浮現出火把節遊行盛況。可現在的情況是彤雲密布，大軍圍城！他的心緒時高時低，跌落、碰撞，難以平靜。

出了天安門廣場，蕭白石看看錶，還不到正午。他沿西長安街前行，路過禁衛森嚴的中南海新華門，又路過有軍警把守的六部口，一直走到西單商場，才見到一輛在路邊候客的麵的。上了車，的哥問要去哪兒。一聽是去大將軍胡同，的哥冷冷地說：那地方，我這車進不去，您請下車！蕭白石說：勞駕您，把我放在那胡同東口就得。的哥說：甭管是胡同東口還是西口，咱這車都不去，您請下車。蕭白石覺得奇了怪了，準備下車，又忍不住還是問了一句：兄弟，您開出租，我付費，又不白坐，您為什麼不去？的哥說：不去就是不去！你們住王府大院的主兒，皇親國戚，有的是大紅旗、大奔馳，用不著坐咱這平頭百姓的麵的。蕭白石聽這麼一說，倒是笑了：兄弟您誤會了。我是哪門子的皇親國戚？十多年前，咱還是個摘帽右派，內控對象，連腳踏車都騎不上哪！的哥這才轉過臉來，認真地看了他一眼，估摸他的年紀、模樣是有點像吃過苦頭的主兒，於是語氣緩和下來：當過右派？右派上百萬，可平白自個兒承認的還不多見！我讀過幾本傷痕小說，毛爺爺把您們這些個讀書種子整得夠慘的。別駕，容我問一句，您去大將軍胡同貴幹？蕭白石隨口編了句話：去看一個熟人的孩子，當兵的，在大將軍府執勤。的哥請蕭白石坐好了，然後啟動車子，嘴裡也不閒著：給大官人看家護院？嗬，小勤務員為大勤務員服務。……說得多好聽啊！我們的幹部，無論職務高低，都是人民的勤務員！鬼都不相信！大官人一家住著一座王府，那王府大到可以辦一座中學。可看看咱這開麵的的新社會主人翁，親戚介紹了兩宗親事，姑娘也都見了面，就因為申請不到婚房，黃了！我今年二十八了，還當光棍司令。您說廣場上那些大學生鬧事，反貪汙、反特權，為啥全城男女老少都起來響應？這您該知道了吧？蕭白石說：兄弟，您這話我愛聽。這些日子，我就常去廣場，也參加過遊行。國家興亡，匹夫有責！民主、憲政、自由、人權，是等不來的，更不是由誰賜予的，而是大家夥爭來的，奪來的！的哥說：老哥，咱倆想到一塊兒了。剛才，咱的態度有些生分，您大人大量。……這些天，咱也為民主盡點力不是？凡有去廣場的，去郊外堵軍車的，無論中國人、外國人，咱一律免費。蕭白石問：兄弟還送人去郊外堵軍車？很熱鬧不是？咱明兒也要去看看。的哥說：您哪，真值得去看看。東郊、西郊、北郊、南郊，都有幾萬、十幾萬人在那裡堵路，坐著、躺著，就是不讓軍車進城。男女老少，咱北京人這回是齊心、鐵心了！咱看著都感動，都自豪。咱北京人真了不的，又真可憐見兒的。對了，咱昨兒還送過一位美國記者去南邊的永定門，採訪堵軍車的場面。嗨，那真是個美人兒，長了張中國人臉蛋，講一口臺灣國語；說起眼下的學運，比咱中國人還較真呢。蕭白石心裡一緊，想起好些天沒見到卓瑪了，卓瑪也天天去採訪堵軍車的場面？唉，不管是不是她，都是很危險的。

說話間，麵的到了大將軍胡同東口，遠遠地停下。蕭白石遞上兩張十元的「工農兵」。麵的師傅只肯收一張。蕭白石勸他都收了：兄弟您也要吃飯不是？的哥說：我現住家裡啃老，父母是退休職工，基本生活有保障。

蕭白石下了車，步行至大將軍胡同東口，果然被兩名身著草綠色軍裝、手持半自動步槍的士兵擱下，不讓進胡同。看來黨政軍要員們集中居住的西城一帶已由野戰軍戒嚴了。士兵操山西口音，要看蕭白石的身分證。蕭白石問：同志，我是北京人，北京出生、北京長大、北京工作，在北京城裡行走，還要驗明正身？士兵也就二十來歲，卻態度生硬：你少貧嘴！誰要對你驗明正身？我們是執行上級命令，沒有通行證，一律不許進入胡同。蕭白石心裡冷笑，決定不和這小丘八一般見識，嘴裡更貧了：同志，如果我是這胡同裡的居民，您不讓我進去，我豈不成無家可歸者了？您讓北京人流落街頭，豈不損害首都形象、損害黨和國家的崇高威望，損害社會主義制度的無比優越性了？

因見胡同口有人和外地來的士兵爭吵，立馬就有十幾二十人圍過來看熱鬧，並且七嘴八舌競相發表高見。有人說，過去只有高等洋人住的地兒，才「華人與狗不得入內」，現如今高級幹部住的胡同，也不許華人進入了？有人說，去去去，去廣場找幾個大學生來，和他們理論理論。東堵西堵，怎麼就沒把這些個山西兵給堵住啊？還有人說，咱北京地兒忒大，豁口太多嚒，堵不住鬼子進村嚒！哈哈哈哈……士兵大約擔心出情況，掏出哨子，「珠珠」吹了起來。這下可了不得，立即有在附近巡邏的小分隊趕過來，很快在人群周圍形成散兵線，作包圍狀。天子腳下的北京人什麼場景沒見識過？紛紛出言譏諷：兵貴神速啊？召之即來，來之能戰，戰之能勝啊？準備以優勢兵力打殲滅戰了？咱們可都是些國家主人翁呀，手無寸鐵，怎麼一眨巴眼都成階級敵人了？當年日本鬼子占領北平，也只是問咱市民：良民證，良民證的有？

士兵們倒也不敢動粗，只是默默地和蕭白石這群「北京刁民」對峙，任「刁民們」冷嘲熱諷，指桑罵槐，等待連長、指導員趕來處理「群眾鬧事」。正在這時，從胡同裡走出一位穿白襯衫幹部模樣的人。這人打老遠望見蕭白石就說：那不是蕭老師嗎？大家不要鬧誤會，不要鬧誤會！蕭老師是我們二號的老熟人，原先就住我們大院裡。大夥兒散了吧，散了吧。都是街坊鄰居，低頭不見抬頭見，擔待些兒。解放軍同志從外地來，不大熟悉情況，他們只是執行上級下達的任務而已。……

圍觀的人群隨即散去。蕭白石這才和二號院的李祕書握手，相跟著他往裡走。李祕書是楚老將軍的機要祕書之一，長期在大院辦公室值班，負責處理老將軍的日常事務。他邊走邊埋怨蕭白石：大畫家，您有日子不見來了，也不先掛個電話？現在是非常時期，凡事都要多留個心眼呢。蕭白石說：方才多虧了您大祕書來替我解了圍，不然，落下個聚眾鬧事的名聲，吃不了兜著走。嗨，我這陣子也是瞎忙，有日子沒見著楚老了。他老人家還是那麼忙？李祕書說：我也好些天沒見到首長了，倒是每天都有通話，昨兒還問到您呢。我也正要打電話請您來一趟的。

兩人進入楚府前院工作人員值班室。李祕書開了電風扇，遞了杯涼茶給蕭白石，看樣子真有事要對他說。蕭白石主動問李祕書：是不是楚老對我有新指示？有電話記錄嗎？可否交我學習學習？李祕書一邊翻閱一本記事本，一邊笑了：大畫家，您還是有些貧。……還是由我向您口頭傳達吧。首長問您去紐約聯合國總部展出畫作，什麼時候出發？蕭白石見李祕書開始做筆錄，也就坐正了身子，放下茶杯，答道：謝謝楚老關懷。前幾天才拿到美使館的簽證，國際開發署的機票也剛送到，訂了下個月六號出發。李祕書說：首長確實很關心、很重視您赴美的事。上個月，市公安局為替您辦出國護照，還來過電話，了解相關情況。我請示了首長，說去聯合國總部展出畫作，有助於宣傳國家形象，是好事，要支持。您知道了吧？蕭白石的心跳加速，覺得不是滋味，嘴上卻說：楚老日理萬機，協助小平同志處理軍機大事，忙都忙不過來，還關懷我這點小事，令我感動又感激。李祕書說：對了，首長還有指示。你要去展出的那幅什麼〈我們的森林〉，是什麼時候畫的？他怎麼沒印象？首長說哪天抽個空，想先睹為快呢！蕭白石的呼吸急促了，暗自叫聲天爺！停了一停，他咬了咬嘴唇，說：我那幅油畫習作的內容是禁止亂砍亂伐，提倡保護森林、保護大自然，所以被國際開發署駐華代表選中。前去展出也是出於聯合國保護地球自然生態，減緩氣候變暖，保護地球臭氧層出現的漏洞不會繼續擴大所做的努力。這個嘛，是要為世界性的、全人類的大政治服務呢。藝術為政治服務，這回用到紐約聯合國總部去了。李祕書聽他耍貧嘴，也忍不住笑了：藝術為我們社會主義社會服務還不夠，這回還為全人類的大政治服務？您那幅畫作仍在後院偏房的畫室放著？走，走，我們這就去欣賞欣賞。這一來登時弄得蕭白石心裡打鼓一般，暗想：不好，若讓大祕書看了，匯報給老將軍，事情可能就黃了！好在這畫早就送走了。蕭白石這時決定換個說法：大祕，那畫也沒啥好看的。就是一排十來名光著膀子的陝北漢子，老的七、八十歲，小的十來歲，一人抱著根木頭在集市上出售，原汁原味的黃土高原風俗人情而已。也算是政治正確吧，狗戴帽子碰中了。現如今，有關部門已經審查過，已經交給了國際開發署駐華代表處，辦理保險託運去了。李祕書說：哦，是這樣，那好，只要政治正確，老首長就放心了。對了，首長還有指示，讓您早去早回，注意個人形象，一切言行，都事關國家形象，千萬不要被國際上那些反共反華勢力所利用。……

全中國人民都聽了千遍萬遍的緊箍咒。蕭白石又一次覺著自己活在一個「套子」裡，就像契訶夫筆下的「套中人」。他好不容易聽李祕書傳達完「首長指示」，這才提了個要求：這次來，想多取點畫稿及畫布、畫架回去。能不能請值班室派輛車，幫幫忙。李祕書倒是爽快地答應了：沒問題，完全沒有問題。近些日子，您在這裡出入也確實不太方便，來一趟不容易。您就去後院畫室整理整理吧。一小時夠不夠？我會安排一輛吉普車在後院門外候著。

傍晚時分，蕭白石乘了楚府的吉普車，把大捆畫稿、畫布、畫架、顏料等物搬回左家莊歪把兒胡同家裡。一進小院側門，就聽到樂曲聲。進屋一看，小客廳裡奇蹟般添了一部三、四十吋的大彩電。他呆了，這可是普通人家的稀罕物，正在播放老太太最喜歡的蘇州評彈。屏幕上，一位身著長布衫的男子彈著三弦，一位江南秀女懷抱琵琶，邊彈邊唱，吳儂軟語，悠揚悅耳：南國芙蓉盛世開，湘音楚韻洗塵埃。天姿搖曳彤雲態，又是蘇三起解來。……還有：昨日黿頭渚上游，風帆鼓浪范公舟。五湖風月逍遙域，已是人間燈火稠。……蕭白石甚感意外，問圓善：哪來的玩意兒？我可沒敢買這奢侈品，比部長、書記家的彩電還大幾號呢。圓善笑吟吟：誰有這能耐？你的寶貝閨女唄，孝敬祖母大人八十大壽的，早訂了貨，今天才送來。蕭白石忙問：卓瑪她來過了？讓她太破費了！怎麼不留下吃了晚飯再走？圓善說：卓瑪沒來，是委託友誼商店直接送貨，還給安裝調試好才走的。

蕭白石想起中午那位的哥言及的外國女記者，心裡不禁陣陣發緊。卓瑪不知厲害，竟去做北京市民阻擋軍車進城的現場採訪，小命都不顧了！我得立馬找到她，把她帶回來，給她提個醒。不然，出了事可不得了。不過，京城這麼大，每天成百萬人上街，到哪兒去找她？可不是大海撈針？蕭白石正著急，撓頭抓腮，不得要領，倒是圓善從旁提醒：找馬處長呀！她準保能找到你寶貝閨女。蕭白石敲敲腦門：看我這腦子，一著急，就懵了，不轉動了。他摟了摟圓善的肩，即刻去撥馬四姐的行動電話。

馬處長身邊似乎很嘈雜，多半又是在廣場，或是別的群眾聚集場所。她大聲說：大畫家，您都快成聯合國的名人了，還想到給我電話？這時候找我有什麼事？蕭白石說：找卓瑪，這些天都見不著她的影兒。馬四姐說：啊，擔心閨女了不是？她們這些外國記者，神出鬼沒。特別是卓瑪，長了張中國人面孔，講一口臺灣國語，穿一身北京女孩的衣物，我們很多同志都放鬆了對她的警惕。我近兩天也聯繫不上她，她電話都不接，好像我們時刻都在跟蹤、監視她似的。噢，大畫家，我也正想告訴您，您最好設法找到她，要她不要四處亂跑。戒嚴指揮部已下達命令，對外國駐京記者要加強管理，要求他們遵守我們的戒嚴令。我們的軍隊也不是吃素的，誰敢乘機在我們國家，特別是在首都製造混亂、動亂，一律嚴懲不貸。槍子兒不認人，就算沒有吃花生米，也會被驅逐出境，直至終生禁止入境我國！喂喂，您聽得清楚嗎？

40

蕭白石忐忑不安地過了一夜。第二天一早，匆匆喝了杯熱牛奶，就去找三弟。說來慚愧，他這做長兄的，在這之前還從未來過三弟這家位於東郊八里莊的小飯館。先前只聽三弟和弟妹說起過，他們白手起家，本小利薄，靠的是味美價廉，有回頭客幫襯，賺的是白案紅案勤力錢。每天早晨七時起賣豆漿、麻醬燒餅、包子、饅頭、花捲；中午賣蒸糕、水餃、鍋貼、刀削麵、炸醬麵、雞蛋打滷麵、肉絲汆湯麵、羊肉胡蘿蔔麵；晚上供應南北小炒，燉鍋缽菜、塘魚湖蝦、燒雞、烤鴨。兩口子一直要忙到晚上十二點關張。一年三百六十五天，天天如此。小飯館生意算不上大紅大火，也雇了兩位德州大師傅掌勺、一名安徽無為女子打雜，再加上他們夫妻二人，一共五人，每天忙得團團轉。蕭白石知道，經過這些年打拚，三弟手頭寬裕了，已經在附近購下三套單元房，兩套出租，一套自住，家裡也彩電、冰箱都齊了，算是「悶聲發小財」的主兒。平日裡，各式肉串火燒、醬牛肉烤羊排，三弟沒少往家裡拿，說是孝敬母親。蕭白石也相跟著吃香喝辣，大快朵頤。

蕭白石騎車找到小飯館時，不是飯點，店裡客人不多。三弟一見他，連聲說：稀客，稀客。立即把店面上的事交給弟妹打理，領著大哥到後堂一單間落座。不一忽兒，弟妹送上一壺熱茶，還有一大盤剛出籠的包子和綴著紅綠絲的絲糕，請哥倆用早餐。蕭白石見了白暄暄、熱騰騰的肉菜大包子，食指大動，先大口大口啃下兩枚，才端杯喝茶。茶是上好茉莉花茶，香氣氤氳，喝到肚裡舒服之極。他看看單間四周，說：耳聽為虛，眼見為實，三弟，你是搭上改革開放的便車，學習廣東、福建，先走一步，賺了個盆滿缽滿，步入「先富起來」行列，成了「新生的資產階級」了。三弟嚥下一坨絲糕，正待謙虛兩句，蕭白石抬手勸止，繼續說：大哥替三弟高興。改革開放的好處，落到你們夫婦身上了。喏，還給國家解決了五個勞動力的就業問題，有功勞的。三弟笑嘻嘻：要是在毛皇爺的時代，這是不敢想像的。不過，可憐我和您弟妹這對「新生的資產階級」，每天早上六點起床，晚上十二點才得歇息，是不是也忒苦了？過去的資本家，大多也這麼著苦過來的吧？蕭白石想想，說：敢情是這樣，所以啊，咱們國家不能再走回頭路，不能再去搞毛澤東劫富濟貧、共同貧窮那一套。全民皆貧，他老人家才好推行愚民政策，搞個人迷信、領袖崇拜。三弟喝了口茶，抹抹嘴：鄧大人做了中國的赫魯雪夫，讓一部分人先富起來，可是，真正富起來、輕易富起來的不是平頭百姓，而是特權階層。哥，這就是為啥咱北京大學生能一呼百應，見天上百萬人上街要民主、要自由、要人權。哦，對了，我昨晚十二點多鐘回到家，在電視上看到中央美院師生們在天安門城樓前豎起那尊民主女神像了。哥，您也參與了吧？蕭白石沒直接回答，問：民主女神像上電視了？昨晚我沒看新聞。不過，這是件好事。蕭白石說著，在桌沿拍兩拍，又說：電視臺、電臺，黨的喉舌這回也站到民主潮流這邊來了。三弟抿嘴想了想，說：還有更蹊蹺的事兒呢。我們的德州大廚和無為女子今早來上班，說起昨兒下午在天安門城樓前發生的一件怪事，不知大哥您聽說了沒？蕭白石問：什麼事？昨兒下午我去西城大將軍胡同取畫稿，廣場的事我不清楚。三弟說：這事京城裡都傳遍了。昨下午三點左右，有三位從胡耀邦老家湖南瀏陽來的男子，用小孩兒玩耍的彈弓，把墨汁彈射到天安門城樓的毛畫像上，讓老毛掛了彩！蕭白石一聽，目光閃亮：有這事兒？三弟點頭：

這顯然是他們對毛澤東的鄙視，真解氣！大快人心！說起來，老毛把咱中國人可折騰苦了。老鄧呢，害怕批老毛會讓共產黨下臺，遮遮掩掩，叫做那個啥？猶抱琵琶半遮面，是不？這下可好了，毛家鄉人來否定他，意義非同小可不是？哥，當場好多人叫好來著，豎起大拇哥，稱三人為「湖南三傑」！聽說一位是工廠工人，一位是小學老師，一位是公交車司機。蕭白石點頭稱許：了不得，三傑，湖南三傑。三弟的笑容淡了，皺起眉頭，嘴裡「嗤」了一聲：可是，接下來發生了奇怪的事，廣場上的幾名學生糾察隊員，竟奉了他們指揮部的命令，把「湖南三傑」扭送到天安門派出所，交由警方嚴辦。哥，這唱的是哪一齣啊？我們的德州大廚一邊炸丸子，一邊嘟囔：廣場上有的學生咋看著都像宋江的後代呢？只反貪官，不反皇帝呢！

正說著，弟妹又端來一大條盤，上有四隻小碟，分別盛著油炸花生米、五香煮毛豆、蜜汁金絲棗和芥末牛肉乾。弟妹往茶壺裡續了水，說：大哥，您難得來。哥倆邊喝茶邊聊天。今兒這單間不讓客了，大哥嘗嘗我們師傅的手藝，吃了飯再走。蕭白石拱手：謝謝弟妹。今兒我有事在身，飯就不吃了。下回吧！弟妹說：兩位師傅聽說大哥是位大畫家，敬佩得很，一位要請大哥嘗嘗他的抻麵，另一位要請大哥品品他的燒雞。蕭白石說：多謝兩位師傅，改天再來領受他們的好意！

弟妹微笑，轉臉問三弟：德州師傅問老闆，今兒個是不是還送幾屜饅頭去廣場？

三弟將絲糕上落下的一顆葡萄乾吃了，一臉不屑說：你告訴師傅，只反貪官，不反皇帝，饅頭不送了！反正我們不送，還有別的飯館會送去，餓不著宋江的子孫們。

弟妹走了之後，兄弟倆邊吃邊喝邊聊。說實話，學生們扭送「湖南三傑」去見官這事，大出蕭白石的意料，令他胸中一時充塞著莫名的痛心、失望和灰心。這事說明廣場上目前群龍無首，亂象叢生；學生們個個自以為是，又各自像一頭頭蠻牛，亂衝亂撞，全無了章法。說白了，他們如此死乞白賴，要求撤銷「四．二六社論」，不就是害怕被秋後算帳？不就是害怕當「資產階級自由化分子」？事到如今，他們已經把這次運動的目標定得低而又低，即只要中央撤銷了「四．二六社論」，他們就撤離廣場，否則，他們就堅持留在廣場死磕不走。

三弟說：大哥，您看眼下咱北京這天大的動靜，會如何了局？幾十萬大軍兵臨城下，趙紫陽總書記撂挑子不幹了，學生娃娃們又是這水平、這德性，幾萬人賴在廣場不肯撤離，就等著挨宰了？

蕭白石放下筷子：三弟你問的好！現在誰都拿廣場上的娃娃們沒轍。一批批文化界、知識界的名人、學者、教授去廣場勸他們撤離，留得青山在，不愁沒柴燒，今天撤了，日後還可以再來嘛！可學生們就是油鹽不進，誓與廣場共存亡。你說愚蠢不愚蠢？我原先很同情、支持他們，現在祗剩下失望和灰心。

三弟用兩指輕叩桌沿，似乎有所領悟：對了，現在撤離，正是時候。機不可失！這話怎講？只要他們撤離，留下一座空蕩蕩的天安門廣場，一條空悠悠的長安大道，野戰大軍就沒有進城清場的理由！您說，他們進城來幹什麼？沒有對手呀！這樣，各路大軍就會心生疑竇：鄧大人調我們進京幹什麼來了？師出無名呀！大哥，一旦野戰軍官兵認為師出無名，就會不滿、甚至私底下罵娘，抱怨中央把他們當兒戲。如此一來，鄧大人就統一不了軍令。……

對！蕭白石將一個毛豆莢扔入空碟中。喃，他對三弟真要刮目相看了。沒想到弟弟當著這小館老闆，卻對家國大事有如此見地。說白了，真人不露相。這也是天子腳下討生活的北京人見慣春花秋月，見慣兵來將擋，養就了容天納地的胸懷，還有見識。蕭白石說：你這個想法，北大許良英教授等人早就提出來了，也向廣場上的學生們說明、解釋過了。趙紫陽手下的幾位重要幹部，也曾設想動用二百輛大巴士，把學生們送回各自的學校去。可是，這些建議都遭到廣場上學生領袖們拒絕。他們甚至準備了大量的濕毛巾，還有大大小小的氣球，隨時準備釋放，阻止解放軍施放催淚彈以及傘兵從直升機上空降。

三弟搖頭：真是迷了心竅，全無智慧和理性。不撞南牆不回頭。

蕭白石說：遇上這麼些飛天蜈蚣，還能怎麼著？西方的上帝、東方的佛祖，都救不了芸芸眾生！

三弟說：我們的兩位德州大廚，倒是有些高見的。大哥想不想聽聽？他倆都是高中畢業，沒考上大學，到北京來闖蕩，很有些想法和見識的。對了，對昨兒「湖南三傑射毛像」的事，他們還寫有兩首詩呢！看看，就這。

蕭白石從三弟手中接過一張餐巾紙，上面歪歪斜斜寫著：

詠城樓汙跡二首

四人幫主是何人，巨像城頭對庶民。
文革豺聲猶在耳，神州餓殍湧京津！
九月九日勝晚春，山河卻苦霧霾頻。
紅魔忽告沉東海，頓覺人間事事新！

好詩，好詩！蕭白石來了興致，看看時間還早，遂說：老三你這小館還藏龍臥虎呢。請他們來聊聊，會不會影響他們忙活？

三弟說：這會子沒客人。再說，您弟妹現如今能著呢，能在廚房撐起半邊天。

三弟開門向外打了聲招呼，無為女子進來聽候吩咐。三弟說：早餐已忙過一陣，我想請兩位德州師傅來歇會兒，吹吹牛。再又告知大哥：他們兩位的思想比你我都開放。當然嘍，年輕嘛。

不一會，兩位穿著白色工作服，戴著白色廚師帽的師傅來到。他倆一高一矮，身體健碩，樣貌淳樸，都只有二十出頭年紀。三弟介紹：高個兒叫北宋，矮個兒叫南宋。兩宋早已伸出手，與蕭白石相握，很有勁道，不生分。雙方可謂見面熟。蕭白石開玩笑：二位的大名好，有氣魄，大宋江山，北宋南宋，都被你倆給占了。兩首七絕也做得好！北宋說：順口溜，見笑，見笑。俺倆老家德州清河宋家莊，鄉下娃兒取名不經心，胡亂叫著容易長大。俺叫宋北宋，他叫宋南宋，有那麼點兒拗口。南宋說：大畫家，常聽老闆說起您。您的畫兒都要去紐約聯合國展出啊。好傢伙，給咱中國人長臉子呢。蕭白石說：很高興認識二位，山東出好漢，出能人。來，咱坐下說話。無為女子給兩位師傅上了茶。北宋說：我這兄弟老抱怨他個頭矮了點，不像個山東漢子。蕭白石說：宋公明就是矮個子，山東及時雨，名氣了得。還有個矮腳虎王英，也是手段了得。梁山好漢一百零八將，晁蓋、武松、李逵、阮氏三傑，大部分是山東本地人。南宋說：俺山東也出過慶父、黃巢、西門慶、康生、江青、張春橋、戚本禹、蒯大富這些亂臣賊子呢。北宋喝了口茶，說：古往今來，一言難盡，一言難盡。

蕭白石見兩宋能聊，自己也打開了話匣子：咱剛才講了幾句古，現在聊幾句今兒吧。聽我三弟說，二位宋師傅對眼下的北京學運很有見地。我本人呢，原來一直支持學運，但力不從心，算個旁觀者，一個偏向學運的旁觀者。學生們自胡耀邦逝世，一路鬧騰，鬧到現在大軍圍城了。這麼一來，誰都不知該如何收場了。

北宋說：現如今，京城裡人人都在議論這碼事。今早，我和南宋對老闆叔也說起過。老闆叔打斷了我倆，叫留點神，他可不願看到我們被國安帶走，送回德州蹲大獄。

蕭白石掃三弟一眼：至於這麼嚴重嗎？當了老闆，就拿大話嚇唬人？三弟看看兩宋，笑了：還不是擔心他們生出事來！隨便聊，隨便聊吧，我大哥不是外人。你們知道的，他是位個體戶畫家，如今出了名，國安公安都高看他。他斷不會出賣朋友。

南宋點頭：那是。嗯，至於廣場上的情勢，我們也是瞎琢磨。不是說大話，我和北宋早就看出點毛病來了。廣場上的大學生們把動靜弄得天大，可沒個像樣的領袖。不是說沒人想當，想當領袖的多著呢，太多了，可他們誰都不是領袖的料。一句話，一盤散沙，沒有陳勝、吳廣，更沒有項羽、劉邦。

蕭白石聽他如此說，不由得挑起了眉尖，認真聆聽。

南宋放下茶杯，說：也沒有綱領，沒有像樣的口號，甚至沒有明確的目標。只是鬧鬧哄哄，大家跪著求民主，向共產黨乞討自由。黨啊，親愛的黨啊，給點兒民主吧，給點兒自由吧！南宋說著，皺起了眉頭。

蕭白石聽到這裡，心頭一震，暗想：真是人不可貌相，水不可斗量。真正的有識之士，在老三這小館。……於是，他撫掌讚道：高見，二位高見。依二位師傅之見，廣場的學生們應當提出什麼綱領，什麼口號？打倒共產黨，重建新中國？

北宋、南宋連連搖頭。北宋頓了頓，說：豈敢，豈敢！今天中國，還丟不開共產黨，也推翻不了共產黨。說白了，黨對國家的領導，是一竿子插到底，從中央到省市自治區，到地區、縣、鄉、村，六級政權，全部姓黨，外加三百萬人民解放軍，兩百萬公安警察，都替黨看家護院。北宋攤開兩手：這就是今天中國的國情。

蕭白石明知這是事實，還是不禁有些喪氣：照您這麼說，廣場上鬧也是白鬧，一點兒希望都沒有了。

南宋說：哪兒的話！今天中國人心思變，切望出現新的形勢、新的局面。不然，怎麼會見天兒有上百萬人上街，表達訴求和心聲？連和尚、尼姑、道士都出來爭民主、爭自由了。南宋摸摸後頸，看北宋一眼，又說：我和北宋下班後，晚晚都在嘀咕、琢磨學運這事兒。在咱中國實現變局，不能再搞暴力革命，打到老皇帝，自己做新皇帝，像毛那樣。……中國需要和平轉型，現階段還是要通過共產黨，改造共產黨來實現。提出啥子綱領？保衛黨中央！保衛趙紫陽！保衛黨對軍隊的絕對領導！反對槍指揮黨！反對老人干政！反對垂簾聽政！徹底清除封建餘毒！把鄧小平、陳雲等老人送到北戴河、承德避暑山莊養老去、享清福去！

呵！蕭白石露出笑容。

南宋似乎受到鼓勵，說：再往下，就是發動廣場上的學生們以及廣大北京市民，幾十萬人、上百萬人分頭去包圍、占領中央電視臺、中央人民廣播電臺，占領新華社、人民日報社。到了這時，趙紫陽總書記以黨和國家領導人的名義，在中央電視臺發表重要講話，號召全黨、全軍、全國人民起來保衛改革開放的成果，保衛黨的三中全會路線，徹底否定文化大革命，絕不走回頭路，實行憲政民主，為自由人權而奮鬥！這一來，那些現在進駐京城郊區的野戰軍部隊的將領，大部分都會當機立斷，宣布服從黨中央領導，聽從黨總書記趙紫陽指揮！可以想像，也有將領會保持中立，但他們的部下再也不想進城，執行啥勞什子任務了。

正說著，弟妹噠噠敲了敲門，進來說：聊得多歡哪！她轉向三弟：剛才有位民營企業家，來訂了一千枚饅頭，中午送去廣場，我已經接了單。……

北宋、南宋一聽，連忙起身要去幹活，臨了向蕭白石說：大畫家，我倆只是瞎侃、瞎侃。您當作閒話來聽！我們老闆說，我們只是兩個趙括，紙上談兵的趙括！

二位師傅離開後，蕭白石問三弟：這麼重要的訊息，你怎麼一直不肯透給我？真沒想到，你這小館裡，還有這樣兩位人物，簡直就是兩位軍師，吳用、公孫勝！

三弟摸摸下巴，說：哥總是那麼忙，又是兩眼朝天的，哪裡肯聽我們下里巴人這些淺見？

蕭白石伸手去拍三弟的肩：真是的！你不和我說，也可以透給廣場的人聽聽嘛。開一點新的思路啊！

三弟說：沒有您想的那麼簡單。廣場學生們會肯去包圍中央電視臺、中央人民廣播電臺？他們連「湖南三傑」朝城樓的毛澤東像射了幾彈弓墨水，都把人當作現行反革命，扭送到天安門派出所去了。包圍中央電視臺、廣播電臺，那不是更嚴重的反革命行為？他們非但不會去，還會把號召他們去的人告發了，或是抓起來，扭送公安部門，以此表示他們鬧歸鬧，吵歸吵，但仍是黨的好兒女。他們只是要求黨給他們民主、自由，到後來，就更是只要求黨廢了「四．二六社論」。哥，就為這，我一直保護兩宋，阻止他倆瞎說八道，不去當現行反革命。

蕭白石垂下頭，洩氣了。待抬起頭來，他朝腦門一拍，叫道：三弟，看看大哥我，都忘了今早上為啥來找您了！

41

蕭白石從弟妹手中接過安全帽戴上，一抬腿跨上三弟的電驢子後座。兄弟倆「突突突」地上路了。三弟成日裡忙，沒空磨嘴皮，這會兒邊駕車邊開了話匣似地連說帶問：現刻北京城四面八方，各個路口都有成千上萬人在堵軍車，哥，咱上哪兒去找您的寶貝閨女？這麼著，您指哪我奔哪！卓瑪也是我親侄女不是？千里萬里來到北京，找到您這當爹的，見到親奶奶，太不容易了。也屬老天爺的眷顧不是？按西人的說法，是上帝恩惠；照藏人的說法，是佛祖保佑。哥，您見前邊的人群不？嗨，這回咱北京人甭管男女老幼，齊齊上陣了。聽說那些外地兵哥傻乎乎的，以為首都人民歡迎他們呢……蕭白石在三弟身後，抬高些嗓門：三弟，今天可要辛苦您了。不找到卓瑪丫頭，哥是不得安生了。自她四、五歲起，我就沒有養育過她。她和她弟弟隨著她娘，從青海大漠一路流浪到印度達蘭薩拉，投奔達賴喇嘛的西藏流亡政府；後又去美國讀書，得了學位，當上了大通訊社的記者，直到昨天下午，她還讓友誼商店給家裡送了一臺大彩電，孝敬奶奶。三弟啊，我好幾天聯繫不上她了。有出租車司機見過她在堵軍車的現場採訪。槍子兒不長眼睛，隨時有危險啊！可不能讓她在咱北京出事兒。……蕭白石說著、說著，紅紅的眼眶在塵土飛揚的氣流中又癢又疼。

街上人越來越多，交通更擁堵了，三弟不得不把電驢子停在路旁。人流向城外湧去，湧去。三弟下了摩托，向路人打聽，說是從關外來的瀋陽軍區某部，上百輛軍車被堵在了東朝陽路和管莊路交道口，大家夥就是趕去增援堵路的。三弟轉過身，與大哥商量：哥，這樣找人，像海底撈針哪！蕭白石抹一把灰蒙蒙的臉：說真個的，哥我今天也沒轍，這樣吧，我們就先到管莊路口去看看那堵軍車的場面。見識見識，也不枉來這一趟。

電驢子怎麼著也快過兩條腿趕路。不到半小時，他倆就到了管莊路口。這是一處十字通衢，往東去通縣縣境，往北可達首都機場，往南則是大興縣地界了。由於四周都是莊稼地，三弟將電驢子停在一片農地的土堤上，然後對大哥說：我待在這兒看車，哥您去尋卓瑪。一個鐘頭夠了吧？

蕭白石言了聲謝，轉身沿著土堤深一腳、淺一腳朝人聲四起、人潮洶湧的路口走去。果然，東西南北四條大道已經水泄不通，被市民們占據了，站著的、坐著的，臥著的，啥姿勢都有。一眼望去，至少有數萬人之眾，灰一片，白一片。與往常不同，這兒沒人呼口號，沒人打橫幅、舉標語。蕭白石左顧右看，一路「勞駕勞駕」地念叨著，蜿蜒穿過人群，好不容易擠到一長溜草綠色解放牌帶篷卡車面前。但見每輛車上都坐著十幾名軍人，大約是一輛車載一個班的編制。軍人們大多是些毛頭小伙子，因天氣悶熱，又經歷長途跋涉，一個個敞開衣領，軍帽斜戴，表情疲憊、迷惑、焦慮；有的乾脆脫了草綠色軍外衣，只穿件白襯衫，手拿軍帽扇風。不少市民往軍車上遞送瓶裝礦泉水。士兵們接過水，咕嘟咕嘟地喝；班長、排長聽之任之，沒有制止。這時，有學生模樣的人手舉半導體喇叭喊話：解放軍同志們，你們辛苦了！你們是人民子弟兵，人民愛子弟兵，子弟兵愛人民！軍民本是一家人，對不對呀？市民們熱烈鼓掌，響應。車上的士兵們不敢鼓掌，但表情有所放鬆，不再那麼麻木、那麼無動於衷了。學生繼續喊話：我和在場的北京市民們可以負責任地告知解放軍同志們，我們偉大的首都現在很安全，很和平，連小偷都罷偷，犯罪率前所未有地降低。天安門廣場上，只發生了首都大學生和部分外地大學生的和平請願，要求黨和政府反腐敗、反特權、反官商勾結，反高幹子弟經商，要求開放民主、保障人權！學生們的這一行動得到了絕大多數北京市民的支持和響應！全國各地大中城市的廣大工人、市民、郊區農民也都熱烈響應和支持！北京城裡並沒有發生什麼動亂，沒有發生任何打砸搶抄燒的違法犯罪活動！黨中央和趙紫陽總書記，一直堅持以和平理性方式處理本次學運！沒有人反對黨中央，沒有人反對黨的領導。只要黨和政府答應了廣場學生們的合理要求，他們就會回到各自的學校，復課讀書。我們偉大的首都也會立即恢復往常的平靜！所以，敬愛的解放軍官兵們，親愛的人民子弟兵戰士們，您們的大軍不用開進城裡去！城裡沒有您們需要執行的任務！您們應當回到軍營，去練兵，去學習，學好本領，保衛國家！我們北京廣大市民希望你們在假期來北京旅遊，會把你們當親人，為你們提供免費食宿。到那時，北京歡迎你們，熱烈歡迎你們！

人群中爆發出一陣陣掌聲，叫好聲。車上士兵也有人鼓掌，但被幹部制止。蕭白石面對此情此景，也很激動，覺得大學生的喊話很有鼓動性，也挺煽情。換句話說，這樣的言語「很能走入解放軍官兵的心裡」。姥姥的，真可惜沒有中文媒體來做現場採訪，那樣的話，更會感動全國人民，乃至世界各國人民。

就在此時，一個誰也沒有料到的情況發生了，只聽得軍車上一聲聲哨響，喊口令，整條龐然大物的綠色車龍開始蠕動，朝通縣方向後撤，後撤。……

人群歡聲雷動，人們紛紛呼喊：向解放軍學習！向解放軍致敬！子弟兵愛人民！人民歡送子弟兵！那位舉著喇叭的學生，扭頭與身旁的幾位同伴商量了幾句什麼，隨即向人群喊話：同志們，同學們！我們今天只是取得了一次小小的勝利。我們絕不能放鬆警惕！我們現在就應當設置路障，並留下值班人員，隨時防備軍隊返回。那些宣布在北京戒嚴的老頭們，他們絕不會就此善罷甘休。我們還要準備迎接更艱巨、更艱苦的鬥爭！

蕭白石像一滴水，在洶湧澎湃的人潮中浮動，雙眼潮濕，喉嚨哽咽。他雖然沒有找到卓瑪，親歷了一次廣大市民自發阻擋、勸退軍車長龍的壯舉。他手撫前胸，感到咚咚心跳，此行不虛，令他大受教益。人民，北京人民，多麼平凡，又多麼偉大！蕭白石不僅感動，而且驕傲，為北京人驕傲。他的淚水潸然而下，在他布滿細塵的臉龐留下兩溜溼印，又很快被鑽出雲層的陽光曬乾了。他知道，此時的北京人，人同此心，心同此理。他們一起經歷了過去，也一同面向未來。蕭白石回到三弟身邊。三弟正和幾位路人聊天，談的也是市民們在東西南北各個路口自發阻擋軍車的種種傳聞，也不乏擔憂：中南海裡的幾位老者，可是些不怵流血的軍頭惡煞。

三弟臉上已曬出油汗，他掏出手帕擦擦，與幾位路人道了再見。三弟朝大哥咧咧嘴，張口就來一句十多二十年前背得滾瓜爛熟的毛澤東語錄：人民，只有人民，才是推動歷史前進的動力！哥，怎麼著？沒找到您閨女？哦，軍車後撤了，看樣子不會進城了？蕭白石搖搖頭說：可能是暫時的，今天不進城，明天可以進城；白天不進城，晚上也可以進城。但不管怎麼說，咱北京人就是有種！

三弟撇嘴：軍隊後撤，大家都興高采烈，就您是個悲觀主義者。……噢，您弟妹在後廂包裡備了花卷和夾肉火燒，保溫壺裡有茶水。我吃過了，您將就吃點兒，免得路上餓得發暈。這會兒快下午一點了。咱下個目的地去哪兒？今兒不見到閨女，您不打算回家了？

蕭白石不發一言，找到包裡的花卷、火燒、茶水，三口兩口，草草吃了喝了，又上了電驢子的後座，說：上城南永定門去！剛才聽人說那兒有兩列運兵火車被老百姓堵住，團團圍困，動彈不得，有不少中外記者在現場拍照。三弟邊駕車邊應道：得了！上永屁股門去！蕭白石說：永定門就是永定門，北京中軸線最南端的城門，怎麼就成了永屁股門了？三弟說：哥，您是位大畫家，成天搗鼓些陽春白雪，沒聽過咱下里巴人的俚語？老北京話把屁股叫「腚」嘛，得，永定門不就成了「永腚門」、永屁股門了？蕭白石笑了：北京爺們貧，可窺一斑。三弟問：哥，您去了美國，不會不回來了吧？蕭白石說：胡扯些什麼？三弟哧地笑了：我聽說呀，好些國人一踏上美利堅的土地，就再不回來。在那兒容易掙到一份好生活，真正的地大物博，肥得流油，滿世界的人都想往美國跑！蕭白石回道：也有人這麼問過我。弟，別人怎麼做，咱管不著。可你想想，我怎能不回來？你嫂子懷著我的骨血，我回來等著再做一回老爸，你再做一回三叔！蕭白石說著，高興了些，在三弟肩背上拍了一掌。三弟忙說：哥，輕點兒，電驢子不是汽車，我兩手掌著舵呢。接著又說：對了，哥，您怎不把嫂子也帶到美國去？聽人說，在美國生的娃兒自動成為美國公民，那您倆不就成了美國公民的親爸親媽了！蕭白石正待說話，三弟自顧自地開了話匣：如果哥和嫂在美國定居，設個法兒幫我和您弟妹、侄子也申請過去呀！我們到美國去開家中餐館，白案紅案一塊上，不定能賺大錢，當個華僑大腕兒。到時候，咱也回北京顯擺顯擺，哈囉哈囉！好啊友！在咱社會主義祖國，個體戶是弱勢群體，雖然近兩年環境稍好點兒；可在人家資本主義社會，那可是主流，大富翁都幹個體！蕭白石在後座搖頭：三弟，你也一把年紀了，都兩孩子的爹了，還這麼淘？小心看路！路上行人如鯽呢！況且忘了多年的愛國主義教育了？三弟說：當官的只要咱老百姓愛國，他們自己卻爭先把子女送去美國、加拿大！還是人家白樺那句話：我愛祖國，祖國愛我嗎？是不是呀，哥？

兄弟倆說說笑笑，不覺已到了城南永定門。果然又是人山人海，把兩列運兵火車嚴嚴實實給堵在鐵道線上。三弟留在一處岔道水溝旁，守著電驢子，仍對大哥說：去找您寶貝閨女吧！哎，看！那邊兒人堆裡不正有記者在拍照嗎？這次放您一個半鐘頭，準時回來！

蕭白石臨走時和三弟對了錶。他再次念叨著「勞駕、借道」，半擠半蹭地穿行於人群之中。他所見情形和東郊管莊交道口不盡相同。雖然也沒打橫幅標語的，甚至連喊話人也沒見到，市民們逕自或坐或臥在鐵道上，把幾公里的鐵道線塞成條不見首尾的「人龍」。在這裡，北京市民明擺下陣勢：你軍列要進城，除非從我們這幾萬、十幾萬市民身上輾過去！目睹此情此景，蕭白石又是心潮翻騰，滾燙滾燙，燙得他兩眼通紅。京城父老啊，此舉真是驚天地、泣鬼神了！

蕭白石好不容易擠到草綠色軍列跟前，見不少軍人已下到車外透氣、乘涼。不少市民提籃抬筐，給解放軍送茶送水，送饅頭、餅乾等吃食。士兵們不見外，接過茶水就喝，接了食品就吃；即使嘴不閒，也不忘連聲道謝。若問他們來自那個部隊，從哪兒開拔，來北京有何貴幹，士兵們立即滿臉嚴肅，避而不答。蕭白石蹭著往前移，看到不遠處有一群士兵在聽一位老人講話。老人身穿軍便服，胸佩軍功章，左袖空蕩蕩，右手舉著榮軍證——即殘疾軍人證。老人說：看看，咱是個老兵，是您們的老戰友！咱一九三八年當小八路打小日本，一九四九年打完老蔣，一九五〇年又當志願軍入朝參戰，打美帝國主義！您們看過電影《上甘嶺》嗎？都看過？好！您們會唱〈歌唱祖國〉那支歌嚒？會唱？好！不待老兵說完，士兵們紛紛向他行軍禮，並開始哼唱：一條大河，波浪寬，風吹稻花香兩岸。我家就在岸上住，聽慣了艄公的號子，看慣了江上的白帆。……這是親愛的祖國，生我養我的地方，……朋友來了有好酒，若是那豺狼來了，迎接牠的有獵槍！……

歌聲越來越嘹亮，人也越聚越多。有軍官模樣的人不知發生了什麼情況，連忙跑來查看，見是一名復員老軍人在領著戰士們唱《上甘嶺》主題曲，才放下心來，自己也哼著曲兒離去。歌聲停了，老軍人說：我就是在上甘嶺戰役中負了重傷，失了左臂。那場戰役打得真英勇、慘烈！我們一個營、一個連衝上去，往往祇剩下一個排、一個班的傷員撤下來！可美國佬的飛機、大炮任怎麼狂轟濫炸，咱志願軍陣地就是守得住，哪怕只剩下一挺機槍、一個士兵，也要堅持到增援部隊到來。就憑著這股子勁兒，一直打到美帝國主義、南朝鮮軍隊敗下陣去，服了氣，認了輸，老老實實坐到板門店的談判桌上去，和我們簽訂停戰協定。所以啊，沒有我志願軍上甘嶺戰役的勝利，就沒有後來朝鮮半島的和平，就沒有咱國家幾十年來的和平建設。這叫什麼？這叫保家衛國，是咱軍人的天職！咱中國人民解放軍的崗位在哪兒？在邊防！在海防！至於維護國內治安，那是公安幹警們的職責！所以，今天在這兒，我以一名老兵的名義，負責任地告知我的小戰友們，首都北京並沒有發生什麼動亂，只是大學生們在天安門廣場和平請願，要求黨和政府反腐敗、反貪汙、反特權、反官商勾結，反高幹子弟利用特權經商！學生們的愛國行動，得到了百分之九十以上的北京市民支持，所以咱的大部隊完全沒有理由、沒有必要開進北京去……

老軍人義正詞嚴，語重心長地講著。這時，幾名軍官神色緊張地跑過來，嚴令士兵們上車。一位青年軍官拉住老軍人說：老同志，您歇歇吧！我們只是執行上級命令，執行命令而已！老軍人目光炯炯，甩開青年軍官的手：您是哪個部隊的？啥軍銜？我當八路的時候，您還不知在哪兒呢！和平時期，這麼多野戰軍進京究竟為個啥？

蕭白石和市民們見到這一幕，紛紛朝老軍人鼓掌。幾名青年軍官沒轍，只能命令士兵們回到自己的車廂去，並關上車廂門。蕭白石正待離開，忽然，汽笛長鳴，集合號吹響，每節車廂都有軍官在揮手，命令軍人們上車，上車，上車！軍人以服從命令為天職。很快地，鐵路兩旁見不到任何軍人，只剩下堵車、占道的群眾和看熱鬧的人們。正當大家面面相覷，不知發生了什麼事，就見揮著小紅旗的鐵路工作人員吹哨子，告知火車要倒退回去了。狂鏜一聲響，列車車輪緩緩運轉，整條綠色軍列緩緩移動，向後退去，退去。……

人群裡起先是靜默，然後爆發雷雨般的掌聲和歡聲：解放軍被咱北京人勸阻了！撤走了！勝利了！勝利了！

蕭白石眼見十幾名記者舉著各自的「長槍短炮」，爭相拍下軍列離開、市民歡呼的感人場面。然而，他還是沒有見到卓瑪。這丫頭！跑到哪兒去了？蕭白石再次回到三弟那兒。三弟已望眼欲穿，老遠就抱怨：哥，咱說好一個半鐘頭，可您整整去了兩個鐘點！您弟妹都呼過我三次了，問咱倆在哪兒，問您回不回店裡吃晚飯。她給您準備了一瓶陳年牛欄山二鍋頭。……哥，看來您還是沒找到寶貝閨女，可憐天下父母心哪！她個丫頭片子，肯定沒想到您這當老爸的，滿世界大海撈針似地找她吶！蕭白石連聲向三弟賠不是，看看手錶，說：弟，幫忙幫到底。現在不到下午五點，太陽還老高，咱們還有個地方可去。

三弟遞過食品包來：哥，喝水，還有果脯，嚼幾粒提提神。他又問：您說還有地方找去。哪兒？

蕭白石咕咚喝了大半瓶礦泉水，差點給嗆著：去、去建國門外大街的國際飯店。早上我打過電話，沒人接。這會兒，咱再上那裡試試。

42

蕭白石與三弟來到建國門外大街國際飯店，在左近下了電驢子。因街邊不讓停車，蕭白石要三弟先回飯館去忙活，並給歪把兒胡同家裡打個電話，告訴娘和圓善自己會回家吃晚飯，其餘的事兒不必多講。三弟臨走，留下句話：見到卓瑪，告訴她，她三叔、三嬸兒的小館裡還有瓶陳年牛欄山二鍋頭，等著您們爺兒倆去喝哪。

蕭白石瞅瞅前後左右，好像沒什麼可疑的人影兒，於是快步進了國際飯店的旋轉門。門衛仔細看了他的證件，這才讓他走近大堂服務臺。蕭白石填了會客單遞上。服務臺小姐看他有些面熟，再看表上寫著「一六〇三號房」，於是告訴他：是有位名叫卓瑪的女士住在這兒，但她已經兩天兩夜沒有回來過了。蕭白石一聽，腦袋裡「轟」地一響，臉色煞白，喃喃自語：怎麼會呢？怎麼回事呢？服務員說：美使館新聞處的人已來找過她，也不知道她去了哪兒……這話未落音，便被一位穿制服的中年男子上前制止了。

蕭白石心裡暗叫一聲：不好！卓瑪失蹤了？美使館新聞處的官員也沒找著她？他腦子亂了，也不記得自己給沒給服務員道謝，就疾步走向大門。他得趕快離開這裡，回家去，再設法去找卓瑪。卓瑪呀，好閨女，你可千萬別在北京出事兒啊……

蕭白石正待走出旋轉門，突然他的左右兩旁冒出兩位軍人，把他叫住了：同志，請留步！我們要和您談談。蕭白石抬頭一看，那兩人紫紅臉膛，高大壯碩，腰上別著手槍，看來不像衛戍區的軍人，於是問道：二位要和我談什麼？軍人說：走吧，到屋裡談談，估計時間不長，您很快就可回家的。

秀才遇到兵，晦氣惹上身。蕭白石只得隨二人進入離服務臺不遠的一間小型會客室。他剛一落座，兩位軍人就變了臉，橫眉豎眼，透著凶相。其中一位戴黑框眼鏡的軍人開始問話，另一位年紀稍輕，做筆錄。黑框眼鏡軍人的問題如發連珠炮：你叫什麼名字？出生日期？政治面貌？家庭出身，職業？工作單位？請出示你的身分證件！

蕭白石幸好隨身帶了北京市居民身分證，但對兩位軍人的作派甚為反感。他沒有拿出身分證，反問道：請問二位是什麼人？姓甚名誰？擔任什麼軍職？憑什麼要查看我的身分證件？如果二位不先說清楚，我可以找總政保衛部，告你們胡亂擾民。

兩位軍人交換了一個眼神。他倆看看蕭白石的年紀，又想想他的傲慢態度，一時也不知道他有什麼背景，因為這京城裡的大官兒太多，水太深。於是軍人的態度有所緩和，但依然軟中帶硬：我們是戒嚴指揮部派駐飯店協助工作的，請您配合我們的工作，也請您端正態度。

蕭白石生平見過的風浪不少，心裡又著急離開這裡，一時間來了傲氣，反唇相稽：是我要端正態度，還是二位該端正態度？戒嚴部隊該是來維護首都治安，保護首都居民，還是來騷擾首都居民？

黑框眼鏡軍人陰陰地笑了笑：原先只聽說北京爺們貧嘴，今天還真就遇上了。好，我們打開天窗說亮話，只問您一個問題。您為什麼來飯店找泛美通訊社記者卓瑪小姐？她是您什麼人？換句話說，您和她是什麼關係？說清楚了，您可以立馬走人。

蕭白石哪裡肯吃他這一套，反問：請問二位是代表哪個執法部門？公安部，還是國安部？市公安局，還是市安全局？如果二位不出示證件，或不出示行使查詢權利的證明，本人有權拒絕回答你們的任何問題。

黑框眼鏡軍人到底按捺不住，發了虛火，喝道：你態度放老實些！我們說過了，我們代表戒嚴指揮部，要求你回答問題！你來找泛美通訊社女記者卓瑪有何貴幹？她有重大嫌疑！你倆是怎麼認識的？是什麼關係？

「嫌疑」？還「重大」？蕭白石又是擔憂又是氣憤。他咬咬牙，乾脆又來個拉虎皮做大旗，硬著脖子說道：你們沒有權利這麼對待我！我要找你們的總指揮劉華清同志，告你們！找劉華清同志告你們！

服務臺的男女值班員原本就對外地軍人來這涉外飯店「執勤」相當反感，覺得自己也在被監視之列。他們聽到小會客室有動靜，連忙過來，推門看個究竟。蕭白石一見飯店工作人員，立即說：勞駕！請替我打個電話給市國安局的馬處長，告知畫家蕭白石在國際飯店被兩個外地軍人扣下了，請她馬上來一趟。

剛才接待蕭白石的女服務員對男同事說：我認識他，前幾個月來過，住西城大將軍胡同二號！得咧，我這就去打電話，叫馬處長來！

兩位軍人的底氣消減，嘴上還硬著：叫誰來都沒用。我們執行公務。嗬，不就仗著有大人物背景嗎？戒嚴時期，任誰都不能違反戒嚴令。

男值班員也看不慣外地軍人的跋扈，上前一步說：算了吧！二位可能不清楚大將軍胡同二號是個什麼地方吧？

軍人一愣：什麼地方？

蕭白石見狀，索性一不做，二不休，繼續狐假虎威，將雙腳抬起，擱在桌沿上，靠著椅背，閉目養神。任那二位軍人好問歹問，找臺階下，他就是不予理睬。黑框眼鏡軍人想打步話機，向上級請示，但信號不好，嗡嗡叫，打不出去。蕭白石心中冷笑：憑這麼落後的通訊手段，也只能嚇唬嚇唬老百姓。難怪聽說十年前的那場「中越邊境自衛反擊戰」，大軍一出了國門，開入越南境內群山之中，電訊不靈，團長就找不到營長，連長找不著排長、班長，吃過大虧，打了二十幾天仗，然後決定撤兵。也因通訊不暢，有一個營的官兵收不到撤軍命令，被越軍包抄，被吃了餃子。……

雙方就這麼僵持著，軍人不停地問話，蕭白石閉口不答。軍人拿他沒轍，這裡是國際飯店，出入的都是外國客人，他們也不好強行把人帶走，鬧出國際影響來。況且，這北京爺們好像真有點背景，要不然，怎會託服務臺值班小姐替他掛電話呢，還說要請市國安局馬處長前來，甚至口口聲聲要找軍委副主席劉華清告狀，口氣委實不小哩！北京是中國的頭號碼頭，隨便吐口唾沫，都可能濺到某位部長或局長身上，關係網可是複雜呢。不過，沒收集到有用信息，又不好隨便放走這傢伙。

過了約莫大半個小時，他們果然等來了一位五十幾歲的女幹部。她走入會客室，先向蕭白石點點頭，再向兩位軍人遞上名片。軍人一見上面印的仿宋字官銜，便舉手行軍禮。馬處長與他們握手，這才說：解放軍同志辛苦啦！這位呀，是著名畫家蕭白石同志，他也是你們軍委首長楚振華將軍的老朋友。二位找上他，有何公幹？黑框眼鏡軍人聽馬處長這麼一介紹，臉都漲成了豬肝色：報告處長同志，是這樣的，是這樣的，我倆是昨天才被派到飯店參加執勤的，對這裡情況很不熟悉，這位蕭同志來找泛美通訊社記者卓瑪小姐。據戒嚴指揮部所掌握的情況，卓瑪小姐是有重大嫌疑的美籍華人，在北京進行了大量與她的記者身分不相宜的活動。蕭畫家急匆匆來找這麼個人，我們有責任留他下來了解情況，絕對沒有為難他的意思。

馬處長聽了這番話，臉色變得凝重嚴肅。她要求蕭白石迴避一下，離開會客室，到外面等候。馬處長掩上門，回頭對軍人說：謝謝解放軍同志！您們忠於職守，警惕性高，值得學習。嗯，泛美通訊社女記者卓瑪的情況，我們市國安局早就掌握。我可以告知二位，戒嚴指揮部在對她進行簡單問話之後，決定暫時將她「留置」。因此事涉及中美關係，我方不能不慎重處理。至於蕭白石同志，他的情況更不簡單，但他絕對是為國家、為民族服務的人。至於其他具體情況，我不便在此與二位多談。蕭畫家就交由我來處理，好嗎？

二位軍人很有上下級觀念，對地方領導表示尊重。他們將雙腳一併，向馬處長再次行禮：是！請馬處長全權處理此事。

二位軍人離開會客室，蕭白石隨即閃身進來，滿口感謝：虧得處座來解圍，不然真不知會被這倆丘八糾纏到什麼時候。謝謝救星馬四姐！

馬處長眉頭一挑，糾正他：什麼丘八？解放軍同志是人民子弟兵，怎麼能叫做丘八？你呀，莫不是有點兒得志便猖狂？

蕭白石心中有事，顧不上別的，心急火燎地問：四姐，四姐，您和我說句實話，卓瑪是不是被戒嚴指揮部給抓了？這可了不得，會要了我的命呀！會要了我的命呀！

馬處長仍沉著臉：戒嚴部隊的行動，我哪能知道？即使知道，也不能告訴你。我們有紀律不是？

蕭白石見馬四姐嘴緊，不肯告知實情，頓時一籌莫展，丟魂失魄，可憐兮兮的：怎麼辦呢？我該怎麼辦呢？那些外地兵兩眼一抹黑，只知道執行命令，和拿著武器的機器人差不離啊！

馬處長冷笑：大畫家，你都半百年紀了，遇事還是這麼沉不住氣？實話告訴你，你大可放心，戒嚴部隊執行三大紀律八項注意，即使逮住了某外國記者，也會按政策辦事，執行「坦白從寬，回頭是岸」的方針。況且，事涉外交，更會慎重處理。

蕭白石緊張得呼呼出氣，追問：這麼說，卓瑪是落到戒嚴部隊手裡了？噢，我現在明白了，他們大部隊沒能進城，但小股人員早已進來，在各重要單位各就各位。卓瑪，卓瑪呀，阿爸怎麼救你啊？怎麼救你啊？

馬處長仍是一副冷面冷心的模樣：幸好你自己沒有被戒嚴部隊逮去。……回家去好好歇著吧！這幾天不要四處亂跑了。我可要警告你，千萬不要去向美使館新聞處通風報信！否則會問你個叛國罪，知道嗎？現在是戒嚴時期，也就是非常時期。你們知識分子平日目空一切，非議一切，狷狂放肆那一套，行不通了，收斂收斂吧。你要再犯下什麼事，我也幫不了你的忙了。我今天來，已經違反了工作紀律。

兩人走出會客室。到了旋轉門外，馬處長的上海牌小車已在等候。蕭白石越著急，越心裡沒底，還是忍不住追問：卓瑪是不是被他們抓走了？先前服務臺的小姐說，卓瑪已兩天兩夜沒回飯店了。馬處長將手一揮：我可什麼都沒對你說。說完，她快步朝小車走去。

蕭白石三魂丟了兩魄。他不知道自己是怎麼回到左家莊歪把兒胡同的家裡。他看到娘和圓善眼巴巴地等待他返來，連句安慰話都說不出，恰如機器人一般。他徑直走入臥室，把自己往床上一扔，鞋都沒脫。圓善跟了進來，問：怎麼啦？你不回家，娘一遍遍催我往三弟的飯館打電話，催三弟騎電驢子去找你。這下可好，你倒是回來了，可魂不守舍。出了什麼事了？蕭白石有氣無力，眼光望著天花板，前言不搭後語：今兒去了東郊和南郊兩處，看北京人阻擋軍車進城。嗯，那個場面吶！撤了，撤了，軍隊沒能進城，撤回郊外營地去了！圓善聽他如此說，道：那不是好事嗎？你呀，眼下這天下大亂的時候，還天天瞞著家裡到處亂跑，讓娘和俺時刻提心吊膽。娘說，你要出國，就快快去吧！等過了這一段，再回來，不定就沒事了。蕭白石苦笑：我是跑得了和尚，跑不了廟。圓善說：還有，你是不是去國際飯店找卓瑪了？見著沒有？好不好呀？她是個有孝心的孩子。娘這兩晚看電視，每每念叨她。蕭白石問：你怎麼知道我去了國際飯店？誰告訴的？圓善嘆氣：咳，娘讓打電話去飯館，三弟被逼問不過，就照實說了。我問你，到底見沒見著卓瑪？她好不好呀？蕭白石翻翻白眼，撒了個謊：卓瑪沒事，她也很想念咱。嗯，等忙過這一陣，她會來看望大家。

蕭白石說著，從床上爬起來。他的腦子剛才可沒閒著，連軸呼呼地轉，這會子已有了個主意。他要給杜胖子打個電話。

杜胖子這會兒在回家路上，接到電話後答應來一趟，需時十五分鐘左右。蕭白石喉乾舌燥，握著大蒲扇呼呼地搧，走到院門外等候老友。他有話要和杜胖子說。

果不其然，十來分鐘過去，杜胖子頭頂鋼盔，突突突地騎著摩托到達。兩人見面，瞅瞅左右，倒也無人。蕭白石壓低嗓門：哥們，聽好了，卓瑪已經被戒嚴部隊抓了，美使館新聞處也不知她的下落。請您幫哥一個忙，馬上把這話傳給國際開發署駐京辦事處的瑪麗婭小姐，她會將消息傳至它該去的地方，美使館新聞處。……

杜胖子心裡一驚：老天！這消息看來準確無疑的了。

蕭白石舔舔乾裂的唇：千真萬確。只有美使館出面要人，丘八們才會有所顧忌。

杜胖子問：這麼緊要的事，您自己為什麼不去？您又不是不認識瑪麗婭小姐。哦，對了，昨天我還見過她的。

蕭白石聲音嘶啞，拱手：此事煩老弟費心，白石沒齒不忘。……我現在出門，總擔心有個影兒相跟著。……況且，您有摩托車，來去便捷些。

杜胖子真是肝膽相照的好友，爽快地點頭：事不宜遲！我現在去跑一趟。嗯，煩你給我家裡掛個電話，說我臨時有事，晚點兒回來。哦，哥們，您應承送我兩幅水墨畫，說話算數，我回頭來取。

43

另說那天一大早，伊莉娜給卓瑪電話，說有重要新聞，八點鐘準時在一樓大廳見，之後結伴去採訪。卓瑪一看手錶七點半。因兩人已有過約定：現在形勢緊急，任何不測都可能發生，不能不做最壞的打算。她兩人之中，若伊莉娜「失蹤」，卓瑪設法通知英國駐華使館；若卓瑪「失蹤」，伊莉娜設法通知美國駐華使館。

卓瑪準時達到一樓大廳，伊莉娜已捧著兩份盒裝早餐站在門口了，一人一份火腿羊角麵包，外加一杯咖啡。天氣不錯，雖然有點風，帶起些沙塵，陽光卻是明亮的。她倆邊吃邊等計程車。當記者的人，就得一切從簡，反應迅速，說走就走。伊莉娜這才告知卓瑪，她倆去首都機場，劉曉波博士乘聯合航空的班機回北京。如果飛機準點，應該是上午十時抵達。廣場上的學生會有一二百人前去迎接，屆時場面一定很熱鬧。這是不是重大新聞？大學生們尊劉曉波為「精神領袖」。卓瑪把空咖啡杯扔入路旁垃圾桶，說：但願這次不會又空候一回。伊莉娜說：信息應該準確，來自一位學生領袖，劉博士在紐約甘迺迪國際機場登機前，給北京的好友打了電話，確認了航班號及抵達北京的時間等詳情。

兩位女記者上了一輛黃色麵的的後座。司機從後視鏡裡望著她倆，禮貌地問：請問，上哪兒？伊莉娜說：首都機場。駕駛邊開車邊說：二位沒有行李，是去接機吧？卓瑪朝他的背影看一眼，並未立即回答。伊莉娜說：算是吧。司機說：您們這些外媒記者，……不叮無縫的蛋。伊莉娜和卓瑪警覺地交換眼色，問：您怎麼不把那句俗話說完？無非「蒼蠅不叮無縫的蛋」罷了。卓瑪也問：司機先生怎麼判斷我們是外媒記者？司機說：對不起，比喻不當，在國際飯店上車，自然是境外來的嘛。卓瑪想了想，說：人說北京的哥眼觀六路、耳聽八方，天上的事知一半，地上的事全知。司機嘿嘿一笑：你們一位說港式普通話，一位說臺灣國語，如果我沒猜錯，二位去機場迎接劉曉波博士回國是不？聯合航空的班機這會兒已從日本成田機場起飛，快到黃海上空了。卓瑪和伊莉娜沒有出聲，心想：這司機非同一般，該不會是有關部門派來的專車司機吧？很有可能的。不過，她倆早已習慣了。國際飯店的服務人員，能沒有背景？卓瑪索性順藤摸瓜：師傅，人說北京出租車司機見多識廣，熱情和氣，服務周到。我們並不了解您剛提到的劉曉波博士。他是位怎樣的人，為什麼這麼有名？廣場上的學生都歡迎他回國，是不？

談笑間車子已上了機場快速道，幾十公里綠樹成蔭，一路暢通，沒有紅綠燈。司機說：劉曉波的情況，我也知道得不多。哦，曾有人叫他劉海濤。我挺喜歡這哥兒們的，算條頂呱呱的東北漢子。不瞞您二位，我和劉博士算老鄉，關外的，吉林省吉林市。他嘛，現在成了當地一個傳說：十七歲高中畢業，正逢文革年月，下放農村當了知青；返城後當了一名搬運工，幹活兒捨得力氣，愛學習，一直沒有離開書本。一九七七年，咱國家不是恢復高考了嗎？他考入北師大本科，後來讀了碩士、博士，再又留校任教。有本事，是吧？沒幾把刷子，能走到這步？實話說，我也考過大學，連考兩年不中，現如今開出租，也算個技術工種吧。伊莉娜說：那當然，好口碑，技術工種。

司機聽了，微微一笑：劉曉波博士，青年才俊啊。從八三、八四年起，全國各地都有人請他演講。他說話大膽，甚至出格，最受大學生們歡迎。那哥們的一大特點就是敢罵老祖宗，從孔夫子、孟夫子、老子、莊子罵起，一直罵到五四運動，罵到魯迅。您們知道魯迅吧？毛主席朝他豎大拇哥的人。劉曉波可不管這些。他說：中國文化落後、愚昧、死頑固、太保守，耽誤了中國前程幾千年！他說中國就應該被西方帝國主義殖民三百年！這劉博士就差沒敢指名道姓罵馬克思、恩格斯、列寧、史達林了，就差沒公開罵共產黨、毛主席了。咱們這幫哥們，開始也愛聽他的演講，可聽著聽著，覺著他說的那些玩意兒也太出格了，已經不是打擦邊球了。怎麼連五四運動、連魯迅先生也給否了呢？所以，有人批評他是啥民族……無主義。卓瑪隨口接道：民族虛無主義，對不？司機說：對對，您知道得倍兒清，民族虛無主義。

司機從旁拿起水杯，咕嘟了一口，又放下：當然，劉博士遇上了改革開放、搞活經濟的年代。文化界思想活躍，傷痕的傷痕，尋根的尋根，反思的反思，什麼奇談、高論都出來了。好些人覺著這樣痛快，解氣。可要是在毛主席那會兒，他丫的十顆腦袋都得搬家。不過，人家西方就中意劉曉波這號的，年年都有美國的大學請他去訪問、去研究。卓瑪問：先生，您對文化界的事很關注？司機不好意思地摸摸頭：我？嗐，不算。不過，讀大學一直是我的夢想。我現在上夜大學，準備參加自學成才的大學學歷資格考試。伊莉娜點頭：這很好，港、臺的大學都有夜間部，國家承認學歷。

司機說：噢，咱還是說回劉曉波吧。其實呀，他真不該一根腸子直到底。您二位懂這意思嗎？卓瑪應道：您說吧，沒問題。司機的興致更高了：他該學學人家大學問家胡適。胡適是大學者，有大智慧；人家在國內反孔，可到了國外，他就尊孔！這不，今年三月，劉曉波又受邀去了美國哈佛大學做訪問學者。聽說人家哈佛請他做半年研究，到時還能續期。今春，咱北京大學生運動越鬧越囟，好像也成點兒氣候，那哥們在哈佛書齋裡坐不住了，見天兒參加那兒的遊行集會，支持、聲援北京學運。劉博士還邀了一批志同道合的留美學生、訪問學者，準備一起回北京，投入廣場的運動。卓瑪冷不丁冒出一句：廣場需要領袖。她轉念想收回這話，已來不及了。車內有一刻很安靜，三人都沒出聲。

很快，司機打破沉默：可臨了，原先答應和劉曉波一同回國的人，見國內已經動了軍隊，即將包圍北京，就一個個找了各種藉口，不肯回國了；只有他劉曉波，義無反顧，說，就是做一回譚嗣同，也要回來！是條漢子，對不？稱得上英雄豪傑，是不？我今兒送二位去機場，也要去向劉博士鼓掌，向劉博士致敬！

司機說著，聲調也高了。卓瑪和伊莉娜插不上嘴，只覺得這師傅懂得真多，都不太像成天四處奔波的出租車司機了。這時，車子已進入機場範圍，航站樓前的停車坪已有四輛大巴，分別掛著橫幅：「歡迎劉曉波博士回國參加民主運動！」「劉博士，向您學習！向您致敬！」「反對北京戒嚴！」「壯士歸來，民主有望！」大巴四周則是大批學生。可以斷定劉曉波乘坐的聯合航空班機尚未抵達。不遠處，布有軍警的散兵線，全程監視。

在首都國際機場的旅客出閘大廳外，卓瑪付了車資。司機駛離時，朝她倆揮揮手：二位回城，不定還坐我這車。卓瑪笑了笑，沒言語。嗯，這真是位非同尋常的司機。

卓瑪見縫插針，決定去找學生做隨機採訪。正在等候劉博士的學生中，有見過卓瑪的，高興地向她揮手招呼，而沒見過的居多，眨巴眼睛打聽來人是誰。有人說：泛美通訊社記者。

卓瑪說：同學們，我們來機場都是為了見劉曉波博士。請問，你們為什麼這麼歡迎他回國？

有學生回答：一同爭民主，爭自由。也有學生回答：他是一位思想家，勇敢且智慧。這正是我們所需要的。

卓瑪試問：同學們會擁戴劉博士為大家的領……領頭羊嗎？她看到不遠處的軍警，臨時改口，未用「領袖」二字。

學生們倒是坦然回答：他本來就是我們的精神領袖。

卓瑪又問：大家有信心，劉博士會加入廣場的請願行列，是不是？

學生們幾乎同聲：一定會的！另有學生補充：劉曉波提前回國，就是為了和我們站在一起，他一定會帶著我們，勇往直前。為有犧牲多壯志，敢叫日月換新天！

卓瑪問：你們剛背誦的是毛澤東詩句？毛澤東仍是你們心中的偉大領袖嗎？

學生中有所遲疑。之後有人回答：在毛澤東時代，黨政官員比較廉潔，不像今天的官場，官倒橫行，遍地腐敗！當然，毛主席晚年也犯了錯誤，特別是十年文革浩劫，給國家造成了極大破壞。

卓瑪又問：據我所知，前幾天有三位從湖南省瀏陽縣來京的男士，在天安門金水橋上用彈弓把墨汁射到城樓的毛澤東像上。他們顯然對毛澤東生前所為很不滿，或許認現時政治弊端源自毛澤東遺毒。這事件很像行為藝術，其訴求是什麼？可否解讀為：中國要民主，必須徹底否定毛澤東？

學生大多表情嚴肅。有人說：我們可不想政府認為是我們幹的。

卓瑪說：所以，這三人被廣場學生糾察隊扭送公安部門了。我以為，學運的初衷是爭民主、爭人權，對嗎？為什麼要如此對待這三人？當然，你們有權選擇不回答這問題。

學生們的表情由嚴肅變為思考、訝異或者默然。有學生叫道：美國記者好厲害！也有學生舉手：我來回答：廣場的同學們並不反對毛主席，也不反對黨和國務院。我們只是要求實行政治改革，保障公民的自由、民主、人權。

這回答在邏輯上似乎有些問題，並未讓卓瑪感到滿意，甚至還令她有種莫名的失望。

另一邊，伊莉娜握著她的小錄音機，也在發問：政府已下令軍事戒嚴。北京城裡都傳遍了，解放軍已兵臨首都，下一步可能武力清場。同學們準備怎麼辦？大家真的相信解放軍不會開槍嗎？這是個敏感問題。學生們竟爭相回答：解放軍叔叔是來保護我們的！人民子弟兵愛人民。軍民一家親！誰鎮壓學生運動，絕沒有好下場！

卓瑪拉拉自己的背包帶，有一種傷感乃至絕望的感覺油然而生。怎麼辦？這些孩子群龍無首，理念混亂，躁動狂熱，偏激幼稚。他們處於危險之中！於是，她又問了一個問題：劉曉波博士乘坐的飛機很快就要降落了。如果劉博士到了廣場，要求你們暫時撤離，返回各自的校園繼續抗爭，大家會聽從他的勸告嗎？

學生中，有的面面相覷，而更多的是譁然。卓瑪聽到好些人在同時回答：劉曉波老師是來加入我們的抗爭。他絕不會對我們提出這樣的要求！政府不答應我們的條件，我們就絕不撤離廣場！我們返回校園，就會面臨秋後算帳。還有學生舉起了拳頭：誰勸我們撤離，誰就是政府的說客，我們叫他滾蛋！誓與廣場共存亡！不自由，毋寧死！

卓瑪看看手錶，是時候去乘客出關大廳，採訪歸國的劉曉波博士了。她向大學生們表示：謝謝大家如此坦率地回答問題。她拿定主意，如果對劉曉波的現場採訪順利，她就隨著學生們上大巴，與他們一同回城，這樣比較安全。

這時一位頭上纏著「請願」白布條的學生匆匆跑來，氣喘吁吁地向同學們宣布：美聯航的班機已經降落。劉曉波老師正在辦理出關手續！

太好了！青年學生們歡呼雀躍。他們準備好橫幅，隨報信的同學而去。出關大廳裡，身著制服的工作人員並沒有阻撓迎接劉曉波的大學生們，只是要求他們與警戒線保持一定距離。同學們盡量互相關照，避免有關部門的便衣混入其中。

各路媒體引頸以待。但見出口處已有三三兩兩的歸客和外賓提著大包小包走出來。卓瑪選好方位和角度，準備拍照。她希望今天能搶先一步，成為第一位採訪劉博士的記者。

媒體和歡迎人群足足等了四、五十分鐘，通關的旅客已經出來一波又一波，可就是不見劉曉波博士露面。學生們翹首以望，一再詢問那些旅客：您們是坐美聯航回來的嗎？人家都回答：是。他們還有幸聽到一位歸客說：你們是等候劉曉波的吧？大高個，戴眼鏡，蓄平頭，有點兒東北口音，三十出頭？對對對！我們坐同一排座兒，還聊了一會兒。他和我前後下的飛機。對對，波音七四七，寬體大飛機，四百多個座兒。進了航站樓，我就不見他了，走散了。他還沒出來嗎？會不會被其他朋友接走了？

時間一分一秒的流失，眾人望眼欲穿。卓瑪覺著這情況非同尋常。難道劉曉波一下飛機，就被有關部門的車輛載走了？

又過了一會，才有位手提半導體喇叭筒、身著警官制服的中年男子出來，逕自走到舉著歡迎橫幅的大學生們面前，和顏悅色地說：對不起，讓同學們久等了！同學們把橫幅收起來吧。沒有方圓，不成規矩。機場有機場的規矩，這是飛行安全和旅行安全的保障。大學生應該遵守機場規定，對不對？

學生們騷動起來：我們要見劉曉波！我們要見劉曉波！你們不交出劉曉波，我們就在這裡靜坐！對，靜坐！靜坐！

中年警官舉著半導體喇叭，聲音十分威嚴：同學們請注意！請注意！機場已經軍管，不允許你們在機場鬨鬧。大家跑這一趟，不就是為了見劉曉波老師嗎？我可以負責任地告訴大家，為了保障劉曉波老師的安全，我們已經安排他走了貴賓通道，並派車直接送他回北師大的家裡去了。警官看看手錶，又說：沒準兒這時辰已經到家了。

學生們感到又被政府耍了一回，知道撲了個空，氣憤歸氣憤，沒奈何只得打道回去。

伊莉娜從人群中出來，四處張望，不見了卓瑪。她等了好一會，隨學生們上了最尾那輛大巴士，在五月的驕陽下，一路朝城區駛去。

卓瑪去了哪裡？半小時前，她還未見劉海濤博士出關，意識到情況有異。但無論如何，劉曉波終歸是要離開這幢樓，離開這機場的。她當機立斷，轉去了貴賓通道出口。她受到安全人員的詢問，也出示了證件，卻難以接近。忽然間，她遠遠望見一位高個頭的華人被帶上一輛麵包車。卓瑪出發前已查看過劉曉波的演講照片，對他的外貌並非陌生，且她具訓練有素的辨識能力，由此斷定那是劉曉波。出於記者本能，卓瑪舉起相機，在短暫的數秒鐘內按了兩次快門。白色麵包車很快駛離了。卓瑪長吁一口氣，將相機放入採訪背包的小格內。她想了想，從下一格取出另一隻微型相機，放入工作背心的口袋，隨時準備還有其他需要拍攝的情景。

劉曉波走了！學生們離開了，伊莉娜也不見了。卓瑪掉轉頭，想趕上學生們的大巴士已來不及。

忽然，卓瑪感覺兩團陰影罩在她身邊，擋住了陽光。抬頭一看，兩位身材高大、長相頗為端莊的女子，一左一右，堵住了她，其中一位操道地的北京口音：小姐您好！泛美通訊社的記者吧？住國際飯店，對吧？請您上我們的車，我們送您回去，可以嗎？

卓瑪知道來者不善，但對方均未穿制服。她問：二位是誰？認錯人了吧？我想我們不曾謀面。卓瑪將手探入包內，想趕緊給美使館撥個電話。

說時遲，那時快，一輛進口大吉普幾乎悄無聲息地駛到卓瑪身邊，車門打開了。二位女子勸道：記者小姐，上車吧！上了車再打電話。我們送您回飯店。

卓瑪心知已無退路，也無法抗爭，只得上車。令她吃驚的是，車上已坐了穿制服的警官，車窗緊閉。卓瑪心想：這是對付我的嗎？我有那麼重要嗎？然而，她別無選擇，連大喊大叫都不可能，叫了也沒有用。

吉普車很快上路。卓瑪又要打電話，對方告訴她：別費那心思了。在這車裡，電話打不出去。我們送您回去。

卓瑪沒有回到建國門外大街的國際飯店。

44

西郊，解放軍總後勤部屬下賓館。

在一樓小會議室，長方形赭色會議桌前，一字排開坐著五位官員，其中三人是軍人，一位是國安部外事局代表，一位是北京市國安局政保處馬處長，每人面前擺著一瓶礦泉水。三位軍人一胖兩瘦，胖子顯然是個頭兒，兩瘦分別為速記員和翻譯，前者面前擺著紙筆，後者面前擺著一本漢英詞典。這陣勢，儼然三堂會審了。

兩名女兵帶卓瑪進來，讓她在五人對面的一張四方凳上坐下。女兵隨後退出，將房門關上。卓瑪兩眼有些微腫，未施脂粉，依然靚麗，精神不錯。三位軍人似乎有些驚豔。卓瑪一眼就看到了市國安局的馬處長。

身體發福的軍頭乾咳一聲，頗為威嚴，開始問話：小姐，請報上您的姓名、年齡、國籍、工作單位，以及是誰派您來北京的。

卓瑪相當沉靜，看他一眼，說了一連串英語，唱歌似的，口齒清晰，語速適中，可對方就是聽不懂。

軍人譯員似乎並不熟悉這份工作，慌忙做筆記。待卓瑪回答完，他茫然地抬起頭，一時弄不清是不是輪到自己轉譯了，又該如何啟口，於是再次低頭看筆記和英漢辭典。軍頭皺了皺眉，這時國安部外事局的代表插了進來，隨口翻譯：卓瑪小姐說她已經接受過一次問話，她說自己遭中國軍方非法拘留，在未見到律師和美使館官員之前，她有權拒絕回答問題。

胖軍頭有些惱火，用胖指頭敲敲桌面說：首先，我要糾正您的某些用詞。我們並沒有拘留您，只是請您暫時住在這賓館裡。戒嚴時期，這裡安全，我們熱飯熱菜招待您。沒錯，昨天有一次問話，但您很不合作。在這裡，我要正告您，您現在是在中華人民共和國的土地上，不是您的那個西方世界。我們有我們的法律和辦事方式。

卓瑪專注地聽完軍頭的這番話，嘴角微微一笑。這回，她用流暢的國語作答：您們沒有拘留我？那太好了，這是否意味著我現在可以離開這裡？

胖軍頭伸出五根大香腸般的手指，來回搖晃：不不，您現在想走？

卓瑪沉下臉來抗議：前天，中方軍人從採訪現場將我押送至這裡，收走了我的工作揹包，裡面有我的攝像機、錄音機、筆記本、行動電話等物品。兩天了，我不能外出、不能打電話、不能寫信，不許我與美國大使館聯繫，剝奪了我的人身自由。請問，這不是非法拘留，又是什麼呢？我抗議中方在未經過任何法律手續的情況下，非法監禁我。我宣布，從現在起，在未見到我們使館人員之前，我就像廣場上的學生們那樣，絕食！絕食！

胖軍頭兒再次用指節敲桌子：我勸您不要這麼做。我再提醒一次，這是在中華人民共和國的領土，是在中華人民共和國的首都北京，任何人都得服從我們的規矩，我們的戒嚴法令。

卓瑪心知，這是個權大於法的國度，是個以權代法的首都，她還是蓄點兒氣力吧，別白費精神對牛彈琴。剛說了要絕食抗議，可不是玩兒的，也不會好受。她想著想著，閉上了眼睛。

胖軍頭聳起兩抹劍眉，很不高興，可對方是個美國人，他多少得客氣點。雙方就這麼僵持著。市國安局的馬處長一直沒出聲，但把這一切看在眼裡，擔心場面失控。她拿起面前的礦泉水，繞過桌子，走到卓瑪身旁，遞上水，放低聲線勸道：姑娘，年紀輕輕，可不要任性，好好配合我們的工作吧。剛才問您話的軍官，戒嚴部隊的師政委。他對您很愛護的。前天，您一進賓館，師政委就指示下屬要把您當客人，好好招待，尤其不要影響了中美兩國的友好關係。所以啊，您要解除心結，有什麼就說什麼嘛，更不要搞什麼絕食抗議。俗話說：人是鐵，飯是鋼。您這麼個標緻姑娘，餓壞了身體，您的家人、您的親友會心疼的。

卓瑪留心聆聽馬處長的勸說，希望能從其中解讀到這樁公案的底細。馬處長話裡帶話的提醒令她心中酸楚起來。是呀，阿爸不知我的下落，奶奶不知我的下落，不知有多著急呢！卓瑪的眼角濕潤了。不過，她並不害怕，她按照職業記者的操守行事，她並沒有違反自己的良知和任何法律。她堅信身後有美國，大使館會尋找她，會保護本國公民；她的同事和通訊社也會心繫她的安危。還有伊莉娜也會四處尋找她。

師政委也冷靜些了。真是，軍營裡辦事乾脆多了！誰承想一夜間開拔到北京，除了應付學生、市民，還要應付國安問題和外事問題。平日裡，既無這類訓練，也無這類需要。若幾句話問不出個所以然，便想使出審問俘虜的手段。師政委想到這裡，調整了坐姿和口吻。待馬處長回到座位，他耐心地問卓瑪：請報上您的姓名、年齡、國籍、職業、工作單位和來北京的任務。

卓瑪也在思考對策：漢語裡有句話，「好漢不吃眼前虧」；前天採訪學生們時也引用過。現在怎麼不身體力行一回呢？絕食這撒手鐧並非不能用，萬不得已才用。卓瑪告誡自己要從近日所見所聞了解的中國，學習做人和做事的智慧，摒棄幼稚和執拗；就目前而言，脫身最重要。於是，卓瑪說：您明知故問，先生。我叫卓瑪，美國公民，職業記者，泛美通訊社派駐北京。至於我的年齡，屬於我的私隱。

師政委點點頭，對工作有進展感到滿意，對方終於回答問題了。他又問：請您說出您的出生地。

卓瑪心中有所警覺，不由自主地瞅了馬處長一眼，對方的眼神在示意她不要回答。卓瑪知道自己是可以信賴父親的這位朋友的。於是，她說：先生，我不明白我為什麼會在這裡，更不明白您為什麼要一遍遍問這些問題？我再重複一次，我是美國公民。我需要和美國大使館取得聯繫。卓瑪判斷，這政委顯然還未掌握她出生在青海、生父現住北京、什麼職業等情況。這讓她稍微心安。

師政委眼珠一轉，說：您的普通話說得不錯，在哪裡學習的？

卓瑪說：在紐約中文學校學過國語，老師和校長都是臺灣人。先生，您們未出示任何法律文件，是不能非法拘禁一位美國公民，不能非法審訊一位美國公民的！

做筆錄的軍人插言：現在北京是戒嚴時期，為了國家安全，我們有權留置任何可疑人士，有權詢問任何可能危害我們國家利益的人士，不管是中國人，還是外國人。

師政委說：對，軍事戒嚴，軍人執法。

卓瑪若有所思，說：軍事戒嚴，軍人執法？就為了對付天安門廣場的學生？先生，說一句或許不中聽的話，二戰前的德國才是軍人執法！

筆錄軍人漲紅了臉：你……你不能汙衊我們戒嚴是納……納……

師政委很響地乾咳一聲，他的部下這才沒吐出「納粹」這個詞。

這個當口，國安部外事局的官員與馬處長低聲交談了幾句。師政委深深剜了卓瑪一眼，帶著威嚴，一字一句地說：卓瑪女士，我們可以斷定您是位藏區人士。您今天必須交代您的出生地，您什麼時候去美國，從哪裡去美國。

卓瑪想了想，緩緩說道：您為什麼對我的出生地有如此興趣？這對您很重要嗎？

師政委瞇了瞇眼，目光狡黠：打開天窗說亮話，這個問題很重要。如果您是在中國藏區出生，遵照中華人民共和國的法規，您就是中國公民！我們就會用另一種方式與您說話。

卓瑪心裡一激靈，臉上帶著一絲譏諷的笑意：按照中國共產黨的說法，人民是國家的主人。我很好奇，對付中國公民，您所說另一種方式，是怎樣一種方式？她見對方沒有立即回答，就繼續說下去：我讀過一些否定文革的書籍，了解到連中華人民共和國國家主席劉少奇、元帥彭德懷當年都遭受了怎樣的酷刑，並被迫害致死。就因為他們是中國公民？所以，胡耀邦前總書記要主持平反冤假錯案，所以，中國人民非常懷念胡耀邦！

師政委不再瞇眼了，瞪眼呼呼出氣：我勸您一句，不要仗著美國公民身分，以為您可以在我們的土地上嘲笑、挖苦我們的人民共和國！您找錯地方了！

這時馬處長開口了：這個美國孩子忒能胡攪蠻纏。仗著美國身分，美國撐腰，在這裡耍嘴皮子，歪理兒一套套的，連劉主席、彭老總、賀老總都扯上了。今天在這裡，我倒要問問您：您這些天到處亂鑽，打探了我們多少機密，寫了多少通訊報導？您是如何向世界介紹北京這場動亂的？您的工作、您寫的文章總可以向我們戒嚴部隊的首長談談吧？我可要警告您，如果不好好說清楚，戒嚴部隊是不會放您離開這賓館的。

卓瑪沉默，領會到馬處長在替她轉移話題。於是，她決定用英語來回答了。她說報導都是英文寫的。然後嘰哩咕嚕說了一堆英語，語速很快。那位瘦譯員又是記筆記，又是翻字典，忙得滿臉紫脹，支支吾吾說不出個所以然。

這回又是國安部外事局的官員來解圍：卓瑪女士的意思是，她在廣場及遊行隊伍裡收到好些傳單，傳單內容都很有意思，不知道那算不算中國官方的機密信息。……

政委有些惱怒：卓瑪女士，您講普通話，講國語！不要玩這些花招。中國人民的眼睛是雪亮的。

卓瑪覺著好笑，說：我如實道來，怎麼成了花招？英語是我的工作語言，既然是談工作上的事情，我用英語更方便，也談得更具體。我的確收到不少傳單，內容很多，包括中國領導人在中央會議上的講話，內部講話。您問是誰的講話？多了去了！記得有趙紫陽、鄧小平、陳雲、李鵬、彭真、楊尚昆等等。什麼內容？也多了去了！例如「四・二六」社論能不能收回？廣場絕食事件是不是動亂？軍隊應不應該進北京戒嚴？這次大規模民主運動背後是不是有黑手？還有什麼長鬍子的，等等。

政委面色發青，切齒道：這還不叫機密？你竊取的是我們黨、國家、軍隊的最高機密！憑著這些，我們可以以間諜罪起訴你。

卓瑪嗤鼻：我怎麼就竊取了您們黨和國家的最高機密？我花錢收買誰了？我進入過北京的黨政機關嗎？先生，我已經告訴過您，那些資料都是在公開場合、大庭廣眾之中獲得的，是有人分發給我一些傳單！當時得到傳單的人，何止成百上千？您都要以間諜罪抓捕他們嗎？

政委氣沖沖地問：你所說的傳單，機密文件存放在哪裡？或者，你已經把它們交給了你的上級？你是不是把相關機密寫入了你的新聞報導，早就捅到國外去了？

卓瑪平靜地說：我可以這樣回答您的問題。第一，在廣場上、遊行隊伍中分發傳單的人有男有女，有老年、中年和青年，有戴眼鏡的，也有不戴眼鏡的，我沒有可能辨識他們；第二，領導人在會議上的講話，現在每天都在廣場上，甚至在北京街頭流傳，早已不是什麼機密；第三，我拿到的那些傳單，已是大眾化的信息和資料，沒有什麼保存價值，我讀過之後就扔入廢紙回收箱了。哦，很高興貴國已提升環保意識；第四，我寫的新聞報導裡，或許引用了些許傳單上的資料，但都注明了。我是新聞記者，引用資料報導是我的本職工作。說句玩笑話，記者是無冕之王。我說的這些都談不到法律責任的層面。

政委的臉孔已憋得通紅。馬處長擔心他動怒，連忙居中插言：卓瑪女士，我再問一個問題，您對當前北京的大學生廣場鬧事持何種立場？

卓瑪偏頭想了想，問：您想聽實話，還是假話？

馬處長臉一沉，聲音也一沉：當然要聽您講真話！

卓瑪點頭，表情嚴肅：好，讓說真話，那就實話實說吧。中國人民當前這場爭民主、爭自由的運動，贏得了世界的關注和尊敬！可以這麼說，世界各國的華人，無論左派、右派，還是中間派，都支持北京學運。各國政府領導人也紛紛聲明，支持中國人民的民主運動，呼籲中國政府冷靜、客觀、公正地對待大學生，以和平方式解決這場大規模政治紛爭。……

政委的臉色由紅變白，舉起胖手，不停地晃動：不要說了！停下來！停下來！這、這是反動宣傳，鼓惑人心！來人！把美國記者帶下去休息，讓她繼續反省。哼！敬酒不吃吃罰酒，咱就不信治不了她！

恰在這時，會議室門被噠噠敲了兩下。一位戴無邊眼鏡的中年軍人夾了個公文包，匆匆進來，在政委耳邊嘀咕了幾句。隨後，兩名女軍人來了，政委朝她倆揮揮手，示意將卓瑪帶走。

會議室的門重又被關上。師政委喘著粗氣，讓剛來的中年軍人宣布一項決定。中年軍人從公文包內取出一紙公文，念道：戒嚴指揮部首長指示，鑒於美國駐華大使館向我外交部嚴正交涉，發出照會，要求我方在二十四小時內釋放泛美通訊社記者卓瑪女士。美使館官員稱，他們已將卓瑪女士被中國軍方扣留一事上報華盛頓白宮辦公室及布希總統。布希總統說，如果中方不即時放人，將嚴重損害中美關係。首長決定，從大局出發，卓瑪女士交由北京市國安局妥善處理，不必拘泥於美方二十四小時內放人的通牒，可再留置她兩天，然後宣布其「在中國境內從事大量與記者身分不符的活動」，驅逐出境。

師政委聽完上級指示，起身與國安部外事局官員及馬處長握手，道別。政委忍不住抱怨：您們看看，看看，一個藏族姑娘，漂漂亮亮的，到美國受了教育，當了記者，就變得他娘的這麼厲害，比我們那些聽話的女兵強多了。不可思議！不可思議！

45

自有了孫女卓瑪孝敬的大彩電，老太太最愛看的節目就是蘇州評彈。彷彿那吳儂軟語，柔聲曼韻能把她帶回江南水鄉，那魂牽夢繞的故里。她襁褓中隨父母從太湖之濱來到舊京城。那時節已沒有慈禧太后了，隆裕太后可憐巴巴，與宣統皇帝勉強維持著風雨飄搖的大清江山。沒過兩年，發生了辛亥革命，大清帝國壽終正寢。不久，皇帝、皇后和貴妃可憐見兒，被馮玉祥領著一幫扛著漢陽造的大兵給趕出宮了。蕭老太太見識過北洋政府走馬燈似地換總統、總理，也目睹袁世凱起高樓，宴賓客，八十三天後嘩啦一聲響，樓塌了，駕崩了。二十七歲那年，她嫁入蕭家，道地北平人家，一口京片子，自認是北平人。誰知道，江南清韻彷彿從父母身上傳襲到她心靈裡，每每聽到，心頭麻酥酥的，說不出的親切和歡喜。那種沉浸其中的滋味，猶如細品窖藏多年的女兒紅，那個舒坦，令她欲罷不能，聽完還想聽。這不，今晚的戲曲節目播放兩組評彈，新曲新詞。〈越女情思〉首先登場，老太太聽得高興，也跟著曲調細細哼唱：

越女一

苧蘿幽谷悄潺湲，碧玉青松翠柏前。

婀娜一朝當國難，臨淵何懼化龍泉！

越女二
姑蘇豔舞息兵戎，復國勿忘越女功。
倘若君王真漢子，嬌娃何用入吳宮。

蕭母一邊聽，一邊看，一邊記詞兒。好啊！她嘆道：這兩曲唱的是西施！隨後播放的是：

越女三
翠柳鶯飛三月三，杏花春雨醉江南。
遊人不解風流地，西子傾吳勝偉男！

蕭母心想：古往今來，人們為何總是向著越國，盼著滅吳呢？我看哪，吳王夫差的人品應該在越王句踐之上啊。句踐玩的是陰謀詭計，而吳王對越王有不殺之恩，他無非是愛上一個越女，中了對方的美人計嚒！蕭母的祖籍是無錫，太湖邊上。當屏幕上預告下組評彈為〈太湖風月〉時，老太太去換了杯熱茶，整了整椅墊，又用軟布擦了擦眼鏡，有意要好好欣賞一番。

三弦鏘鏘，琵琶錚然，這第一曲為：

太湖人家
煙柳依依滸墅關，人家多在水田間。
粉牆青瓦芭蕉院，一片雲帆載酒還。

哦喲，蕭母想，我老家離滸墅關不遠。「粉牆青瓦芭蕉院，一片雲帆載酒還。」真把江南美景寫活了，近觀遠望都韻味十足。聽著評彈，想著江南，蕭母的低聲自語也帶著吳語氣韻了，那是她已故父母一輩子都改不了的鄉音。

第二曲為：

太湖岸見樂聖阿炳塑像
無邊黑夜訴天眸，阿炳清音動地愁。
映月二泉千古在，蒼旻一去不回頭。

屏幕投射阿炳的塑像。蕭母想：失明的人，作出那麼好聽的曲子，怪哉！說起來，瞎子阿炳最終還算有點運氣。一九五〇年音樂學院的教授趕去錄下了他的〈二泉映月〉，〈聽松〉。不多久，瞎子阿炳就過世了。你看看，再晚一點，就來不及了，那多可惜！

第三曲樂聲響起，這回是彈三弦的男演員領唱：

黿頭渚
昨日黿頭渚上遊，風帆鼓浪范公舟。
五湖風月今何在，已是人間燈火稠。

黿頭渚！黿頭渚！蕭母看著那湖光帆影，心裡益發麻酥酥的。多年來，北京是她白天生活的全部，而浩瀚太湖則是她的夢裡故鄉，碧螺春、肉骨頭是她忘不掉的美飲美饌。在饑荒年月，白天想起來刮腸刮肚，夢裡想起來能給餓醒了。嗯，八五年初春，她回過一趟無錫，去看了梅花，還在蠡湖坐了一回船，不是小舟，是觀光遊艇哩。下回，下回再見太湖就勿曉得是哪一年了！……

早餐桌上，老太太胃口不大好。圓善問：娘，是不是受涼了。蕭母放下筷子說：我昨晚夢見卓瑪了。她來向我辭行。我拉著她的手，要她留下來，可怎麼都留不住。好像有兩個人影兒在她身後，催她，推她，說是飛機就要起飛了。卓瑪紅著眼睛，抽出手來，轉頭要走。我又呼又喚的，追了出去，可到了胡同口，連卓瑪的影兒也見不著了。……

蕭白石聽了，心裡一驚，難不成老人家已有預感，或是心靈感應？

圓善說今早豆汁兒熱乎，焦圈炸得香脆，勸老太太就著六必居的醬菜再吃幾口。蕭母搖頭：心裡有些兒堵，不吃了。圓善勸道：娘，您是日有所思，夜有所夢。您想寶貝孫女兒了。卓瑪當記者，忙著呢。一旦有空兒，她一準來看您老人家。說不定啊，今兒就來了呢。

蕭母說：老大，這幾天你一早就出去，傍黑才回家，是不是尋人去了？要和娘說實話。

蕭白石暗自嘆氣：我娘心裡仍是明鏡兒似的。他擔心母親受刺激，故裝得沒事人兒一般：娘，我不是每天忙去紐約的事兒嗎？事兒多，忙完這樁又有那樁。您老擔心卓瑪，是不？沒事兒。您孫女兒是泛美通訊社大記者，受國際法保護的。

蕭母搖搖頭：京城裡又兵荒馬亂了，現在電視也見天兒有天安門廣場大學生絕食的新聞。要在從前，出了天大的亂子，報紙、電視上也看不到一個字的。

蕭白石吃了一筷子鹹菜，又喝了口豆汁兒，說：改革開放了，這些年，時代在進步嘛。您不常出門，不知道連新華社、人民日報社的記者、編輯都上街了，支持大學生們的訴求，打出的橫幅是：「不要逼我們說假話，造假新聞！」

圓善說：胡同裡大爺們都在議論，說黨和政府這回面子丟大了，只餘下調動大軍這一招了，眼見著鄧大人又要犯錯了。

蕭白石看圓善一眼，又對母親說：眼下傳言滿天飛，人人聽小道，人人傳小道，好像鬼子就要進村了，天就要塌下來。其實呢，情況哪有那麼嚴重？前些天，老二不是還送了三、四袋糧食來，說是怕打內戰，怕斷水斷電斷糧？瞧，什麼消息沒有？要說亂，這雞飛狗跳的，也是真夠亂的。

蕭母把手放在桌沿上，嘆口氣：白石呀，你不要東貧西貧的，扯那麼遠了。我已有預感，卓瑪這孩子，怕是遇上難處了。要不然，這些日子，她早該來看奶奶了。

蕭白石忙勸解母親：沒事的，沒事的。娘您想得太多了。我向您保證，丫頭她過幾天就會回來看您。

蕭母眼珠瞪著兒子：你呀，別瞞著娘了！娘昨兒下午給馬四姐通了電話。人家知道我要問卓瑪的事，倒是說了句實話：卓瑪沒什麼大事，挺安全的，讓放心。還說了，明兒一早，也就是今兒一早，她會來找白石，談談情況。馬處長讓你一早留在家裡，哪兒也別去。

果然，早餐後不久，馬處長的上海牌轎車就停在了蕭家門口。蕭白石和蕭母、圓善一塊兒迎了出去。馬處長熱情地招呼：老太太，我不進去了。我和白石談幾句就走，九點還有個會，不能請假的。

馬處長說罷，擺擺手。她回到車內的副駕駛座，讓蕭白石進了汽車後座，司機則到牆邊抽菸去了。蕭白石說：抱歉，昨下午我不在家，老太太給您打電話這事兒，我今兒早上才聽說。麻煩您了！馬四姐說：少廢話。這麼些年了，你的事，我能不管嗎？你自己去找過伍書記了？蕭白石說：是為了辦護照那碼事兒。嘿，她一個電話，就辦妥了。馬四姐問：你自己向伍書記匯報過你女兒卓瑪這事兒嗎？蕭白石圓瞪雙眼：沒，絕對沒有！我向你坦白，此事我從未向組織匯報過，怕越說越說不清楚。連我在楚府住了十來年，也沒向楚老匯報過……怎麼了？伍書記問您了？老天，我該有大麻煩了！

馬四姐回轉身來，目光錐子似的，冷笑一聲：我看你從來就沒對組織老實過。好在你也沒有入黨，就是入了也會被除名。蕭白石拱手：好了，我救苦救難的觀世音娘娘，都這個時候了，您還說風涼話。為這，我不是不敢申請加入貴黨嗎？馬四姐說：你能，你聰明，你會畫畫！你以為組織是傻瓜？告訴你吧，自你閨女卓瑪兩個多月前來到北京，入住國際飯店的第二天，她就混進學生遊行隊伍裡去做採訪，我們就注意到她了。我還找過她，進行了一次「個別談話」，核實了她出生於青海藏區，小時候隨大人逃亡印度達蘭薩拉，追隨達賴喇嘛的西藏流亡政府。後作為小難民，送到美國讀書深造等經歷。我當時不是還瞎操了個心，促成了你們父女相認嗎？蕭白石聽著這些，感動得要作揖：所以您是我的南海慈航。馬四姐則是一本正經：別瞎比喻，咱是共產黨員，無神論者。現在我可以告訴你了，這件事，我早就向組織、也就是向伍書記匯報了。伍書記聽了也很詫異，指示我這事就到她那兒為止，不要外傳了。你瞧，伍書記對你和你們一家，怎麼這麼關照呀？蕭白石伸了伸脖子，簡要地說了說伍書記與他家的交往情節。馬四姐聽了，連連點頭：怪不得！伍書記每每聽到有關你的匯報，總是寬和地笑笑說：知道了，知道了，就到此為止吧！我和不少同事都覺得，伍書記分管政法口，是位少見的仁慈領導。她曾指示：能不抓的不要抓，能不關的不要關，能不殺的不要殺。聽說胡耀邦、趙紫陽兩任總書記都很賞識她，前市委書記彭真也一直重用她。

蕭白石見馬四姐絮絮叨叨，著急了，心想：一旦婦女同志到了這歲數，再幹練的人也會嘮叨。他說：我的觀世音娘娘，別誇您的領導了好不好？繞了大半天，您倒是和我說說，卓瑪現在人在哪兒？她到底有沒有遇到麻煩？這些天我的心都快要蹦出胸口來了！

馬四姐皺皺眉：又急了不是？現在可以和你說了，前天我參加了一次對卓瑪的「問話」。她嘛，狀況良好，小嘴伶俐，舌戰什麼來著？對，舌戰群儒。把戒嚴部隊幾名軍官說得一愣一愣的。部隊首長對她這名美國記者還是很客氣的，只是把她「請」到部隊賓館「臨時住下」而已。聽說美國大使館已向我發了外交照會，要求立即放人。

蕭白石咬咬嘴唇，問：卓瑪她究竟觸犯了哪款天條？戒嚴部隊沒有通過任何法律手續就把人給逮去了？

馬四姐說：非常時期，法律手續從簡。卓瑪她一名外國記者，不該到處亂拍照，亂採訪。據說，她多次採訪北京市民大規模阻攔解放軍部隊進城事件，還拍攝了許多軍人、軍車的照片，又跑到首都機場去迎劉曉波，膽子也忒大了。

蕭白石問：我只想知道，卓瑪現刻在哪兒？我能不能去見她？

馬四姐身子往後靠了靠：又急了不是？現在，人已由戒嚴部隊指揮部轉交給市國安局處理了。別擔心，卓瑪一切正常，照吃照睡，平靜理智。看守人員都稱奇，私底下議論人家美國大學培養出來的人才，禁得起考驗。美使館人員和普林斯頓大學一位教授已來看望過她，並給了她飛機票。

蕭白石眉頭一抬，問：飛機票？上哪兒？

馬四姐吁了口氣，說：按照我國政府的相關規定，為維護國家尊嚴，卓瑪不能回到美國大使館新聞處，必須由中方人員陪同，明天中午直接送她去機場登上美聯航飛紐約的班機，驅逐出境。

這的確出乎蕭白石的意料之外。他咬咬牙，從牙縫裡憋出幾句話：天爺！這個國家還談尊嚴？處長大人，請你無論如何再幫個忙，安排我和女兒見上一面。行吧？咱國家不是老把革命人道主義掛在嘴邊上嗎？

馬四姐瞪他一眼：少放肆！沒錯，出於革命人道主義，現在我通知你，經請示我的上司伍書記批准，允許給你們父女破例一次。今下午三點半，我們會安排你和老太太去賓館，與卓瑪小姐見上一面，算道別吧。注意，你們會面的時間只有半小時，不允許攜帶食物或贈品，不許哭哭啼啼。記住了？

蕭白石又是點頭，又是搖頭，心情複雜。他還能說什麼？聽天由命。他不能對這局面做任何改變。他說：謝謝，謝謝馬處長，馬大姐。我們怎麼去？有地址嗎？

馬四姐說：我看哪，你還是感謝你的伍書記老姐吧！只有她有權作出這個決定。另外，下午三點，我會親自來接你和老太太。要不然，你就是坐大將軍府的大紅旗也進不去。好了，下車吧，去做點準備。我還要趕去參加一個重要會議，伍書記主持的。

蕭白石下了車，站著沒動，直到上海牌轎車駛出胡同口，他才回到院內。一進門，蕭母和圓善就迎上來，眼巴巴地望著他，一是看他的氣色，由此判斷凶吉；二是看他的嘴，想知道到底發生了什麼。蕭白石把卓瑪將要離境和今天下午允許見面告知二人。蕭母捂著心口，不知說什麼好了。過了一刻，她才說：我又喜又憂吶。喜的是我孫女兒平安，我下午可以見到她；憂的是我孫女兒明天就要離開北京，不知何時還能見著面。老大，你甭擔心你娘。娘這輩子，生離死別都經歷過，挺得住。見面只有半小時，是不？

圓善也想去，去與卓瑪道個別。其實她是喜歡卓瑪的，卓瑪聰明、幹練，可敬可愛。皆因二人年齡相去不遠，難免有些尷尬，但假以時日，圓善相信她倆能夠親近的。可惜，卓瑪得走了。她什麼時候能再回來？阿彌陀佛！

蕭白石看出圓善也想去。他只得說：沒辦法，人家只讓我和老太太去見卓瑪。你放心，我一定會轉告卓瑪，你喜歡她，希望再見到她。

那個上午，蕭母翻箱倒櫃，尋找什麼物件。白石和圓善問她找什麼，想幫忙，蕭母不吱聲，不搭理。直到午飯時辰，圓善才問：娘，您是不是在找另一隻戒指？蕭母一臉愁楚，反問：你怎麼猜到的？這對紅寶石戒指是蕭家祖傳的物件兒，我戴過的那隻，已經傳給了你。白石父親戴過的那隻，我收得好好的，卻怎麼也找不著了。一旁的蕭白石鬆了口氣：媽，您該早說，免得瞎找一氣。蕭母問：老大，你和圓善知道它放哪旮旯了？圓善說：娘，我們家不是新買了個保險櫃嗎？裝在我和白石的床下。那天，我們把結婚證書放進去時，您把那戒指也交給我鎖進去了。您忘了？蕭母恍然大悟：是是，快去取出來，取出來，娘要把它交給蕭家下一代。

蕭白石有心事，顧不上說別的了。他要從自己的畫作中，挑出三幅精品，皆有好友瀟湘詩客的題詩，分別送給卓瑪、小嘎扎和央金作為留念。他首先挑中的是〈蘭亭〉。畫面濃淡相宜，鋪陳得當，文氣森然，蘊含古意，題詩為一首七絕：「蘭亭雅集是何年，書聖華章世所傳。我訪鵝池千載後，流觴勝事嘆無緣。」蕭白石默讀一遍，不覺微笑：口氣非同一般！曲水流觴，千古傳頌的文人雅集，這片土地的文化底蘊！他選出的第二幅是〈蘇州園林〉，傳統水墨中揉入了些許現代技法，畫面別是靈動，是一次實驗，效果則超乎想像，題詩也是一首七絕：「姑蘇庭榭妙無窮，山水乾坤鬼斧功。玉署仙居傳下界，樓臺煙雨畫圖中。」第三幅選定表現大漠風物的〈胡楊林〉，由於幾十年的濫墾濫伐，號稱「綠洲衛士」的胡楊林幾近砍伐殆盡，題詩仍是一首七絕：「胡楊千載綠籬笆，不見胡楊何處家。漢帝屯田天亦老，胡楊伐盡種風沙！」呵，這都是他的家國情懷，親情寄託，給遠去親人的惜別之物。

一家三口難以安寧，時時在聽門鈴響。果不其然，下午三點正，馬四姐的上海牌小車就停在院門外。蕭白石和母親早就穿戴整齊，邁出門來，準備上車，圓善緊隨其後。不料，車內卻不見馬四姐，只有司機鑽出車來，把一封貼了保密封條的信函交給了蕭白石，說了句：今兒不能去賓館了，這裡面有馬處的吩咐，照著辦吧。

不去了！為什麼？蕭母變了臉色，手微微發抖。蕭白石和圓善將老太太扶回小客廳。圓善忙去調了一杯蜂蜜水。蕭母喘了口氣，就著圓善手裡的杯子喝了一口，然後對白石說：念吧，別拆了信光顧自己看。蕭白石哦了一聲，念道：

白石同志，原約定的事有變。經再次請示，領導重新作出以下安排：明天下午一時，在首都國際機場副樓的值班室，你和老太太與你們的客人作別，時間仍是半小時。明天中午十二時，仍是我的車來接二位前去機場，切記。機場內部保安，仍由市局負責，不會有變了。

46

天氣漸漸熱了。蕭家院子的棗樹下，前些年被人搭了個棚做雜屋。誰知那棗樹往高處長，偏生長得茂盛，到這季節已頂著滿樹的嫩果兒，墜著千萬顆翡翠珠子似的，乘夜風從窗戶外飄進來陣陣清香味兒。蕭母仰臥在床，枕頭墊得老高。沒辦法，年歲大了，背越來越駝了！今晚不僅沒有睡意，還比啥時候都清醒。她就這麼躺著，腦子裡像放電影，一幕一幕地回放著卓瑪幾次來家裡的言談笑貌。……直到窗戶微微透亮了，她才瞇糊了一會兒。即使在夢裡，老太太仍念叨：卓瑪丫頭吃不上這院裡的甜棗兒了。

蕭家三口起了個大早。圓善出門買回來熱豆漿、油條和麻醬燒餅。她切了一碟六必居的醬瓜丁，用豆乾和花生米炒香了，熬好了白粥，還煮了幾個雞蛋。三人對著一桌豐富的早餐，就是沒有心思吃。蕭母喝了幾口粥就去自己房裡，翻箱倒櫃的，換穿了三套衣裳，還是不滿意。最後，她從箱底翻出一套在街道紙盒廠當廠長時穿的藍色工裝，九成新，套在身上試了試。唉，老了胖了，繃在身上了。蕭白石小心地從旁提醒：娘，您這是不是太正規了些？都工人階級的打扮了！您等會兒是去見您孫女兒，不是去參加啥……啥勞模大會。圓善也說：娘，這藍布衣太厚了，咱這會兒在屋裡不覺得，出門就熱，我清早去買豆漿，還出毛毛汗呢。蕭母坐在圍椅上歇會兒，說：嗐，今兒穿啥好呢？圓善說：您不是有一套絲質的中式衣衫嗎？說是前些年從蘇州買回的，看著又雅致又大方。

蕭母說：對呀，如今哪，老忘事，壓根兒想不起來了。圓善，你幫把手，替我找出來，就穿那套吧。蕭母轉臉對白石說：老大，你的衣著也要齊整些，到了機場那種地方，不要讓人瞧不起。圓善說：娘說得在理。白石總是一身邋邋遢遢，像個花子。他自個兒還挺美，說是藝術範！

蕭白石沒接話。他無心聊天，無心作畫，胸膛裡邊那顆心七上八下，最擔心今兒的安排又變卦。說白了，馬四姐人好心好，盡力幫忙，可她的權限也只能止於處長這一級不是？誰知道那些個禿了頂的、拄了拐的，或是穿綠軍服的大人物又會出什麼新招兒呢？

蕭白石正在屋裡來回踱步，學生領袖路琳和呼爾亥西像天兵天將似地，突然出現在他面前。怎麼回事？他們兩位不是當著天安門廣場學生請願團的總指揮、副總指揮嗎？怎麼跑到朝陽區左家莊歪把兒胡同來？路琳和呼爾亥西面色蒼白，清瘦多了；特別是呼爾亥西，原本紅頭花色，挺壯實一個維族小伙子，現在整個人都縮了一圈，蔫了似的。可憐見兒！

蕭白石心裡隱隱作痛，嘴上卻沒好氣：兩位大人物，找錯地兒了吧？怎麼跑到我這兒來了？你們的糾察隊是不是把咱胡同裡的小腳巡邏隊都嚇跑了？

蕭母和圓善連忙過來，問兩位年輕人吃過沒有？知道兩人來找白石談事情，就都迴避了。

呼爾亥西抹一把臉，說：蕭老師，別取笑了。我們這趟也來得不容易。是說服了廣場上的同學們，才來的。說好了，兩小時內一定返回。

蕭白石問：二位找我有何貴幹？

路琳說：蕭老師，您還生我們的氣？沒錯，您是勸過我們，叫不要到廣場上長期靜坐請願。可我們也是箭在弦上，身不由己。我們今天來這裡，就是想求證一下，鄧小平調大軍圍城，解放軍同志會不會朝我們大學生開槍？

蕭白石頓時目瞪口呆：這事，你們問我，我去問誰？你們背後那些個長鬍子的導師、顧問呢？哪兒去了？緊要時刻，還不出面，還不到廣場上振臂一呼？

呼爾亥西低下頭，然後又仰起頭：蕭老師，我們背後沒有您說的「長鬍子的人」，政府也說我們有。

蕭白石冷眼冷面：說沒有，就沒有嗎？即使我信，別人會信嗎？你們北大不是有個作家班嗎？我聽說了，有一位當過紅衛兵的知青作家，鼓搗過你們組成三千學生絕食團。現在他人在哪兒？本月二十四日，他就帶著相好的跑到巴黎去了！蕭白石說到此處，看著眼前年輕、疲憊、茫然的兩張臉，又急、又痛、又氣，一巴掌拍在桌沿上，挺疼，但並不太響。

蕭母和圓善雖不在小客廳，但真心關懷倆孩子們，聽到白石的嗓門高了，連忙出來，不一會功夫已把冰箱裡的餃子煮了，裝了兩大盤端上。圓善眼睛紅紅的，給路琳和呼爾亥西各遞上一雙筷子：吃點兒吧，吃點兒吧！你們一個個倒下了，家裡的父母心疼呀！阿彌陀佛！

蕭母語重心長：孩子，人是鐵，飯是鋼呢！

路琳和呼爾亥西連連擺手：奶奶，師母，謝謝，謝謝了。我們停止絕食了，改為靜坐了。如果政府不答應我們的要求，我們就在廣場靜坐到底！

蕭白石聽出他們的決心，不免又心疼，又來氣。他冷笑一聲：靜坐到底？拿生命當兒戲？愚蠢之極！

呼爾亥西宣誓一般，舉起左拳：我以我血薦軒轅！

蕭白石更沒好氣了：放屁！搬出魯夫子的話，牛頭不對馬嘴。

蕭母從旁勸說：老大，好好和孩子說話。看看他們都遭罪成啥樣兒了？

圓善也說：就是，就是。誰家沒有孩子，誰又沒有父母？人心都是肉長的，不能讓孩子們受罪。阿彌陀佛。

蕭白石牙關緊咬，盯著地上，一時沒有出聲。他明知無用，仍衝著兩位學生頭兒一通訓斥：胡鬧！我早說過，你們不給自己留退路，也不給對手留退路，就知道死磕。

路琳垂下眼皮：只能堅持，不能後退。

蕭白石聽了有氣：路琳ㄚ頭，虧你還是學哲學的，忘了現代民主政治就是相互妥協、相互讓步的藝術？你們現在就是用自己的「你死我活」來對抗他人的「你死我活」。你們頭腦裡至今還是毛澤東思想、階級鬥爭那一套。你們大概抗爭到死都不明白，你們的對手是誰？那是一批「特殊材料做成的人」！蕭白石從鼻子裡哼了一聲：「我以我血薦軒轅」？當年，魯迅面對的是北洋政府、國民黨政府。我以我幾十年的人生經歷告訴你們，共產黨比國民黨、毛澤東比蔣介石厲害多了！毛澤東自己就說過，他比秦始皇高明一百倍、一千倍。要不然，共產黨怎麼打得敗國民黨？毛澤東怎麼能取代蔣介石？鄧小平也在一九八六年就說過，大不了殺二十萬，保二十年安定！你們知道不？蕭白石手指著他倆：所以，都是喝狼奶長大的，又來和久經沙場的老狼們作爭鬥。死纏爛打，硬拚硬磕，等著你們的是一條不歸路！

蕭母使了幾次眼色，見沒能擋住老大，臉都氣白了：白石，都快五十歲的人了，你吃的虧、受的罪還不夠？你還對小一輩滿嘴跑馬，瞎說八道，想氣死我和圓善不成？

蕭白石猛然醒悟，一說就說溜了嘴。他降低聲線，改口道：娘，對不住。是我瞎說八道，瞎說八道。掌嘴，我該掌嘴。娘，這樣吧，您和圓善先去歇著。我們中午另有安排，約好人了，要守時的，一刻兒都不能耽擱。這麼著吧，我和路琳、呼爾亥西還要聊幾句。有日子沒見了，他們難得來一趟。哦，圓善，他倆不吃餃子，送點兒蜂蜜水來給二位解渴吧。水總是可以喝的，對吧？

蕭母和圓善對望一眼，無聲嘆息。過了一會，圓善送來了兩大杯蜂蜜水。

蕭白石這才對路琳和呼爾亥西說：形勢越來越緊張了。聽說軍方要出動直升飛機到廣場上空撒傳單，限定學生們在六月三日凌晨前撤離廣場，否則軍隊隨時採取清場行動。你們怎麼辦？

路琳咬住嘴唇，一副倔強模樣：軍人武裝到牙齒，我們學生手無寸鐵，還能怎麼樣？同學們下了決心，就是不撤，堅持到底，看解放軍敢不敢朝我們開槍！全世界都睜大眼睛看著天安門廣場呢。

呼爾亥西神態嚴峻：我們也不會束手待擒。廣場上空已經出現過直升飛機。我們每名學生分得了一塊厚毛巾，用它浸過水，捂住口鼻，可以應付軍人施放催淚瓦斯。

路琳接道：我們還準備了幾千個氫氣球，一旦軍機將臨，我們就施放氫氣球。據說飛機撞上氫氣球就會爆炸起火。這樣一來，軍隊就不敢派空降部隊占領廣場了。

蕭白石看著這二位，好氣又好笑：你們還有保衛廣場計畫？豈不是過家家，玩遊戲！呃，可見你們還是有後勤供應的嘛。都是誰教給你們這些招數？

呼爾亥西說：看二戰電影《莫斯科保衛戰》，用氫氣球保衛紅場上空。當年希特勒的納粹大軍兵臨莫斯科城下，其空軍卻不敢轟炸莫斯科城，就因為城市上空飄滿了氫氣球。

蕭白石聽這小伙子口氣中的自以為是，哭笑不得：好，再問你們一個問題。你們的精神領袖劉曉波博士前些天不是從美國歸來了嗎？他對你們堅持廣場抗爭持什麼看法？

呼爾亥西想了想，說：其實，廣場上堅持抗爭的同學祇剩下兩萬多，仍住在帳篷裡。北京本地的同學，大部分晚上都回家了。日夜守在廣場的，外地同學占了絕大多數，他們不願回去，回去無顏見江東父老，還會被秋後算帳。蕭白石越聽，雙眼睜得越大。呼爾亥西看看路琳，接著說：我和路琳等幾百名北京學生，已成為廣場上的少數派，不得不服從多數。我是主張撤離的。但是我說服不了他們。而且顯得太不仗義了，等於把外地同學給賣了。他們大老遠跑來支持我們，參與我們北京的民主運動，對吧？

路琳補充道：劉曉波老師了解過廣場的情況。蕭老師，大學生雖然年輕，但我們自認是成熟的，不會隨便放棄自己的追求和訴求。劉曉波老師已經表態，既是大部分同學不肯撤離，他決定拉上音樂家侯德健、《中國建設》雜誌編輯高新、四通公司的周舵，一同加入我們的行動。

蕭白石聽得專注，目光一閃，彷彿看到某種希望。他沒頭沒尾地說：但願劉曉波博士能做中國的摩西，領著你們，渡過「紅海」，走出「埃及」。

圓善提著一把壺，給客人續了水。她看看蕭白石，眼神有些焦慮，提醒道：畫家，我們中午有安排，會朋友。

蕭白石會意，瞅一眼手錶說：還有點兒時間。

路琳和呼爾亥西見狀，準備離開，但又意猶未盡。

蕭白石對圓善說：我和客人再聊幾句就得。這麼著吧，你和娘先去收拾一下。

圓善對年輕客人和悅地笑笑：你們聊吧。

路琳和呼爾亥西喝了茶，這回是蜂蜜、枸杞、菊花茶。甜蜜芳香的汁液落入空胃裡，咕咚咕咚的。他倆的目光不由得被桌上餃子吸引。那是圓善和蕭母親手包的，素火腿、小茴香餡兒，一個個晶瑩飽滿，很是誘人。

蕭白石看在眼裡，疼在心裡，嘴皮子卻依然不饒人：二位小朋友，不要在我面前裝孫子了。我當年可是挨過餓的，逃亡右派嘛，飽嘗餓得喉嚨裡伸出爪子的滋味。你們的絕食已結束，戲碼也演完了。吃吧，吃吧！我娘說了，人是鐵，飯是鋼，下面那句嘛，老太太沒說我來說，人不吃飯死光光！

兩位客人抿嘴笑了。他倆彷彿被解除了禁令，也不充好漢了，拿起筷子，一口一隻餃子，狼吞虎嚥。

蕭白石把醋碟推過上：來來，蘸點兒醋，助消化。

呼爾亥西吃著，吃著，流下淚來。路琳眼角濕潤，決意不看他，直往嘴裡填餃子，差點沒給噎著。

蕭白石也陪著吃了兩隻，說：別忙，別噎著，吃飽了再回去。

路琳食量小些，一會兒就放下了筷子。她說：蕭老師，您說說，鄧小平真的會命令解放軍到廣場來清掃我們？

蕭白石仍虎著臉：這次鄧大人調野戰軍進京，可不是為了搞盛典，不是為了閱兵。武力清場，是我和文化界一批朋友最擔心的事，也是意料中事。軍隊調動本屬高度機密，卻早就傳得沸沸揚揚。很可能，軍隊裡有同情學生的人，他們有意泄露出來的。鄧老爺子這回是要動真格的了，已經離休的兩位元帥、八位上將上書中央，反對此舉，也沒有用，誰也擋不住。這就是不受制約的獨裁者的權力。我最後奉勸你們一次，撤離廣場，返回校園，邊上課邊繼續為民主而抗爭。我再說一遍，一九八六年冬的全國學運，使黨內保守勢力找到藉口，把銳意改革的胡耀邦總書記趕下臺。這次，你們鬧騰得更大，面更廣，又導致黨內保守勢力把堅持民主開放的趙紫陽總書記趕下臺。沒有了胡、趙二位，中國歷史將出現大倒退，「政治體制改革」將成為歷史名詞。因此，我和朋友們很悲觀。你們若繼續頑固地堅持下去，不肯退出廣場，那就要面對軍隊的槍口了。真的，我很悲觀。蕭白石的聲音低下去，顫抖了。

呼爾亥西吃飽了，還打了個小嗝。他摸摸胸口，說：我們不悲觀。我們滿懷理想和希望。我們沒有反對共產黨、國務院，沒有反對毛主席、鄧主席。我們只是要求政治改革，反官倒，反腐敗。我們不相信解放軍到廣場來對和平請願的學生開槍。人民子弟兵不可能屠殺人民。中華人民共和國絕不可能出現這種事情。

蕭白石張了張嘴。他還未出言，路琳以悲壯口吻說：要真是那樣，共產黨肯定完蛋！就讓我們以青春熱血，澆開民主自由之花，迎接一個新世紀的黎明。

蕭白石驚訝得眼珠子都要掉出來：軍隊不會開槍？真是……孺子不可教也。他明白了，劉曉波已經決定把自己賠進去，以挽救廣場學生的生命。獻身，這是獻身精神！蕭白石苦笑了：行了，行了，你們也不要再背誦老毛那句「為有犧牲多壯志，敢教日月換新天」了。你們這些孩子啊！真是的，我也不說你們了！

呼爾亥西擦擦嘴，站起來：老師，聽說您馬上就要去美國訪問，去聯合國總部展出畫作，我們熱烈祝賀您！您到了美國，要把北京發生的事情告訴全世界。

路琳也起身告辭：老師，您問我們怎麼知道您要去美國？人們說，眼下廣場就是個新聞集散地，什麼消息都有，連黨中央、政治局開了什麼會，誰在會上說了什麼話，第二天就會傳到廣場來。……老師，您還會回來嗎？我們如果被捕，您可要去監獄探望我們啊！

蕭白石不知該說什麼了。他望著兩雙年輕明亮的眼睛，心頭湧起一陣淒涼。

呼爾亥西忽然想起一件事，摸摸頭說：有傳聞，上海的江澤民已經來北京上任了，接替趙紫陽。……

路琳說：江澤民關閉上海《世界經濟導報》，立了功。

蕭白石緊緊握住他倆的手，眼中閃著淚光，依依惜別：保重，孩子們！你們還有「摩西」，相信他會領著你們走出「紅海」，脫離「埃及奴隸營」。

「埃及奴隸營」！這是他早年在《聖經故事》中讀到的，此時此地，不知怎地就脫口而出。幸而他在哽咽，發音模糊。

無論如何，年輕人領會了蕭老師對他們的好意，但願也能體察他的苦心。

47

中午十二時，馬處長的上海牌小轎車停在蕭家門前。

蕭白石扶著母親，拎了個包上車。司機關上車門，回頭笑笑說：處長已經去了機場，讓我轉告甭帶禮物什麼的。蕭白石陪笑說：都是我娘準備的，老人家的一點兒心意。司機邊發動車子邊說：帶上就帶上吧。到了那裡，讓不讓進另說。

車子很快上了東直門外斜街。司機囑咐後座的蕭家母子繫好安全帶，並把絳色薄紗窗簾拉上，戒嚴時期，最好什麼都不要看。車流穿過東三環路亮馬橋，開始減速，駛了一段緩緩停住。蕭白石透過前窗望去，前邊就是首都國際機場高速路了。司機問：來點兒音樂怎麼樣？蕭白石說：挺好。喇叭裡流瀉出清晰的歌聲〈請到天涯海角來〉。蕭白石心想：到了天涯海角也有國安的眼睛盯著你。一長串的大車小車都在排隊等候，原來路口有軍人打著小紅旗，設置了臨時檢查站，要逐車查驗後才給放行。這不，已經有幾輛車被指令移到路邊，不讓通過。幾位司機紅著臉、粗著脖，正和執勤軍人理論的理論，求情的求情。

臨到上海牌轎車受檢，司機搖下車窗。他還沒來得及說話，一名手執小紅旗的軍人就立在了窗前，一口山西口音的普通話：請問，那個單位的？去哪兒？請出示證件和機票！司機賠上一副笑臉，遞上了自己的工作證。軍人查看時，說了一句：國安局的。他交還證件時，弓腰朝後座掃了一眼，問：那二位呢？請出示證件和機票。司機一聽，頓時沉下臉來，眼一橫：廢話！執行任務的！知道嗎？誤了首長的時間，你負責？軍人這才識趣地退到一旁，揮了揮小紅旗，橫杆升起，放行。

車子上了機場高速路，一路疾行，再無阻擋。司機關了收音機，蕭母閉目養神。蕭白石則忍不住，掀起窗簾一角，朝外瞅去，嚇一大跳：沿途路旁竟歇著一輛接一輛的坦克，裝甲，蓋著帆布車載野戰大炮，……天爺！這哪是要去對付廣場上那些手無寸鐵的大學生、示威民眾？分明是擺下準備打內戰、野戰大軍相互廝殺的陣勢嘛！此前已有政府官員提出來，動用二、三百輛公共汽車，能在一個晚上把這幫小年輕們統統拉離廣場，分散到各大專院校，給他們好吃好住，辦學習班去。此次導致四大軍區各路野戰軍合圍北京的直接誘因是什麼呢？是鄧大人防止軍事政變？還是鄧大人先下手為強？蕭白石弄不懂，也不想去弄懂。會見閨女卓瑪要緊。

車子抵達首都國際機場，並沒有將蕭家母子送往航站樓，而在一棟有警衛把守的旅館似的樓房前停下。司機先下車，說：我只能送你們到樓口，之後二位要接受安全檢查。記住嘍，在會面、談話的房間，什麼該說，什麼不該說，心裡要有數。隔壁就是監視室，各位的一舉一動，都被聽得清清楚楚，看得明明白白。這話本不該講，馬處長指示我給提個醒兒。

蕭白石扶著母親，提著包，點點頭：記住了，多謝您了！

司機站著沒動：請重複一遍，給老太太重複一遍。

蕭白石理解司機的善意與擔心，也怕老母親耳背，湊近了說：娘，記住了，等會兒到了談話的房間，該說的說，不該說的不說。因那房間隔壁就是監視室，人家能看到咱們的舉動。娘，記住了？

蕭母是幾十年風浪的過來人，望著好心的司機，連連點頭：記住了，謝謝，謝謝。

司機領著他們進到「旅館」大門口，被持槍警衛攔住：你們找誰？出示證件。

司機遞上自己的國安局證件：這二位是馬處的客人。

門衛交還證件，向司機行了個舉手禮。他再看看蕭白石和蕭母，虎下臉：大包小包不能帶進去。

蕭母一臉慈祥地求告：小同志，這包裡就幾盒北京點心，不值什麼，是個禮數。

警衛不大耐煩：請遵守安全規定，食品不能攜帶入內。

司機在旁勸道：好吧，遵守這兒的規定。咱替您放回車裡去。半小時以後，我仍在這門口接二位回城。

蕭白石從包內抽出畫筒，說：這是我自己的幾幅習作，不是吃食。

警衛往筒內瞅了瞅，沒作聲，算是寬免了。

這時從門廳裡出來一位風姿綽約的女警，對蕭白石母子說：馬處長的客人吧？裡邊兒請。

他們進入大廳。蕭白石注意到走在前面的女警官長腿細腰，韻致十足。這究竟是個什麼地方？門廳左側走廊裡有一長排房間。在走廊入口，蕭家母子被一男一女警官攔下，安全檢查。男警官手執一根黑色棍棒，在蕭白石雙臂、雙腿、前胸、後背一一掃過，無有異樣，便指著他的畫筒：那裡面是什麼？打開。蕭白石說：三幅畫，均是本人作品，並非古畫、文物。警官面色嚴肅：「是不是文物，檢查過才知道。」結果見是新紙新墨新顏料，放過。

往下輪到蕭母接受「安檢」。女警官用黑色棍棒在老太太身上掃過，聽到異響。女警官口氣倒是溫和：老人家，身上有什麼金屬物？掏出來給瞧瞧。

蕭母登時臉都氣白了，也有點慌，哆嗦著手，從裡衣口袋裡取出一隻紅絲絨首飾盒，打開來，裡面是一隻嵌了顆指頭大小紅寶石的戒指：家傳的物件，送給晚輩，不行嗎？

女警官和男警官眼睛都放亮了，彷彿從沒見過這麼大顆的紅寶石戒指。女警官還仔細地看到戒指內側刻有名字：蕭繼學。問：蕭繼學是你們什麼人？

蕭母答：我先生，我男人，我老公。

蕭白石怕兩位警官見怪，忙解釋：是家父的名字。一九五七年被錯劃成右派，一九六一年死於青海勞改農場，一九七九年獲改正，恢復名譽。市委伍書記曾經親自登門向我母親致歉，送上平反證書。這枚戒指，是父親作為一名高級知識分子唯一的遺物。

警官聽蕭白石說得悽楚，老太太又一直在抹眼淚，也就動了動惻隱之心，把紅寶石戒指還給了老太太。女警官還遞上一張面巾紙，關照地說，老同志，淨淨眼，跟我走。

於是女警領著蕭家母子上了電梯。到了三樓，電梯停住，開門，走廊上也站著幾名警官，如臨大敵。

蕭白石暗暗吃驚：這種陣勢，至於嗎？

他們終於被領入一間客房，有雙人床，有洗手間，整潔明亮。只是窗口裝有鐵欄。卓瑪見祖母和阿爸進來，從沙發上一躍而起，驚喜不已，未等女警官退出、拉上房門，就撲了上來！蕭白石登時心裡陣陣發緊，他太熟悉女兒那如五月鮮花般的微笑了。這是他的卓瑪，是他的經歷過苦寒災變、見證過人世悲歡的閨女！她的堅強又豈是關押和恐嚇所能動搖？當然，以慈父的細心和畫家敏銳，他不會忽略卓瑪有些兒發黑的眼眶。如果不是母親伸出布滿皺紋的雙手，攏住卓瑪，相擁、相視，相笑、相泣，他會不顧一切，將閨女摟進他滿溢父愛的懷抱。

此時鈴聲忽然響起，卻不見有人推門進來。蕭白石登時明白，是隔壁的監視者在好心提醒他們，抓緊時間說話吧，只有三十分鐘哪……蕭白石說：娘，卓瑪，別只顧掉淚了，坐，坐下說事，說事。

卓瑪請奶奶和父親在沙發上坐下，她自己則半蹲半跪在兩位長者面前，滿臉是淚，不肯起來。

奶奶撫著孫女的額頭：閨女，囡囡，奶奶知道你受驚了，受苦了，人都瘦了，沒天良的，沒天良哪！

卓瑪怕奶奶口不擇言，忙說：奶奶您看，我不是好好的嗎？其實，我就是天天想見您，想見阿爸，好讓奶奶和阿爸放心。我沒有吃什麼苦頭，也不曾受驚。他們只是把我從一家賓館換到另一家賓館，好吃好住，餐餐三菜一湯，都沒讓我交食宿費！他們問過幾次話，態度也算好。美國大使館已經派人看望過我。我們的布希總統打了電話給中國政府，要求保證美國在華人員的人身安全。

蕭白石用巴掌抹了抹鼻頭，把眼淚憋回去了。老太太也不掉淚了，把孫女兒從地板上拉起來，示意白石讓了讓地方，她要摟著孫女兒說話：孩子，奶奶都八十了，世上事，聽得多，見得多，也就懂得一些了。奶奶只是要你心地兒放寬些，不要怨這個國家，更不要怨北京，好人，有善心的人，總是占多數。這就是奶奶在最苦最黑的日子裡，能夠熬活下來的原因。

卓瑪閃著淚眼，笑了，把臉蛋貼在奶奶的臉頰上，又去握阿爸的手，說：在北京這兩個月，經歷了連串大事小事，我好像又長大了不少。說心裡話，我已經喜歡上了北京，愛上了北京人。雖然她還有這樣、那樣的問題，但我就是喜歡這裡的一切。我真不想這麼快就離開，真想留在您們身邊，真想天天都去看看廣場上那些學生……感恩佛主，佛光普照，讓我卓瑪到了北京，見到親奶奶，重逢阿爸啦，我怎麼親您們都親不夠……還有我弟弟小嘎扎，在芝加哥，也天天念叨奶奶，念叨阿爸啦……。

卓瑪丫頭一口氣說了許久，蕭白石才插上話：丫頭，自打兩個月前，我第一次、第一眼見到你，我就認出你是我蕭白石的閨女、親骨肉。……我對你的母親、你的祖父母，永生永世感恩不盡。是他們在大漠深處，生死關頭救了我的性命……西藏人，藏族同胞，是這世上最純樸、最善良的人，他們有一顆金子鑄成的心。……對了，小嘎扎信中提到你已有男朋友。這麼好的事，應該你自己告訴我才是，對嗎？我們知道，你害羞不是？其實有什麼呢，人都是要成家的嘛。小嘎扎說了，小伙子名叫扎西多吉——吉祥金剛，多好的名字！

蕭母樂了：丫頭，你看上的人，就是奶奶的孫女婿呢。

卓瑪大方地說：我和扎西多吉還沒正式訂下呢，小嘎扎多嘴……如果定下了，我一定會請阿爸和奶奶去紐約參加婚禮，由阿爸啦親手將女兒交給那個人的。

蕭白石很激動，握緊卓瑪的手：一定的！老嘎扎嫁女，天也歡喜，地也歡喜，人也歡喜，佛也歡喜！

卓瑪又有些羞澀，紅了臉蛋，忽地想起了什麼，問：圓善阿姨怎麼沒來？阿爸啦，替我轉告她，我以前對她欠禮貌，……因為我們年齡差距不大，還因我時常想到我阿媽，心中難免有些尷尬。其實，我喜歡圓善。我早該叫她一聲「阿媽」。她是不是曾經出家，當過比丘尼？我都看出來了。

蕭母撫著孫女的髮辮：乖孩子，聰明的孩子！

卓瑪俏皮地笑了：阿爸啦，您和圓善阿媽一定有故事，精采的故事。以後有時間，慢慢說來，好不？說不定我能為您寫部英文傳記。對了，就叫《一位中國畫家的畫作及其背後的故事》。嗨，這書名太長了！

蕭白石笑道：這丫頭，阿爸成你的題材啦。

卓瑪兩手合十：佛祖保佑！我真是有福分，我有奶奶啦、阿爸啦、弟弟小嘎扎，還有兩位阿媽。小嘎扎告訴我，他在為阿媽啦辦依親移民手續，大約年底之前，阿瑪就會從印度來美國和我們團聚了。

蕭母說：丫頭，請轉告你阿媽啦，只要她不嫌棄我這做老人的，我認她是我另一個兒媳婦。

卓瑪點頭：我一定轉告，奶奶放心。阿媽啦如今是一位唐卡畫師，在達蘭薩拉小有名氣呢。

鈴聲驟然響起，十分刺耳，而且刺心。蕭白石一看手錶，時間過得飛快，祇剩下五分鐘了。卓瑪也意識到分別的時間快到了，這才問起：阿爸啦，您去聯合國總部做畫展的時間，定下來沒有？

蕭白石取過身邊的畫筒，邊打開邊說：今天是六一兒童節。六月六日，是奶奶選的日子，北京老人講究六六順，同一天抵達紐約甘迺迪機場。這裡有三幅畫，是我自己較滿意的，你先帶去吧。

卓瑪說：阿爸啦，您已經送過我畫了，您還是留著吧。

蕭白石說：傻閨女，展開看看吧，三幅畫，一幅「小園」送您，另兩幅為「鵝池」、「胡楊林」送小嘎扎，作為父親補給他的結婚禮物。

卓瑪祇好乖乖收下，最先映入眼簾的是一幅水墨畫，名為「小園」。她仔細一瞧，說：咦，眼熟！

蕭白石說：這是咱家的小四合院，在它還未變成大雜院以前的景象。那會兒，你爺爺帶著我在裡種花、澆水、摘果子，其樂融融。卓瑪明白，阿爸啦是要她別忘了北京的家。遂說：我會盡快把「鵝池」和「胡楊林」送到小嘎扎和他太太手中。謝謝您！

蕭白石再又笑笑，提醒老太太：娘！您忘了您的傳家寶了？

老太太拍拍額頭：看看，丫頭，光顧說話了，奶奶真是老糊塗了，差點兒忘了要緊的事。說著從內衣口袋裡掏出那絲絨首飾盒，雙手顫顫巍巍交給卓瑪孫女兒：打開，打開，就知道是啥了。

卓瑪接過金紅色絲絨首飾盒，揭開一看，是一枚嵌著顆大紅寶石的戒指，嚇了一跳，忙說：不行，不行，這麼貴重的禮物，我不能收，不能收。

老太太說：孩子，聽話，這算咱們蕭家的傳家寶。是你過世的爺爺當年和我成親時，從你曾祖父手上傳下來的。幾十年來，我東藏西藏，沒讓人抄了去。原本是一對兒，另一隻已經給了圓善，這一隻傳給你。這是蕭家的規矩，你推辭不得的。

卓瑪丫頭雙手捧著美輪美奐的首飾盒，又跪在了奶奶和阿爸啦面前。一縷陽光自窗口射入，紅寶石光芒迸射，美麗又魔幻。卓瑪熱淚漣漣：奶奶！阿爸啦！我真不願離開啊，不願離開啊！我還要回來，回來……

咯噔一聲響，門開了。三名警官面無表情，走了進來。年長的那位站定，說：現在一點三十分，時間到了。他頓了頓，又說：順便通知一聲，美國聯合航空公司的班機兩點鐘準時起飛離京。我們把卓瑪小姐送至登機口，便完成任務了。他看看面前的祖孫三代，點點頭再又說一句：卓瑪小姐，祝您一路順風。

48

送走了卓瑪，蕭白石整個人像被掏空了一樣，丟魂失魄難以自已。回到家裡，他眼前老是晃著卓瑪離去的背影，悲從中來。他軟弱至此，連自己都沒想到。老太太都似乎比他堅強些，一路上抹了幾回淚水，回家紅著眼眶發了一會兒呆，然後就按卓瑪預定抵達甘迺迪機場的時間，給小鬧鐘上了弦，沒事就看鐘，撥著指頭算算還有幾個小時，念叨：丫頭這會兒該吃飯了，丫頭該睏覺了。……丫頭快到紐約了，快到了。太平洋對岸，天盡頭，遠著呢，遠著呢！

圓善善解人意，溫言細語，更勝平日。她用心做了豆角燜麵，撒上蔥末，滴了香油，熱乎乎地端上桌。幾碟下飯的小菜也精緻可口：頭一碟是蓑衣黃瓜，刀工一流，食材是她哥送來的，帶刺兒，撒上幾絲小紅椒，拌上定慧寺的特色八寶調味醬，生津惹味；第二碟是清炒五色豆油皮，配上胡蘿蔔條兒，韭菜段兒，黑木耳絲兒，新鮮黃花菜，可招人饞！還有一碟白水煮杏仁，杏是青陵縣老家樹上結的果，她爹收了最大的杏核兒，一顆一顆砸出來的。爹雖生圓善的氣，但還是疼她，知道她打小愛這一口；這第四碟是特意去天源醬園附近那家南貨店買來的南味肉鬆和香腸。老太太牙不好，愛吃肉鬆。香腸則是蕭白石的下酒菜，他個「食肉動物」，雞鴨魚、豬牛羊，沒有不中意的。圓善自己茹素依舊。醫生說為了胎兒健康，要她注意營養均衡。說起來，圓善也是醫專出身，她有個簡單的營養食譜，就是每天吃些不同顏色的果蔬豆品。

傍晚，天氣燥熱。一家三口坐在飯桌旁，各有心事。蕭白石三扒兩嚼，嘴一抹，算是吃完了。

蕭母喝了幾口麵湯，放下筷子。圓善打來洗臉水，讓老太太洗了臉，從旁小聲提醒：今晚的電視有「戲曲菁華」。蕭母擺擺手，沒心思瞧，也沒心情聽了。原來找樂子也是要有心情的。小几上的電話倒是響過兩次，蕭白石甕聲說了句：今晚誰的電話也不接。圓善知道他心裡苦，想閨女，也不介意他前言不搭後語，只是勸慰：你自個兒也快去紐約了，能見到閨女，急啥哪。

蕭白石晚上睡不好，因擔心影響圓善，也不敢在床上翻來覆去地「烙餅」。他兩眼光光，盯著窗戶，盼天亮。東方一發白，他就悄悄兒起床，用涼水抹了把臉，又一捧水倒入口中，咕嚕咕嚕漱了口，指頭在髮間擼一把，進了小客廳。

蕭白石站在牆角，布滿血絲的雙眼盯著日曆，一動不動。他那神色，說是「虔誠」也不為過。六月二日，沒錯，今兒六月二日。圓善讓吃早餐，他只喝了半碗小米粥，放下碗就坐到電話機子旁，靜默著，彷彿要與那機子無聲地對話，或是心無旁騖地琢磨著它。圓善說：昨晚有電話不接，今兒又守在這兒不挪窩，你倒是到院子裡走動走動，鈴兒響了，我叫你就是。

嗯？蕭白石抬起頭來，笑了笑：我就喜歡守在這兒。你甭管我。歇一邊兒去，忙你的去。

圓善說：昨晚邊我也沒顧上告訴你。昨中午你和娘去機場那會兒，郵遞員來送信，是我深圳大哥的回信。他知道他要做大舅了，高興著哪。他還說京城裡近來不平靜，問我倆要不要去他那裡住一段，避一避。大哥說深圳雖也有學生上街，但總的來說還算平靜。……你要不要看看大哥的信？蕭白石說：你看過就得，信上還說了些什麼？圓善說：大哥說，俺嫂子是深圳醫院婦產科大夫，要我和你商量，日後考慮去深圳臨產，並且在他那兒坐月子，他負責請個保母照顧什麼的。蕭白石說：這是大哥的好意，他很關照你。只怕娘不放心。圓善說：大哥還說什麼「小亂避鄉，大亂避城」。

蕭白石點頭：小亂避鄉，大亂避城，有道理！此話怎講？就是說呀，鄉下出了亂子，可以到躲到城裡去；城裡出了大亂子，就該躲避到鄉下去！中國人的智慧，中國人有避難的智慧哪！

兩人正扯著閒篇，電話鈴驟然響起。蕭白石一把抓起話筒：喂喂，我是蕭白石。請問是哪位？電話那頭傳來遙遠而熟悉的聲音：阿爸啦，我是卓瑪！我回到紐約了。對對，一路平安。您們都好嗎？奶奶好嗎？爸啦，我剛與小嘎扎通了電話，他和米雪兒問候您們，向您們請安，並謝謝您們的美好禮物。……

蕭白石緊緊握著話筒，猶如眼前就站著他閨女，腦海浮現的是她的音容笑貌，既激動又惆悵，既苦澀又寬慰，千言萬語在嗓子眼堵著，堵得他氣也出不匀，堵得他兩眼通紅，眼角懸著兩顆碩大的淚珠。他問卓瑪有沒有時差反應。卓瑪說，從紐約飛往北京，時差比較明顯，而從北京飛紐約則好些，這大概與地球自轉的方向有關……。蕭白石左右望望，大聲叫道：娘，娘！卓瑪來電話了！卓瑪來電話了！他聽到卓瑪在叫奶奶。這時，咯噔一聲，電話斷了。蕭白石對著話筒「喂喂！喂喂！」一連叫了十多聲，沒有回音。他又氣又惱，差點破口大罵電話局，還有公安局、國安局。雖然不知其中哪個在搗鬼，但他都想大罵！大白天的，竟然截斷我和閨女通電話！最後，他真想摔話筒，出出氣。不過，他到底忍住了沒這麼做。電話機是自家的，是個好東西，摔壞了，不但要花錢，跑腿去買一個，而且閨女今後再打電話就接不著了，不合算不是？他放下話筒，低頭看著它，好像行注目禮。

圓善扶著老太太匆忙過來，蕭白石攤攤手，說：電話斷了。老太太著急：斷了？咱能不能給打回去？蕭白石搖頭：有規定，私家電話不能往外國打。蕭白石想到卓瑪平安，想到自己不日又將見到她，心裡漾起暖意，原先的種種擔憂消散了，渾身上下卸下重負般輕鬆了，說：我閨女平安無恙了！我閨女問候奶奶和圓善阿媽！

老太太沒和卓瑪說上話，喃喃自語：怎麼就斷了呢？怎麼就不能等我和孫女兒說上一句話呢？她以為是白石粗心所致，於是埋怨：老大，快五十的人了，以後穩重些兒吧。我老了，管不著你了，把你交給圓善吧。圓善呀，你得讓他改改這脾性。

蕭白石舉起雙臂，伸了個懶腰。他不在意老太太的抱怨。喲，這會兒覺著餓了，好像餓得肚皮貼了後脊梁。他快樂地嚷道：娘，圓善，我要來一海碗雞蛋打滷麵，另加兩根肥腸！早餐、中餐一塊吃好了，好去睡覺，美美睡上一覺。

圓善又心疼又氣惱：大爺，您去照照鏡子吧，兩眼紅絲兒，臉上一邊陷下一個坑兒，鬍子拉碴的，閨女不會待見她阿爸這麼邋遢。去收拾收拾吧，再回來填你的肚子。

一家三口美美地補了個早餐。昨晚沒心思吃飯，今早胃口大開。真是的，好久沒這麼輕鬆，這麼舒心過了。蕭白石幫著圓善收拾了桌上杯盤，又喝了一壺茶，然後插了院門，回房補覺去了。他估計閨女也睡了，暫時不會來電話了，而且有關部門也未必還能再讓她打進來，於是叫圓善把電話線拔了。管他呢，天塌地陷也不管了，睡覺去了。

沒過多久，晴空萬里，陽光和煦，白鴿翱翔。東風吹，戰鼓擂，這個世界上誰怕誰？不是人民怕皇帝，而是皇帝怕人民……只聽得滿城鞭炮炸響，鼓樂大作，如波濤般人流滾滾，彩帶飄揚，旌幟翻飛。人們載歌載舞，歡天喜地，奔走相告：黨指揮槍！槍桿子服從總書記趙紫陽命令，三十八軍占領首都北京！三十八軍接管了中央電視臺、中央人民廣播電臺！三十八軍站在廣場學生一邊！

三十八軍萬歲！三十八軍扭轉乾坤！趙紫陽在軍人們和學生們的簇擁下，站在廣場中央的人民英雄紀念碑基座上，向全黨全軍全國人民和全世界宣告：中國結束一黨專政，黨政從此分離，實行民主憲政，解除黨禁、報禁，新聞獨立；軍隊國家化，政治公開化，保障自由和人權；從今往後，中國人民一人一票選舉國家領導人，選舉各級地方政府官員，……趙紫陽還宣布：中共中央機關、國務院機關即日起搬出中南海，恢復中南海為「首都人民公園」。……勝利了！學生勝利了！人民勝利了！英雄造時勢，時勢造英雄，在歷史的緊要關頭，趙紫陽順應民心民意，不顧個人安危，衝破重重阻力，力挽狂瀾，改變了中國，改變了世界。藍天展笑顏，大地傳喜訊，舉國上下，旗如海，歌如潮，人們盡情歡呼，盡情歌唱，……五千年文明古國，至此脫離封建體制；五千年中華民族，至此甩掉家天下的桎梏；五千年的中國歷史，至此扔掉了一個最無奈、最醜陋的劇本，重整旗鼓，昂首闊步，大道通天，東風萬里，走向未來……

蕭白石笑著、跳著，拍著巴掌，一直拍到巴掌通紅。

有人打門。莫不是歡慶勝利，送喜報號外的到了？圓善，圓善去開門！學生贏了！我們贏了！蕭白石叫嚷。

誰知道，來的是杜胖子，騎著摩托車風急火燎趕來的。他摘下頭盔，氣沖沖地對剛從床上爬起來的蕭白石說：咋回事？打了那麼多電話，你都不接？天都塌下來了！塌下來了！知道不？

圓善來上茶。蕭母不知何事，也來到小客廳，聽杜胖子說話。

蕭白石睡眼矇矓，繫上晨褸，趿拉著拖鞋，邊走邊說：趙紫陽下了命令，三十八軍接管了北京，是不是？杜胖子瞪他一眼：您夢囈吧！做了中國夢，民主中國夢？老兄，趙紫陽已被中南海警衛局軟禁，他的大祕鮑同已被捕，三十八軍軍長徐勤先將軍被捕，國防部長秦基偉將軍被戒嚴部隊帶走，還有，……美、英、法、德等國均派來大型客機，已經在撤僑啦！您該醒過來啦！

圓善倒是沉得住氣：白石呀，在睡夢裡又笑又叫的，我都沒敢叫醒他。折騰了大半輩子，難得夢裡笑一回。

蕭白石望著杜胖子，翕張著嘴，猛然一下回不過神來，喃喃地說：趙紫陽被軟禁？鮑同、徐勤先被捕，秦基偉被帶走？完了！完了！洋人撤僑，內戰在即。……蕭白石跌坐在椅子上，仍自顧自說：昨天送走我閨女，被驅逐出境的，已回到紐約。難道，難道都是命運的安排？

杜胖子見蕭母和圓善在場，自覺要管著點嘴巴。他平平心氣兒，問蕭白石：你自己啥時候走？

蕭白石答：六號，還有三天，美聯航的班機。

杜胖子又朝蕭母和圓善看了看，這才說：知道我為什麼急著找您嗎？昨兒上午，瑪麗亞小姐一時找不到您，就是那位聯合國國際開發署駐京辦事處的瑪麗亞嘛！她於是緊急通知我，讓轉告您，孔雷薩博士及其辦事處人員，臨時撤去香港暫避，並在那邊繼續工作。他們估計，北京國際機場隨時可能關閉，那樣一來，美聯航的航班也會暫時停飛北京。您若遇到困難，孔雷薩博士讓您也去香港與他碰面，他會為您重新安排航班飛紐約。

到了這刻，蕭白石才緩過神來，原來自己睡了個懶覺，做了個邯鄲夢，中國已風雲突變，北京已彤雲密布，殺機四起。他急問道：現在廣場的情況怎樣了？

杜胖子在膝上拍了一掌：還能怎樣？甕中捉鱉！都是那班兔崽子不知死活自找的。

蕭白石咬唇，面色轉青，又問：首都百萬市民不是天天都在四處堵軍車，把部隊堵在城外了嗎？

杜胖子沒好氣：你們把野戰大軍當兒戲呢！告訴您老兄吧，軍隊早就通過地鐵系統，地下進兵，二十七軍一個整編師一萬多人悄悄進駐了廣場西面的人民大會堂，另有兩個師分頭進駐了廣場北面的勞動人民文化宮和中山公園；在廣場南面，軍隊已經進了永定門，一輛輛坦克車轟隆隆上了大街了。眼下，廣場形勢緊張到要爆炸，一觸即發。

蕭白石的臉由青轉白：這時刻了，廣場的學生們還是不肯撤離？

杜胖子嘆氣：前些日子，您不是和我爭論過嗎？簡直是一群無頭蒼蠅！好幾個省的大學生還在組織「上京聲援團」，打著旗幟，正在步行來北京的途中。

怎麼得了，怎麼得了？蕭母急得直搓手。圓善不停地搖頭：學生們是群孩子，都是父母生、父母養的啊！

蕭白石頭大，但他並未停止思考。他忽然想起一個人，遂問：學生們的精神領袖劉曉波博士，會不會去廣場率領學生們撤離？目前看來，只有劉曉波還有這個影響力。若是這樣，他可真是咱中國的摩西了。

杜胖子不聽則已，一聽到「劉曉波」這名字，心中升起無名火：還指望他？他正在火上澆油，唯恐天下亂得不夠！

蕭白石忙問：這話怎麼說？

杜胖子一跺腳：就在今兒下午四時，劉曉波和臺灣音樂人侯德健、四通公司的頭頭周舵、英文版《中國建設》雜誌的編輯高新，組成「四君子絕食團」，進入廣場，坐在烈士紀念碑的臺基上進行絕食！您說糟糕不糟糕？這豈不是給學生們作了新的示範？這「四君子」還散發了〈絕食宣言〉

的傳單，這不，我還帶了一份過來。給！

蕭白石一把接過〈絕食宣言〉，急速閱讀。杜胖子起身告辭：哥們，我得回家了！他又對蕭母、圓善說：大媽、嫂子，打擾，打擾！大難臨頭，我們都要保重，保重！

蕭家人都要留杜胖子吃了晚飯再走。杜胖子帶上安全帽，連聲說：下回吧，下回吧。今兒有事，我得趕回家，看這情形，得把孩子和孩子他媽送到廊坊鄉下避一陣再說。

杜胖子走後，蕭母回房歇著，圓善去廚房安排晚飯。蕭白石緊鎖眉頭，翻閱那份〈絕食宣言〉：

「我們絕食！我們抗議！我們呼籲！我們懺悔！我們不是尋找死亡。我們尋找真的生命。在李鵬政府非理性的軍事暴力高壓之下，中國知識界必須結束幾千年遺傳下來的只動口不動手的軟骨症，以行動呼籲一種新的政治文化的誕生，以行動懺悔由於我們長期的軟弱所犯下的過失。

「我們絕食，不再是為了請願，而是為了抗議戒嚴和軍管。我們主張以和平的方式推進中國的民主化進程，反對任何形式的暴力。……此次學生運動，獲得了空前的全社會各階層的同情、理解和支持。軍管的實施，已把這次學生運動轉變為全民的民主運動，但無法否定的是，又因為很多人對學生的支持是出於人道主義的同情心和對政府的不滿，而缺之一種具有政治責任感的公民意識。……中國人必須明確，在民主化的政治中，每個人首先是公民，其次才是學生、教授、工人、幹部、軍人等。

「我們需要的不是完美的救世主，而是完善的民主制度。……政府的失誤主要是在舊的階級鬥爭式政治思維的支配下，站在廣大學生和市民的對立面，致使衝突不斷加劇。……政府方面無視憲法賦予每個公民的基本權利，以一種專制政治的思維把此次運動定性為動亂，從而引出一連串錯誤的決策，致使運動一次次升級，對抗愈演愈烈。……

「學生方面的失誤主要表現在內部組織的混亂，缺乏效率和民主程序，諸如：目標是民主的，而手段、過程是非民主的，理論是民主的，而處理具體問題是非民主的。……為此，我們呼籲，中國人應該放棄傳統的純意識形態化、口號化、目標化的空洞民主，而開始操作的過程、手段和程序的民主建設，把以思想啟蒙為中心的民主運動轉化為實際操作的民主運動。學生方面要以整頓天安門廣場的學生隊伍為中心，進行自我反省。……」

（附：在廣場舉行的新聞發布會上，有兩、三百名中外記者現場採訪、提問。侯德健說：我來參加這次絕食，我們大家一起來搞這個絕食活動，除了代表我個人外，我還代表了上個月二十七號我們在香港，連續十二個小時的「民主歌聲獻中華」的所有港臺歌星、電影明星，代表了上百萬的香港觀眾朋友！所以，我希望大家能知道，全世界的中國人和國際友人都支持我們。……）

蕭白石一口氣讀完「四君子」的〈絕食宣言〉，圓善和蕭母已把晚餐擺上桌。蕭母說：老大，先吃飯吧。天下事，吃飯是最大的事。他們打仗也不會打到咱家裡來。娘是老了，不中用了。卓瑪已回到紐約，我也沒什麼可擔心的了。

話是這麼說，三人這頓晚飯，飯熱菜香，可憂心忡忡，心事惶惶，就味同嚼蠟。國家國家，咱這個國家，家是國，國也是家，啥時才能祥和下來，不再打打殺殺？人家美國、英國、法國能做到的，咱中國就做不到呢？

49

蕭白石又是徹夜不眠。遠遠地傳來了嗖嗖子彈聲，炮彈爆炸聲。蕭母命圓善去把院門上了鎖，單車也上了鎖，阻止白石外出。

北京的六月初相當熱了，樹上的知了湊熱鬧，叫個不停。六月三日，蕭白石整天沒出門。一來母親和圓善都說外面亂糟糟、動槍動炮，二來他也的確需要留在家裡收拾行裝。臥室的地上攤著兩隻當下時興的行李箱，尼龍面料，帶小輪的。藍色箱內放滿夏天、秋天的衣褲鞋襪和日常用品；棕色箱內專放畫稿、畫紙、畫具和顏料。好幾位朋友告訴他，出洋要帶點中國風味的禮品，以便饋贈那邊的舊雨新知。聽說中國工藝品頗受歡迎，王府井工藝美術服務部有諸多品種可供挑選，如絹帕刺繡、檀香扇子、挑花桌布，瑪瑙小件、景泰藍碗盞、泥塑娃娃和剪紙等等。蕭白石早就去過兩趟，看來看去，大路貨居多，最後挑了兩隻景泰藍小花瓶、幾副單獨盒裝的景泰藍筷子，幾隻琥珀鑰匙串等等。他也決定多帶幾把紙扇去，是從潘家園那家鋪子買來的，自己畫了扇面，題了字，蓋了印送朋友，更顯出些真情實意。

圓善一直在幫他收拾，提醒他帶這個，帶那個，囉囉嗦嗦，好像要去十年八載似的。他說：好人，我不就去個一、兩月，帶上毛衣、毛褲做什麼？都往箱子裡塞，你當是搬家哩？倒是宣紙和道林紙要多帶些，在紐約不易找到好的，有也會貴得嚇人。

門外大街上又隱隱傳來隆隆的坦克履帶聲，好沉重，一聲聲輾壓在人心上。蕭白石頓時情緒低落。他問圓善：國難當頭，我像不像個逃兵？圓善搖頭：怎麼會呢？你受邀去海外辦畫展，政府批准的。蕭白石砰地將箱子蓋上：逃兵，我還是覺得像個逃兵。

蕭母在廚房忙活，盤算著要做七碗八碟給白石壯行，連海參、干貝都用水發上了。蕭白石心想又不是去勞改營，餓不著的，但終究不好拂老太太心意。兒行千里母擔憂嚒！況且老太太已挨個給老二、老三、老四打了電話，要他們晚上來聚一聚，喝點酒，給老大送行。白石要去外國了，辦畫展呢！晚報都發了消息。要是老頭子能熬活到今天，該有多高興。老太太耳背，聽不到外面大街上坦克、裝甲行進的隆隆聲，心裡倒是安靜。

臥室裡，蕭白石的衣物收拾得差不多了。圓善從衣櫃裡拿出兩副帆布帶子，紅白黑三色，倒也好看。蕭白石接過來，說：暫時不用捆。他把帆布帶放在箱蓋上，順手摟住圓善，親吻她：好人兒，真捨不得離開家，捨不得離開你。……我會想你，我離了你真的不行，不行。圓善推了推他：輕點兒，大白天的，門也沒關，給老太太瞧見了，你不羞俺還羞哩。蕭白石涎皮：娘這會兒操心發魷魚、海參、干貝，顧不上這兒。圓善依偎在白石懷裡：你到了紐約，和寶貝閨女重逢，又會見到寶貝兒子，你還不把人忘在後腦勺了？

蕭白石用嘴堵住圓善溫軟的唇，邊吻邊移動腳步，把門踢上。他知道她有點兒吃醋，這在所難免，但更多的是為他們高興，這就難得了。他鬆開嘴，說：寶貝，記住，卓瑪和小嘎扎是我的孩子，已成年的孩子，千萬不要和他們爭什麼。卓瑪已經叫你圓善阿媽了，她和小嘎扎從今往後就是你的孩子了。我麼，放心，我怎麼能忘得了我的小師姑？你的好處，千言萬語也難道盡呢！我發誓，蕭白石如果辜負你，……

這回輪到圓善嘟著紅唇堵住白石餘下的話。她說：哥，不許，不許你發這種誓，不吉祥。我信你，還不行嗎？她那桃花般的面容，凝脂般溫潤的肌膚，讓白石心癢難熬，很不得將她含在嘴裡。兩人順勢倒在床上，春風春雨，身心交融，如痴如醉，化為一體了。蕭白石覺得家是真真令人眷戀的，怪不得叫做「溫柔鄉」了。

事畢，蕭白石摩挲著圓善的手，說：你也該收拾收拾，如果明後天，首都機場真的關閉，我倆就只好南下，順道先送你去深圳大哥家，再去香港。圓善說：那哪成？咱們還有娘那一關沒過呢？老人家天天念叨抱孫子，念叨你五十了再做一回爹。蕭白石說：寶貝，我已經和娘商量過了，老人家雖是不捨，但眼見著京城裡兵荒馬亂，槍槍炮炮的，也只能同意了。圓善說：我走了，誰來陪伴咱娘？蕭白石說：咱娘還有老二、老三和四妹，他們也都四十多歲了，比任何時候都懂得孝順娘。

蕭白石躺著，不多久就睡著了。這些日子他太累了。

蕭白石在歪把兒胡同家中沉入夢鄉時，橫貫這座千年古都的長安大道上正沐浴腥風血雨，演出北京歷史上最為慘烈、也最為悲壯的一幕，令千古英雄錯愕不已、嘆為觀止的大劇。

駐紮在保定，當初曾拒絕進京執行任務的第三十八集團軍的一一二師、一一三師及炮兵旅，奉命開赴天安門廣場，成為武力清場的主力部隊。官兵們均無槍枝，人人手持鐵棍或木棒作為武器。原有八名軍首長中，軍長徐勤先將軍已被捕，餘下七位，包括代軍長、副軍長、政委、副政委、政治部主任等人，均各持一根棍棒，徒步上陣督戰。裝甲車轟隆隆緊隨其後。部隊從西邊的萬壽路、公主墳、木樨地一路向東推進，目的地天安門廣場。怪異的是，陪同三十八軍官兵一道推進的「兄弟部隊」則是全副武裝，乘坐軍車在兩側緩緩行進。軍隊抵達木樨地大橋，遭遇到成千上萬大學生和市民們的頑強阻擋。且有一位身著軍便服、個子嬌小的女子在錄像，並以香港口音的普通話作現場報導：現在是一九八九年六月三日晚上九點，此時的中國首都北京木樨地大街一帶，軍隊與數以十萬計的學生、市民發生規模空前的激烈衝突……女子的周圍則有幾名同樣穿著軍便服的男青年擔任她的義務護衛。

軍人們發現有人錄像，立即揮舞棍棒或盾牌大聲喝斥：不准拍照！不准錄像！

女子邊錄像邊報導：你們是英勇無敵的三十八軍吧？久聞大名，一支鋼鐵勁旅，戰功卓著，有著光榮的革命歷史……

軍人邊逼近邊喝問：哪個單位的？誰批准你們來錄像？不說清楚，立即取締！

女子身邊的男青年回答：戰友啊戰友！我們是軍報的記者採編組，奉命記錄歷史啊，記錄歷史！女子忍不住發笑，她的哥們有智慧，敢冒名軍報記者。好在這晚上街燈昏暗，場面混亂，且和軍人的隊列保持著二、三十米距離，彼此面目模糊。他們一行退出人群，繼續拍攝大學生和市民們的抗爭場面。暫時無人來查證他們是否真是軍報記者。

且看市民們早已將幾輛公共汽車、無軌電車推來，堵在橋上，並組成聲勢浩大、雄厚達三四百米的人牆。草綠色軍陣步步逼進，市民們只能扔磚頭、石塊，以及投擲裝有汽油的啤酒瓶、汽水瓶，試圖守住堵截防線。部隊感覺寸步難行了，平日號稱「人民子弟兵」，眼下卻被首都人民喝斥為「走狗」，斥罵為「保皇軍」、「劊子手」。作為解放軍軍人，入伍是為了「保衛祖國」、「保衛人民」，參軍後唱的也都是「軍隊和老百姓，本是一家人」，「軍民團結一家親」，從未被人民扔過磚頭、石塊，罵過「走狗」、「劊子手」；這些軍人也從未想過要拿起武器來鎮壓人民，鎮壓自己的父老鄉親。他們捫心自問，阻擋軍人前往天安門廣場的老老少少，男男女女是什麼暴徒、反革命？這是怎麼回事啊？一切都顛倒了，黑白顛倒，正誤顛倒！來自三十八軍的官兵們除了手中棍棒，幾乎是一支非武裝部隊，顯然也不被中央軍委首長信任，還被「兄弟部隊」監軍。然而，軍委指派他們去清場，去鎮壓廣場上那些大學生。……第三十八集團軍，曾經是大名鼎鼎、戰功赫赫的「王牌軍」，今天它成什麼了？與人民為敵了？北京仲夏的夜幕，如此昏黑而厚重。黑夜裡，三十八軍將士們心裡苦啊，心裡苦啊！

個子嬌小的女子仍在她的幾位哥們的護衛下，繼續舉著錄像機拍攝，作現場報導：

……木樨地大街沿線軍民對峙中，市民們聽說來的是三十八軍，不由得紛紛議論這是支啥樣的部隊。記者在這裡不免忙裡偷閒插上幾句：第三十八集團軍是中國人民解放軍唯一的全機械化鋼鐵勁旅，承載著非同尋常的歷史。它最早的出處是一九二八年，彭德懷率領其麾下的湘軍某團在平江起義創建的紅五軍，後來發展成江西蘇區紅一方面軍紅三軍團。一九三五年作為紅軍主力之一轉戰湘黔川，北上抵達陝甘寧邊區。一九三七年國共合作抗日，中共紅軍包括紅三軍團在內接受南京中央政府改編，成為國民革命軍第十八集團軍（俗稱八路軍）一一五師主力。抗日戰爭勝利前夕，林彪率一一五師主力十萬人馬出關，執行黨中央「搶占東北」的戰略任務，更名為東北民主聯軍，擁有多個縱隊，第一縱隊更是精兵悍將，不久改稱第三十八軍。解放戰爭期間，第三十八軍從東北松花江一路打到大西南的中緬邊境，無堅不摧，所向披靡。一九五〇年朝鮮戰爭爆發。彭德懷率「中國人民志願軍」入朝作戰。第三十八軍奉命緊急北上，投入朝鮮戰場。由於能征慣戰，彭德懷總司令在一次慶功會上喊出「三十八軍萬歲」的口號，從此有了「萬歲軍」的美譽。一九五三年朝鮮停戰後，三十八軍撤回國內，駐守在山海關至錦州一線，成為東北方向拱衛京津地區的重要軍事屏障。

……接下來，第三十八集團軍更在中共黨內路線鬥爭中發揮了舉足輕重的作用。一九六六年春，正值文化大革命運動前夕，毛澤東與中央軍委第一副主席林彪祕密聯手，瞞著主持中央日常工作的劉少奇、鄧小平、彭真等人，突然於三月下旬的一個晚上，密令三十八集團軍十萬人馬入關，迅即包圍首都北京，軍事接管黨中央機關，包括中央組織部、宣傳部、統戰部、對外聯絡部、北京市委、市政府、北京衛戍區、廣播電臺、電視臺、人民日報社、新華社等一切要害單位，致使中南海內的國家主席劉少奇、中央書記處總書記鄧小平、北京市委書記兼市長的彭真等人成為甕中之鱉。毛澤東祕密調用三十八集團軍，成功發動了一場控制首都北京的軍事政變，然後肆無忌憚地開始了長達十年的所謂「無產階級文化大革命運動」。之後，第三十八集團軍一直駐守北京南郊，軍部設在保定，距北京市區僅半小時車程。

……如此這般，眼下就不難理解鄧小平對三十八集團軍的忌憚了。五月上旬，中央軍委派北京軍區司令員周衣濱持楊尚昆的手令，調三十八軍進城解決學運問題，竟然遭遇軍長徐勤先將軍拒絕，理由是命令不是由軍委主席鄧小平親自簽發，更無黨總書記趙紫陽的簽署，不符黨指揮槍的原則！您說說，三十八軍抗命，老鄧能不心驚肉跳？鄧大人最擔心的就是類似一九六六年春天那類事件重演，如果趙紫陽利用他的黨總書記職位，利用軍隊聽黨指揮的原則，命令三十八軍在一個晚上接管北京所有要害部門，就會讓他鄧小平再次成為「甕中之鱉」！怎麼辦？不怕一萬，就怕萬一。鄧小平長期領軍，深知此類事情容不得片刻遲疑。他通過忠誠可靠的「楊家將」楊尚昆、楊白冰（曾任北京軍區司令員，時任解放軍總政治部主任），立即調集北京、瀋陽、濟南三大軍區的野戰部隊，以拉練演習為名火速向北京周邊集結。各路大軍「進京勤王」，兵員裝備上占絕對優勢，對三十八軍形成威懾。鄧小平還密令戰鬥作風同樣剽悍的第二十七集團軍進駐石家莊，抄了三十八軍的後路。如此一來，鄧小平料想三十八軍即使有心謀反，也只能有賊心無賊膽了。

……由表及裡，我們就可以揭開世人的迷惑：一般情況下，對付天安門廣場的萬餘名手無寸鐵的請願學生，只須動用北京衛戍區部隊，甚至是北京市的公安、武警部隊就能輕鬆解決；鄧大人為何從三大軍區調集三十萬野戰大軍進京？說白了，野戰大軍進京為的是「勤王」，而不是為對付學生。瞧，鄧小平這盤軍棋下得波詭雲譎，實則「項莊舞劍，意在沛公」。

話說回來。當晚，三十八軍兩個師的部隊在木樨地大街一帶被十幾萬學生和市民層層堵截，面對投擲過來的石頭、磚頭、玻璃瓶等物，官兵們難以行進，只能空喊幾句「人不犯我，我不犯人，人若犯我，我必犯人！」有打頭陣的士兵被石塊擊中掛彩，好心的市民趕緊將他們帶去救治。木樨地大街南側高樓林立，其中有兩幢著名的「部長樓」，也有人打開窗戶罵「保皇兵」、「臭走狗」！這時，持槍在側翼與三十八軍兩個師同時推進的「兄弟部隊」開始向兩旁高樓上亮著燈的窗戶開火，一時間，從木樨地到全國總工會大樓的五百多米街區，兩旁建築物被槍擊得火星四濺，彈痕纍纍。

身材嬌小的女子舉著錄像機，在哥們的護衛下，繼續一路拍攝，一路報導。軍人也曾以槍口對準他們，但聽了他們佯稱是軍報記者報導組後，反而囑咐他們注意安全，防備受到暴徒襲擊，成為軍民街頭混戰的異數。

……荷槍實彈的部隊開始向大街上那些阻攔的人群開槍。當人們明白射向他們的不是橡皮子彈，而是真正的戰場子彈，不少人倒在了血泊中。人們紛紛向大街兩旁躲避，悲憤地繼續罵道：「土匪！」「法西斯！」在極度震驚和憤怒中，人們不懼怕死亡，尋找停泊在街邊的軍車洩憤，向軍車上的士兵扔石塊和汽油瓶。相當數量的士兵面對悲憤欲絕的市民，扔下武器，跳車走避。他們在這血與火的長夜裡，迷惑不解：為什麼要到北京來與老百姓作對、搏命？

木樨地大街成為血腥屠場。學生和市民的怒火被槍彈點燃，義薄雲天。市民們世代居住「天子腳下」，有著與生俱來的自豪感和歷史責任感。日本鬼子占領北平時只在郊外盧溝橋打過一仗，沒有在城裡動槍動炮；國軍四九年撤退也沒有開過槍；現如今野戰軍敢到北京來鎮壓學生、槍殺市民，北京爺們！北京哥們！和你兔崽子、王八羔子們拚了！拚了！小命不值錢了！

從木樨地大街往東是復興門大街，那裡的學生和市民又組成新的重重人牆阻擋戒嚴部隊。部隊調來軍車開路。有數輛軍車中了老百姓的土製汽油瓶，起火燃燒。其中一輛裝甲車裡的六名官兵來不及跳車，被活活燒死。沿街有八十幾輛運兵車，裝甲車、後勤補給車被憤怒到極點的老百姓點燃；還有的軍車是被士兵自己泄憤焚毀的。堂堂千年皇都，火光沖天，血濺街頭。誰之罪？誰之罪啊！

由於大街寬闊達一百多米，大火未損及兩旁樓房。學生和市民們徒手與野戰軍對峙，力量懸殊，眼見一個又一個赤手空拳的人倒下，有的甚至腳上只穿著拖鞋，就陳屍街頭。人群一步一步後退，一直退到鄰近中南海西南角的六部口，再一路相持到天安門廣場的西北口。蒼天在上，這血肉之軀與鋼鐵勁旅的抗爭，驚天地，泣鬼神！中南海的南大門新華門外，排列著一隊坦克，軍人組成人牆保衛。一群市民抬著幾名受傷的士兵，要求送入中南海搶救，被斷然拒絕。

木樨地大街向東，距天門城樓前的金水橋短短七、八公里距離，三十八軍的棍棒隊竟足足花了五個多小時才抵達。由此可見學生和市民的抵抗有多頑強，他們的阻攔有多慘烈。軍隊進入廣場的第一個行動便是搗毀聳立在金水橋前的「民主女神像」。潔白的塑像，倒在了坦克的鋼鐵履帶下，被輾得粉碎。但民主的魂魄不散、不死，將永遠在中華大地上徘徊。

據戒嚴部隊指揮部事後統計：從天安門廣場南面的天壇東側路、天壇北門、前門地鐵站西口、前門東路，到天安門廣場西面的府右街、六部口、西單、復興門、南禮士路、木樨地、蓮花池、車公莊，再到天安門廣場東面的東華門、東直門、大北窯、呼家樓、北豆各莊、大興縣的舊宮鄉等地，數十個路口有五百多兩軍車被燒毀。廣渠門外雙井路口，七十餘輛裝甲車被市民包圍，也有士兵被怒不可遏的民眾毆打，其中二十三輛裝甲車上的機槍被卸下。

這是長安大街和天安門廣場最屈辱、最哀傷也是最酷烈的一天。

被身材嬌小的女子和她的哥們攝下的景像還有：大街上四處倒臥著被軍人射殺的學生和市民遺體，有的遺體被裝甲車輾過，慘不忍睹。學生和市民為了自己的信念，以生命拚搏民主人權。對峙中，一名向平民開槍的戒嚴部隊排長在西單首都電影院附近，被怒髮衝冠的民眾群毆至死，屍體被掛在一輛熊熊燃燒的公共汽車上；阜成門立交橋上，也有一名士兵的屍體被懸在橋欄上。……

在這場血火交織的決鬥中，無論軍人還是平民都是專制的犧牲品。北京幾十所醫院的醫生、護士在沒有任何上級命令的情況下，自發出動上百輛救護車、醫療車，前往子彈紛飛的各條大街上搶救受傷者，無論倒地的是學生、市民，還是戒嚴部隊官兵。有些傷員到了醫院已經斷氣。屍體擺在醫院院子裡，等待親人去認領。也有軍人衝到醫院去尋找「凶手」，口口聲聲要為戰友報仇。醫生護士立即轉移傷員，讓軍人撲了個空。有一對老年夫婦，用平板車拉著兒子血肉模糊的遺體，在一條條胡同裡遊走，告訴街坊們是誰殺死了他家的大學生。

最令人震撼的還有一幕：在天安門廣場西北角入口處，佯稱軍報記者用錄像機記錄歷史的那位身材嬌小的女子，以及護衛她的幾位哥們，終於被殺紅了眼的軍人們識破，認作「膽大包天、用心險惡的暴徒」，當即遭亂槍掃射……軍人們隨即檢驗那倒臥在血泊中的女子，女子竟還有口氣，睜大了仍然明亮的眼睛，嘀咕了一句：中國，我愛您……軍人再又翻檢那女子掛在胸前的血肉模糊的採訪證，辨認出她名叫伊莉娜，香港記者，像外國人的名字。

50：不是尾聲

六月三日晚，在朝陽區左家莊歪把兒胡同，蕭家十多口人吃了頓「團圓飯」，為蕭白石送行。蕭母和圓善為這桌飯菜費了心思。她們認定白石吃多了西餐會想念家裡燒的白蹦魚丁、油爆大蝦、荷包里脊、鍋塌豆腐等菜餚滋味。北京人就是到了天邊外國，斷不能忘了京城裡的吃食風味。也是那首耳熟能詳的唐詩說的：「慈母手中線，遊子身上衣，臨行密密縫，意恐遲遲歸」啊。

開出租車的老二、開小飯館的老三和當護士長的四妹喝了兩杯冰啤，眼眶微紅，都要和大哥說幾句掏心窩子的話。早年間，老爸身揹「政治罪孽」，命喪西北大漠荒涼之地，大哥頭上也頂著「右派大學生」帽子，小小年紀的弟妹仨在學校和社會上飽受歧視白眼兒，不僅家庭出身低人一等，社會關係也被視為「有重大問題」。弟妹仨有過與大哥劃清界線的時候，沒辦法，時代造成的，眼下說是「時代扭曲」的。每逢學校、街道或單位要填寫政審表格，都難免戰戰兢兢。現在呢，大哥成了蕭家的驕傲，名字上了報紙，還被請去聯合國展出畫作；他是家裡第一個走出國門看世界的人物，弟妹仨與有榮焉！想想從前，看看眼下，能不感慨、能不有那麼點兒心潮起伏嚒？老三近日與大哥談得較多，可在一大家子面前，難以用言語表達內心感慨，於是藉著酒勁，扯開嗓門，唱了幾句樣板戲：「臨行喝媽一碗酒，渾身是膽雄赳赳！鳩山設宴和我交朋友，千杯萬盞會應酬。……」老三讀中學時參加過宣傳隊，嗓子還行，可四妹不樂意聽了，挾起一片「大小三岔」的烤肉堵他的嘴：三哥，瞎唱個啥？不吉利！咱大哥去聯合國，喜慶事兒哩！老三偏過臉去，不接妹妹的話，嘴還嘟嚕著：四妹，咱家是喜慶，可眼下咱北京城、咱全中國是個啥陣勢？你聽到外邊兒沒？刀槍火炮呢，鬼子進村了！蕭母不喝酒，也不喝北冰洋汽水，只喝茶。她說話了：娘活了八十歲，見過的人、經過的事兒比你們多些兒。這世上，沒拿槍的幹得過拿槍的？沒有的事。放心，外面槍呀炮呀，過幾天總會平息的。……再說呀，老大去美國頂多也就一月兩月，還要回來照顧他媳婦，當孩子他爹呢。蕭家又要添丁了，娘也要添個孫兒啦。日子總是要過的，風波終歸會過去的。別那麼沒出息，咱北京人啥世面沒有見識過？

圓善靜靜的，沒怎麼說話，不光心神被白石牽著，眼神也被他牽著。白石的杯空了，她給續上，白石去拿勺，她接過來給他盛上湯。……白石就要走了，今夜的每一分、每一秒對圓善都是珍貴的。她就這麼挨著白石坐著，靜靜體會他與母親的深情、與弟妹的親情以及對她的溫情。白石可愛、可親，才華橫溢！圓善望著他或觸到他，心頭總有一絲似有還無的疼痛，此刻尤甚。自打卓瑪出現在蕭家，帶來了身在印度的央金的消息，圓善晚上總要拉著他的手才睡去，清晨吻了他的額頭才起床。毫無疑問，白石是愛她的，她是幸福的。但圓善有時忍不住要從白石的眼中證實這幸福的真實，然後像微醺似地兩頰飛紅。今晚，她想著白石，還想著他和她肚裡的孩子，她的心醉了不止一回。小別勝新婚，誰說不是呢？

此時，蕭白石被包圍在滿屋的溫馨和親情之中，味蕾被一桌子美食刺激，心緒一再被觸動，被感動著。他這半輩子，吃過苦中苦，也得到過人間至情至愛。而當下，可謂苦盡甘來？他剛喝下一口酒，想對自己說聲「是」，卻聽到有人敲院門。老二放下筷子，前去開門。喲，杜大哥，快請進！

老二招呼著。蕭白石一聽老友來了，趕緊起身相迎；蕭母叫老二添上一副碗筷，請小杜來喝上兩杯。

在蕭家，杜胖子向來不把自個兒當外人。他坐下後，端起酒杯，祝各位平安健康，然後開吃。蕭白石敬了他一大塊葱燒海參。杜胖子一嘗，連連讚好：香軟入味，鮮滑可口！蕭白石對母親說：娘，杜處座常在酒樓吃請，他說好，可是真好！蕭母一聽，笑得開心，連說：小杜，多吃，多吃點兒！

杜胖子喝了口酒，對蕭母說：大媽，我昨兒連夜把兒子他媽和小兒子送去廊坊老家安頓好，今兒下午才趕回來的。回到家鍋涼竈冷的，就想到來您這兒蹭飯。嘿，好運氣，這麼豐盛，而且兄弟妹妹都到齊了。這是給白石送行吧？蕭母說：大家聚聚，吃頓飯。

蕭家兄弟也陪杜胖子吃著、聊著。見大家吃好了，老三媳婦又上了壺剛沏的熱茶。杜胖子對蕭母說：大媽，您好福氣。兒女們這麼孝順，白石又這麼爭氣。蕭母笑道：託福，還行吧。杜胖子忙說：今兒是我託您老的福。蕭母說：小杜，自家人，您隨意聊，隨意坐啊。我這把老骨頭啊，這會兒該去捶捶背了。四妹離座，扶母親去她房間。

母親走後，蕭白石問杜胖子：怎麼樣，你這一路上還平順吧？杜胖子說：這日月，平順二字成奢侈品了。我嘛，好在是開了單位的皇冠車去，沾著點官氣兒，逢關好路過，遇卡易通行。……這打東邊來回，四處都是軍車、軍人，每個路口都有學生和群眾在阻攔，一重又一重。杜胖子低下頭，抹抹鼻子，又抬臉說道：真沒想到啊！咱北京人這麼齊心齊力，這麼不怕死！老二問：東邊怎麼樣？杜胖子說：東邊一帶，倒是沒見到軍人亂開槍；群眾憤怒啊，扔磚頭、扔土製汽油瓶，也有軍車被燒。……

老三說：城裡更是鬧騰。幹麼要開坦克來呀，不就些赤手空拳的學生、老百姓？杜胖子說：我在路上就聽說了，廣場西面木樨地那一帶，慘得很！學生、群眾和軍隊幹起來了，整條街如同戰場。軍隊開槍了，學生和群眾氣得不行，不肯退卻。那個英勇無畏啊，超乎想像！杜胖子低下頭，掉淚。

蕭白石嘆氣，又重又長：這叫「人民政府」？「人民軍隊」？老百姓無非要求反腐，要求民主，就調坦克、槍炮來對付？

杜胖子搖頭：這種事，噩夢一樣，不可理喻！聽說木樨地那邊，軍隊還朝路旁住宅樓開槍，尤其是亮著燈的窗子，子彈亂飛，火星子亂蹦。據傳在木樨地家裡中彈身亡的有全國人大常委會法律委員會副主任宋汝棼的女婿，還有老作家姚雪垠的保母等。姚雪垠參加過八路軍，資格老，氣得大罵「土匪」。他們都住在那裡的兩幢「部長樓」裡。你說說，這叫什麼事呀？

蕭白石說：還有什麼動亂比這更動亂？

杜胖子說：老兄，我這會兒來，還有話要和您個別說說。蕭白石心裡一沉，知道這話題輕鬆不了。杜胖子是真哥兒們。他說：好，咱去個安靜地方坐坐，醒醒酒。蕭白石告訴老二、老三、四妹不要急著走，待會兒還一塊喝茶說事兒。

蕭白石領杜胖子進到已經歇業的推拿小館。圓善送來一壺茉莉香片，給兩隻瓷杯注滿茶水，然後退出，將門帶上。杜胖子眨巴著眼，也是一副丟魂失魄模樣，說：白石啊，您沒出門，城裡頭那個慘啊！新華社一位老友，住我們同一幢樓，今傍黑見到我就說：木樨地、復興門、西單、六部口，整條大街血流成河。戒嚴部隊開槍殺人，用的是達姆子彈。蕭白石問：達姆子彈？杜胖子說：

那是《日內瓦公約》禁用的子彈，一旦射入人體，進去是個小孔，出來卻是個碗大的口子，在人體內開花！慘無人道啊！這班畜生！法西斯！咱北京市民，咱北京大學生真是這世上最偉大、最勇敢的人。面對屠殺，就是不退卻，前面的倒下去，後面的湧上來，真正的前赴後繼！我聽了這，心裡痛得慌。天日無光，老天無眼，欲哭無淚啊！

蕭白石端著茶杯的手顫抖了，茶水灑在他腳上，他沒有感覺，也沒動彈。

杜胖子說：您知道的，我原先是反對學生鬧事的。現在，我敬佩那些大學生，我痛恨這幫殺人不眨眼的劊子手！會有報應的，會有報應的！否則就沒有了天理。

蕭白石咬著牙：解放軍怎麼會這樣？除了開槍，啥都不懂，啥都不明白嗎？

杜胖子說：聽說國安、公安內部有不少人同情學生，暗地裡幫助學生。……對了，你的熟人馬處長怎麼樣了？據說國安內部有些人被抓了。……

蕭白石心中驚詫：我前天從機場送走卓瑪。自那時起，我給她打過好幾次話，都沒人接聽，聯繫不上。難道……難道也出事了？杜胖子滿臉無奈，低聲說：難說！蕭白石急促地說：待會兒，我再給馬四姐打電話。她縱是有事，她義父楚振華將軍也會相救的，紅軍烈士的遺孤哪！

杜胖子看看四壁，又嘆了一回氣，問：出國的行頭都打點好了？我其實也是趕來給您透個信兒。您六日一早去機場，或許無法登機了。……一是機場可能關閉，二是機場即使不關閉，海關和國安也會有一份「動亂嫌疑分子名單」等候在那裡。您這些日子也沒少忙活，遊行示威、拍照、聽演講，尤其是那座民主女神像，您也沒少出主意。萬一您上了那黑名單，麻煩就大了。所以，我建議你改乘火車，先去香港。

蕭白石想了想，點頭：這話有道理。其實，我也想先送圓善去深圳她大哥家住一陣。不過，京廣線也不太平啊。前一段，就有石家莊、鄭州的大學生占領火車站，武漢的大學生占領武漢長江大橋，長沙的大學生在火車站臥軌，以聲援北京學運。……現在，北京戒嚴部隊屠城，消息一定傳到外地了，京廣線還能不被各地大學生重新阻斷？

杜胖子搓搓手，說：我替老兄想了個法子，走京滬線。您和圓善嫂子先去廊坊找我妹夫，他在廊坊機務段當頭兒，讓他替您二位安排軟臥去上海。到了上海，再由我小姨子安排您們轉去深圳。我小姨子您見過的，在上海火車站當書記，去年來鐵道部開會，我請客，你作陪，她愛好書畫，您還送過她畫冊的。總之我妹夫、我小姨會替您倆一一安排妥當。鐵路是一個系統，辦事高效率。

蕭白石不知該如何感謝這位好朋友：老弟，怎一個謝字了得！我和圓善該什麼時候離開？

杜胖子顯然胸有成竹：今晚就走！立馬就走！趁那份名單還沒有傳到深圳海關。

蕭白石攥拳，下決心：聽您安排。可是，我還是想去廣場上看看，不是告別，而是見證，做個歷史的見證。老弟，您敢不敢和我走一遭？

杜胖子沒即刻作答，咬著牙關，腮幫子鼓起兩坨。而後，他說：走！北京學生和市民死都不怕，我們怵個啥？老兄說得對，這是個歷史關頭，我們做個見證。

兩人回到小客廳。圓善和弟弟妹妹在喝茶、說話，等老大回來，看他有什麼吩咐。

蕭白石說：老二、老三、四妹，現在外面正在放槍，你們給各自家裡掛個電話，說今晚就留在這裡陪母親了。二弟，等會兒我要用你的車。你幫著你大嫂，把我和你嫂的行李箱搬到車上去。現在，我要和杜經理出去會一位老朋友。一個小時左右就回來，到家後立馬上路。

弟弟妹妹摸不著首尾了：改日子了？今晚就走？

圓善等未及阻攔，蕭白石和杜胖子閃身出了院門。杜胖子神通廣大，能折騰，他竟替自己的雅馬哈摩托車掛了個公安牌照，配上一盞警燈。這年頭，只要有朋友關係，啥稀奇事都辦得到。杜胖子說：今晚上用過，明兒一早給人還回去。

就這麼著，哥倆的摩托車每到路口，紅燈閃爍，被認作公安便衣執勤，一路通行。杜胖子成日裡在外面跑，大小道路都諳熟，一路穿小街，過陋巷，七彎八拐，沒多久就拐入天安門廣場東南路口，連蕭白石都稱奇。在歷史博物館前列隊待命的戒嚴部隊官兵也認他倆是公安便衣，沒有上來查問。

廣場上燈火通明，如同白晝。遠遠的，東西南北都見得著軍人，正在向人民英雄紀念碑四周合圍。高音喇叭不停地播放戒嚴指揮部的最後通牒：學生和市民們馬上撤離！部隊奉命清場，拒絕撤離者後果自負！拒絕撤離者後果自負！……廣場外圍，從南邊前門大街，到西邊西長安大街，到東邊東長安大街都傳來密集的槍聲，打鬥聲，裝甲車轟鳴聲。

摩托車載著兩人，直馳到紀念碑東側不遠處停下。立即就有幾位佩著糾察隊白袖標、手持木棍的學生上前問話：什麼人？找誰？蕭白石從車後座跳下，對學生們說：我姓蕭，找你們的頭兒呼爾亥西。學生糾察隊員警惕性高，追問：您是呼爾亥西的什麼人？蕭白石說：我是他的朋友，他叫我蕭老師。這時，學生中有人認出他來：您是蕭老師？我在北大聽過您的美術講座。呵，這個時候了，您還來看我們，太令人感動了！另一名滿臉疲憊的學生則說：呼爾亥西那小子主張我們撤離，鬧翻了，兩天沒見人影了，不知是被抓了，還是回學校去了。蕭白石又問：你們的路琳呢？

學生回答：她正在和劉曉波、侯德健等四君子開緊急會議，爭論我們該撤離還是堅守。蕭老師，戒嚴部隊已經開槍了，把學自聯指揮部掛在紀念碑上的廣播喇叭打啞了。九點鐘之前，這裡還有十幾二十萬人，現在大部分人走了，有的堵軍車去了，有的回家了。廣場上祇剩下我們一萬來人，大多是外地同學。我們不撤離，等著軍隊來血洗。我們決心與廣場共存亡。蕭白石看看杜胖子，重重地嘆氣：都啥時候了？還像煮熟的鴨子嘴硬，有用嗎？

蕭白石和杜胖子心裡著急，正待勸說滿腔激情的大學生，忽見紀念碑基座下的人群中走出來四條漢子，上了旁邊一輛白色救護車。救護車緩緩向廣場東北角駛去。蕭白石心中一動，不由得小跑，跟了上去。不一會，廣場東北口的軍陣中有人扣動了槍扳機，喝令救護車停下。從車上下來的仍是那四條漢子，均舉起雙手，高喊：我們是侯德健！你們唱過〈龍的傳人〉嗎？我們是侯德健！軍人中有人回答：我們知道〈龍的傳人〉，知道侯德健！你們來幹什麼？劉曉波、侯德健回答：找你們的首長，我們來談判，已經被你們包圍了，經我們做工作，同學們同意撤離。……軍陣中有人說：你們等一等，等一等。啊，來了！來了，這是我們團政委。劉曉波和侯德健當即先後作了簡要說明：好！您是政委，現在學生們被我們四人說服了，願意有尊嚴地和平撤離廣場，但軍隊要保證不開槍，保證所有學生的生命安全。團政委相信了他們的說詞，也問了另外兩位漢子的姓名：你叫周舵，你叫高新？團政委倒是痛快，答應不開槍，但他要四君子等候三分鐘，他立即去請示指揮部。

恰在這時，廣場的燈光全部熄滅了，天地漆黑一片，伸手不見五指。這是武力清場的信號！四君子頓時感到四面八方的部隊已在行動。三分鐘，漫長的三分鐘，決定紀念碑四周一萬多名大學生和市民們生死存亡的三分鐘。……站在不遠處的蕭白石、杜胖子緊張極了，渾身毛孔緊縮，感覺剛剛浮現的一線希望正在消逝，氣氛令人窒息。

忽地，燈光刷地又全亮了！蕭白石伸出雙手，想捧著那耀眼的光明，彷彿捧著希望，再也不想放手。年輕人是希望，有擔當的知識分子是希望，勇敢的老百姓是希望，……多麼好的年輕人，多麼值得敬佩的四君子，多麼可愛的北京市民啊！蕭白石淚水盈眶，模糊了他的視線，廣場路燈變成一團團的光圈，變幻莫測。

團政委準時回到四君子面前，傳達命令：經指揮部首長批准，同意你們領著學生們有序撤離，但必須放下一切棍棒和凶器。在廣場東南角，給你們留有出口。時間一小時。

啊，千鈞一髮！劉曉波等四君子上車返回紀念碑，向學生們傳達與部隊談判的結果。蕭白石面向夜空，長吁一口氣，拍拍胸口，鎮定自己。學生中仍有人在喊：不撤離！絕不撤離！但是，同意撤離的聲浪占了上風，成為大多數，由此算是通過了撤離的決定。學生們悲壯地唱起了〈國際歌〉，排成雙行隊伍，舉著各自的校旗，向廣場東南角的出口撤去。

蕭白石四下望去，見到黃鴉鴉的軍陣壓了過來，揮著棍棒，或舉著槍刺，從東、西、北三面逼近正在撤離的學生隊伍。由於隊伍行進速度比較慢，不一會連坦克都逼了上來。有士兵朝天開槍，或許是因為這些天所面對的阻擋和敵意令他們憤怒，啪啪啪，槍聲響成一片，士兵們似乎很狂野，朝紀念碑的臺階開槍，朝廣場地面開槍，子彈嗖嗖在夜空下飛舞，火光迸發。學生們並不畏懼，他們的神經已經受夠了多日的恐嚇折磨；他們仍唱著〈國際歌〉，歌聲中夾雜著抽泣和痛苦的呼叫，有人咒罵土匪！流氓！長蛇般的隊伍在移動，撤離。……

杜胖子推著摩托車，與蕭白石並肩而行，沒有閃燈，緩緩地跟隨學生隊伍，彷彿為他們送行。

蕭白石對杜胖子說：四君子啊，了不起！四君子啊，真正的勇者，知識分子的楷模，大寫的人字！

此時廣場東南角出口處聚集著成千上萬的市民，毫不畏懼四周的軍人，在迎接著學生們。人群中爆發出各種呼喚：孩子們，好樣的！同學們勝利了！打倒法西斯！打倒流氓政府！

軍人沒有朝人群開槍，大約已經領教了北京市民的正義和勇敢，大約嘗夠了市民們的磚頭、石塊、啤酒瓶和自製汽油瓶的滋味。血腥屠殺卻仍然發生在廣場西北角靠近中南海紅牆一帶，士兵朝撤離的人群開槍，有裝甲車從學生和市民們中輾壓過去……

蕭白石跨上杜胖子坐騎的後座。他倆離開了學生的撤退隊伍，來到前門東大街上，杜胖子啟動了紅光閃閃的警燈，一路風馳電掣。杜胖子大聲自語：大戲落幕！大戲落幕！奇怪，駐紮在廣場西面人民大會堂裡的部隊，還有廣場北面中山公園和勞動人民文化宮裡的部隊，怎麼不見出來清場？清場主力仍是三十八軍的棍棒隊。……難道說那些埋伏在裡面的部隊是監軍，預防真正的廣場起義？唉，可惜喲，中國最需要領袖的時候卻沒有領袖！

杜胖子身後，蕭白石雙手抓穩車座，任夜風吹拂，也大聲說：清場行動，說白了，不過是鄧大人為了統一軍令，為了師出有名而使出的昏招、損招、臭招！老弟，歷史會記住這一天，會寫下英雄的詩篇。趙紫陽不是領袖！大學生了不起，北京人了不起！

沿路周遭，仍聽得到密集的槍聲。

二〇一八年三月五日完稿

主要參考書目

北京學生運動50日　時報文化出版社
中國「六四」真相　張良 編著　明鏡出版社
中共黨政軍結構　李谷城 著　明報出版社
改革歷程　趙紫陽 著　新世紀出版社
十二個春秋　鄧力群 著　大力出版社
中國共產黨歷史大辭典　中央黨校出版社
輝煌五十年　紅旗出版社
國史通鑑　紅旗出版社
大江東去（司徒華回憶錄）　司徒華 著　牛津大學出版社
六四屠城親歷記　林彬 著　爭鳴雜誌一九九九・六

當代名家·古華（京夫子）文集5

京夫子文集 卷五 古都春潮

2021年2月初版
定價：新臺幣420元

著者	古華
叢書編輯	黃榮慶
校對	吳美滿
內文排版	烏石設計
封面設計	陳恩安

出版者	聯經出版事業股份有限公司
地址	新北市汐止區大同路一段369號1樓
叢書編輯電話	(02)86925588轉5307
台北聯經書房	台北市新生南路三段94號
電話	(02)23620308
台中分公司	台中市北區崇德路一段198號
暨門市電話	(04)22312023
台中電子信箱	e-mail：linking2@ms42.hinet.net
郵政劃撥帳戶第0100559-3號	
郵撥電話	(02)23620308
印刷者	世和印製企業有限公司
總經銷	聯合發行股份有限公司
發行所	新北市新店區寶橋路235巷6弄6號2樓
電話	(02)29178022

副總編輯	陳逸華
總編輯	涂豐恩
總經理	陳芝宇
社長	羅國俊
發行人	林載爵

行政院新聞局出版事業登記證局版臺業字第0130號

本書如有缺頁，破損，倒裝請寄回台北聯經書房更換。 ISBN 978-957-08-5700-9 (平裝)
電子信箱：linking@udngroup.com

國家圖書館出版品預行編目資料

京夫子文集 卷五 古都春潮/古華著．初版．新北市．
聯經．2021年2月．440面．14.8×21公分
（當代名家・古華（京夫子）文集5）
ISBN 978-957-08-5700-9（平裝）

857.7 110000460